TARA DUNCAN
L'impératrice maléfique

타라 덩컨

사악한 여제

TARA DUNCAN, L'impératrice maléfique
by SOPHIE AUDOUIN-MAMIKONIAN

Copyright©XO EDITIONS (Paris), 2010
Korean Translation Copyright©SODAM&TAEIL Publishing Co.Ltd., 2011
All rights reserved.

This Korean edition was published by arrangement with XO EDITIONS (Paris)
through Bestun Korea Agency Co., Seoul

TARA DUNCAN
L'impératrice maléfique

타라 덩컨

사악한 여제

펴 낸 날 | 2011년 7월 11일 초판 1쇄
          2016년 11월 30일 초판 7쇄

지 은 이 | 소피 오두인 마미코니안
옮 긴 이 | 이원희
펴 낸 이 | 이태권
펴 낸 곳 | (주)태일소담
          서울시 성북구 성북로8길29 (우)02834
          전화 | 745-8566~7 팩스 | 747-3235
          e-mail | sodam@dreamsodam.co.kr
          등록번호 | 제2-42호(1979년 11월 14일)

ISBN 978-89-7381-694-1 04860
     978-89-7381-857-0 (세트)

● 책 가격은 뒤표지에 있습니다.
● 잘못된 책은 구입하신 곳에서 교환해드립니다.

www.dreamsodam.co.kr

TARA DUNCAN
L'impératrice maléfique

타라 덩컨

사악한 여제   8 하

소피 오두인 마미코니안 지음 | 이원희 옮김

소담출판사

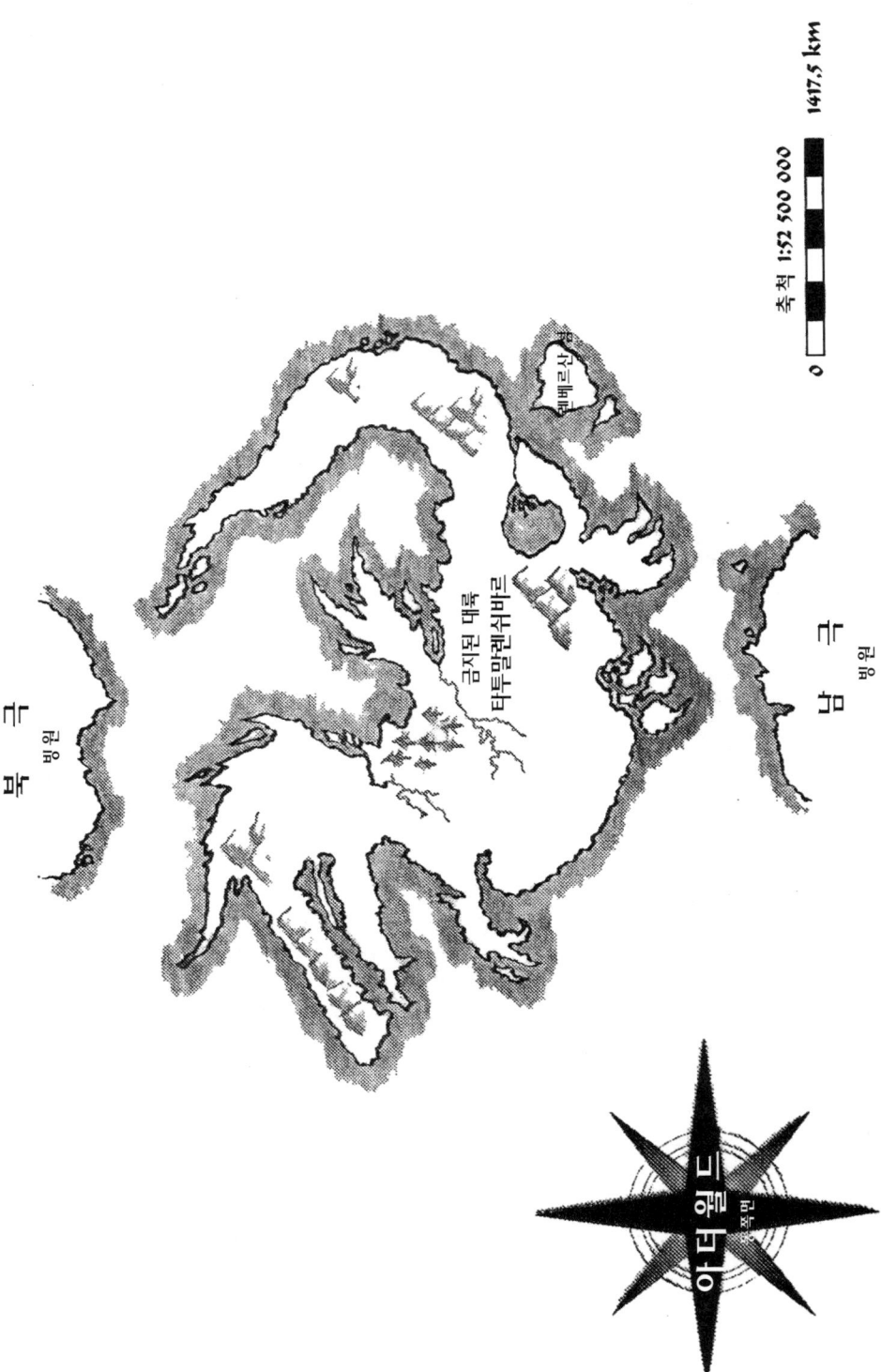

축척 1:52 500 000

0   1417.5 km

북 극
북위

남 극
남위

레베르산맥

금지된 대륙
타루렌쉬바르

아로힐드
북극면

TARA DUNCAN
L'impératrice maléfique

타라 덩컨

사악한 여제 하 | 차례

•일러두기
이 책의 본문에 표시된 ＊부분은 뒤페이지의 '아더월드의 용어 해설'에 자세히 설
명해두었습니다.

사악한 여제 하

악마들의 왕자
철천지원수가 놀라울 정도로 매력적이고
사랑스러우면 정말 복잡해지는데

*

타라는 심장이 오그라들었다. 그들은 수천의 악마들에게 포위되어 있었다.

이제 모두 죽는 건가?

절로 눈물이 고였다. 마지스터가 타라는 할 수 없었던 것, 비욘드월드에서 아버지와 어머니를 함께 만나게 해주는 것인가. 타라는 눈을 감고 두려움을 억눌렀다. 더는 싸울 힘이 없었다.

그러다 누군가가 집게발 중의 하나를 건드리는 느낌에 소스라쳤다. 하지만 아무 일도 일어나지 않았다. 타라는 한쪽 눈을 떴다. 그리고 이상한 광경을 목격했다.

타라를 알아보았던 청년이 몸을 숙이고 집게발에 입을 맞추고 있는 것이 아닌가!

실버와 로빈이 동시에 으르렁거리면서 본래의 모습으로 변신했다. 정체가 이미 노출되었는데 굳이 감추느라고 마법을 소모할 필요가 없었다.

실버가 드래곤으로 변신하지 않아서 천만다행이었다. 악마들이 우글거리는 곳에서 드래곤으로 변신했다면 긴 수명이 갑자기 짧아졌을 텐데. 실버는 평범한 청년, 어쨌든 겉으로 보기에는 인간의 모습을 되찾았다.

그사이에도 아르칸즈는 여전히 타라의 집게발에 입을 맞추고 있었다.

타라는 집게발을 확 빼면서도 청년이 다치지 않게 조심했다. 이윽고 타라도 본 모습으로 변신했다. 매력적인 청년을 알아본 체인지라인이 타라에게 미니스커트와 발레슈즈, 가슴 부분이 많이 파이고 너무 짧아서 배꼽이 드러나는 티셔츠를 입힌 뒤, 무슨 이유인지 모르지만 머리에 다이아몬드 왕관을 씌워놓았다. 타라는 정신적으로 체인지라인을 나무라면서 티셔츠 길이를 늘리고, 스커트는 얇은 바지로 바꾸고, 왕관은 사라지게 했다.

타라는 눈물이 마르면서 신경이 예민해졌다. 금방 죽을 것 같지는 않았다.

아르칸즈는 아주 흥미롭게 모든 걸 지켜보고 있었다.

"너희는 마법을 사용하지 않았다." 아르칸즈가 지적했다. "그런데 옷이며 신발이 싹 바뀌었어. 어떻게 한 거지?"

"당신은 누구죠?" 타라는 질문에 아랑곳하지 않고 물었다. "여기가 어디죠? 그리고 내가 누군지 어떻게 알죠?"

아르칸즈는 멋진 미소를 지었다. 타라는 엘프들을 만나기 전에는 그렇게 잘생긴 존재가 있다는 걸 상상도 하지 못했다. 이어서 실버를 만났는데 하프드래곤 역시 두말할 것도 없이 엘프보다 잘생긴 것 같았다.

그런데 눈앞에 있는 아르칸즈도 완벽했다. 흠잡을 데가 없어서 인간이라고 할 수 없을 정도로 완벽한 미남이었다.

"먼저 내 질문에 대답해요. 당신은 누구죠?" 타라가 다시 물었는데 가슴이 두근거렸다.

아르칸즈는 여전히 멋진 미소를 지으면서 집게손가락을 까딱거렸다.

"아! 네가 영리하다는 말은 들었는데 이렇게 실제로 만나니 정말 기쁘군."

"어떤 적이죠?" 칼이 끼어들었다.

청년은 의아한 얼굴로 바라봤다. 키가 훨씬 작은 칼은 청년의 멋진 모습이 부러운 듯 위아래로 훑어봤다.

"뭐라고?"

"어떤 적이냐고 물었어요. 타라의 철천지원수들은 대체로 아주 빨리 죽는 경향이 있어요. 그렇지만 여기저기 몇 명이 남아 있어서 말이죠. 어떤 적이죠?"

타라는 칼의 엉덩이를 걷어차고 싶었다. 지금이 농담할 때야?

아르칸즈는 웃음을 터뜨렸다. 악마들과 다른 청소년들도 웃음을 터뜨렸다. 아르칸즈는 눈물까지 훔치면서 칼에게 아주 재미있다는 표시를 했다.

"훌륭해, 정말 훌륭해. 유머 감각이 있다는 것이 이 정도로 재미있는지 몰랐다. 유머 감각을 배우겠다고 우기길 잘했어. 너희들, 여기가 어디인지 모르지?"

"악마들의 림보라는 건 아는데 마왕이 기거하는 행성과는 다른 곳 같아요." 칼이 대답했다.

"아니, 맞아." 아르칸즈가 대꾸했다. "너희는 마왕의 행성에 와 있어. 그리고 나는 마왕의 아들 아르칸즈다!"

타라는 숨이 턱 막혔다. 희망이 섞인 두려움이 전속력으로 몰려왔다. 마지스터와 더불어 마왕도 철천지원수임에는 틀림없었다. 마지막으로 만났을 때 마왕은 촉수가 가득한 공 모양의 몸뚱이에 수천 개의 눈이 다닥다닥 붙어 있고, 징그러울 정도로 긴 혀로 수많은 눈을 연달아 핥고 있었다. 그런데 이 아름다운 청년이 마왕의 아들이라니! 아니, 이건 환영이 틀림없어.

타라의 얼굴에서 불신을 읽은 아르칸즈가 말했다.

"내 말을 믿지 않는 거지? 그럼 나에게 마법을 사용해봐, 이 몸이 가짜인지 아닌지 알 수 있게. 너희, 인간들이 말하는 살과 뼈로 이루어진 것 맞으니까!"

타라가 마법을 작동하고 손에서 파란빛이 번쩍이자 악마들이 동요했다. 하지만 아르칸즈가 손짓으로 그들을 진정시켰다.

"내버려둬. 나를 해치지 않을 거다. 어서 해봐, 타라 덩컨."

타라는 강력한 레벨루스 마법을 날렸다.

"*레벨루스의 이름으로 감춰져 있는 것은 나타나고 나타나 있는 것은 사라질지어다!*"

무슨 일이 일어나긴 했는데…… 타라가 전혀 예상하지 못한 일이었다.

송곳니들을 드러낸 흉측한 악마의 모습으로 변하기는커녕 갑옷과 총기, 부츠까지 모두 사라지는 바람에 맙소사, 아르칸즈는 완전히 벌거벗은 상태였다.

귀까지 빨개진 타라는 아르칸즈의 놀란 얼굴에 시선을 고정하면서 절대로 더 아래쪽으로 눈을 내리지 않으리라 굳게 마음먹었다.

"어머! 미안해요." 타라는 몹시 당황해서 어물어물 말을 잇지 못했다. "나는…… 나는 다만 이런 생각이 아니었는데……."

"괜찮아." 아르칸즈가 대꾸하는 사이에 한 소년이 결국 웃음을 터뜨리며 다가와서 망토를 걸쳐주었다. "이것으로 다 밝혀졌으니까 된 거지? 보다시피 촉수나 뿔은 물론이고 이상한 것이라곤 없는 머리끝에서 발끝까지 나는 인간이야."

"와우! 따라오길 정말 잘했다." 초록빛 눈을 반짝이면서 거리낌 없이 쳐다보던 파프니르가 탄성을 질렀다. "여러분 모두 악마가 확실한 거죠? 그런데 악마들과는 조금도 닮지 않아서요. 내 생각에는 드래곤들보다 훨씬 귀여운 것 같거든요!"

실버가 쩌려보자 파프니르는 미소를 지으면서 어깨를 으쓱했다. 사실인데 어쩌라고?

"너희는 우리 손님이야." 아르칸즈가 타라에게 손을 내밀면서 말했다.

"여기는 잠시 거쳐가는 곳일 뿐이었어요. 우리는 잿빛 요새로 가는 길이었는데……."

"그건 우리도 알고 있다. 어떻게 네가 누구인지 아느냐라는 세 번째 질문에 대답하자면 마지스터가 알려줬기 때문이지."

이건 또 무슨 소리지? 악마들이 뭘 알고 있는 거지? 크라에토비르의 반지에 대해서도 알고 있는 걸까? 점점 절박감을 느끼는 타라는 눈살을 찌푸리면서 기억을 더듬었다.

"가능한 한 빨리 떠나겠어요. 당신…… 당신의 아버지가 지난번에 우리를 내쫓았을 때 사용한 스파리……."

아르칸즈가 어찌나 빠르게 커다란 손바닥으로 입을 막아버리는지 타라는 두려움을 느낄 겨를조차 없이 가까이에서 청년의 아름다운 눈과 마주쳤다. 아르칸즈의 눈빛은 미묘한 차이가 있는 여러 가지 색조의 초록빛이었다. 눈의 바깥 둘레는 에메랄드빛과 비취빛, 새싹처럼 파릇파릇한 초록빛이고, 눈동자는 짙은 초록빛이었다. 아름다운 눈빛에 빨려들면 영원히 빠져나올 수 없을 것 같았다.

"휴, 그 말은 하면 안 돼. 절대로 하지 마. 이제 막 안정되었는데 네가 행성을 폭발시키면 아버지가 진노하실 거야. 우리 모두 그리 오래 살지 못하는 것은 물론이고."

그때 갑자기 불어오는 뜨거운 바람에 타라의 긴 머리가 아르칸즈의 몸까지 휘감으면서 둘이 포옹하는 자세가 되었다.

타라의 눈이 동그래졌다. 아르칸즈도 깜짝 놀라는 표정이었다. 갑자기 아르칸즈의 옆구리에 칼끝이, 목덜미에 화살촉이 느껴졌던 것이다. 하프엘프 로빈과 하프드래곤 실버가 한 사람처럼 동시에 타라를 지키려고 나섰던 것이다. 아르칸즈의 얼굴이 굳어졌다.

"나는 타라 덩컨을 해치고 싶지 않다." 아르칸즈는 부드럽게 말했다. "너희는 아주 허약한 종족이야."

"타라에게서 떨어져요! 당장!" 로빈이 소리쳤다.

두 전사의 뜻에 따라 아르칸즈는 비켜섰다. 그 순간 로빈과 실버가 쏜살같이 타라 양옆에 서서 아르칸즈를 향해 무기를 겨누었다.

아르칸즈는 매력적인 미소를 지었다.

"충성심이 대단한 기사들을 거느리고 있구나, 타라 덩컨. 너를 죽일 기회가 열 번은 있었어. 하지만 너를 죽이는 게 목적이 아니니까 이런 식의 실력 행사는 쓸데없는 짓이다."

바람에 망토가 펄럭이면서 아르칸즈의 알몸이 반쯤 드러나자 타라는 얼른 얼굴로 시선을 옮겼다.

"이제 갈까?" 아르칸즈는 타라가 잡을 수 있게 팔을 내밀면서 말했다.

하지만 타라는 아주 쾌적해 보이는 이 평원에서 자리를 옮길 생각이 없었다. 일단 재판관과 면담한 뒤에는 무조건 떠나야 하는데.

"당신이 적대적이지 않다는 건 알겠어요. 그리고 마음만 먹으면 우리를 죽이는 것쯤이야 문제도 안 되겠죠. 7대 수천인데 우리가 얼마나 버틸 수 있겠어요. 하지만 당신을 따라가기 전에 몇 가지 설명을 듣고 싶어요."

그렇게 말하면서 타라는 할머니에게서 배운 대로 덧붙였다.

"부탁해요."

아르칸즈는 한숨을 내쉬었다. 이번에는 청년의 완벽한 이마에 주름살 하나가 나타났다.

"여기서 얘기를 하자고? 평원 한복판에서?"

"나는 갇혀 있는 걸 좋아하지 않아서요." 지난 몇 년 동안 몇 번이나 감옥에 갇혔기 때문에 쇠창살 알레르기가 생긴 타라가 대답했다.

"좋아. 너희에게 필요한 모든 정보를 알려줄게, 타라 덩컨."

아르칸즈의 손짓에 악마들이 타라 일행과 패밀리어들을 위한 의자와 방석을 가져왔다. 타라는 이번에도 아르칸즈가 마법을 사용하지 않는 것에 주목했다. 그리고 음료수와 케이크, 과일을 가져왔다. 순식간에 도시 밖의 풀밭으로 소풍을 나온 분위기가 되었다. 악마들과 청년들이 뜨거운 햇빛을 피하기 위해 머리 위로 파라솔을 설치하고 텐트 두 개를 세웠는데 바람에 깃발이 펄럭였다. 날씨가 너무 덥기 때문에 선풍기처럼 생긴 상자에서 찬바람이 불었다. 타라의 등줄기를 따라 땀이 흘러내렸다. 그걸 알아차린 체인지라인이 목 부분이 시원하게 파인 짧은 민소매 원피스에 샌들 차림으로 입혔는데 숨 막히는 더위 때문인지 이번에는 타라가 불평하지 않고 가만히 있었다.

마침내, 아르칸즈의 의장대와 시중을 드는 악마들만 남고 나머지는 모두 질서 있게 물러섰다.

물론 타라의 친구들은 아무도 케이크와 음료수에 손도 대지 않았다. 그들은 미치지 않았다. 무슨 속셈이 있는 걸까? 아르칸즈가 화를 내지 않는 것이 오히려 이상하게 보였다. 망토 사이로 근육질의 멋진 허벅지와 초콜릿 복근이 얼핏 보였다.

남자에게 별로 관심이 없던 파프니르조차 뺨이 발그레해져서(난쟁이들은 더위를 타지 않는다) 초록빛 눈을 반짝이고 있었다. 난쟁이들은 장년에 이르려면 대체로 이삼백 년이 걸리는 복잡한 종족이었다. 지금까지는 이성을 거들떠보지도 않던 파프니르가 실버에 이어서 눈앞에 있는 매력적인 악마에게도 묘한 감정을 느끼고 있었다. 아무리 잘생겼다고는 해도 난쟁이도 아닌 인간 남성에게, 아니 악마를 보면서 가슴이 두근거리다니, 정말 이상한 일이었다.

'부모님이 반대하면 종족차별주의자라고 몰아붙이면 되는데' 하고 속으로 말하면서 파프니르는 씨익 미소를 지었다.

"나도 너희를 다 몰라." 아르칸즈가 말문을 열면서 무아노를 가리켰다. "여기 어여쁜 소녀는 우리처럼 악마로 변신할 수 있군."

무아노의 눈빛이 어두워졌다. 오, 흉측한 벤드룩이여, 악마가 그걸 어떻게 알았지? 이로써 에이스 카드 하나를 잃어버렸으니, 슬루르크! 친구들의 얼굴도 어두워졌다. 조짐이 좋지 않았다. 아주 좋지 않았다.

"야수예요." 무아노가 쏘아붙이듯 말했다. "악마와는 아무 상관없거든요."

"아! 야수." 아르칸즈가 빙긋이 웃으면서 부드럽게 말했다. "검은 눈의 금발 소년은 지구인이군. 아더월드 인간들의 냄새와는 확실히 다르단 말이야."

"냄새만 맡고 그걸 알 수 있어요?" 타라가 많이 당황하는 얼굴로 물었다.

"그래, 내 코가 좀 발달되어 있거든. 지구인들은 아더월드 인간들보다 약간 짠 냄새가 나지. 은빛 머리에 검은 머리털이 섞인 소년에게서는 엘프 냄새가 나는군. 하지만 피가 순수하지 않은……."

"악마, 당신의 피보다 훨씬 순수해." 로빈이 핏대를 올렸다.

아르칸즈는 로빈의 말을 무시했다.

"잿빛 눈의 키 작은 아이는 그냥 평범한 마법사로군. (칼이 얼굴을 찌푸렸는데 그냥 평범한 마법사가 어떤지 보여줘, 말아! 하는 표정이었다.) 큰 눈의 빨간 머리 소녀는 대담무쌍한 난쟁이 전사네." 아르칸즈가 쳐다보면서 하는 말에 파프니르가 활짝 웃으면서 땋은 머리를 매끈하게 가다듬었다. "그리고…… (아르칸즈의 눈이 동그래졌다) 이상하네, 불과 유황 냄새 같은 게 나는데……. 드래곤이잖아!"

아르칸즈가 벌떡 일어나는 바람에 의자가 자빠지자 다른 악마들이 물러섰다.

타라도 일어났는데 분당 맥박이 200회 이상으로 뛸 정도로 가슴이 벌렁거렸다. 타라는 진정하라는 표시로 두 손을 쳐들었다.

"진정해요. 이 친구는 당신을 해치지 않을 거니까. 아까도 말했지만, 우리는 해치러 온 게 아니라 여기를 거쳐가는 것일 뿐이에요. 그리고 진짜 드래곤이 아니에요."

타라는 실버의 상처받은 시선을 피했다. 미안하지만 어쩔 수 없었다. 목숨부터 살리고 봐야지!

"하프드래곤이에요. 아버지는 인간……, 인간이라고 추측하고 있고, 어머니가 드래곤이에요."

타라는 실버가 마지스터의 아들이라고 밝히지 않았다. 적에게 너무 많은 정보를 줄 필요는 없었다.

아르칸즈는 넘어져 있는 의자를 발로 세우고 다시 앉았다.

"하프드래곤이라……. 그게 가능한 일인가? 어떻게 그럴 수 있지?" 이번에는 타라가 아니라 실버에게 시선을 고정하면서 말했다.

"그건 아무도 모르는 일이죠." 타라는 아주 정직하게 대답했다. "당신은 우리가 누구인지 아주 잘 알고 있네요(하지만 아르칸즈는 파브리스에게서 늑대인간의 냄새를 맡지 못하고 있었다. 타라는 굳이 말하지 않기로 했다). 그러니까 이제는 마지스터와 무슨 일이 있었는지, 그리고 우리가 왜 여기 있는지, 당신들의 행성에 무슨 일이 일어난 건지 설명해주겠어요?"

타라는 아르칸즈에 대해 더는 묻지 않았다. 아르칸즈는 타라가 자기에게 더 이상 관심을 보이지 않자 실망한 눈치였다. 멋진 몸을 보여주려고 그렇게 노력했건만!

아르칸즈는 일부러 몸을 숙이면서 망토 사이로 근육질의 상체를 좀 더 드러나 보이게 했다.

"질문이 많군. 첫 번째 질문, 마지스터는 너희보다 먼저 여기 도착했지. 새로운 원을 열어서 너희를 자신의 요새로 보내려고 먼저 왔던 것 같아. 그런데 불행하게도 때를 잘못 택했지. 1년 전부터 우리는 행성과 태양을 안정시키려고 노력하는 중인데 왔으니까. 마지스터가 이곳에 도착했다는 사실, 그리고 다시 떠나기 위해 악마의 셔츠를 작동했다는 사실 때문에 불안정한 상태의 행성이 하마터면 폭발할 뻔했거든."

"그래서 어떻게 됐는데요?"

"이 행성이 악마의 마법에 아주 맹렬하게 저항했지. 어쨌든 그 순간에는. 마지스터가 셔츠의 마법을 사용하여 셀렌바를 통과시켰는데 연쇄반응이 일어났어. 우리가 가까스로 폭발을 막는 데는 성공했지만 그 과정에서 마지스터가 부상을 당한 거야. 그래서 마지스터는 지금 우리의 치료 시설에서 휴식을 취하고 있어. 그 뱀파이어는 아더 월드로 이미 돌아갔고."

아르칸즈는 크라에토비르의 반지에 대해 모르고 있는 것 같았다. 아니, 알면서 언급하지 않는 걸까? 그건 알 길이 없었다. 타라는 점점 불안해졌다. 눈을 가리고 등 뒤로 양손을 묶인 채 규칙도 모르는 게임을 하는 느낌이었다.

게임의 목적은 타라와 친구들의 목숨이었다. 드래곤들에게 연락해야 하는데! 여기서 아주 심각한 일이 벌어지고 있는데 타라와 친구들 말고는 아무도 모르고 있으니!

타라의 심장이 타들어갔다. 이제는 재판관을 만나는 것이 문제가 아니었다. 살아 있는 사람들이 우선이었다. 죽은 사람들을 만나는 건 나중으로 미뤄야 했다.

파브리스는 몸을 심하게 움직이는 것으로 타라의 관심을 끌었다. 그러고는 타라를 응시하면서 눈으로 메시지를 전하려고 애를 썼다. 하지만 아르칸즈가 다시 말을 시작하는 바람에 타라의 주의가 흐트러졌다.

"지금은 너희를 떠나게 할 수 없어. 물론 너희가 공간이동의 문이나 트란스미투스를 이용했다고 생각한다(타라는 고개를 끄덕였다). 악마의 마법만 너희를 여기서 내보낼 수 있는데 지금은 우리 중 누구도 마법을 사용할 수 없어. 너희들 마법으로 시도해볼 수는 있겠지만 마법이 약해서 무사히 떠날 수가 없을 거야."

이건 이해가 안 되는 부분이었다. 마법이 약한 지구라면 그럴 수도 있었다. 그런데 림보에는 마법이 존재하지 않았기 때문에 다른 세계의 종족들을 만나기 전에는 악마들이 마법을 몰랐다는 설명을 어떻게 이해할 수 있단 말인가.

"우리의 학자들에 따르면 너희 마법사들에게는 마법이 충전되어 있다니까 얼마 동안은 괜찮겠지만, 충전된 마법이 다 떨어지면 여기 있는 동안 마법을 사용할 수 없을 거야."

타라는 침을 삼켰다. 이런, 이건 나쁜 소식인데. 악마들에게 억류되기 전에 가능한 한 빨리 떠날 필요가 있었다. 더 많은 악마들이 몰려오기 전에.

설명을 듣고 나니 이제는 이해가 되었다. 마지스터는 림보에 있을 때 악마의 셔츠에서 얻은 마법을 사용했고, 셈 선생님도 림보에 왔다가 빠져나가기 위해 악마의 마법이 기록된 금서와 갬볼 가루를 사용했다.

하지만 타라에게는 악마의 마법이 없었다. 이제는 크라에토비르의 반지를 지니고 있지 않으니까.

타라는 물어보고 싶은 말이 있어서 입이 근질근질했다. '우리를 붙잡아둘 건가요?' 아르칸즈가 무언의 질문을 알아차렸다.

"사실, 인간 세계와 협력하고자 하는 신정책 차원에서는 너를 도와주고 싶어. 하지만 현재 이 행성이 불안정한 상태에 있기 때문에 불가능하다."

그 순간, 아르칸즈가 한 말을 입증이라도 하듯 발밑에서 요란한 소리와 함께 땅이 흔들리더니 보랏빛 열매 몇 개가 후드득 떨어졌다.

깜짝 놀라서 모두 벌떡 일어났지만, 이내 진동이 멈췄다.

"정말 위험한 상황이라니까." 아르칸즈가 걱정스러운 어조로 말했다. "이 행성이 안정되는 즉시 너희를 보내줄 거야."

"시간이 얼마나 걸리는데요?" 칼이 의심하는 어조로 물었다.

"행성이 새로운 궤도에 적응할 시간이 필요하니까 그리 오래 걸리지 않을 거야. 그러면 너희는 떠날 수 있어."

"아! 그럼 우리를 죽이고 잡아먹으려는 게 아니고요? 빌우모죽이 아니란 말이죠?" 칼이 응수했다.

"뭐라고?"

"평소에 우리가 처해 있는 상황에 대해 쓰는 표현이에요. 빌어먹을, 우리 모두 죽는구나. 빌우모죽, 한 단어처럼 발음되는 약자니까 편리하거든요." 칼은 무슨 비밀 얘기라도 하는 것처럼 몸을 내밀면서 아주 진지하게 말했다.

아르칸즈는 멍하니 칼을 쳐다보고 있었다. 칼을 처음 볼 때는 거의 누구나 이런 현상이 일어났다.

"우리는 너희를 죽이고 잡아먹을 생각이 없어." 아르칸즈가 자신 있게 대답하는데 목소리가 약간 흔들리는 것 같았다. "게다가 마지스터는 너희가 아더월드로 가는데 왜 림보를 거쳐야 하는지 이유를 설명해주지 않았다. 공간이동의 문이 없어지기라도 했나?"

"있는데 내가 이용하면 공간이동의 문이 작동하지 않기 때문이고, 여기가 지름길이라서 거치는 거죠." 타라가 대답했다. "아까 행성과 태양을 안정시키려고 노력하는 중이라고 했는데 무슨 일이 일어났나요?"

"이 행성만이 아냐." 아르칸즈가 빙긋이 미소를 지었다. "우리 세계, 림보에 대해 잘 알고 있니?"

"아니, 잘 몰라요." 악마들의 생활, 풍습, 식생활에 대해 전혀 알고 싶지 않은 타라는 얼른 대답했다.

"우리 세계는 은하로 이뤄져 있는데 그게 납작한 원의 형태라서 우리는 그랜드 서클이라고 부르고 있다. 너희가 사는 행성과 마찬가지로 서클의 중심에 블랙홀이 있고, 대부분은 나선 모양의 팔을 가진 은하들이지. 하지만 수많은 은하로 이뤄진 너희 세계와는 달리 우리 세계는 일곱 개의 은하로 이뤄져 있어서 세븐 서클이라고 부르고 있어. 이 은하들은 먼지와 가스, 4000억에서 6000억 개의 별로 이뤄져 있고, 그 주위를 행성들이 돌고 있지. 우리 세계의 중심에서 가장 가까운 그랜드 서클이 바로 지금 우리가 있는 행성이야. 우리의 태양은 너희의 태양보다 수억 년은 늙었지. 하지만 너희 세계처럼 사람이 살 수 있는 행성은 아주 드물어. 생명체가 있는 행성을 얼마나 발견했는지 아니?"

"수십억 개 중에서……." 타라는 지구로 몰려오는 엄청난 악마들을 생각하면서 몸을 부르르 떨었다.

"정확하게 일곱 개. 수십억 개의 행성 중에서 일곱 개만 생명에 필수적인 조건을 갖추고 있었지."

"그것밖에 안 되다니……." 타라는 놀라는 척했다.

"그 많은 것 중에 달랑 일곱 개! 끔찍하게 적지." 아르칸즈가 말했는데 중간 정도 길이의 갈색 머리가 바람에 흩날렸다. "이 행성에서 우연히 지각단층, 즉 다른 행성과 연결되는 일종의 터널을 발견했지. 그 단층이 없었다면 우리 세계의 다른 주민들을 만나지 못했을 거야. 또 있는지 찾아다니다가 여러 행성과 연결되는 단층들을 발견했고,

그 통로 덕분에 우리가 가봤던 일곱 개만 살기에 적합한 행성이라는 걸 알았다. 다른 종족들은 우리보다 앞서 있었고, 그들에게서 얻은 과학기술[25]로 우주선을 타고 이 별에서 저 별로 여행할 수 있었지. 그러던 중 잿빛의 죽은 행성을 발견했는데 그곳에 아주 놀라운 보물이 숨어 있었어."

모두의 시선이 아르칸즈의 입술에 고정되어 있었다. 악마는 이야기꾼의 자질을 갖고 있었다. 리듬, 호흡, 모든 것이 완벽했다. 타라는 등골이 오싹해졌다. 악마가 말하지 않은 것이 있기 때문이었다. 악마들은 다른 종족들을 착취하고 과학기술을 가로챘다고 셈 선생님이 말해줬다. 그런 이유로 붉은 에프리트들이 인간과 동맹을 맺고 같은 종족인 악마들에게 복수하려는 건데.

"그 보물은 바로 너희들의 세계, 아더월드로 갈 수 있는 단층이었지." 타라의 혐오감을 알아차리지 못한 아르칸즈가 말을 계속했다. "처음에는 뭔지 몰랐어. 벌어진 단층을 통해 이상한 행성에 도착했는데 괴상한 동물들이 있고, 특히 태양이 우리의 행성에 있는 태양처럼 검은색이 아니었지. 그리고 햇살은 우리의 양식이 되지 못했고. 게다가 그 행성의 주민들은 우리와 생김새도 달랐어. 먹잇감을 죽이지 않고 피만 빨아 먹었고."

"아! 그러니까 아더월드 행성에 있는 크라살비가 아니라, 그 이전에 뱀파이어들이 살던 행성을 말하는 거죠?" 타라가 물었다. "하지만 디스쿠타리움은 악마들이 제일 먼저 지구를 침략했고, 수많은 행

. . . .

25. 사실은 저항하는 주민들을 죽이고 과학기술을 훔쳐온 것이다.

성에 퍼져 있다고 말했어요."

"우리의 수가 많아서 그런 느낌을 주었을 거다. 수십 년 동안 여러 행성을 찾아다녔으니까. 처음에는 새로운 행성을 발견하고 새로운 문화를 접하는 것으로 만족하고 침략하지 않았어. 뱀파이어들도 처음 본 우리의 세계에 깊은 관심을 보였지. 우리의 태양이 그들에게 해롭다는 걸 알기 전까지는. 우리도 다른 세계의 태양 아래서는 그리 오래 살 수 없다는 걸 깨달았지."

아르칸즈는 타라의 시선을 피하면서 괴로운 목소리로 말을 이었다.

"하지만 선택의 여지가 없었다. 우리의 행성들에 주민이 급증하면서 번식을 제한해야 했지. 아이를 한두 명만 낳는 아더월드나 지구와는 달리, 우리의 여성들은 대여섯을 낳는 데다 너희보다 훨씬 빨리 자라지. 이런 식으로 몇백 년만 지나면 식량과 에너지가 고갈되고 우리는 전멸하니까. 우리는 가망이 없었어. 그래서 공격했다가 처음에는 패했지. 그리고 두 가지 사실을 알게 되었다. 하나는 방금 죽거나 아직 살아 있는 사람의 살을 규칙적으로 흡수하면 너희의 세계에서 살 수 었다는 걸 알았지."

타라와 무아노는 동시에 소스라쳤다.

"다른 하나는 마법이었어. 뱀파이어들이 마법을 사용하는데 그때까지 우리는 전혀 모르는 것이었지. 뱀파이어들이 원하는 몸으로 변하는 걸 보면서 우리는 매료되었어. 하지만 그 능력을 얻으려면 가혹한 대가를 치러야 했지. 우리의 학자가 동족의 영혼을 어딘가에 가두면 마법을 실행할 수 있다는 걸 알아냈거든."

"그래서 동족들을 죽였다고요?" 타라는 도저히 참을 수 없었다. "마법 능력을 얻기 위해 동족을 죽였다니!"

타라의 목소리에서 혐오감을 느낀 아르칸즈가 얼굴을 일그러뜨렸다.

"그건 내가 태어나지도 않았을 때의 일이야, 타라 덩컨. 나는 아무도 죽이지 않았고, 일어났던 일을 얘기하는 것뿐이야. 지금 나더러 조상들의 잘못을 뒤집어쓰라는 거니?"

초록빛 눈과 쪽빛 눈이 마주쳤다. 타라가 먼저 시선을 피했다. 아니, 타라는 할아버지, 할머니도 아니고, 언젯적 조상들인지도 모르는, 수천 년 전 악마들이 저지른 잘못 때문에 누군가를 비난할 생각이 없었다.

아르칸즈가 한숨을 내쉬면서 망토를 여미는 바람에 멋진 허벅지가 보이지 않자 파프니르는 몹시 실망했다.

"그래서 두 가지 프로그램을 동시에 추진했지. 하나는 마법을 이용하는 프로그램이고, 다른 하나는 기술을 개발하는 프로그램이지. 여러 행성에서 연구들이 진행되었어. 아더월드처럼 마법의 행성을 만들고, 우리는 모습을 바꾸었자 켄타우로스의 몸이었는데 갈퀴발톱에 송곳니, 강력한 근육질로 바꾸었지. 그렇게 변신한 모습으로 우리는 너희 세계를 쳐들어갔어. 그리고 모두 휩쓸어버렸지."

타라는 침을 삼켰다. 악마가 정말 미안해하는 것처럼 보였다.

"당신들을 뭐라고 부르죠?" 타라는 언젠가부터 계속 궁금하던 질문을 했다. "당신들 스스로 악마라고 하는데, 내 생각에는 그게 좀 이상해서요. 민족의 이름이 있을 거 아니에요? 하다못해 동물에 속하는 종족도 이름이 있는데……."

아르칸즈가 미소를 지었다.

"이 질문을 한 첫 번째 인간이구나. 우리는 '검은 태양의 민족'이라고 하지. 우리의 언어로 말하면 '보울리미-레마'라 하고."

"보울리미-레마 민족이요?"

"하지만 온 세상 사람들이 우리를 악마라고 부르지. 그래서 다른 종족들에게 두려움을 주는 존재라는 점에서 자부심을 얻었지."

아르칸즈의 미소가 갑자기 호의적이라기보다 육식동물처럼 보였다.

"내가 어디까지 얘기하다 말았지?"

"모두 휩쓸어버렸다, 거기까지요." 칼이 친절하게 말해주었다.

"아! 그래. 우리는 뱀파이어들의 행성에 이어 엘프들의 행성을 파괴하고 그들을 부유하게 만들어주는 것들을 모두 이곳으로 가져왔지. 하지만 동물들은 우리의 태양 아래에서 살지 못했어. 건축 자재도 우리 행성에서는 쓸모가 없었고. 우리는 지구도 침략했지만 생각보다 가져올 게 별로 없었지. 따라서 일단 후퇴해서 우리가 가지고 있는 것을 관리하기로 했다. 그런데 그때 인간들과 동맹을 맺은 드래곤들이 공격해왔고, 두 번째 전쟁에서는 우리가 패했지."

"드래곤들이 공격하지 않았다면 악마의 사물들을 만들지 않았을 거란 뜻이에요?"

"정확하다." 아르칸즈가 대답했다. "후퇴해 있는데 쳐들어온 것은 참을 수 없는 일이었으니까. 우리 민족의 가장 호전적인 급진파가 들고 일어나서 전면전을 선포했지. 그리고 우리는 결사 항전을 위해 악마의 힘을 지닌 사물들을 만들었다. 그런데 그걸 빼앗아간 거야. 강력한 마법을 얻기 위해 우리 동족 수백만을 죽였는데. 희생이 너무 컸기 때문에 여론이 아주 나빠지면서 더는 전쟁을 치를 수 없었지. 계속 싸우기는 너무 사기가 떨어져 있기에 우리는 인간들과 동맹을 맺은 드래곤들과 협정을 맺었지. 그리하여 지각단층들은 닫히게 되었고."

타라와 친구들은 눈이 동그래졌다. 아더월드 역사의 한 페이지가 다시 쓰이고 있었다. 그리고 악마들의 세계에 여론이 있다니. 동족의 의견에 귀를 기울인다는 건가? 흥미로운 사실이었다.

"우리 행성과 태양에 무슨 일이 일어났느냐고 물었지?" 아르칸즈는 미소를 지으면서 말했다. "아까도 말했지만 우리는 두 가지 프로그램을 동시에 추진해왔어. 마법과 과학기술. 하지만 마법과 과학기술을 각각 이용하는 것보다 두 가지를 결합하는 것이 훨씬 나았지. 마법과 과학기술을 조합하면서 우리는 마침내 도저히 믿어지지 않는 놀라운 일을 해냈지. 우리의 태양을 변형시켰거든."

타라는 입을 멍하니 벌리고 있다가 다물었다. 귀가 믿어지지 않았다.

"다시 말해 우리의 검은 태양들을 지구의 태양처럼 만들었다는 뜻이야. 지구의 태양이 뿜어내는 파장과 일치시키면서 더 크고 더 뜨거운 태양들을 만들었지. 그리고 그 주위를 도는 행성들의 회전을 변경시켰는데 여기서 몇 가지 문제가 발생했어. 행성의 응집력을 유지시키는 것이 어려웠거든. 그리고 새로 변한 태양의 파장을 조절하는 것도 아직 완벽한 상태가 아니고."

그들은 머리 위의 불덩어리를 향해 공포의 눈길을 던졌다.

과학기술과 마법의 결합이 이뤄낸 쾌거라고 할 수 있을까? 도저히 믿을 수 없는 말에 놀란 파브리스는 눈이 튀어나올 것 같았다.

"말도 안 돼!"

"그렇지만 사실이다." 아르칸즈가 말했다. "지금 이 행성이 마지막 차례로 정해지면서 차츰 우리 정부의 중심이 되었지. 우리는 1년 전쯤에 태양과 함께 이 행성을 지구처럼 만들었어. 물론 부식토, 나무, 식물, 동물들은 먼저 지구처럼 만든 우리의 다른 행성들에서 들여왔고."

"다른 행성 여섯 개도 모두 지구처럼 만들었다는 거예요? 하지만 수백만 년에 걸쳐 살아온 그 많은 동식물이 갑자기 달라진 환경에 그렇게 쉽게 적응할 수 있다고요?"

타라는 의혹의 눈길을 보냈다. 아르칸즈의 말을 종합해보면 악마들이 만든 것을 제외하고는 이 이상한 세계에 마법이 존재하지 않았다는 건데, 그렇다면 일곱 개의 행성을 모두 지구처럼 만드는 데 필요한 그 많은 마법을 어디서 구했다는 거지?

림보를 들락거리는 마지스터도 이 행성 외에 다른 여섯 개의 행성이 있다는 걸 전혀 모르고 있는데 어느 누가 악마들의 미친 계획을 알아차릴 수 있단 말인가.

그렇다면 마지스터가 1년 동안 이 행성에 발을 들여놓지 않았다는 건가? 혹시 크라에토비르의 반지를 물리치기 위해서가 아니라 무슨 일이 일어나는지 알고 의도적으로 타라와 친구들을 림보로 보낸 것일까? 그것도 아니면 악마들과 맞서 싸우게 하려고? 이 행성을 파괴하게 하려고? 타라는 그럴 힘도 없고, 그러고 싶지도 않았다. 한 종족 전체를 괴멸시켜서 은하계에서 가장 큰 죄를 짓고 싶은 생각은 추호도 없었다.

따라서 재판관을 만나겠다는 생각도 사라지고 있었다.

이를 악물면서 타라는 마지스터와 그의 비뚤어진 정신을 증오했다.

"일곱 개의 행성 중 하나는 끝내 버티지 못하고, 태양이 엄청난 빛을 발하며 폭발했다." 아르칸즈가 고백했다. "우리는 모든 주민을 철수시키지 못했지, 애석하게도! 하지만 많은 시행착오 끝에 이제 어떻게 해야 하는지 방법을 알았으니 또 다른 행성들과 태양을 지구처럼 만들 수 있을 거야. 모든 걸 빨아들이는 블랙홀 없이 지구처럼 만드는 데 수많은 세월이 걸렸으니까 앞으로 좀 더 시간이 걸리겠지. 하지만 그건 중요하지 않아."

무아노는 주먹을 불끈 쥐었다. 한 행성을 괴멸시켰단 말인가? 행성 하나를 통째로? 수백만의 희생자들을 생각하자 무아노의 눈에 눈물이 글썽였다. 완전히 미치광이들이었다.

"왜 인간의 모습을 하고 있죠?" 로빈이 공격적으로 물었다. "우리를 또 침략하려고?"

하지만 그 어떤 말에도 악마는 냉정함을 잃지 않았다.

"침략? 또? 아니, 우리는 이제 그럴 필요가 없다. 번식증가율을 낮춰야 하는 문제가 있지만, 우리는 벌써 여러 번 우리의 몸을 변형시켰지. 네 발 괴물이던 원래의 모습을 마음에 드는 형태로 바꿀 수 있는데 마다할 이유가 없겠지. 더군다나 인간은 우아하고 세련된 모습인데 말이지. 그리고 인간은 한두 명의 아이만 낳고, 많은 시간이 걸려야 성인이 된다는 점은 우리에게 아주 이상적인 모델이거든. 무엇보다도 인간들의 문화, 지성, 그 모든 것이 매력적이야. 게다가 우리가 빠르게 발전할 수 있었던 것도 너희 인간들 덕분이고. 지구나 아더월드의 호출을 받은 악마도 이제 더 이상은 호출한 마법사를 죽이지 않아."

"아, 그래요?" 파브리스가 관심을 보였다. 더 강한 마법을 얻기 위해 악마를 부를 뻔하다가 지배할 자신이 없어서 단념한 적이 있었기 때문이다.

"그래. 악마는 명령을 이행하고, 그 대가로 인간의 DNA, 책, 비디오테이프, CD, DVD 등을 가져오면 되니까. 우리는 인간을 연구하는 위원회를 만들었지. 그리고 인간의 DNA를 우리의 피에 섞었다. 그것으로 충분하지 않았지. 인간을 더 많이 알고 싶었으니까. 그래서 지금부터 18년 전에 아버지는 새로운 세대를 태어나게 했던 거야. 그리하여 이미 지구처럼 변한 행성들에서 성장한 세대, 완벽한 인간 세대가 등장했지."

끔찍한 일이었다. 타라는 아르칸즈가 진지하면서 우호적으로 느껴졌다. 하지만 살아 있는 사람의 살을 먹는 흉측한 악마가 어떻게 진지하고 우호적일 수 있단 말인가.

"그럼 인간들과 협력하겠다는 뜻인가요?" 타라가 물었다. 뜨거운 바람에 타라의 금발과 아르칸즈의 머리가 흩날리고 있었다. "우리에게 뭘 원하는 거죠?"

"지금은 그걸 말해줄 수 없다." 아르칸즈는 심각하게 대답했다. "아직 토론하는 중이니까."

타라는 눈살을 찌푸렸다. 아직 토론하는 중이라고? 행성을 지구처럼 만들고, 인간으로 모습을 바꿨다는 것은 악마들이 무슨 일을 꾸미고 있는 것이 틀림없었다. 지금 가장 중요한 것은 무슨 계획인지 알아내고 좌절시킨 다음 어떻게 해서든 살아서 도망치는 것이다.

타라는 한숨을 내쉬었다.

"마지스터는 부상을 당했다, 이 행성이 불안정한 상태라서 악마의 마법을 사용할 수 없다, 지금은 떠나지 못한다……. 그럼 우리더러 뭘 어떡하라는 거예요?"

"아버지인 왕이 지금 여행 중이야. 그리고 너희도 봐서 알겠지만, 나는 친구들과 놀이를 하고 있었다. 나를 따라가면 우리가 어떻게 사는지 보고, 우리가 괴물이 아니라는 것도 확인할 수 있는데 왜 안 가겠다는 거지?"

"놀이라고요? 격렬하게 싸우고 있었으면서!" 파브리스가 반박했다.

"그래, 맞아." 아르칸즈는 냉랭하게 대꾸했다. "나는 투덜이 대장에게 '단결은 힘이다'라는 교훈을 보여주고 있었다. 우리 종족은 너무 개인주의가 심해서 협동이라는 개념이 없어. 하지만 나는 할 수 있다고 확신하거든."

차가운 초록빛 눈 속에 곰치 머리의 거대한 악마가 웅크리고 있는 것 같았다.

"아버지가 왕이면 당신은 뭐예요?" 넉살 좋은 칼이 겁도 없이 물었다. "혹시 왕자예요?"

"정확하다." 아르칸즈가 대답했다. "나는 왕자야."

"타라." 뼛속까지 평민인 칼이 말했다. "어쩌다 한 번쯤은 왕자나 왕 이외의 사람들을 상대하는 것도 괜찮은데 말이야. 권력자들을 죽이면 상당히 골치 아픈 문제를 만들게 되니까 제발 조심해."

"아! 왕자들을 죽이는 습관이 있나 보지?" 아르칸즈가 받아쳤다.

"나에게 나쁜 짓을 하는 자들에게 혼을 좀 내주는 편이죠." 타라가 칼을 향해 냉소를 지으면서 대답했다. "전부 다 왕자들은 아니고요."

아르칸즈는 그들을 에워싸고 있는 군대를 향해 눈길을 던지면서 속으로 말했다. '뭐야, 내가 왜 겁먹은 것처럼 이래? 지금 위험에 빠진 건 내가 아닌데.'

그리고 이 어린 인간들은 목숨이 풍전등화인데 모르는 건지, 아니면 알면서 모른 척하는 건지 위험을 전혀 실감하지 못하는 것 같았다.

"마법을 사용하지 않고 어떻게 옷을 바꿨느냐고 물었는데 대답하지 않았다." 아르칸즈가 다시 물었다.

타라는 상냥하게 미소를 지어 보였다. 이런 종류의 질문에 어떻게 대답해야 하는지 잘 알고 있었다.

"아, 그건 기구를 사용한 거였어요. 인간을 연구했으니까 우리 여자들이 예쁘게 꾸미는 걸 좋아한다는 거 알 거 아니에요?"

체인지라인은 반응하지 않았다. 하지만 타라는 체인지라인이 화장용품 정도로 자신을 전락시킨 걸 기분 나빠하는 걸 느꼈다.

그리고 체인지라인이 항공모함의 화력을 갖춘 무기로 변할 수도 있다는 것을 말하지 않았다.

아르칸즈는 타라를 쳐다보다 미소를 지으면서 일어났다.

"기구라고? 내 아버지가 돌아오시길 기다리면서 나의 궁전으로 가는 게 어떨까? 그사이에 너희의 친구 마지스터도 건강을 회복할 텐데? 나의 궁전은 아버지의 궁전만큼 호화롭지 않지만 아주 쾌적하지. 침실은 감옥과 전혀 다르니까 걱정하지 말고."

아! 그러니까 지난번에 방문했던 마왕의 궁전이 아니라는 거잖아. 재판관은 마왕과 함께 있는 걸까? 마왕과 같이 떠났을까? 여기를 떠나서 드래곤들에게 알려야 하는데 그럴 수 없다면 재판관을 만날 기회는 가질 수 있겠지만……, 어쨌든 악마의 궁전으로 가면 안 돼. 거리를 유지하고 있어야 돼. 은밀하게 더 확실한 방법을 찾아야 하는데.

"나는 '감옥의 감'자만 들어도 알레르기가 일어나거든요." 칼이 오만상을 찌푸리면서 말했다. "그리고 항상 안 좋게 끝나기 때문에."

칼의 어조에서 안 좋게 끝나는 것은 그들이 아니라 악마들이기를 바라는 것이 느껴졌다.

"아니, 사양할게요." 타라는 정중하게 거절했다.

"사양한다고? 도대체 왜?"

"잠시 동안이나마 당신의 영토에서 우리를 지내게 해줘서 정말 고마워요. 하지만 아까도 말했지만 나는 꽉 막힌 건물을 좋아하지 않거든요. 지구에서도 대부분의 시간을 숲에서 보낼 정도죠. 로빈과 실버에게 물어보세요. (로빈과 실버가 동시에 고개를 끄덕였다.) 나는 갇혀 있는 것이 끔찍하게 싫어요. 이곳이 아주 마음에 드니까 우리는 여기 있을게요. 날씨도 좋고, 좀 전처럼 지진이라도 일어날 경우는 머리 위로 지붕이 떨어질 위험이 있는 건물 안보다 야외에 있는 편이 훨씬 낫고요."

아! 자신의 말을 거역하자 악마가 불쾌해하는 기색이 역력했다. 아르칸즈의 이마에 주름살이 파였다.

"여기…… 평원에 남아 있겠다고?"

악마들의 왕자 아르칸즈는 타라의 말을 이해하는 데 시간이 좀 걸렸다.

"네, 여기 있겠어요." 타라가 단호하게 대답했다. "허락해주면 정말 고맙겠어요."

아르칸즈는 이맛살을 찌푸리면서 어느 순간에 허락한다는 말을 하는 것이 효과적일지 기회를 엿보고 있었다. 타라의 환한 미소와 악마들의 탐욕스러운 시선을 받으면서 아르칸즈는 마지막으로 한 번 더 설득했다.

"하지만 매번 여기로 만나러 와야 하는 건 좀 번거로운데."

타라는 아르칸즈의 허벅지에 손을 대려고 몸을 숙이면서 말했다.

"근육질의 미남 청년은 운동을 해서 좋고, 난 여기 있어서 좋고 둘다 좋잖아요? 우리 인간을 연구했다면서 여자를 즐겁게 하기 위해서라면 남자는 뭐든 들어준다는 걸 모르는 건 아니죠?"

'근육질의 미남 청년'이라고? 윽, 이건 아줌마들이 하는 말투인데! 아르칸즈가 함정에 빠져줄까?

아르칸즈의 눈살이 치켜 올라갔다. 소녀의 말은 틀리지 않았다. 영화를 봐도, 책을 읽어도 남자는 강하고 여자는 약하기 때문에 남자는 여자를 즐겁게 하기 위해 뭐든 해주는 모습으로 그려져 있었다. 악마들의 세계에서는 여성도 남성 못지않게 강해서 이 개념을 받아들이기 어려웠지만, 타라를 보니까 이해되기 시작했다. 아르칸즈는 소녀의 아름다움 때문에 다리가 후들거리고, 이따금 호르몬 이상 증상으로 머리가 혼란스러워지고 있었다.

"좋아, 여기서 지내." 아르칸즈는 유감스러운 듯 한숨을 내쉬면서 양보했다. "마법 사용은 최대한 억제하기 바란다. 마법을 절약하기 위해서도 우리를 방해하는 일이 없기 위해서도. 그리고 이 행성은 지구와 같은 리듬으로 태양 주위를 돌고 있다. 지금 시간이 17시니까 저녁 식사를 위해 20시에 다시 오겠다."

아르칸즈가 걸음을 멈추고 세 번이나 손을 흔들었기 때문에 타라도 손짓으로 인사를 해야 했다. 그 바람에 빨리 비키지 못한 악마가 하마터면 넘어질 뻔했다. 아르칸즈의 명령에 따라 악마들과 악마/인간들이 바쁘게 움직이면서 임시 캠프를 야영지로 바꾸었다. 엿듣는 귀가 많기 때문에 타라 일행은 얘기를 할 수 없었다. 하지만 파브리스는 정말 흥분한 것 같았다.

"휴, 정말 힘든 날이다." 타라는 하품을 하면서 말했다. "조금만 쉬고 싶어. 파브리스, 같이 가줄래?"

무아노와 로빈, 실버가 의아한 시선으로 쳐다봤다. 타라는 이를 악물면서 속으로 말했다. '뭐야, 악마들이 우글거리는 속에서 내가 친한 친구의 '남친'을 유혹할 거란 생각을 하는 거야? 그럼 얘들이 나를 몰라도 너무 모르는 건데.'

파프니르는 냉소를 지었다. 파브리스의 얼굴이 빨개졌는데 흘러내리는 금발에 가려서 눈빛은 볼 수 없었다.

"응······? 나? 그래, 물론이지."

"나는 잠시 실례할게요." 타라는 그들을 힐끔힐끔 살피고 있는 청년 모습의 악마/인간들을 쳐다보면서 악마 병사들이 에워싸고 있는 텐트를 가리켰다.

즉시, 칼은 타라의 생각을 알아차렸다. 교란작전이었다. 칼은 어디선가 나타난 색색의 공으로 손재간을 부리기 시작했다. 파프니르와 로빈은 각각 칼 던지기와 활쏘기 시합을 제안했다. 무아노가 칼의 예쁜 조수 역할을 자청하자 악마 병사들이 주위에 모여들었다. 타라는 검은색 금속 동전들이 오가는 걸 보면서 빙그레 미소를 지었다. 세계 어디나 시합을 보면서 돈내기를 하는 건 다 똑같은 모양이었다.

타라는 아르칸즈가 했던 것처럼 파브리스가 잡을 수 있게 팔을 내밀었다. 타라는 파브리스와 팔짱을 꼈고, 다른 텐트들에서 멀리 떨어져 있고, 악마 병사들이 보초를 서지 않는 빨간색 텐트로 향했다. 텐트 앞에 이르자 지독한 냄새가 코를 찔렀다. 화장실이 틀림없었다.

"다른 데로 가면 안 될까?" 여자와 화장실에 들어가는 것이 거북한 파브리스가 중얼거렸다.

"바꿔." 타라는 텐트 자락을 들추고 아무도 없는지 확인한 뒤에 파브리스를 떠밀면서 말했다.

"뭘 바꿔? 옷을 갈아입으라는 뜻이야?"

"파브리스! 너 왜 이렇게 말귀를 못 알아들어? 지금 무슨 옷을 갈아입겠니? 늑대로 변신하라고!"

"아아!"

파브리스의 어조에서 안도와 분노가 반반씩 섞여 있었다. 파브리스는 늑대로 변신했고, 뱀파이어로 변신한 타라는 단검으로 텐트를 찢었다. 텐트 뒤쪽은 평원을 향하고 있어서 다행히 아무도 감시하지 않고 있었다. 타라는 다시 늑대로 변신하고 풀밭에 엎드린 상태로 몰래 빠져나갔다. 야영지에서 1킬로미터쯤 떨어졌을 때 타라는 걸음을 멈추고 다시 변신했다.

"비밀리에 나눌 얘기가 있어서 같이 가자고 했구나." 파브리스가 감탄했다. "하여튼 기발해!"

"그래, 맞아." 타라는 말했다. "아르칸즈가 어느 순간에 거짓말을 했어?"

파브리스는 의아한 얼굴로 타라를 쳐다봤다.

"네가 그걸 어떻게……."

타라는 발로 땅바닥을 툭툭 차면서 기다렸다.

"아! 그래, 너도 늑대를 잘 안다는 거 깜빡했다." 당황한 파브리스는 검은색 눈을 찡그리면서 말을 이었다. "거짓말을 느낄 수 있었어. 아주 여러 번. 우리를 보낼 수 없다고 말했을 때, 그리고 마지스터에 대해 말했을 때도. 내 생각에 그들은 이미 마지스터를 돌려보냈어. 그는 지금 여기 없어."

타라의 얼굴이 하얗게 질리자 깜짝 놀란 파브리스가 다가왔다.

"타라, 괜찮아?"

"아니, 안 괜찮아. 마지스터가 이 행성에 없다면 누가 우리를 데리고 나가지?"

파브리스는 어깨를 으쓱했다. 자기 역시 아르칸즈가 거짓말을 하고 있음을 느끼는 순간 그 걱정을 했었다.

"방법은 네가 찾아야지." 파브리스는 낙천적으로 대답했다. "넌 항상 방법을 찾잖아."

그 순간 타라는 친구가 정말 미웠다. '자기도 함께 방법을 찾아야지 너만 믿는다고 말해도 되는 건가? 불공평하잖아.' 하지만 타라는 숨 한 번 들이쉬고 말했다.

"그리고 또?"

"어떻게 할지 토론 중이라고 말했을 때, 정확하지는 않지만 무슨…… 문제가 있어 보였어."

"사람들이 순순히 잡아먹히려고 하지 않는 게 문제겠지. 칼이 말한 것처럼 악마들은 거짓말하고 있어. 무슨 꿍꿍이가 있는 거야. 무슨 계략을 꾸미는 건지 알아내야 해. 따라서 우리의 미션은 악마들이 왜 우리를 죽이지 않고 붙잡아두려고 하는지 이유를 알아내고……."

파브리스는 등골이 오싹했다.

"계략이 뭔지 정확하게 알아야 해. 인간이 되기 위해 행성들을 변형시키다니, 완전히 미친 짓이잖아. 악마들은 우리 세계를 침략하려는 거야. 우리 인간들에게 섞이면 악마를 구분할 수가 없잖아. 인간의 몸은 악마들이 이전에 만들었던 괴물보다 훨씬 약해. 강력한 힘이라는 이점을 포기하면서까지 인간의 몸을 선택한 이유가 뭘까? 완벽하게 위장하기 위해서?"

파브리스는 이마에 주름을 잡으면서 심각하게 말했다.

"지구를 침략할 거란 말은 하지 않았어. 또 다른 행성들을 지구처럼 만들어서 주민들을 적응시키겠다고 했어. 그리고 인간의 몸을 하고 있으면 번식증가율을 낮출 수 있다고 했어."

타라는 한숨을 쉬었다.

"무서워."

파브리스는 충격을 받았다.

"뭐라고?"

"너무 무서워. 이게 다 무슨 일인지 모르겠어. 엄마가 돌아가셨고, 마지스터는 엄마를 비욘드월드에서 돌아오게 하겠다고 난리고, 유혹 주문 때문에 로빈은 더 이상 나를 사랑하지 않고, 나는 돌아갈 방법이 없어! 우리를 잡아먹을 생각만 하는 악마들에 대해서는 굳이 말할 필요도 없고! 오, 파브리스, 나 무서워 죽겠어!"

파브리스가 위로의 말을 건넬 겨를도 없이 타라는 왈칵 울음을 터뜨렸다. 몇 시간 사이에 충격적인 일을 연달아 겪었으니.

몹시 당황한 파브리스는 타라를 끌어안고 서툴지만 등을 토닥여주었다. 얼마나 지났을까. 차츰 울음이 그쳤다.

"우리 모두 무서워." 파브리스가 마침내 말했다. "나는 여기 도착할 때부터 오금이 저렸어. 아니, 아더월드에 도착했을 때부터 그랬어. 모든 것이 나를 공포에 떨게 했으니까. 그래서 강력해지고 싶었던 거야, 두려움을 이기기 위해서. 하지만 아무리 힘 있는 권력자라도 두려움은 어쩔 수 없다는 걸 알았어. 여길 빠져나가면 좀 나아질 테니까 조금만 참자."

"고마워, 파브리스." 타라가 중얼거렸다.

타라는 체인지라인이 주는 손수건으로 눈물을 닦았고, 파브리스가 '천만에'라고 말을 미처 하기도 전에 뱀파이어에서 다시 늑대로 변신했다. 늑대 모습의 타라는 야영지를 향해 달렸다. 타라는 변신한 것이지 진짜 늑대가 아닌데도 어찌나 빠르게 달리는지 깜짝 놀란 파브리스가 한숨을 쉬면서 내달렸다. 점점 속도를 내는 타라를 보면서 파브리스는 친구가 공포에 사로잡혀 있다는 걸 느꼈다.

타라와 파브리스는 슬그머니 돌아왔다. 친구들이 화장실 텐트 주위에 둘러서서 망을 보고 있었다. 타라와 파브리스가 화장실 텐트를 나가자 줄을 서서 몸을 비비 꼬고 있던 악마/청년들이 안도의 표정을 지었다. 타라는 약간의 마법을 사용하여 찢고 나갔던 텐트를 이미 감쪽같이 봉합해놓은 상태였다.

파브리스와 타라가 돌아오자 칼이 빈정거렸다.

"괜찮아졌냐?"

"아니." 파브리스가 대답했다. "하지만 어쩔 수 없지 뭐."

칼은 눈살을 찌푸렸다. 예상한 답변이 아니었다. 이어서 타라의 빨간 눈을 보면서 이번에는 이맛살을 찌푸렸다. 로빈도 타라의 눈을 보고 불안한 얼굴로 뻣뻣해졌다.

타라 일행은 그사이에 새로 설치해놓은, 금빛 수를 놓은 흰색 텐트 안에 모였다. 아주 널찍한 텐트 안이 여러 개의 방으로 나뉘어 있어서 각자 방을 하나씩 차지할 수 있었다. 악마들은 그 짧은 시간에 화장실과 욕실 외에도 주거 시설을 갖춰놓았다.

아, 그럼 이제 화장실 텐트에 가서 볼일을 보는 실례를 하지 않아도 되겠네. 악마들은 영악하고 세심했다. 아더월드와 달리 사물들은 마법이 아니라 과학을 이용하는 것이었다. 누군가가 방에 들어가는 즉시 전기 탐지기가 감지하면 가령 의자나 안락의자들은 뒤로, 탁자는 앞으로 자리를 잡는 식으로 사물들이 움직였다. 타라와 친구들은 묵직해서 움직이지 않는 소파에 모여 앉았다. 로빈과 실버는 만약을 대비해서 엉덩이만 걸치는 엉거주춤한 자세였다.

타라는 친구들을 살폈다. 검은색 머리털이 섞인 은빛 머리, 예민해진 크리스털 눈의 로빈은 시선을 피하고 있었다. 대화를 해야 되는데 로빈의 태도에 상처를 받은 타라는 신경이 더 날카로워졌다. 어머니를 잃고 상심해 있는 타라에게 약간의 애정과 하다못해 동정이라도 보여줄 수 있으련만. 이렇게 냉정할 수가! 반면에 실버는 아름다운 금빛 눈으로 다정하게 쳐다보고 있었다. 떡 벌어진 어깨 위로 흘러내린 캐러멜색 금발, 실버 자신은 모르고 있지만, 정말 멋진 모습이었다. 실버를 응시하는 타라의 시선을 보면서 로빈의 얼굴빛이 어두워졌다.

타라 일행에게 필요한 게 없는지 확인하기 위해 악마/청년들과 악마들이 번갈아 텐트를 들락거렸다. 그때마다 타라와 친구들은 모든 것이 완벽하다고 정중하게 대답했다. 타라는 텐트를 포위하고 있는 악마들에게 잠을 자야 하니까 무슨 일이 있어도 방해하지 말아달라고 부탁했다. 악마들은 마지못해서 물러났다. 타라는 바깥 소리가 들리지 않게 하려고 아주 약한 마법으로 텐트의 천을 강화했다. 소음이 차츰 약해지다가 사라졌다. 그 순간에는 악마의 마법을 사용하면 행성이 위험하다는 아르칸즈의 말이 거짓인지 알 수 없기 때문에 타라 일행은 악마들이 마법을 사용해서 엿듣고 있지 않다는 확신도 가질 수 없었다.

칼의 손짓에 따라 타라는 주문을 읊지 않고 합선을 일으켜서 텐트 안에 있는 모든 전기 기구를 망가뜨렸다. 작동하는 기계가 아무것도 없었다. 합선을 일으킨 것은 악마들로 하여금 갑자기 기계가 고장이 난 것으로 결론을 내리게 만들기 위해서였다. 파브리스와 무아노가 만든 약한 불빛이 텐트 안을 떠다니고 있었다.

그들은 신중했다.

"조금 있다 아르칸즈가 오면 물은 마시자." 무아노가 가능한 한 나직한 소리로 말했다. "며칠 동안 굶는 건 어떻게 버틸 수 있겠지만,

물까지 안 먹으면 문제가 생길 거야. 사흘 후에는 환각 상태가 일어나기 시작하고, 나흘이 지나면 미쳐서 죽게 돼."

"아무려면 도둑이 어디론가 떠나면서 비축 식량도 준비하지 않았겠어?" 칼이 영악한 미소를 지으면서 말했다.

즉시 칼은 마법복 호주머니에서 물, 체리콜라 친파프, 사과콜라 친파프, 구운 고기, 과일과 과자를 꺼냈다. 그리고 꼬마도깨비 파보들이 만든 예언의 막대사탕 키디코이도 있었다.

그들은 먹을 것에 달려들었다.

"네가 최고야, 칼." 볼이 터질 듯 입안에 음식이 가득한 파브리스가 엄지손가락을 치켜세웠다. "우리 늑……(파브리스는 주의! 하는 눈으로 쳐다보는 타라의 시선에 흠칫 놀랐다) 음…… 우리는 신진대사가 빨라서 배가 엄청 고팠는데."

무아노는 빈정거리는 듯한 미소를 지었다.

배를 채우자 그들은 조금 기분이 좋아졌다. 타라는 하품을 했다.

"아르칸즈가 20시에 다시 오겠다고 했어." 타라가 말했다. "한 시간쯤 남았으니까 정신을 똑바로 차리고 그와 대화를 나누려면 잠을 좀 자두는 게 좋겠어."

갈랑이 보초를 서겠다는 신호를 보내자 타라는 고맙다고 말했다.

타라는 격식 따위 신경 쓰지 않고 소파에 누워서 잠이 들었다.

빨간 머리 난쟁이 파프니르는 눈에 잘 띄는 곳에 도끼를 놓고 눈을 깜박거리고 있었다. "악마들이 우글거리는 곳에서 잔다는 건 절대로 안 될 일인……." 난쟁이는 말을 끝마치지도 못한 채 잠들고 말았다. 아직 실버에게 화가 나 있는 로빈과 아버지 마지스터에게 무슨 일이 일어났는지 불안하지만 아무 질문도 할 수 없는 실버를 제외하고 다른 친구들은 모두 한 시간 동안 곯아떨어졌다. 아르칸즈가 도착하기 5분 전에 갈랑이 타라를 살살 깨웠다. 기지개를 켜는 타라의 눈이 흐렸다. 어머니 꿈을 꿨던 것이다.

체인지라인은 타라가 자는 동안 깨끗하게 씻겨서 치맛자락이 나팔처럼 벌어지는 주홍빛 원피스에 금빛 실크 허리띠를 졸라매놓은 상태였다. 발에는 금빛과 주홍빛의 샌들이 신겨 있었다. 체인지라인은 눈 깜짝할 사이에 타라의 머리를 손질하고 화장해주었고, 이어서 무아노와 파프니르도 예쁘게 꾸며주었다(불같은 성격의 난쟁이 눈에 마스카라를 칠하다 실수라도 했다가는 얻어맞을 위험이 있어서 화장해주기가 좀 까다로웠다).

파프니르가 온갖 욕설을 퍼부었지만 난쟁이의 얼굴 화장은 꽤 재미있었다.

로빈과 실버는 이미 준비가 되어 있었다. 둘은 텐트 양쪽에 경계 태세를 취하고 있었다. 타라는 피로가 풀리지 않았지만 그래도 머리는 좀 맑아진 것 같아서 다행이었다. 작전을 짜야 하기 때문이었다.

정확하게 말하면 작전을 짠다기보다 작전을 짤 실마리를 찾아내야 했다. 친구들에게 그 말을 해야 하는데 누군가 엿듣지 않는지 확신할 수 없었다. 그들만 있어야 하는데.

"이따 저녁 식사가 끝난 뒤에 소화시킨다는 핑계로 산책하자." 타라가 제안했다. "우리끼리만 좀 걷게 해달라고 내가 요구할게. 아르칸즈가 많은 질문을 했는데 이번에는 내가 할 차례야. 그동안에 너희도 청년들이나 악마들과 대화를 나누면 좋겠어."

"인간의 모습을 하고 있어도 악마는 악마니까 함정에 빠지지 마."
무아노는 차분하게 말했다. "겉모습과는 완전히 달라. 괴물들이 요
정**26**처럼 구는 것이 정말 꺼림칙하고 역겨워."

타라는 입술을 깨물었다. 무아노의 말이 맞았다. 주의해야 했다

그때 트럼펫 소리가 울렸다. 실버와 타라는 눈짓을 주고받았다. 실
버가 미소를 짓자 타라는 웃음을 참느라고 킥킥거렸다. 실버와 타라
가 뭔가를 공유하고 있는 걸 보면서 로빈의 표정이 굳어졌다.

타라는 심호흡을 하면서 똑바로 섰다. 갑옷 차림이 아니라 하얗게
입은 아르칸즈가 텐트 안으로 들어왔다. 뒤따라 들어오는 아름다운
여자 두 명을 보면서 타라와 무아노, 파프니르까지 눈이 동그래졌다.
로빈과 실버, 파브리스가 동시에 벌떡 일어났다. 갈색 머리의 여자는
키가 크고 날씬하고, 금발 여자는 키가 작고 통통했다. 파란 눈빛과
초록 눈빛의 미녀들, 두 여자 다 미소 지을 때는 보조개가 피었다.

"침 좀 그만 흘리지!" 무아노가 혀를 빼물고 있는 파브리스를 째려
보면서 말했다.

아르칸즈는 타라와 무아노, 파프니르를 눈여겨보면서 멋진 미소를
지었다. 난쟁이가 흔들릴 정도로 매력적인 모습이었다. 타라는 아무
말도 하지 않았지만 악마가 눈부시게 보이기 위해 뱀파이어들처럼
카리스마 주문을 걸어놓은 게 아닌지 의문이 들었다.

아르칸즈가 달고 나타난 여자 둘이 칼(키가 작은 여자)과 로빈(키
가 큰 여자) 옆으로 가면서 파브리스에게는 눈길도 주지 않았다. 실

• • • • • • • • • • • • •

26. 요정은 아더월드에서 천사의 개념이며, 모든 피조물 중 가장 아름다운 존재를 의미한다.

망을 금치 못하는 파브리스를 보면서 무아노는 쌤통이라는 듯 피식 웃었다.

타라는 경계했다. 칼은 키 작은 여자를 좋아하고, 로빈은 엘프와 비슷한 늘씬한 여자를 좋아할 거란 생각을 해낼 정도로 악마들이 영악하다는 것은 불길한 전조였다.

"잘 쉬었나?" 아르칸즈가 친절하게 물었다.

아르칸즈는 텐트 안을 밝히는 마법의 불빛을 알아보고 눈살을 찌푸렸다. 묵직한 소파에 앉았기 때문에 알아차리지 못하던 아르칸즈는 데리고 온 여자가 앉으려는데 의자가 움직이지 않아서 넘어질 뻔했을 때 깜짝 놀랐다.

"이게 어떻게 된 거야? 기구들이 왜 작동을 하지 않지?"

"쉬어야겠는데 밖의 사람들이 너무 시끄러워서 내가 텐트에 방음장치를 했거든요. 그러다 본의 아니게 합선을 일으켰던 모양이에요. 미안해요, 내 실수로 인해 망가진 기계들에 대해서는 보상할게요."

"천만에, 무슨 그런 말을!" 아르칸즈가 매력적인 미소를 지으면서 대꾸했다. "우리 잘못인데 사과는 우리가 해야지. 내 부하들이 시끄럽게 했다니 미안하군. 더는 방해하는 일이 없도록 물러가게 하지."

"근데…… 왜 보초를 세웠어요?" 칼은 아주 천진한 표정으로 물었다. "우리에게 무슨 일이 생길까 봐 걱정돼서요?"

아르칸즈는 칼이 말을 건넬 때마다 긴장하는 것이 역력했다. 그는 칼의 잿빛 눈을 응시하면서 말했다.

"아니, 내 보호를 받고 있는데 누가 너희를 해쳐? 그런 일은 없을 거다." 아르칸즈는 거만하게 대답했다.

칼은 속으로 말했다. '혹시라도 우리에게 원한을 품은 악당이 있을까 봐 지키고 있었다고 말하면 되는데 뭐 때문에 부인하는 거지?'

칼은 아르칸즈가 알아차릴 겨를을 주지 않았다.

"그러니까 왜 보초를 세웠냐고요?" 칼은 마치 굶주린 상어가 달려들듯 빠르게 반응했다. "우리는 당신들을 공격할 위험도 없고, 또 이 행성을 떠날 수 없기 때문에 어디로 도망칠 수도 없는데요!"

아르칸즈의 미소가 싹 사라졌다. 타라는 입술을 깨물었다. 칼이 자칫 위험할 수도 있는 발언을 한 것이다. 죽을 위험에 처할수록 특히 칼의 빈정거림은 도가 지나칠 때가 있었다. 영리한 칼은 머리 회전도 빠르게 돌아가지만 그래서 늘 조마조마했다.

"보초를 세운 게 아니라 의장대야. 너희는 우리의 아주 귀한 손님이라서 예를 갖추기 위해."

"그렇지 않아요." 칼이 입을 열려는 순간 타라가 먼저 말했다. "나는 이제 평민이거든요. 후계자 지위를 상실했고, 내 여동생 마라가 새로운 후계자가 되었죠. 내 친구들도 모두 평범한 시민이고요. 따라서 의장대는 우리에게 필요하지 않아요."

타라는 잔뜩 긴장한 두 여자의 눈빛에서 두려움을 봤다. 여자들의 반응으로 보아 악마들의 왕자가 하는 말에 반박하는 것이 익숙지 않을 뿐만 아니라 아르칸즈가 아주 싫어하는 것이 틀림없었다. 아르칸즈가 어떻게 나올까? 타라 일행을 교수형에라도 처하려나?

아르칸즈는 타라가 어리둥절할 정도로 느닷없이 허리를 숙여 경의를 표했다.

"의장대가 오히려 불편함을 주었다면 물러가게 하지, 친애하는 타라 덩컨. 그리고 뭐든 원하는 걸 말해봐."

두 여자는 눈길을 내렸지만, 타라와 칼은 깜짝 놀라는 눈빛을 놓치지 않았다.

흠!

"사실은 집으로 돌아가고 싶어요." 타라가 간청하듯 말했다. "그러니까 이 행성에 영향을 주지 않는다면 우리가 떠나게 도와주면 정말 고맙겠어요. 비용에 대해서는 말하지 않았는데……."

"비용이라니?" 아르칸즈가 의아한 얼굴로 물었다. "무슨 그런 말을! 타라 덩컨, 목이 정말 아름답구나. 지구의 시인처럼 시 한 편을 읊고 싶은 마음이 들 정도로. 샤를 보들레르라는 시인의 머리카락에 대한 시를 알고 있다."

아르칸즈가 갑자기 무릎을 꿇는 바람에 타라는 의자에서 몸을 뒤로 뺐다.

오랫동안! 영원히! 너의 탐스러운 머리에 내 손이
루비와 진주, 사파이어를 심는다
네가 나의 욕망에 절대로 귀를 막지 않도록!
너는 내가 꿈꾸는 오아시스이고, 추억의 포도주를
찔끔찔끔 마시는 호리병이 아닌가?**27**

아르칸즈가 몸을 움직이는가 싶었는데 손에서 폭포처럼 쏟아지는

· · · · · · · · · · · ·

27. 샤를 보들레르의 『악의 꽃』 중에서 「머리카락」의 일부.

루비와 진주, 사파이어가 타라의 얼굴 앞에서 튀어 오르더니 머리에 내려앉았다.

모두 입을 멍하니 벌린 채 아르칸즈를 쳐다봤다. 악마/여자 둘도 눈이 믿어지지 않는다는 표정이었다.

"나는 우리가 통과하는 비용을 내겠다는 뜻이었는데 오히려 이렇게 아름다운 보석……을 주다니 고마워요. 우리를 돌아가게 해주는 대가로 원하는 것이 뭐죠?"

아르칸즈는 몹시 기분이 상한 표정을 지었다.

"전혀 없어! 지금은 떠나게 해줄 수가 없다는 내 말을 믿지 않는 거니? 함정이거나 우리가 뭔가 원하는 것이 있다고 생각하면서?"

타라는 속으로 말했다. '그렇게 생각하는 것이 아니라 사실이 그렇잖아!'

"사실 나는……."

"우리 행성의 관광자원을 개발하고 싶다." 아르칸즈는 타라가 생각을 밝히기 전에 말을 끊었다. "지구인들과 아더월드인들이 와서 우리가 달라졌다는 걸 알아차리면 좋겠다. 이제는 우리도 같은 인간이라는 걸 알고 싶어. 그래서 좋은 친구가 되고 싶은 거야! 그런데 우리가 길 잃은 여행객들에게 통과세를 요구하면 인간들이 어떻게 생각하겠어? 도와주는 대가를 받으면 안 되지. 그 대신……."

아하! 그러면 그렇지! 악마의 사물들을 돌려달라고 요구하겠지.

"그 대신, 여제께 마법사들이 에프리트들을 호출하는 일이 더 간단한 절차로 이뤄지고, 마법사들의 수명 또한 짧아지는 일이 없게 허락해달라고 요청해주면 좋겠다. 우리를 도와주려고 엄청나게 노력하는 호의적인 사람이 아주 많거든."

아르칸즈가 악마의 사물들을 요구하지 않는 것에 타라는 깜짝 놀라며 하마터면 '이건 아닌데'라는 말이 튀어나올 뻔했다. 타라는 놀라움을 내색하지 않으려고 애써 차분하게 말했다.

"나는 현재 오무아의 황궁에 들어갈 수 없어요. 사실은 1년 동안 연락하지 못하고 지냈거든요. 하지만 혹시라도 고모와 연락이 되면 당신의 청원을 꼭 전할게요. 그게 다예요?"

"그리고 교역을 할 수 있으면 정말 좋겠다. 우리는 농업 개발에 필요한 종자와 동물들이 필요한데, 반면 우리에게는 지구와 아더월드에서 많이 사용하는 지하자원이 풍부하니까. 마지스터는 우리에게 너희가 어디로 도착하는지 말하지 않았지만, 나는 도시에서 멀지 않은 곳일 거라고 예상했지. 너희는 아마 우리의 시험 경작지를 가로질렀을 거다. 우리는 정상적인 발육 이상의 식물로 키우는 데 성공했지만, 황폐화된 땅을 되살릴 방법을 찾지 못했다. 그래서 직접 재배하는 것보다 비용은 많이 들겠지만 작물을 수입하는 것이 더 간단하다는 결론을 내렸지."

악마의 사물들에 대한 말은 끝내 나오지 않았다. 타라는 이해가 되지 않았다. 아르칸즈가 타라 일행을 억류하는 이유로 유일하게 인정할 수 있는 것은 엄청난 파괴력으로 아더월드와 지구를 무력화할 수 있는 악마의 사물들을 빼앗아간 데미데루스의 직계 후손을 붙잡아두고 있다는 점이었다. 타라가 아르칸즈라면 무조건 악마의 사물들을 회수하기 위한 협상을 벌일 텐데. 지금 뭐가 어떻게 돌아가고 있는 거지? 타라는 어느 정도인지 정확하게 알 수 없지만 엄청난 위험을 느끼고 있었다.

"나의 고모 오무아의 여제께서는 새로운 국민과 협정을 맺는 걸 기뻐하실 거예요." 타라는 단정적으로 말했다. "하지만 내가 돌아가야 이 메시지들을 전할 수 있어요."

"물론 그렇지." 아르칸즈가 동의했다. "그건 그렇고 저녁 식사를 하자. 아주 훌륭한 음식이니까 탈 없이 먹을 수 있을 거다."

아르칸즈가 화제를 바꾸었다. 트로이크[28] 같은 놈!

"고맙지만 우리는 이미 저녁을 먹었어요." 타라가 대답했는데 공식적인 자리라면 실례를 범하는 발언이었다. "하지만 식사 자리에 함께하지요."

어떤 제안을 해도 타라 일행이 응하지 않는 데다 음식에 손도 데려고 하지 않자 아르칸즈는 얼굴을 찌푸렸다.

타라는 아르칸즈가 머리에 뿌려놓은 루비와 사파이어, 진주를 하나하나 빼내서 옆에 있는 탁자에 소복이 쌓아놓았다.

아르칸즈는 뜬금없이 왜 시를 읊은 거지? 무슨 뜻일까? 사랑 고백인가? 타라는 꿈이라도 꾼 것 같았다. 하지만 유혹 주문은 깨졌는데 이건 또 무슨 일이지?

저녁 식사 시간은 빨리 끝났다. 아르칸즈가 생각에 잠긴 얼굴로 어찌나 뚫어져라 처다보는지 타라는 점점 거북해서 어쩔 줄 모를 정도였다. 아르칸즈가 허리를 숙이며 정중하게 인사를 하고 나가자 수행

· · · · · · · · · · · ·

28. 아더월드의 쥐와 같은 족에 속하는 초록색 동물로 쓰레기를 먹고 산다. 트로이크 같다는 것은 아주 흔하게 사용하는 욕설이다.

원인지, 여동생인지 모를 두 여자가 뒤를 따랐다. 얼마 안 돼서 텐트를 에워싸고 있던 의장대가 멀어져 갔고, 드넓은 야영지에 타라와 친구들만 남았다.

은하계 끝에 위치해서 무수한 별무리에서 멀리 떨어져 있는 지구와 달리 악마들의 행성은 은하 중심과 가까웠다. 별빛이 어찌나 강렬한지 거의 대낮처럼 휜했다. 타라는 지구의 위성과 거의 똑같은 작은 달이 떠오르는 걸 보면서 놀라지 않았다. 태양을 변화시키고, 달을 만드는 것이 악마들에게는 그렇게 쉬운 일이었다니!

미풍이 불고, 밤공기는 향기로웠다. 별들을 제외하면 타라는 지구에 있는 것 같았다. 파브리스가 손을 잡자 무아노는 미소를 지어 보였다. 타라는 로빈이 고개를 돌렸을 때 심장이 쥐어드는 것 같았다. 그리고 순전히 반발심 때문에 기꺼이 손을 잡아줄 실버에게 팔을 내밀었다. 진정으로 사랑하는 건 로빈이지만, 괴롭히지 않는 실버가 위안이 되었다.

타라와 친구들은 '잠깐 산책하고 곧 돌아옵니다' 하는 식으로 텐트를 나섰지만 따라오는 이도, 엿보는 이도 없었다. 타라는 마법으로 시험해봤지만 정말 그들밖에 없었고, 엿듣는 이도 없었다.

타라가 걱정하지 않아도 된다고 말하자 칼이 툴툴거렸다.

"귀찮겠지만 아무래도 지금부터는 두 가지 의미의 문장을 많이 사용해야 할 것 같아. 세 가지 의미가 있는 표현이면 더욱 좋고!"

칼도 이상한 기구들을 사용하여 감시당하는지 확인했는데 커다란 귀 모양의 빨간색 기구가 그들 주위를 맴돌고 있었다.

"도청 마이크 같은 것도 설치되어 있지 않아. 이 악마들은 대체 뭐야?" 칼이 삐딱한 눈길로 주위를 훑어보면서 외쳤다.

타라는 웃음을 참았다.

"너는 도청 장치 비슷한 것들을 파괴하지 못해서 성질이 나겠지만 나는 우리가 정상적으로 말할 수 있는 것만으로도 만족해. 물론 조심해야겠지만. 그리고……."

타라는 마라가 생일 선물로 보내준 아이팟을 꺼내서 작동시켰다. 아더월드의 석영으로 이뤄진 아이팟은 배터리가 거의 영구적이었다. 그들의 눈앞에 영화 한 편이 전개되는데 빌랭 왕국 스파이들의 활약을 담은 스토리였다. 음향이 커서 그들의 대화가 주변에 들리지 않을 것이다. 그들은 몸이 닿을 정도로 바짝 다가섰고, 몇 미터쯤 떨어진 거리에서는 아무도 듣지 못할 정도로 나직한 소리로 말했다.

타라는 파브리스가 알려준 것을 말했다.

"다 거짓말일 줄 알았어!" 칼이 외쳤다. "조잡한 놈! 분명히 우리에게 뭔가를 원하고 있는데, 도무지 뭔지 알 수가 있어야지!"

"아르칸즈는 아무 문제없이 우리를 죽일 수 있는 악마야." 무아노가 말했다. "그리고 그의 관심은 오로지 타라야. 타라를 붙잡아두기 위해 우리까지 모두 돌려보내지 않는 것도 놀랍고."

"내가 데미데루스의 후손이라서? 악마의 사물들을 회수하려고? 그 경우라면 좀 전에 왜 요구하지 않았을까? 솔직히 나는 그럴 거라고 예상했거든. 그런데 아르칸즈는 교역, 무역 거래에 대해 말했어. 점점 이상해."

"그리고 아르칸즈는 마법을 사용했어." 파브리스가 끼어들었다. "타라 네 머리에 아름다운 보석들을 뿌렸을 때!"

"아니, 마법이 아냐." 칼이 말했다. "아르칸즈는 주머니에 손을 집어넣었어. 보석들을 미리 준비해놨던 거야. 내가 지켜보고 있었는데 마법이 아니라 그냥 요술을 부린 거였어. 그리고 우리를 돌려보낼 수 없다고 한 건 거짓말이고, 악마의 마법을 사용하지 않으려고 한다는 건 거짓이 아냐."

그동안 이상할 정도로 침묵을 지키던 로빈이 슬픈 얼굴로 말했다.

"하지만 아르칸즈는 시를 준비했어. 시에 나오는 보석들도 함께. 우리와 똑같이 행동하고 있어."

"뭐가 똑같은데?"

"여성의 마음을 사로잡고 싶어하는 엘프처럼!"

19
아르칸즈
적극적인 악마를 유혹하기 위한
소녀들의 완벽한 매뉴얼

*

그 말에 모두 아연실색했다. 그리고 동시에 반응했다.

"뭐라고?" 타라의 입에서 가장 자주 튀어나오는 표현이었다.

"미쳤구나!" 칼이 흥분했다.

"말도 안 돼!" 파프니르가 내뱉었다.

"아이, 끔찍해!" 무아노가 외쳤다.

실버는 아무 말도 하지 않았지만 얼굴에 혐오감이 역력했다.

제일 먼저 정신을 차린 타라의 뇌 신경세포가 작동하기 시작했다.

"그래서 아르칸즈가 우리를 붙잡아두고 있는 거라고? 나를 유혹하려고? 그러니까 악마들의 계획은 인간들 속에 섞여서 정복하는 거란 말이지? 인간들에게 동화되기…… 아니 인간들을 동화시키기 위해서?"

무아노가 코를 찡그리는데 야수의 눈빛이 번뜩였다.

"악마들은 수천 년 동안 계속해서 우리 세계를 위협했어. 악마들이 모습을 바꾼다고 우리가 못 알아볼 거라고 생각한다면 큰 오산이지."

"하지만 타라는 악마들의 위협 속에서 살아오지 않았어. '너, 수프 안 먹으면 악마가 잡아먹으러 온다' 이런 소리를 들으면서 자란 우리와는 달라." 칼이 지적했다. "그리고 타라가 이 악마들에 대해 혐오감을 갖고 있지 않다는 걸 알았어. 좀 전에 나는 텐트 안에서 나에게 추파를 던지는 여자를 거들떠보지도 않았어. 그 안에 숨어서 촉수를 오글거리는 악마가 보였으니까. 하지만 타라는 번지르르한 청년의 모습만 보면서 조상들의 잘못을 용서해달라는 말을 듣고 있었어. 가면이 너무 완벽하기 때문에 아주 위험한 작자인데, 아무튼 타라는 상대할 준비가 전혀 되어 있지 않아."

맞는 말이 아닌가. 칼의 판단을 인정할 수밖에 없는 타라는 반박하지 않았다.

"그러니까 우리가 부숴버리자, 그놈의 가면을." 타라가 험상궂은 미소를 날리며 말했다.

"어떻게?"

"이제부터 변덕을 좀 부려보자. 까다롭게 굴면서 신경질을 부리고, 교양 없이 행동하는 등 악마들을 짜증나게 만드는 거야. 가령 뭔가를 요구하며 생트집을 잡는다든가 하는 식으로. 그래서 우리의 변덕을 얼마나 참는지 보자고."

"나는 끄떡없어. 이 행성에 은이 없다면 내 목을 자르거나 심장을 뽑아내지 않는 한 나를 해치지 못해. 하지만 너희는? 악마들을 건드렸다가 너희를 공격이라도 하면 다칠 텐데 괜찮겠어?"

타라는 고개를 설레설레 저었는데 별빛에 물든 쪽빛 눈이 영롱하게 반짝거렸다.

"이대로 손놓고 있을 수는 없어. 위험을 무릅쓰기라도 해야지. 아더월드로 돌아간 마지스터가 지금쯤은 무슨 술책을 꾸미고 있을 거야. 크라에토비르의 반지도 가만히 있지 않을 거고. 조금만 더 버텨 보자."

"두렵지 않아?" 파브리스가 물었다.

"물론 두려워." 타라가 대답했다. "여기 도착했을 때부터 공포에 질려 있거든. 이 세계는 어디로도 도망갈 데가 없어. 여긴 우리를 도와줄 사람이라곤 없는 곳이잖아. 드래곤들의 행성에 갔을 때는 샤름이 우리 편이고, 비록 감옥에 갇혀 있지만 셈 선생님도 계셨어. 하지만 여기는 전부 우리의 적이야. 차라리 공격받는 게 나을 것 같아. 그러면 죽겠지. 하지만 이 끔찍한 불안은 끝나는 거잖아."

파브리스만 빼고 친구들이 어안이 벙벙한 얼굴로 타라를 쳐다보고 있었다. 파프니르는 머리를 한 방 얻어맞은 표정이었다.

"넌 정말 강해 보여서……." 마침내 무아노가 말했다. "그 정도로 두려워하는지 몰랐어. 그런 내색을 한 적도 없고."

"좋은 선생님들이 있었으니까." 타라는 흘러내리는 머리카락을 쓸어 넘기면서 한숨을 내쉬었다. "산도르 황제, 할머니, 고모는 꼭 필요한 경우가 아니면 내 감정을 드러내지 말아야 한다고 말씀하셨어. 그래서 두려울 때마다 감췄던 거야. 너희는? 너희도 두려워?"

"아니, 난 두렵지 않아." 로빈이 솔직하게 대답했다. "죽을 위험이 있다고 해도 나는 싸움터로 가. 나를 막지 못해."

"나도 두렵지 않아." 파프니르가 외쳤다. "수백, 수천? 얼마든지 몰려오라고 해! 내 도끼 맛을 보여줄 테니까. 창자 속에서 축제를 벌이는 도끼의 노랫소리도 들려주고 말이야."

난쟁이의 적나라한 표현에 타라는 얼굴을 찡그렸다.

"난 싸우는 게 좋아." 실버는 나직한 소리로 말했다.

파프니르가 초록빛 눈을 반짝이면서 실버를 쳐다봤다.

"말 잘했어, 불굴의 전사. 너와 내가 악마들을 상대로 싸우면 정말 화끈할 거야!"

실버가 미소를 보내자 파프니르도 답례의 미소를 지어 보이면서 잠시 만족스러운 눈길을 교환했다.

칼은 회의적인 것 같았다.

"우리가 지금 이런 얘기를 하는 게 무슨 도움이 될까? 우리 모두 두렵지만 그럼에도 불구하고 싸울 수밖에 없으니까?"

"물론이지." 파브리스가 대꾸했다.

"그럼 차라리 작전을 짜자. 악마들의 입을 열게 해서 원하는 것이 뭔지 알아내는 거야. 그사이에 파프니르와 실버는 몇 놈을 해치우고, 타라는 이 악마 소굴을 빠져나갈 방법을 찾아. 그리고 아더월드로 돌아가서 반지를 파괴하자. 그러면 리스베스 여제가 정신을 되찾을 것이고, 타라도 오무아로 돌아가면 모든 것이 정상이 되는 거야!"

그들은 잠시 침묵을 지켰다. 타라가 느닷없이 웃음을 터뜨렸다.

"칼, 네 말이 맞다. 그래, 그렇게 하면 아주 간단한데…… 내가 왜 걱정하고 있는지 모르겠네."

말을 할수록 점점 크게 웃던 타라는 땅바닥에 주저앉아서 포복절

도했다.

"아주 간단해. 아주 간단해."

"타라, 왜 그래?" 파브리스가 걱정스러운 얼굴로 물었다. "너 괜찮아?"

얼굴이 빨개져서 일어난 타라는 눈물을 닦았다.

"다, 네 덕분이야. 고마워, 칼."

칼은 어리둥절한 표정을 지었다.

"무슨 말을 하는지 모르겠어. 타라, 왜 그러는데?"

타라는 심호흡을 했다.

"이 세계를 파괴할 엄청난 계획을 털어놓을 건데 너희 허락을 받아야 해."

파프니르는 도끼를 땅바닥에 내려놓고 고개를 홱 돌렸다.

"우리에게 무슨 허락을 받는데?"

"이 행성을 파괴하고 우리 모두 죽는 계획이거든!"

이번에는 칼도 대꾸할 말이 없었다.

"이 행성을 파괴해? 타라, 그럴 수 있겠어?" 정말 놀랍다는 얼굴로 실버가 물었다.

타라는 고개를 끄덕였다.

"태양과 지구 사이의 거리가 약 1억 5000만 킬로미터인데 악마들도 똑같은 거리를 유지했다면 빛의 속도로 광선이 돌파하는 데 8분 22초가 걸려. 너희들, 이 행성의 태양 봤지?"

무아노는 무슨 말인지 알아차렸다.

"커다랗고 불안정해."

"그래, 아주 불안정해. 그리고 우리의 마법이 뭐지?"

"음…… 빛의 파동이라고 할 수 있으니까 빛……, 광선이야."

"그래, 광선! 우리가 생각하는 순간과 거의 동시에 마법이 작동할 정도로 빠르고."

"따라서 악마들의 태양을 폭발시키겠다는 뜻이야?" 실버가 물었다.

"내 마법은 아주 강력해. 아직 불안정한 단계에 있는 태양과 행성의 지면을 향해 초강력 마법의 파동을 연달아 보내면 태양이 폭발할 거야."

그들은 잠시 침묵을 지켰다. 칼이 미소를 지었다.

"타라?"

"응?"

"너와 친구라서 정말 다행이다. 너의 적은 오래오래 살 생각을 아예 포기해야 하니까."

"하지만 우리도 죽게 돼."

"아, 그렇다고 했지. 근데 악당들은 죽고 착한 사람들은 궁지를 벗어나는 뭐, 그런 작전은 없을까?"

타라는 유감스러운 표정으로 고개를 끄덕였다.

"미안하지만, 없어. 이 행성과 태양을 폭발시키기 위해 내 마법을 모두 사용해버리고 나면 돌아갈 방법이 전혀 없어. 그래서 너희 허락을 받아야 한다고 말했던 거야. 희생을 감수하는 것 말고는 달리 방법이 없어서."

그들은 심각한 얼굴로 서로를 쳐다봤다. 이미 수십 년을 살아온 파프니르를 제외하고 그들 모두 아직 십대의 청소년들이었다. 지금부

터 몇 시간 후나 며칠 후에 정말 죽을 수도 있다는 걸 받아들이기가
쉽지 않았다.

"찬성." 무아노가 중얼거리면서 주먹 쥔 손을 앞으로 쭉 내밀었다.

"찬성." 파브리스는 무아노의 주먹 위에 주먹을 올렸다.

"찬성." 로빈이 파브리스의 주먹 위에 주먹을 올렸다.

"찬성." 칼이 로빈의 주먹 위에 주먹을 올렸다.

"찬성." 파프니르는 추호의 망설임 없이 말했다.

"찬성." 실버는 마치 오래전부터 매직 6총사, 일명 매직갱의 일원
이었던 것처럼 섞였다.

"찬성." 타라가 친구들의 주먹 맨 위에 손을 올렸다.

그들이 그렇게 주먹에 주먹을 올리고 맹세한 다음 손가락을 푸는
순간이었다.

번쩍, 번개가 쳤다.

어마어마한 번개. 지구의 번개와 비교하면 거인과 개미를 비교하
는 격이었다. 번개 중 최고로 강력한 대왕 번개라고 할까. 전기 에너
지 또한 엄청난 것 같았다.

몇 번의 번개가 연달아 치더니 영화가 꺼졌다. 타라는 아이팟을 집
어넣었다.

그들은 질겁해서 야영지를 향해 달리기 시작했다.

"나무를 피해야 돼!" 공중폭격이 일어나는 것 같은 소리 속에서 타
라가 외쳤다.

"무슨 나무?" 칼이 물었다.

초목이 없는 평원에 있었으니 타라의 말은 이상할 수밖에 없었다.

아르칸즈가 그들을 향해 달려오고 있었다. 악마들이 뒤따라오는데 번개가 칠 때마다 어깨를 움찔거렸다.

"아주 위험한 폭풍이다." 아르칸즈가 타라의 손을 움켜잡으면서 소리쳤다. "강력한 회오리바람 토네이도가 오면 야영지는 순식간에 휩쓸려버리지. 어서 피해야 해!"

절묘한 타이밍! 하늘이 벌어지고 비가 억수같이 쏟아졌다. 숨쉬기가 힘들 정도의 장대비였다. 몇 센티미터 앞도 볼 수가 없었다.

타라는 악마들을 저주했다. 아르칸즈의 궁전으로 강제로 데려가기 위한 조작이라면? 마법을 사용해서 갑자기 폭풍을 일으킨 것이라면 성공한 것이었다. 그렇지만 아르칸즈의 눈에서 공포의 빛을 보며 타라는 자신의 생각이 틀렸음을 느꼈다

"이런 폭풍이 자주 오나요?"

"이 정도는 아니었는데!" 아르칸즈는 악마들의 도시를 향해 이끌면서 소리쳤다. "거의 밤새도록 비가 내릴 거야. 마지스터와 너희들이 도착하면서 행성이 내가 생각한 것보다 훨씬 불안정해진 것이 틀림없어! 어서 가자, 아니면 우리 모두 익사하겠어!"

이런 상황에도 아르칸즈가 악마의 마법을 사용하지 않는다면 어쩔 수 없지. 타라는 주문을 읊었고, 눈 깜짝할 사이에 바람과 비와 번개를 막아주는 보호막이 그들 전체를 에워쌌다. 하지만 간발의 차이로 악마 둘이 벼락을 맞고 쓰러졌다. 타라 일행 때문에 평원으로 나왔다가 목숨을 잃었으니, 타라는 그들에게 정말 미안했다. 좀 더 빨리 보호해줘야 했는데.

"고맙다, 타라 덩컨." 아르칸즈가 흘러내리는 머리카락을 쓸어 넘

기면서 말했다. "이 보호막을 이동시킬 수도 있니?"

마치 마법이 폭풍을 유인하는 것처럼 보호막 위에서 집중적으로 번개가 쳤다. 타라는 벼락이 떨어질 때마다 인상을 썼다. 계속 이러면 오래 버티지 못하는데.

"네, 하지만 너무 빨리 걸으면 보호막을 벗어나게 되니까 천천히 가야죠. 그리고 나한테 말도 시키지 말고요. 집중력이 흐트러지니까."

"원한다면 우리가 지원할게." 이미 금빛 마법을 작동한 칼이 말하는 사이에 무아노도 장밋빛 마법을 작동하고 있었다.

"그건 안 돼." 타라가 말했다. "지금도 힘든데 너희까지 개입하면 내가 마법을 조절하지 못할 수도 있어. 나 혼자 할게."

산도르 황제에게 배운 대로 타라는 정신을 집중하면서 마법을 모으고 보호막을 강화했다. 걸음을 뗄 때 보호막이 따라 움직이자 타라는 안도의 숨을 내쉬었다.

그들은 천천히 도시를 향해 전진했다. 힘들어하는 타라를 보면서 친구들은 무력감을 느꼈다. 하지만 아르칸즈는 타라의 노력을 흥미로워했다.

"보호막의 범위를 줄여도 돼. 내 수하의 악마들은 스스로 헤쳐나갈 수 있으니까."

타라는 아르칸즈를 째려보면서 이를 악물었다. 수하들을 보호한다는 것은 악마가 이해하지 못하는 개념이었다. 악마들이 영혼을 이용하는 가공할 무기를 만들기 위해 동족을 무참히 죽이는 걸 생각하면 놀랄 일도 아니었다. 타라는 모두를 보호하면서 전진하는 데 정신을 집중했다. 아르칸즈는 눈을 반짝이면서 고개를 끄덕였다.

그들은 도시의 아치형 문을 통과했다. 포위당한 궁전, 정말로 아르칸즈의 놀이를 위해서 지어놓은 걸까? 아주 색다른 도시였다. 타라는 악마들이 무슨 이유로 높은 성벽으로 에워싸고, 강철 쇠스랑을 세운 문으로 들락거리고 있는지 의문이 들었다.

누구나 공중 부양으로 나다닐 수 있는 세상에 성벽은 도무지 불필요해 보였다.

타라가 만든 보호막에도 불구하고 거친 바람과 번개가 요란하게 치면서 빗줄기는 시야를 가로막았다. 거리는 텅 비어 있었다. 도시는 커다란 집들이 줄지어 있는데 지구의 저택과 비슷했고, 곳곳에 자동차들이 주차되어 있었다. 그런가 하면 여기저기 마차들이 보이지만 마구간에 있는지 말들은 보이지 않았다. 그렇게 걸어가면서 시간이 꽤 많이 걸렸기 때문에 타라는 자신들이 도시 밖에 있겠다고 했을 때 아르칸즈가 왜 반대했는지 이해되었다.

지구와는 달리 성곽을 따라 도시가 형성되어 있고, 주위는 온통 풀밭과 방목장이었다. 희한했다.

마침내 그들은 궁전에 도착했다.

궁전은 산이라고 해도 될 정도로 높은 언덕을 등지고 있었다. 궁전의 피뢰침을 치며 번쩍이는 번개의 섬광에 도시가 내려다보였다. 모습도 지구의 궁전과는 아주 달랐다. 건축가가 여러 양식 중에서 좋은 것을 선택하다 보니 이것저것 혼합해놓은 것 같았다. 중세의 성에서 볼 수 있는 망루, 동양 사원의 금빛 파고다를 연상시키는 우측면, 베르사유 궁전을 연상시키는 좌측면, 그리스 신전을 닮은 한복판, 피라미드 위쪽은 미국 백악관의 일부를 보는 듯했다. 그 옆에 둥근 탑들은 모스크바의 성 베드로와 바울 성당을 연상시켰다.

궁전에 매혹당한 타라가 걸음을 멈추자 일행도 모두 그 자리에 멈춰 설 수밖에 없었다.

"아름답지?" 아르칸즈가 말했다. "내가 지구에 있는 건축양식을 반영하라고 주문했는데 마음에 드는 양식이 너무 많아서 한 개만 고를 수 없었지."

"아…… 네, 그러네요." 타라는 비아냥거리지 않으려고 애쓰면서 대답했다.

타라는 소름이 끼치지만 꾹 참고 전진했다. 그들이 궁전 안으로 들어서자마자 도끼가 내리찍는 것처럼 엄청난 굉음을 내며 벼락이 쳤다. 아르칸즈는 안도의 숨을 내쉬면서 긴장을 풀었다. 타라는 보호막을 사라지게 했다.

"휴, 큰일 날 뻔했네!" 아르칸즈가 기지개를 켜는 듯한 동작으로 검은 옷에 묻은 빗물을 털었다. "우리를 보호해줘서 고맙다, 타라 덩컨."

"우리를 데리러 나와줘서 고마워요." 타라는 맘에도 없던 말로 대응했다.

평원에 머물고 싶었는데 이제 늑대 굴, 아니 악마 소굴로 들어왔으니. 타라는 아르칸즈가 죽일 작정을 하고 있는 거라면 평원에서 죽든, 궁전에서 죽든 달라질 게 없다면서 마음을 가라앉혔다.

악마/여성 여러 명이 등장하고, 뒤이어 송곳니를 드러낸 아가리에 갈퀴발톱, 촉수들이 오글거리는 본래 모습의 악마들(남성과 여성 악마들이 섞여 있는)이 나타났다. 그들이 타라 일행을 2층에 있는 쾌적한 방으로 안내했다. 궁전 내부는 외부의 모습과 마찬가지로 여러 양식이 섞여 있고, 드디어 원래 악마의 건축양식인 위아래가 거꾸로 된 방들도 있었다. 알록달록한 복도가 여러 개 보이는데 붉은빛만 해도 짓이긴 딸기 색깔과 으스러뜨린 딸기 색깔의 차이처럼 아주 가까이서 살펴야 확실히 구분될 정도로 색조가 다양하고 너무 강렬해서 눈이 어릿어릿했다. 가장 놀라운 것은 악마/여성들이 여기저기 쫄랑거리고 다니는 장밋빛의 앙증맞은 새끼 고양이들을 안아서 쓰다듬어주면 가르랑거리는 소리를 내는 광경이었다. 목가적인 장면이지만, 새끼 고양이들의 목에 묶인 장밋빛과 파란빛의 끈 때문일까, 소름이 끼쳤다.

타라의 친구들이 차례로 방을 배정 받았고, 타라는 마침내 아르칸즈와 단둘이 남게 되었다.

"가까운 데에 내 방이 있다." 악마/인간이 함박미소를 지으면서 알려주었다. "필요한 것이 있으면 저걸 누르면 된다."

아르칸즈는 방문 옆과 욕실에 있는 초인종을 가리켰다.

타라는 고맙다는 듯 미소를 짓는데 몸이 부르르 떨렸다.

"나는 이만 갈 테니까 샤워하면서 몸을 녹여." 아르칸즈가 몸을 떠는 타라를 보면서 말했다. "우리는 내일 보자."

아르칸즈가 방을 나가자, 타라와 갈랑만 남았다. 잠시 후, 무아노와 파브리스, 칼, 로빈, 파프니르, 실버가 노크를 했다. 친구들은 각자 방을 샅샅이 살피면서 도청 장치가 없다는 걸 확인했다고 말했다.

타라는 둘러볼 겨를이 없었는데 은제품이 가득한 방이었다. 무심코 장식품 하나를 만졌다가 화상을 입은 파브리스는 가능한 한 벽에서 멀리 떨어져 있으려고 했다. 벽도 은박을 씌워놓았기 때문이다.

은으로 만든 장식품으로 방을 꾸며놓은 뱀파이어들의 나라와는 달리 천장부터 바닥까지 온통 은으로 도배를 해놓은 상태였다.

타라는 알루미늄 종이에 싸여서 구워지는 소시지 같은 느낌이 들었다.

가구들도 아주 희한했다. 칼은 공 모양의 털북숭이들 중 하나에 앉았다가 삼켜질 뻔한 뒤로 경계하고 있었다. 다리가 많이 달린 탁자들은 형태와 크기가 가지각색이었다. 한쪽 구석에는 초록색 젤리 상태의 물질이 꿈틀꿈틀하면서 추상적 형상을 만들고 있었다. 예술 작품인가?

침대는 정말 놀라웠다. 풍랑이 심한 바다처럼 울퉁불퉁 굴곡이 심하고, 열대기후에는 너무 더워 보이는 금빛 털가죽을 씌워놓았는데 송곳니를 드러낸 동물의 머리들이 그대로 달려 있었다.

로빈이 금빛 동물의 강력한 턱 중 하나에 손가락을 댔다가 소스라치자 소우르브가 로빈의 어깨에서 신음소리를 냈다. 로빈이 손가락을 베인 것이다. 이빨이 날카로워서 아주 위험했다. 타라는 신문의 1면을 장식하는 제목이 떠올랐다. '오무아의 전 후계자인 강력한 타라 덩컨이 침대 커버에 목이 잘리다. 애통해하는 유족에게 삼가 조의를 표합니다.'

칼이 자신의 전용 기구들을 사용하여 구석구석을 살폈지만 다른 위험은 없다는 걸 확인했다. 도청 장치나 카메라가 설치되어 있지 않았다. 이럴 거면 왜 이 행성에 타라 일행을 붙잡아두고 있는 걸까?

"괜찮아, 얘기해도 되겠어." 칼이 벽을 훑어보면서 말했다. "하지만 이런 궁전에는 도청 장치 말고도 우리가 상상도 할 수 없는 장치로 엿듣고 있을지 모른다는 걸 염두에 둬야 해. 가령 벽에 구멍을 뚫어놨을 수도 있고, 천장이 엄청 높아서 우리 목소리의 메아리가 아주 멀리까지 들릴 수도 있어."

체인지라인이 타라의 몸을 말려주고 따뜻한 옷으로 갈아입혔다. 친구들도 옷을 말린 다음 타라 주위에 모여 앉았다. 타라가 아이팟을 켰고, 모두 좀 전의 영화 다음 장면을 보는 시늉을 했다.

"아르칸즈가 결국은 우리를 궁전으로 끌어들이는 데 성공했네." 무아노는 시무룩하게 말했다. "능력이 좋은 건지, 운이 좋은 건지 모르겠지만."

"아르칸즈가 정말 우리를 억류하고 싶었다면 강제로 끌고 올 수도 있었어." 타라가 지적했다. "아무튼 모든 게 이상해. 그러니까 다 같이 자자."

타라의 말에 침묵이 흘렀다.

"다 같이?" 칼이 너스레를 떨었다. "한 침대에서?"

"칼!" 타라가 얼굴이 빨개져서 째려보았다. "그런 저속한 생각 좀 하지 마, 제발. 한 침대에서 자자는 말은 맞는데 침대를 좀 봐. 얼마나 큰지 기마대가 말들을 데리고 자도 될 정도잖아. 너희에게 '사고' (타라는 손가락으로 따옴표를 그리는 시늉을 했다)가 일어나는 걸 원치 않아."

그러고는 로빈을 응시하면서 덧붙였다.

"하지만 그 전에 나의 옛 남친과 대화를 좀 나눠야겠어. 그러니까 30분 후에 여기서 다시 보자. 샤워할 시간은 되겠다."

이 말에 로빈은 어쩔 줄 몰라했다. 실버와 파브리스, 칼이 동정하는 시선으로 하프엘프를 쳐다보면서 하나둘 방을 나가기 시작했다. 마지막으로 칼이 지나치면서 '너 혼 좀 날 거다' 하는 표정으로 로빈의 등을 토닥여주고는 아주 조용히 문을 닫았다.

타라는 하프엘프에게 안기고 싶었지만, 거절당할지 모르기 때문에 팔짱을 끼고 뚫어져라 쳐다봤다. 소우르브는 언제 분노를 터뜨릴지 모르는 타라에게서 멀리 떨어져 있기로 했고, 한쪽 구석에 웅크린 갈랑도 불안하게 타라와 로빈을 지켜보았다.

로빈은 침묵을 지켰다. 적어도…… 23초 동안. 훈련이 되어 있는 타라는 먼저 말문을 열지 않기로 작정했다. 엘프들이 얼마나 충동적이고 흥분을 잘하는지 알고 있지 않은가. 하프엘프지만 다르지 않았다.

"무슨 대화를 하자는 건데?" 팔짱을 낀 채 잠자코 기다리던 로빈이 마침내 물었다.

오케이!

아이팟에서 보여주는 영화가 여전히 계속되고 있었다.**29**

"서로 미치도록 사랑하는 사이였는데 어떻게 갑자기 그냥 좀 아는 사람처럼 나를 대할 수 있는지 설명을 듣고 싶어." 타라가 목소리를 깔고 말했다. "내가 너한테 그 정도밖에 안 되는 사람이었어?"

로빈은 당황한 표정으로 머리칼을 만지작거렸다. 검은 머리털이 섞인 은빛 머리가 헝클어져 있었다. 로빈이 쳐다봤는데 타라가 얼마나 많이 화나 있는지 쪽빛 눈이 거의 검은 눈빛처럼 보였다.

"나는 아무 할 말이 없는데." 로빈이 대답했다. "나로서는 어쩔 수

....

29. 상영 시간이 네 시간에 이르는 장편영화였다.

70

없는 일이야."

타라는 발로 바닥을 탁탁, 찼다. 자신도 모르게 타라의 손에서 파란 광선이 번쩍였다. 로빈은 뒷걸음치지 않았지만 불안해지기 시작했다.

"나한테 아무 할 말이 없다고?" 타라가 날카로운 목소리로 물었다. "유혹 주문에 걸려들었다는 걸 안 뒤로 넌 나를 너무 우습게 보고 있어!"

로빈이 진지한 얼굴로 타라를 쳐다봤다.

"네가 아더월드에서 태어나기는 했지만 아더월드 사람이라고 할 수는 없어, 타라. 너는 지구에서 자랐으니까. 우리 세계에서 유혹 주문을 이용하는 것은 도박이나 다름없는 짓이야. 그래서 모두 조심하면서 이용하지 않으려고 해. 차라리 엘프들이나 뱀파이어들처럼 아름다워지는 주문을 선호해. 왜 그런지 알아?"

전혀 모르는 타라가 고개를 저었다.

"유혹 주문이 판단을 흐리게 만들기 때문이야. 그 유혹은 도저히 뿌리칠 수 없으니까. 아름답든, 못생겼든, 똑똑하든, 멍청하든 그건 아무 상관없어. 유혹 주문을 이용하는 것은 몹쓸 짓이야. 주문에 대해 네가 전혀 몰랐다는 건 나도 알아. 할머니 이사벨라가 지구에서 키웠으니까. 그리고 어머니에게 걸어놓은 주문이니까 당연히 그랬겠지. 하지만 그 주문은 너에게도 영향을 주었고, 내가 걸려들었어. 따라서 지금으로서는 내가 너를 사랑하는지 아닌지 말할 수 없어."

타라는 꽉 막힌 것처럼 답답하게 구는 로빈에게 화가 치밀었다. 마법의 광선이 사라졌기에 망정이지!

"하지만 그 주문은 제거되었어! 그러니까 지금은 어떠냐고? 나를 사랑하는지 아닌지, 그건 알 거 아냐?”

“몰라. 너에게 끌렸던 것은 주문 때문이었어. 주문이 너를 사랑하게 만든 것이기 때문에 내가 너의 어떤 면을 좋아하고 싫어하는지조차 모르고 있다고.”

괴로워하는 로빈의 눈빛을 보면서 타라는 마음이 흔들리면서 조금은 이해가 되었다.

“그러니까 너는 원래 긴 금발이 아니라 짧은 갈색 머리를 좋아하는데 주문 때문에 선택의 여지도 없었다는 뜻이야?”

“정확해.” 로빈은 타라가 이제야 문제의 심각성을 알아차린 것에 안도하면서 대답했다. “너를 만나기 전까지 나는 인간들에게 관심도 없었어. 당연히 여성 엘프들을 더 좋아했어. 인간보다 훨씬 아름다우니까. 내 부모님의 경우를 보면 알 수 있듯 엘프와 인간의 결합은 아주 희귀해. 엘프들은 인간들이 아름답지 않다고 생각하기 때문에 엘프끼리 결혼하고 싶어해.”

타라는 침을 삼켰다. 이번에 느끼는 것은 슬픔도 분노도 아니었다. 두려움이었다.

로빈이 주장했다.

“너라면 어땠을 거 같아? 똑똑하고 열정적이고 잘생긴 남자가 주문까지 이용해서 유혹하는데 다른 남자가 눈에 들어왔겠어? 쳐다보기나 했을까?”

“글쎄, 모르겠어.” 타라는 솔직하게 대답했다.

로빈은 고개를 설레설레 저었다.

“너를 처음 만났을 때 주문에 걸려들었기 때문에 나는 판단할 겨를도 없었던 거야. 그래서 몇 초 만에 너를 사랑하게 되었고, 내 머리에서 여성 엘프들은 지워졌어. 어제까지만 해도 나는 어머니에게서 들은 아름다운 사랑 얘기처럼 우리의 사랑은 첫눈에 반한 운명적인 것이라고 생각했어. 그런데 하루아침에 그게 아니라는 거잖아."

타라는 눈살을 찌푸리면서 민망하지만 유머를 시도했다.

"그러니까 제로에서 다시 시작해야 되는 건가? '안녕하세요, 내 이름은 타라 덩컨인데 이름이 뭐예요?' 이런 식으로?"

로빈이 슬픈 미소를 지었다.

"아니, 그럴 필요 없어. 나는 다시 네 곁에 있으면서 그 빌어먹을 주문이 제거되었는데도 내 심장이 너를 향해 뛰는지 알아야 하니까."

타라는 단호한 목소리로 말하려고 노력했다. 하프엘프의 든든한 품에 안기고 싶은 맘이 얼마나 강렬한지 참기가 너무 힘들었다. 하지만 이제는 그럴 권리가 없다는 걸 알고 있었다.

"그 시간이 얼마나 걸리는데?" 타라는 떨리는 목소리로 물었다.

"그건 나도 몰라." 로빈은 시선을 피하면서 정직하게 대답했다. "며칠, 몇 달, 몇 년이 걸릴 수도 있겠지."

타라는 반발심이 일었다. 몇 년이라고?

"내가 기다리지 않겠다면?"

"그럼 네 증조할아버지의 마법이 우리를 영원히 갈라놓는 거지." 로빈이 신랄하게 대답했다. "미안해."

"나보다 더 미안하겠어?" 입술이 묘하게 일그러지면서 타라가 중얼거렸다.

둘은 잠시 서로를 바라보았다. 로빈은 이전보다 눈부시지는 않아도 타라가 여전히 매혹적이라고 생각했다.

타라는 로빈이 알 수 없는 이유로 뻣뻣해지는 걸 느꼈다. 화가 나서 흐르는 눈물을 닦았다. 로빈을 어떻게 설득할 수 있을까? 잘못된 생각이라고, 우리의 사랑은 빌어먹을 주문과 아무런 관계가 없다고 어떻게 설득할 수 있을까?

그때 노크 소리가 나서 타라는 정신을 차렸다. 적들이 우글거리는 속에서 운명을 한탄하고 있을 때가 아니었다. 타라는 아이팟을 끈 다음 경계하면서 문을 열었다.

배꼽과 맞닥뜨린 타라는 질겁해서 뒷걸음쳤는데 촉수들이 오글거리는 배에 이어서 장밋빛 입과 혀가 보였다.

"겁내지 마요." 배꼽이 말했다. "해치지 않아요!"

고개를 들던 타라는 좀 더, 좀 더 쳐들다가 마침내 엄청나게 커다란 파란색 덩어리에 시선을 고정했다. 누군가 꼭꼭 씹어서 삼켰다가 토해낸 모습 같았다. 파란색 덩어리는 흉측하게 보이려고 엄청 애를 쓴 것 같은데 그냥 요상하게 보일 뿐이었다.

머리 위에 하늘빛 털 타래를 달고, 다섯 개의 눈에 안경을 쓰고 있지만 별로 효과가 없었다.

타라는 침을 삼켰다. 벽에 씌운 은박이 거울 역할을 해주는 덕분에 타라는 어느새 로빈이 활에 시위를 당기고 있는 걸 볼 수 있었다.

"나는 블루 파벌입니다." 파란색 덩어리가 말했다. "할 말이 있어서 왔는데 아주 중요한 일입니다."

타라는 덩어리를 방으로 들여놓는 걸 꺼리면서 잠자코 있었다.

촉수들이 불안하게 꼬물거렸다.

"제발 부탁이에요." 덩어리는 간청했다. "복도에 있는 카메라들을 정지시켜놨지만, 시간이 별로 없어요."

타라는 잠시 주저했지만, 위에서 내려다보는 다섯 개의 빨간 눈은 공격적이라기보다 애원하는 빛이었다.

"후회할 텐데……." 타라는 중얼거리면서 덩어리가 들어오게 비켜주었다.

로빈이 뒷걸음쳤지만, 화살은 까딱도 하지 않고 불청객을 겨누고 있었다.

덩어리가 들어왔다. 커다란 덩치치고는 희한할 정도로 우아하게 이동했다.

그러고는 공 모양의 털북숭이들을 붙잡아서 엉덩이 역할을 하는 부위 밑으로 욱여넣었다.

"오, 피와 재여! 타라 덩컨, 내 이름은 디아블로이고, 블루 파벌의 일원이죠."

타라는 목이 메었다. 이런 곳에서도 의례적인 인사말을 나누게 되다니!

"오, 피와 재여! 무슨 일입니까, 디아블로?" 타라는 받아쳤다.

"우리 은하계의 블루 파벌에 대해서 들은 적 있어요, 타라 덩컨?"

"아니…… 우리 조상들과 벌인 전쟁에 대한 것 말고는 전혀 모른다고 할 수 있어요."

"아르칸즈(이름을 말하는 것만으로도 얼굴 역할을 하는 부위가 불안해 보였다)는 옐로 파벌이죠."

"아, 네." 타라가 말했다. "그래서요?"

"우리 은하계에는 여러 파벌이 존재하지요. 하지만 강력한 파벌은 두 개뿐이고, 작은 파벌들을 규합할 수 있어요. 하나는 평온하게 우리 세계의 발전을 멈추려고 하는 파벌이고, 다른 하나는……."

디아블로가 난처한 듯 말을 중단했다.

"다른 목적이 있는 파벌이죠. 오랜 세월 지배해온 파벌로 우리의 왕이 수장으로 있기 때문에 강압적으로 우리의 몸을 변형시켰어요. 내가 속한 블루파는 마법으로 우리의 몸을 변질시키는 것은 끔찍한 잘못이라고 생각하지만 우리의 왕이 강제로 변형시켰죠."

디아블로가 자신의 몸을 가리켰다.

"그 결과를 보세요. 우리는 무엇과도 닮은 데가 없는 기이한 모습이 되었지요. 우리는 살상 무기에 지나지 않아요. 그런데 우리 파벌이 늘 이렇지는 않았어요. 우리는 싸우기 좋아하는 투사들이었지 괴물이 아니었어요."

디아블로가 몸의 주름 속에서 사진 한 장을 꺼냈는데 땅딸막한 파란색 켄타우로스를 닮은 말의 모습이 찍혀 있었다. 사진 속 괴물의 머리에도 희한한 털 타래를 달고 있고, 몸뚱이는 시커먼 키틴질로 덮여 있었다. 디아블로의 말대로 현재 모습과는 전혀 닮은 데가 없었다.

"블루파는 이 마법에서 벗어나기 위해 투쟁하고 있어요. 이미 우리 행성을 지구처럼 만들어놓았으니 이제는 검은 태양의 불을 양식으로 삼는 예전의 몸을 되찾을 수가 없지요. 하지만 아직은 변할 수 있어요. 우리는 전술 외의 다른 예술에도 관심이 있죠. 시, 미술, 무역……."

키가 3미터에 이르고 다섯 개나 되는 빨간 눈에 촉수가 오글거리는 디아블로가 씁쓸하게 한숨짓는 모습이라니. 정말이지 두 번 다시 못

볼 광경이었다.

"물론 그렇겠죠." 타라가 말했다. "그래서 내가 뭘 도와드릴 수 있겠어요?"

디아블로는 자기 생각에 빠져서 잠시 타라를 잊고 있었던 듯 소스라쳤다.

"아르칸즈는 우리 왕의 아들이죠."

아아, 타라는 이제야 이해가 되었다.

"우리 종족의 왕자인 아르칸즈는 옐로파의 2인자지요. 왕이 없을 때는 왕자가 왕을 대신하며, 왕 못지않은 권력을 갖고 있는 셈이죠. 왕자의 말은 법과 같은 효력이 있으니까요. 왕자가 법령을 공표하면 아버지인 왕도 바꿀 수 없지요."

정말? 놀라운 일이군. 왕자가 바보 같은 짓을 해도 왕이 바로잡을 방법이 없단 말이지? 그거 흥미롭네.

"우리는 왕자를 설득해서 미친 계획을 포기시키려고 최선을 다했지만 실패했어요."

"그 계획이라는 게 뭡니까?" 로빈이 끼어들었다.

"그건 말할 수 없어요." 디아블로가 난감한 어조로 대답했다. "우리 종족을 배신하는 거니까요. 하지만 끔찍한 함정을 파놓았으니 거기 빠지지 않도록 조심하세요, 타라 덩컨! 아주 중요한 정보니까 절대로 잊으면 안 됩니다!"

타라가 좀 더 구체적인 설명을 요구하려는 순간 일어난 디아블로는 덩치치고는 놀라울 정도로 민첩하게 달아나버렸다.

로빈이 팔을 내리자 더는 필요 없게 된 걸 알아차린 릴란드릴의 활이 로빈도 전혀 모르는 어디인가로 사라졌다.

"이건 정말 뜻밖인데, 음…… 흥미로운 일이야." 로빈이 말했다.

너무 괴로운 사랑 문제 외의 다른 것으로 로빈과 대화할 수 있어 기쁜 타라가 대꾸했다.

"큰 도움이 된 건 아니지만 우리가 함정에 빠져 있다는 걸 알았어."

"아니, 디아블로는 우리가 함정에 빠지지 말아야 한다고 말했어. 따라서 아직은 함정에 빠진 게 아니지."

엘프들은 뛰어난 전사였다. 아더월드 최고의 전략가들인 리스베스 여제와 산도르 황제에게 훈련을 받았고, 조상들이 기록한 『궁정비사』를 읽었지만 타라는 로빈처럼 어릴 적부터 군사 문화 속에서 성장하지 않았기 때문에 로빈의 판단을 존중했다.

"그러니까 조심해야지." 타라가 대꾸하면서 흰 머리털을 질경질경 씹기 시작했다. 몇 달 동안 하지 않던 타라의 행동에 갈랑이 긴장했다. "매직갱과 실버가 돌아오는 즉시 의논하자."

로빈이 주의 깊게 타라를 쳐다보면서 속으로 말했다. '매직갱과 실버라고 말했어. 따라서 아직은 절친한 친구들의 서클에 실버를 포함시키지 않았다는 거잖아.' 이 말 한마디에 로빈은 하프드래곤에 대한 질투심이 사라졌다.

로빈은 안도의 숨을 내쉬었다. 사실, 로빈은 극도의 질투심에 사로잡혀 있었다. 이제는 유혹 주문의 충격에서 벗어나 있었다.

너무 심한 충격을 받은 로빈은 괴로움에 시달리느니 차라리 다시 유혹 주문에 걸리고 싶은 심정이었다.

로빈은 타라의 얼굴을 유심히 살폈다. 더 이상 주문이 작용하지 않는 지금은 타라의 결점을 볼 수 있었다. 이전만큼 눈이 부시지는 않는 것 같았다. 그런데 덜 아름답게 보이지도 않았다. 타라는 더 인간적으로 보였다. 어차피 유연성이나 아름다움에 있어서는 어떤 인간도 여성 엘프들과 비교할 수 없었다. 아더월드에서 활동하는 여배우도 대부분 엘프들이 아닌가.**30** 아더월드의 모든 신들이여! 도대체 왜 타라에게서 벗어날 수 없는 겁니까? 지금 고혹적인 발라와 타라, 둘 중에서 고르라면 단 1초의 망설임이라도 있을까?

혼란스러움에 동요하는 로빈을 알지 못하는 타라는 침대에 앉았다. 체중에 눌려 침대 매트리스가 푹 꺼지자 타라는 벌떡 일어났다. 매트리스가 제 모습으로 돌아왔다.

"나름대로 똑똑한 매트리스야." 로빈이 질겁하는 타라를 보면서 미소를 지었다. "앉는 사람의 몸에 맞게 변형되었다가 일어나면 다시 평평하게 돼."

기분이 상한 타라는 입술을 깨물었다.

"오무아에도 비슷한 게 있는데 생각을 못 했네. 내가 신경이 날카로워져 있나 봐."

"어머니가 돌아가셨는데 아직까지 위로의 말도 건네지 못했어, 타라. 미안해." 로빈이 심각한 얼굴로 말했다. "마음이 아파."

1년 전만 해도 로빈은 타라를 끌어안고 슬픔을 함께 아파했을 텐

. . . .

30. 처음에는 몇 가지 문제점이 노출되기도 했다. 엘프들은 여성도 예외 없이 모두 전사들이다. 엘프 여배우들이 '특수 효과'라는 개념을 이해하지 못하고 죽기살기로 공격하기 때문에 스턴트맨에게 대역을 시켜서 악당 연기를 해야 했다. 그래서 배우 조합에서는 악당 역을 하는 연기자들에 대해 3배의 특별수당을 요구했다. 그리고 난쟁이 배우들과 맞서는 역할에 대해서는 수당을 5배로 높였다.

데. 지금은 몇 걸음 떨어진 곳에 멀뚱히 서 있을 뿐이다. 타라는 슬픔을 억누르면서 고개를 끄덕였다.

"그런데 네가 그다지 슬픔에 잠겨 있는 것 같지가 않아." 로빈이 부드럽게 말했다.

"뭐라고?"

"무슨 딴 생각하고 있지? 너는 어머니의 죽음을 받아들이지 않고 있어. 처음에는 울더니 지금은 아냐. 뭔가 이상하다고 느꼈어."

사실, 타라는 어머니를 잃은 슬픔에 빠져 있지 않으려고 애쓰고 있었다.

"다른 생각할 겨를도 없어." 타라는 의도했던 것보다 훨씬 퉁명스럽게 대꾸했다.

로빈의 예리한 지적에 타라는 어머니가 죽음을 원했던 건 아닌지 재판관에게 물어볼 작정이라고 털어놓으려는 순간이었다.

똑 똑 똑.

누군가 조심스럽게 문을 두드렸다.

타라는 경계하면서 문을 열었다.

친구들이었다. 그들은 방에 멀쩡한 상태로 있는 로빈을 보면서 모두 뜻밖이라는 표정을 지었다.

"타라, 로빈을 스파슌으로 둔갑시키지 않았어?" 칼이 검은 머리칼을 헝클어뜨리면서 물었다. "한 살 더 먹더니 둔해졌나?"

그렇게 말하면서 칼은 공 모양의 털북숭이 중 하나에 주저앉았다. 친구들도 하나둘 자리를 잡고 앉았다.

"스파슌으로 둔갑시킬 이유가 없잖아." 분위기를 바꾸게 되어 기쁜 타라가 얼굴이 발그레해져서 말했다. "나를 원망할 이유가 분명히 있는데 어떻게 로빈을 탓하겠어!"

"그러면 그게 네 잘못이야?" 칼이 반박했다. "사람들이 너를 사랑하는 건 그만한 이유가 있어서야. 너는 예쁘고, 영리하고, 아더월드와 우리의 목숨을 여러 번 구했어. 크레디트-무트 금화도 많고(타라는 이 말에 미소를 지었다. 그래, 도둑에게는 금이 중요하지), 지금 좀 문제가 있지만 다시 제국의 후계자가 될 거라고 믿어 의심치 않아. 그리고 로빈이 너를 원하지 않는다면 내가 새로운 남친으로 대기하고 있다는 거 잊지 마!"

잿빛 눈이 반짝이는데 장난기가 가득했다. 타라는 웃음을 참았다. 어떤 위기의 순간에도 칼은 늘 웃게 해주었다.

"오, 이런!" 타라가 응수했다. "정말 싸우고 싶지 않은 라이벌이 있어서 너는 절대로 안 되거든!"

칼의 눈이 동그래졌다.

"누가 라이벌이야?"

"누구겠어? 당연히 마라지." 타라는 짓궂은 표정으로 말했다. "마라가 너를 선택했다는 거 알아. 지금 마라가 오무아의 새로운 후계자인데 네가 나의 새로운 남친이라는 걸 알면 아마 친위대를 보낼 거야!"

어쩔 줄 모르는 칼을 보면서 무아노가 깔깔댔다.

"지난 일이야." 칼이 크라크덴트에게 깨물린 듯한 얼굴로 말했다.

"정말 이상하다." 앙갚음할 기회를 잡은 로빈이 끼어들었다. "너는 왜 마라의 마음이 변했을 거라고 생각해? 마라는 흡혈파리처럼 너를 따라다녔고, 당당하게 네 얘기만 했어. 게다가 너 때문에 면허 받은 도둑까지 되었어. 그리고 마라가 지난번에 너에게 했던 입맞춤은 이성적인 감정이 섞인 거였잖아."

"하지만 걔는 너무 어려!" 칼이 당황해서 외쳤다.

"너 웃긴다! 네가 정말 마라를 피할 생각은 있었어? 그랬다면 눈에 띄지 않는 아주 먼 곳으로 달아났어야지!" 파브리스가 반박하면서 무아노에게 다정한 시선을 보냈다.

칼은 하얗게 질렸지만, 타라는 친구의 잿빛 눈에서 묘한 빛을 봤다.

"마라는 예쁘고, 너처럼 키도 작아." 파프니르가 함박웃음을 지으며 찬성했다. "아주 잘 어울리는 커플이야."

키가 훨씬 작은 파프니르가 마라를 작다고 하는 말에 모두 웃음이 터졌다. 타라는 긴장이 풀리는 것 같았다. 이런 상황에서 웃을 수 있다니! 정말 좋았다. 안젤리카와 며칠을 보내면서 미친 듯이 웃었을 때 놀랐던 기억이 났다. 친구들과 있을 때만 함께 웃을 수 있다고 생각했는데 원수와도 웃을 수 있다는 걸 그때 처음 알았고, 또 이렇게 위험천만한 상황에도 웃을 수 있다는 걸 다시 한 번 알았다.

"그리고 오무아의 후계자야. 제국의 국고 열쇠를 갖고 있다고!" 파브리스는 한술 더 떴다.

칼은 빙긋이 웃었다. 연달아 세 번 함박미소를 지었다. 그러고는 정색을 했다.

"불가능한 일이야." 칼이 슬픈 어조로 말했다.

"왜?" 타라가 놀란 얼굴로 물었다. "우리가 살아서 돌아갈 가능성이 거의 없다는 걸 빼면, 뭐 때문에 불가능해?"

"원하는 것은 뭐든 가질 수 있을 정도로 부자인 여자를 사랑하면 돈 때문이라는 의혹을 받을 테니까. 싫어. 난 그런 말 듣고 싶지 않아."

"오, 내 어머니의 수염이여!" 파프니르가 재미있다는 듯 말했다. "양심적인 도둑? 완전 모순이다! 하지만 결정은 너 혼자 하는 게 아냐, 칼."

"그게 무슨 말이야?"

"우리 집안에 대대로 내려오는 전설이 있어. 코뉴두르라는 이름의 불굴의 전사(파프니르는 실버를 힐끔 쳐다봤는데 전설을 아주 좋아하는 하프드래곤의 눈빛이 반짝이고 있었다)와 에벨리르란 이름의 난쟁이가 사랑에 빠진 거야. 그런데 이 난쟁이 여자는 한 드래곤에게서 훔쳐…… 아니 빌려온 보물로 갑부가 된 대장장이 집안의 딸이었지. 불굴의 전사는 덕성과 용기, 검 말고는 가진 것이 없었어. 그래서 가난한 불굴의 전사 코뉴두르는 아름다운 에벨리르와 결혼하고 싶지 않았지. 하지만 에벨리르는 선택의 여지를 주지 않았어."

"뭘 어떻게 했는데?" 실버는 처음 들어보는 이야기라서 호기심을 보였다.

파프니르는 잠시 말을 중단하고 씨익, 미소를 지었다.

"에벨리르가 불굴의 전사를 납치한 거야. 코뉴두르는 화가 나서 제정신이 아니었는데 검을 지니고 있지 않았기에 망정이지, 아무튼 코뉴두르가 진정이 될 때쯤 에벨리르는 탑의 꼭대기 방으로 들어갔고, 불굴의 전사가 보는 앞에서 열쇠를 창밖으로 던져버렸어."

"아니, 왜?" 실버가 놀랐다.

파프니르는 실버를 향해 눈을 흘겼다.

"왜겠어? 자기가 사랑을 고백할 때 불굴의 전사가 듣지도 않고 도망칠까 봐 그랬겠지. 둘 다 꼼짝없이 방에 갇혀 있는 상태에서 그녀는 엿새 동안 밤낮으로 이유를 설명했어. 그리고 노래도 불렀어."

파프니르가 입을 열고 노래를 부르기 시작하자 소스라치게 놀란 친구들이 경악을 금치 못했다.

내가 당신을 사~~~랑하는 건
영~~~광이나
권~~~력 때문이 아니네
당신을 향~~~한
나의 영~~~원한 마음을
당신은 모른~~~체할 수 없어

"지금부터는 후렴!"

금이나 보~~~석은
우리를 갈라~~~놓지 못하네
이 세상 누~~~구보다도
당신이 가장 아름~~~다우니까!

돼지 멱따는 소리에다 엄청난 무게에 깔리는 암소의 비명소리가 섞였다고 할까. 괴상망측한 소리가 어찌나 큰지 무슨 일이 생겼다고 생각한 악마들이 방으로 들이닥쳤다. 악마들이 공격하는 것이라고 여긴 파프니르도 노래를 그쳤다. 어느새 도끼를 뽑아 들고 악마들에게 맞섰다.

"정지! 정지!" 모두 치고받고 싸우려는 순간 타라가 외쳤다. "우리는 그냥 노래를 부르는 중이었어요. 고마워요, 아무 일 없으니까 나가도 됩니다."

송곳니들을 드러낸 초록색 악마가 말했다.

"뭘 했다고요?"

"노래 부르고 있었어요." 타라가 난처한 얼굴로 대답했다. "좀 요란하긴 했지만."

"좀 요란했다고요? 내 심장 세 개가 모조리 터지는 줄 알았는데." 괴물 모습의 악마가 응수했다.

사과하려던 타라는 악마들에게 불쾌감을 주기로 한 것이 기억났다.

"썩 나가요!" 타라가 냉랭하게 외쳤다. "우리는 손님이에요. 따라서 우리는 노래 부르고 싶으면 부를 거예요. 알겠어요? 기분 나쁘면 아르칸즈한테 가서 말하든가!"

1미터쯤 위에서 타라를 내려다보는 송곳니 악마의 눈 하나가 쑥 튀어나오더니 이렇게 말하는 것 같았다. '완전히 미친 인간들이야.' 그러고는 악마들이 줄줄이 퇴장했다.

문이 닫히자마자 타라가 파프니르를 돌아보면서 말했다.

"파프니르?"

"왜, 타라?"

"이제 알겠지?"

"뭘?"

"우리 여기서는 노래 부르지 말자, 알았지? 3차 세계대전을 일으킬 필요는 없잖아."

파프니르가 이마에 주름을 잡았다.

"아더월드에는 세계대전이 다섯 번이나 있었는데, 무슨 소리야?

타라는 한숨을 내쉬었다.

"미안해, 내가 잘못 말했어. 지구에서는 2차 세계대전까지 일어났거든."

"하지만 너도 좀 전에 노래 부르고 싶으면 부를 거라고 말했잖아?"

"그건 작전상 한 말이고." 타라가 말했다.

파프니르는 눈이 동그래졌다가 눈살을 찌푸렸다. 도대체 왜 다들 내가 노래만 불렀다 하면 가만히 들어주지 않는 걸까? 난쟁이 친구들도 노래를 못 부르게 하더니. 와, 정말 짜증난다!

"아주 아름다웠어, 파프니르 전사." 그다음 이야기가 궁금한 실버가 친절하게 말했다. "그래서 어떻게 됐는데? 에벨리르와 코뉴두르가 결혼했어?"

파프니르는 친구들, 특히 아직도 두 손으로 너무 예민한 귀를 틀어막고 있는 무아노와 파브리스를 흘겨보면서 말을 이었다.

"그렇게 며칠 동안 싸우다가 마침내 코뉴두르는 에벨리르가 정말로 돈 따위는 아무런 의미가 없다고 생각하며, 자기를 진심으로 사랑하고 있다는 걸 깨닫게 되었지."

"그래서 둘이 뭐 했는데?" 칼이 장난스러운 표정으로 물었다. "내 말은 그동안 그 작은 방에서 둘이 뭐 했냐고?"

"소리 지르고 싸운 뒤에 둘은 결혼해서 아들딸 십여 명 낳고 오순

도순 잘 살았고, 그 후손들이 대장장이 집안을 이루었지." 파프니르
는 짤막하게 말을 맺었다.

잠시 침묵이 흘렀다. 실버는 생각에 잠긴 얼굴로 이맛살을 찌푸리
고 있다가 담담한 어조로 물었다.

"그러니까 너희 대장장이 집안의 재산이 드래곤의 보물에서 비롯
되었단 말이지?"

파프니르의 미소가 사라졌다. 이야기를 시작하면서 하프드래곤이
있다는 생각을 전혀 하지 않았으니.

"그게…… 응." 파프니르는 당황한 목소리로 대답했다.

비늘 덮인 날개가 나타나면서 불길을 뿜어낸다면?

"와, 놀랍다. 드래곤의 보물을 어떻게 훔쳤을까?" 실버가 감탄하는
소리에 모두 어안이 벙벙했다.

실버는 하프드래곤보다 난쟁이 성향이 더 강한 걸까? 대번에 파프
니르의 입가에 미소가 번졌다.

"노발대발한 드래곤이 불길을 내뿜으면서 난쟁이들을 공격하다가
일단 드란보우글리스펜쉬르 행성으로 돌아갔대." 안심한 파프니르
가 말했다. "하지만 그것으로 끝난 게 아니었어. 그 드래곤이 여러 광
산에서 채취한 난쟁이들의 금을 통째로 훔쳐가는 것으로 복수한 뒤
에야 싸움을 걸어오지 않았으니까. 우리 조상들은 몹시 실망했지. 드
래곤이 덤벼들어서 한바탕 싸움이 일어나길 바라고 있었거든!"

정말 실망한 파프니르의 표정을 보면서 친구들은 웃음을 터뜨렸다.

"너희들에게 할 얘기가 있는데 이건 재미있는 건 아냐." 친구들이
진정되었을 때 타라가 말했다. "좀 전에 로빈과 있을 때 누가 찾아왔

어. 키가 3미터에 이르고 500킬로그램은 나갈 것 같은 파란색 덩어리 모습의 악마였어."

모두 놀란 얼굴로 긴장했다. 타라는 로빈과 교대로 디아블로의 이상한 방문에 대해 친구들에게 말했다.

"옐로파와 블루파?" 파프니르가 말했다. "부족간의 파벌 싸움 같은데. 글쎄, 나는 악마들이 조직력이 있다고는 생각하지 않았어."

"악마들과 싸웠다고 해서 그들을 속속들이 알 수는 없어." 무아노가 나섰다.

"지구에 있는 나라, 중국의 유명한 전술가가 남긴 『손자병법』에 '적을 알고 나를 알면 백전백승이다'는 말이 있어." 타라가 말했다. "우리는 지금 할머니의 표현으로 테라 인코그니타, 즉 미지의 땅에 와 있어. 내가 악마들에 대해 알고 있는 정보는 너무 간략해. 악마들이 세계를 쳐들어왔다가 패했다, 악마들이 왜 쳐들어왔고, 어떻게 졌는지도 알아. 하지만 아무도 더는 악마들에 대해 연구하지 않았어. 아더월드의 수많은 종족에게 악마는 예전에도 지금도 여전히 위험한 혐오의 존재인데 말이야. 무슨 말인지 알겠어? 나는 너희, 아니 우리 잘못이라고 생각해."

실버가 고개를 끄덕였다.

"그러니까 우리가 할 일은 악마들을 연구해야 한다는 거지, 타라?"

"그래, 맞아. 무아노? 우리 중에서 네가 가장 꼼꼼하고 역사 전문가 잖아. 지금까지 우리가 알고 있는 정보들을 정리해서 빠짐없이 기록해줄래?"

무아노는 생긋 웃으면서 마법복 호주머니에서 수첩을 꺼냈다.

"알았어. 마법을 사용하지 않고 모두 적어놓을게." 무아노는 깊이를 알 수 없는 호주머니에서 만년필을 꺼내면서 말했다. "정리하자면 블루파는 평화적인 파벌이고, 옐로파는 왕의 아들 아르칸즈가 이끄는 파벌이야. 블루파의 수장은 아르칸즈가 내린 명령의 중요성에 대해 강력하게 주장하면서 아버지인 왕도 반대할 수 없다고 했어. 그리고 우리에게 함정에 빠지면 안 된다고 했고. 악마들은 행성과 태양을 변형시켰고, 우리 인간의 DNA를 섞은 아이들을 키웠어. 게다가 지금이야 이 행성이 불안정해서 위험하다고 말하지만, 악마의 마법을 계속 사용해오고 있다는 거잖아. 그건 영혼을 가둬놓거나 충분히 저장해놓기 위해 여전히 악마들을 희생시키고 있다는 것을 의미해."

"그렇다면 디아블로는 뭘 두려워하고 있는 걸까?" 악마의 이상한 태도를 떠올리면서 타라가 말했다. "악마/인간들이 영혼을 이용하기 위해 악마/비인간들을 죽이는 걸 두려워하는 걸까? 아르칸즈가 그 명령을 가결시키면 블루파는 절망적이겠지. 시간은 좀 걸리겠지만, 여기는 악마/인간들만 남겠지. 악마/비인간들이 완전히 사라져버릴 테니까!"

"아르칸즈 같은 악마는 그리 많지 않아." 로빈이 말했다. "수십억의 악마/비인간들에 비하면 악마/인간은 수천 명에 불과해!"

"하지만 악마들은 목적을 위해서라면 수천 년도 기다릴 수 있는 존재들이야." 실버가 곧바로 반박했다.

로빈은 신경질적으로 일어섰다.

"마왕은 수천 개의 눈이 다닥다닥 붙어 있는 공 모양의 몸뚱이야. 하지만 아들을 포함한 옐로파의 악마들은 인간의 모습으로 태어났으니 변신할 필요가 없잖아. 따라서 마왕은 아들의 손을 들어줄 거야. 자기가 계획한 건데 당연하잖아!"

"그렇겠지." 타라는 신경이 예민해졌다. "혹시 부자간의 갈등에 휘말리게 되는 건 아닐까? 아들의 야심이 아버지의 권력에 맞서는 거라면?"

"친아들인데?" 파프니르가 회의적으로 말했다.

"난쟁이들의 나라에서는 일어나지 않는 일이야." 역사 전문가답게 무아노가 말했다. "난쟁이들은 부모님을 아주 존경하니까. 하지만 인간들의 나라에서는 아버지의 권력을 빼앗기 위해서 아들이 배신하는 것은 아주 흔한 일이야. 과장이 아니라 정말 흔한 일이야."

"아르칸즈가 우리를 이용해서 뭘 하려는 걸까?" 파브리스가 의문을 제기했다. "자기 아버지에게 도전하려고? 우리를 붙잡아두는 이유는? 우리를 당장 죽이지 않는 이유는? 특히 타라에게 집착하는 이유는?"

"무슨 꿍꿍이가 있는 게 틀림없어." 그렇지 않아도 잘생긴 악마의 태도에 상처를 받은 로빈이 퉁명스럽게 말했다. "우리는 그걸 알아내야 해."

로빈은 타라의 관심을 끌기 위해 떡 벌어진 어깨로 멋지게 기지개를 켜면서 하품까지 했다.

"너무 피곤해서 정신 집중이 안 돼." 로빈이 말했다. "악마들이 우리를 산 채로 잡아먹지는 않을 테니까 좀 쉬는 게 좋겠어. 여자들은 침대에서, 남자들은 의자에서 자자."

로빈이 불편한 표정을 짓자 공 모양의 의자 두 개가 이어지면서 그럴듯한 침대가 되었다. 타라는 벽장에서 꽤 많은 담요(이 기회에 칼은 도청 장치가 없는지 벽장 안을 살폈다)를 발견했다. 여자들은 간단하게 세수만 하고 침대에 누웠다.

잠든 지 몇 분이나 됐을까. 로빈은 뜨거운 입술이 포개지는 걸 느꼈다.

깜짝 놀라서 눈을 뜬 로빈은 내려다보고 있는 타라의 얼굴과 마주쳤다.

"무슨……."

타라가 로빈의 입을 손으로 막고 따라오라는 고갯짓을 했다. 문이 열려 있었다. 타라는 로빈의 손을 잡아끌면서 복도를 지나 하프엘프에게 배정된 방으로 데려갔다.

타라는 어리둥절해서 쳐다보는 로빈 앞에서 말 한마디 없이 방문을 닫고 정말 생각지도 못한 뜻밖의 행동을 했다.

타라가 옷을 벗고 있었다!

너무 놀란 로빈이 뒷걸음쳤다.

"타라, 너 왜 이래?"

"쉿!" 타라가 손가락을 입에 대는 시늉을 했다.

타라가 속옷 차림으로 로빈에게 다가왔다. 로빈은 침을 삼켰다. 엘프의 피가 아우성치고 있었다. '겁쟁이, 뭘 꾸물대고 있어!', 이번에는 인간의 피도 똑같은 말을 하는 게 아닌가.

로빈은 호르몬을 억제하면서 눈살을 찌푸렸다.

타라가 로빈을 끌어안았다. 로빈은 아무 생각도 할 수 없었다. 정신을 잃을 것만 같았다.

갑자기 로빈은 타라의 손을 움켜잡고 밀어내면서 크리스털 눈으로 쪽빛 눈을 뚫어져라 응시했다.

"나는…… 정말…… 원하지만 그 주문 때문에 나는 모르겠어."

"쉿!" 타라는 로빈을 다시 끌어안기 위해 손을 빼려고 애썼다.

로빈은 눈을 감았다. 오래 버티지 못하는데. 유혹 주문에 걸린 것이든, 아니든 로빈은 매력적인 소녀에게 홀리고 있었다.

로빈은 항복했다. 타라가 다가왔다. 이윽고 감미로운 소용돌이에 휘말려 있다가…… 몇 시간 후 녹초가 되었다.

로빈은 살금살금 친구들이 있는 방으로 돌아왔다. 타라는 한동안 또 다른 방에 있다가 나중에 합류하기로 했다.

팔베개를 하고 누운 로빈은 멍한 정신으로 은빛 천장을 바라보고 있었다. 좀 전에 일어난 일은 의심하고 있던 것을 확인시켜주었다. 주문에 걸린 것이든, 아니든 타라를 사랑하고 있는 것이 틀림없었다. 타라도 자신이 얼마나 로빈을 사랑하는지 보여준 것이었다. 하지만 이것으로 충분할까? 어떻게 받아들여야 할까? 로빈은 타라가 왜 말은 하지 않고 행동으로만 보여줬는지 이해가 되지 않았다. 남녀 사이는 너무 말이 많아도 탈, 너무 말이 없어도 탈인데.

로빈은 약간 바보 같은 미소를 지었다. 내일 아침에 실버가 어떤 얼굴을 할지 상상이 되었다. 타라가 돌아오기를 기다리고 싶지만 졸음을 이길 수 없었다. 그러다 로빈은 잠이 들었고, 유령에 들려서 중상을 당한 뒤로 처음으로 아름다운 꿈을 꾸었다.

다음 날 아침 그들이 잠에서 깼을 때 태양이 눈부셨다. 밤새도록 몰아치는 폭풍에 하늘은 깨끗이 씻겨 있었다. 로빈이 눈을 떴을 때 타라와 다른 친구들은 이미 일어나 있었다.

"헤이, 잠꾸러기!" 칼이 외쳤다. "밤새도록 술이라도 마셨어? 얼굴이 왜 그 모양이야?"

로빈의 얼굴이 빨개졌다. 반쪽의 인간이 감정을 드러낸 것이다. 눈치 빠른 칼이 로빈의 얼굴을 빤히 쳐다보다가 말했다.

"근데 얼굴은 왜 빨개지냐? 로빈, 간밤에 너 무슨 짓 했지?"

로빈이 타라를 힐끔 쳐다봤다. 타라가 태연한 얼굴로 잠자코 미소를 지어 보이지만 실은 어찌할 바를 모르고 있는 것 같았다. 로빈은 지금은 둘만의 비밀로 간직하는 것이 낫다는 걸 알아차렸다. 실버의 코를 납작하게 눌러주려면 확 발표하고 싶지만.

"아무것도 안 했어." 로빈이 말했다. "오늘 계획은 뭐지? 수백만의 악마들에게서 살아남는 거 빼고?"

칼은 옷을 갈아입고 나서 호주머니에서 아침 식사를 꺼냈다.

"아, 배고파. 우선 먹고 보자. 먹고 죽은 귀신은 때깔도 곱다는데."

모두 깔깔대면서 한바탕 웃었다. 로빈이 옆에 바짝 붙어 앉아서 다정하게 껴안자 타라는 가만히 있었지만 목덜미에 입맞춤을 할 때는 약간 몸이 뻣뻣해졌다. 로빈은 비밀을 지켜달라는 뜻이라고 이해했다. 하지만 타라 곁에서 떨어지고 싶지 않기 때문에 마지못해서 몸을 약간 뺐다.

그들은 서둘러서 아침을 먹었다. 갈랑은 경직된 날개를 풀기 위해 창문을 통해 밖으로 나갔다가 빗물에 젖은 풀밭과 쑥대밭이 된 야영지의 이미지들을 갖고 돌아왔다. 남아 있는 텐트라고는 없었다.

"이런!" 타라가 한숨을 내쉬었다. "폭풍이 모든 걸 휩쓸어버렸으니 이제는 우리가 궁전을 나갈 수도 없잖아."

"타라, 여기든 평원이든 무슨 상관이야?" 파브리스가 체념하는 투로 말했다. "우리는 독 안에 든 쥐나 다름없어. 악마들의 손에 우리 목숨이 달려 있단 말이야. 놈들은 우리에게 무슨 짓이든 할 수 있다고."

타라가 입술을 실룩거렸다. 물론 파브리스의 말이 맞지만 더 나빠진 것도 아니었다.

"그래, 아르칸즈가 어떻게 할지 설명하지 않았지만 우리는 이제 각오는 됐으니까 정신만 똑바로 차리고 있자." 타라가 문 쪽으로 가면서 말했다.

그때 노크 소리가 나서 타라는 걸음을 멈췄다. 만일을 대비하여 마법을 작동하면서 타라는 문을 열었다. 지난번에 아르칸즈와 함께 왔던 여자 둘이었다. 두 여자가 이끌고 온 한 무리의 악마들이 먹을 것과 마실 것을 들고 있었다. 촉수, 침이 가득한 아가리, 고름이 찬 여드름이 덕지덕지한 악마들의 몰골만 봐도 입맛이 뚝 떨어졌다.

"아침 식사를 가져왔어요." 갈색 머리의 여자가 활짝 웃는 얼굴로 말했다.

"고맙지만 우린 이미 먹었어요." 타라가 대꾸했다.

두 악마/여자의 얼굴이 어두워지더니 눈물이 글썽했다.

"그분이 좋아하지 않을 거예요." 갈색 머리 여자가 말했다.

타라는 여자에게 그분이 누구냐고 물을 필요가 없었다.

"그분은 여러분이 먹어야 위험한 일이 없을 거라고 했어요." 금발 여자는 한술 더 떴다. "명예를 걸고 보내는 음식이라서."

"먹지 않겠다는 건 그분을 믿지 않는다는 뜻이니까요." 갈색 머리가 말을 이으면서 손을 어찌나 세게 비트는지 보는 사람의 손이 아플 정도였다.

"왕자를 믿지 않는 게 아니라 낯선 것을 먹을 경우 우리의 신체기관이 아주 격하게 반응할 위험이 있어서 그래요." 타라는 친절하게 대답했다. "여기는 혹시 레파루스가 작동하지 않을 경우 우리를 치료해줄 샤먼도 없고요. 그래서 진심으로 고맙지만 우리는 왕자의 맛있는 아침 식사를 받아들일 수 없는 거예요."

두 여자가 고개를 숙이자 따라와 있는 악마들이 머리로 사용하는 부위를 내리고 김이 무럭무럭 나는 음식 쟁반을 들고 나갔다.

타라와 친구들은 서로를 쳐다봤다.

"예쁜 여자들을 괴롭게 한 건 정말 유감이다." 누구에게든 해를 끼치고 싶지 않은 실버가 옛날 세대들이나 쓰는 표현으로 말했다. "드래곤의 신체기관은 너희보다 훨씬 튼튼해서 아무거나 먹어도 끄떡없……."

"그건 아니지." 파프니르가 냉정하게 잘랐다. "그래 봐야 악마들인데 기쁘게 해줄 이유가 없어. 목을 쳐도 시원치 않은 판에! 불굴의 전사 실버, 넌 이 세계에서 아무것도 먹으면 안 돼!"

실버는 놀란 얼굴로 난쟁이를 쳐다보다 고개를 끄덕였다. 그 미녀들이 진짜 인간이 아니라는 걸 자꾸 잊어버린 것이다.

타라는 찔리는 데가 있었다. 무아노와 칼도 타라가 아르칸즈에게서 악마를 보지 않고 오직 미남 청년으로만 본다는 점을 지적했었다.

그 잘생긴 청년이 몇 분 후 불쑥 나타났다. 눈빛이 짙은 초록빛으로 변한 아르칸즈는 몹시 화가 나 있는 것 같았다.

아침 식사 때문에? 설마 그만한 일로 이렇게 화를 낸다고?

아르칸즈는 공 모양의 의자로 만든 임시 침대들을 보면서 타라와 친구들이 모두 함께 잤다는 걸 알아차렸지만 아무 말도 하지 않았다.

그러더니 모두의 귀가 번쩍할 만한 말을 꺼냈다.

"너희 세계의 영화에 나오는 것처럼 궁전 전체에 보안을 위한 감시 카메라가 설치되어 있지. 너희를 엿보려고 한 건 아닌데 감시카메라 덕분에 간밤에 타라 덩컨과 하프엘프가 아주 멋진 밤을 보냈다는 걸 알았다." 아르칸즈의 목소리에서 독이 뚝뚝 떨어지는 것 같았다. "아무튼 너희 모두 충분한 휴식을 취한 모양이구나. 내 요리사들이 몇 시간 동안 준비한 음식을 먹지 않아도 될 정도로."

타라는 당황했고, 로빈은 입을 꾹 다물고 있었다. 디아블로는 복도의 카메라들에 대해 말하면서 정지시켜놨다고 했는데, 나가면서 의심을 받지 않으려고 다시 가동시켜놓은 건가?

아침에 타라는 마치 로빈에게 어떻게 대해야 할지 정말 모르는 것처럼 모순된 태도를 보였다. 그리고 로빈 역시 인간 친구들과 친하기는 해도 간밤의 일을 얘기할 정도로 허물없는 사이는 아니었다. 어떻게 설명하지? 엘프들이 하는 것처럼 허풍을 떨면서 떠들어대야 하나?

로빈은 왠지 모르게 떠들어대는 것은 좋은 방법이 아니라는 생각이 들었다.

무아노와 파브리스, 다른 친구들은 예상보다 아주 세련되게 반응했다. 간밤에는 정말 곯아떨어졌다면서 폭풍도 지진도 방해가 되지 않았고, 누가 업어가도 모를 정도로 잠에 취해 있었다고 말했다.

"지진이 일어났었다고?" 타라가 놀란 얼굴로 물었다. "언제 그랬어?"

"새벽 2시경." 아르칸즈가 끼어들었다. "하지만 너희 둘이 정신없을 때였지, 타라 덩컨."

아르칸즈의 목소리에 불만이 담겨 있었다. 마왕의 아들이 이토록 화내고 있는 이유를 타라가 안다면!

"맞아요." 타라는 순진하게 대꾸했다. "난 정신없이 자느라고 아무것도 느끼지 못했어요."

로빈은 소스라쳤다. 휴, 아무 말도 하지 않길 잘했네! 타라는 비밀에 부치기로 결정한 것이었다. 로빈은 알아들었다는 표시로 타라에게 윙크를 보냈다.

타라는 눈살을 찌푸리면서 로빈에게 아르칸즈의 말에 일일이 반응하지 말고 신중하라는 표시를 했다. 오케이. 메시지 접수. 로빈은 무표정한 얼굴을 했다.

아르칸즈는 한 쌍의 비둘기를 엿보는 고양이처럼 타라와 로빈의 눈짓 교환을 유심히 살피고 있었다.

"여기서는 아기를 만들지 않길 바란다." 아르칸즈가 냉담하게 말했다. "이 행성은 아직 불안정하기 때문에 출산하려면 다른 행성으로 떠나야 할 거야."

무슨 말인가 하려던 타라는 너무 어이가 없어서 아무 말도 나오지 않았다. 로빈도 충격을 받은 얼굴이었다. 칼이 가장 빨리 반응했다.

"아, 그래서 오늘 아침에 네 얼굴이 그 모양이었구나! 너희 둘 마침 내! 너희 둘, 내가 좋아하는 애들이지만 하필 이런 때에! 정말 짜증나려고 하는데. 아무튼 그래서 좋았어?" 무아노가 주먹으로 칼의 어깨를 쳤다. "아야! 왜 때려?"

칼을 흘겨보고 나서 무아노가 기쁨의 손뼉을 치며 타라의 목을 끌어안는 사이에 무슨 얘기를 하는지 전혀 이해가 안 되는 파프니르가 투덜거렸다.

파브리스는 갑자기 로빈의 힘없는 손을 잡았고, 칼은 등을 툭툭 쳐주었다.

"그만!" 타라의 고함에 모두 소스라치게 놀랐다. "오, 젤리소르의 충치여! 이게 도대체 무슨 얘기야?"

"너희 둘이 보낸 열정의 밤에 대해 말하는 것이다, 타라 덩컨." 아르칸즈가 속삭였다. "솔직히 좀 실망이야. 너의 태도는 이해가 되지 않아."

"여, 열정의 밤?" 타라는 어찌나 화가 나는지 말을 더듬었다. "나는 간밤에 누군가와 열정의 밤을 보낸 적 없는데요!"

"지금 그 말은 아무 소용없는데." 칼이 지적했다.

"아악! 정말 돌아버리겠어!" 타라가 핏대를 올리면서 두 손으로 머리를 감싸는데 파란빛이 번쩍이고 있었다. "너희들이 무슨 말을 하는지 한마디도 모르겠어. 무슨 열정의 밤? 슬루르크!"

타라의 욕설에 무아노는 얼굴을 찡그렸다. 파브리스는 타라의 손을 보면서 뒷걸음쳤다. 로빈은 아주 큰 잘못을 저지른 듯한 느낌에 무슨 일이 있었는지 설명하기로 했다.

"네가 나한테 다가와서 끌어안았어."

"아니, 난 전혀 모르는 일이야." 타라가 말하고 이를 악물었는데 두 손에서 번쩍이는 파란빛이 더 강렬해져 있었다. "내가 몽유병에 걸린 거라면 몰라도 나는 간밤에 이 침대를 떠나지 않았어. 악몽을 꾸면서 야수로 변신하는 무아노와 파프니르, 너한테는 미안한 말이지만 요란하게 코를 고는 파프니르 사이에 끼어 잤단 말이야!"

"야아! 나는 코 안 고는데!" 파프니르가 투덜거렸다.

"에이, 너 코 골아." 칼이 말했다. "근데 노래 부를 때보다 훨씬 음악성이 있어."

파프니르는 도끼를 움켜잡고 격분한 얼굴로 다가섰다.

"너! 내가 노래하는 거 싫어하지?"

칼은 카나리아에게 눈독을 들이고 있는 고양이처럼 탐욕의 미소를 지었다.

"아냐, 네 노래 엄청 좋아해!"

파프니르는 누그러졌다.

"초강력 무기인 네 노래를 아주 좋아하지!"

난쟁이는 얼굴이 빨개져서 칼에게 달려들었다. 칼은 배꼽이 빠져라 웃어대면서 피했다. 아르칸즈는 분위기의 주도권을 잃은 느낌이 들었다. 실버는 재빨리 파프니르를 붙잡아서 도끼를 빼앗고 무릎에 앉혔다. 파프니르가 벽이라도 부숴버릴 듯한 기세로 실버에게 주먹을 휘둘렀지만, 실버의 비늘이 충격을 흡수하면서 난쟁이의 손이 아팠다. 아연실색한 빨간 머리 전사가 실버를 쳐다봤다.

"너는 안 아팠지?"

"미안해, 파프니르 전사."

"기가 막혀서! 누군가를 때렸는데 내 주먹이 아프기는 처음이네!"

파프니르는 문득 실버의 무릎 위에 앉아 있다는 걸 깨닫고 펄쩍 뛰어내렸다.

"내 도끼 돌려줄래, 불굴의 전사?"

"불쌍한 칼을 추적하지 않겠다고 약속하면." 실버는 아주 진지하게 말했다.

"웃자고 하는 거야." 칼은 매직 6총사의 친구 사이를 전혀 이해하지 못하는 실버에게 설명했다. "내가 약을 올리고 도망치면 성난 파프니르가 나를 쫓아오지만 붙잡지는 않아. 웃자고 하는 장난이니까."

"아, 그런 거였구나! 미안해, 몰랐어." 실버가 당황했다.

실버는 파프니르에게 도끼를 돌려주었다. 난쟁이가 매섭게 쏘아봤지만, 이번에는 칼이 도망치지 않았다.

"지긋지긋해!" 타라가 폭발했다.

그리고 마법이 폭발했다.

타라는 그래도 양심상 바깥을 향해 폭발하게 했다. 창문이 나 있는 쪽의 벽이 통째로 사라졌다. 몇 헥타르에 이르는 초원이 불타면서 불이 작은 숲으로 번졌고 새들과 다른 동물들이 혼비백산해서 달아났다. 타라의 마법에 놀란 아르칸즈와 악마들의 눈이 휘둥그레졌다.

마왕의 아들은 이 광경을 지켜보면서 침을 삼켰다.

"내가 정신적 피해를 주었다면 사과할게." 아르칸즈는 아주 빠르게, 아주 공손하게 말했다. "제발 나를 용서하기 바란다."

타라는 아르칸즈의 말을 무시하고 친구들에게 말하는데 입꼬리가 묘하게 일그러졌다.

"너희가 그렇게 궁금해하는 일이니까 간밤에 무슨 일이 있었는지 밝혀보자. 로빈, 간밤에 네가 한 일을 자세히 말해봐."

로빈은 진땀을 흘리기 시작했다. 타라는 비밀로 부치고 싶은 표정이 아니었다. 실제로 타라는 벌겋게 달아오른 용접기처럼 보였다.

갑자기 목이 답답한 로빈은 엘프의 셔츠 깃을 약간 풀고 용감하게 말했다.

"우리는…… 방을 나갔어."

"아하?" 타라는 친구들이 있는 데서 그러지 않았다는 것에 안도하면서 말했다. "그래서 좀 전에 왕자님이 복도의 감시카메라에 대한 말을 했구나. 그다음은?"

"나를 잡아끌고 내 방으로 갔어. 그리고는…… 그리고는 옷을 벗었어."

타라의 얼굴이 창백해졌다.

"뭐라고?"

"그리고 네가…… 네가 나를 벽으로 밀어붙였어."

"와우!" 칼이 중얼거렸다. "이제야 진짜 재미있기 시작하네. 타라의 모습은?"

"속옷만 입은 상태였어." 로빈이 대답했다.

무슨 일인지 제일 먼저 알아차린 무아노가 로빈을 도와주러 달려왔다.

"타라가 아니라는 걸 알아차리고, 타라 행세를 하는 추잡한 악마……(무아노는 아르칸즈를 힐끔 쳐다보며 멈칫하다가 말했다)를 때려눕혔지? 그랬지?"

로빈은 혼란스러운 시선을 던졌다.

"아니, 그게 아냐."

타라는 다리에 힘이 빠져서 앉아야 했다.

"나…… 나는……." 하프엘프가 말을 더듬으면서 애원하듯 타라를 향해 손을 내밀었다.

"너에게 찰싹 달라붙은 거의 알몸 상태의 예쁜 여자라는 것 말고는 전혀 알아차리지 못한 거야, 그치?" 칼이 눈을 반짝이면서 대신 말했다. "그런 상황에서 정신을 차린다는 건 힘들지. 너에게는 아주 힘든 밤이었겠다."

타라의 싸늘한 눈빛과 마주친 하프엘프는 아무 말도 못 한 채 손을 내렸다. 고개만 끄덕였다. 칼이 휘파람을 불었다. 그러고는 아르칸즈를 향해 돌아서면서 넉살 좋게 외쳤다.

"이제 털어놓으시죠! 당신이 보낸 여자라고! 나한테도 좀 보내줘요. 반쯤 벌거벗은 근사한 여자 두세 명 정도는 감당할 수 있는데."

"칼!" 이번에는 파브리스가 무아노보다 빨랐다.

"또 뭐?"

"나는 이 사건과 아무 관련이 없다." 아르칸즈가 초록빛 눈을 번득이면서 응수했다. "악마/미녀들은 너희에게 접근하지 말라는 명을 받고 있다. 그런데 감히 내 명을 어긴 여성이 있었다니, 나는 정말 모르는 일이다."

아르칸즈의 얼굴로 봐서는 누군가 뼈저리게 후회하고 있겠는걸.

"그렇다고 치고요!" 칼이 인상을 쓰면서 배짱 좋게 말했다. "우리는 이 궁전에 와서 잠을 잤어요. 그런데 맙소사! 우리가 잠든 사이에

한 여자가 타라 행세를 하면서 옛 남친을 유혹했다? 진짜 인간으로 행세하고 싶으면 좀 더 그럴듯한 알리바이를 만드는 것부터 배워야 할 거예요."

아르칸즈가 노려봤지만, 칼은 천사 같은 미소를 지으면서 모른 체했다.

"나를 믿지 않는다면 어쩔 수 없지. 하지만 나는 정말 그 배신자에 대해 아는 바가 없다고 맹세한다. 이 사건은 너희뿐만 아니라 나까지 속인 것이다. 내가 너희에게 이 일에 대해 말하지 않았다면 나도 함정이라는 걸 몰랐을 거다. 엘프, 너는 함정에 빠진 거야."

"너…… 너…… 정말 내가 아니라는 걸 몰랐단 말이야?" 타라가 상처받은 목소리로 로빈을 쳐다보면서 물었다.

하프엘프는 어찌할 바를 모르고 있었다. 불과 몇 시간 전에는 타라가 본의 아니게 주문으로 자신을 유혹했다는 걸 알고 충격을 받았는데 이번에는 비난을 받는 처지에 놓이다니! 검은 머리칼이 섞인 은발, 자신의 취향에는 아직 너무 짧은 머리를 만지면서 로빈은 한숨을 내쉬었다.

"미안해, 타라." 로빈이 간절하게 말했다.

로빈은 타라에게 다가가서 무릎을 꿇고 손을 잡았다. 그러고는 크리스털 눈으로 타라의 쪽빛 눈을 응시하면서 말했다.

"미안해, 내가 멍청했어. 네가…… 아니 그 여자가 한 말이라고는 '쉿'이라는 말밖에 없었는데. 다른 말을 했다면 대번에 알아차렸을 거야, 타라. 그 여자가 나에게 한 짓은 아무 의미가 없어. 그 빌어먹을 주문의 영향 없이도 내가 여전히 너를 사랑하는지, 아닌지 아직은 모르겠어. 하지만 한 가지는 알아. 내가 그 악마/미녀와 벌인 행동은 우리 둘 사이에 어쩌면 존재하는 감정과는 아무런 관련이 없다는 거야."

타라는 매정하게 손을 뺐다. 로빈이 일어났다.

"네 입으로 '빌어먹을 주문' 때문에 나한테 다가오지 않겠다고 분명히 말해놓고서 그 상황이 이상하다고 생각하지 않았다고?"

"네가 나랑 화해하려고 그러는 거라고 생각했어."

당황한 로빈은 타라의 번뜩이는 눈을 차마 마주 볼 수 없어서 고개를 떨어뜨렸다. 타라는 긴 금발을 뒤로 넘기면서 다그쳤다.

"그러는 거라니?"

"나를 유혹하는 거라고 생각했어." 로빈이 말했다.

"그래, 그럴듯하다." 타라는 여전히 냉소적으로 응수했다. "너는 나를 더 이상 원치 않는데 나는 너를 유혹한다? 그래서 그다음은?"

로빈의 반쪽 인간이 창피함을 느끼면서 땀이 줄줄 흘러내렸다.

"너……."

"'너'가 아니라 악마/미녀라니까! 나는 그 시간 친구들과 마찬가지로 침대에 있었어."

"더 자세히 듣고 싶은 거 확실해?"

타라와 칼이 동시에 대답했다.

"응!"

"그래, 네 말이 맞다. 그만둬." 너무 상처를 받아서 무심코 대답했던 타라가 다시 말했다.

"더는 말하고 싶지 않았는데 다행이다." 하프엘프는 너덜너덜해진 자존심을 추스르면서 말했다.

갑자기 피곤한 표정을 지으면서 의자에 웅크리는 타라. 괴로움 때문에 머리를 숙이고 어깨가 축 처진 타라는 자신이 조그맣게 줄어드는 것 같은 이상한 느낌이 들었다.

로빈이 다가가서 어깨에 손을 올렸다. 타라가 아무런 반응도 하지 않고 멍하니 쳐다보자 로빈은 마치 불에 덴 것처럼 손을 뗐다.

엘프의 피가 끓어오르기 시작했다. 로빈은 운명에 대해, 함정에 대해, 악마들에 대해 격분하고 있었다. 이사벨라와 마니투에 대해, 인간이 아니라 악마를 안고 있다는 걸 알아차리지 못한 자기 자신에 대해 격분하고 있었다.

그렇게 멍청할 수가!

아르칸즈가 만면에 미소를 머금고 끼어들었다.

"정리하자면 타라 덩컨, 너는 이제 로빈의 여친이 아니며, 로빈은 너를 배신한 거구나. 그런데 나는 네 기분을 전환시켜줄 수 있다."

기분 전환이라니? 타라가 무슨 뜻이냐고 따져 물으려는 순간 아르칸즈는 말을 계속했다.

"최근에 어머니를 잃었고, 아버지는 아주 오래전에 잃었다고 들었다."

타라는 반응하지 않았다. 아르칸즈는 다음에 할 말의 효과를 위해 잠시 뜸을 들였다.

"오늘 아침에 너와 재판관을 만나게 해줄 생각이다. 그래서 너에게 부모님을 만날 기회를 주려는 거야!"

20
재판관

공포심을 주는 아티팩트가 짧은 면회를 위해
비욘드월드에서 부모님을 소환해준다고 하면
거역하지 않는 것이 좋은데

*

타라는 어안이 벙벙했다. 림보에 온 목적이 재판관을 만나기 위해서인데……. 그럼 원하는 것을 얻기 위해 싸울 필요가 없는 건가? 뜻밖에도 아르칸즈가 이런 선물을 하다니. 타라는 눈을 가늘게 뜨면서 의혹의 눈길을 보냈다. 하지만 잘생긴 악마가 타라를 쳐다보고 있는데 거짓의 눈빛이 아니고, 아주 흡족해하는 표정이었다. 타라가 너무 과민한 건가? 이런 선물은 아르칸즈가 타라의 머릿속을 읽지 않는 한 불가능했다. 그리고 이 악마의 행성에는 진실의 입이 없었다. 3년 전, 타라는 살인범으로 고소된 칼의 무죄를 밝히기 위해 재판관에게 브란디스의 혼령을 소환해달라고 도움을 청했고, 재판관의 배려로 뜻밖에도 아버지의 유령을 만날 수 있었다. 검은 돌덩이 조각상 재판관은 가차 없는 판결을 내리면서 악마들의 세계에 막강한 힘을 행사하

106

고 있었다. 필요한 경우에는 끔찍한 고문으로 실토하게 만들기 때문에 재판관은 아주 완고하고, 공포심을 주는 아티팩트였다.

재판관은 영혼을 불러낼 수 있을 뿐 육신을 소생시키는 능력은 없었다. 그렇지만 영혼이나마 불러낼 수 있으니 얼마나 대단한가.

아무튼 어머니의 영혼을 만나면 무슨 일이었는지, 돌아오고 싶은 마음이 있는지 물어볼 것이고, 아닐 경우는 작별 인사라도 할 수 있다.

"부…… 부모님?" 타라가 아주 작지만 생기 있는 목소리로 중얼거렸다. "하지만……."

"나는 어머니가 없었어." 아르칸즈가 슬픈 목소리로 말했다. "인간 유전자와 아버지의 유전자가 들어 있는 인큐베이터 안에서 잉태되었으니까. 하지만 훌륭한 유모 악마가 키워주었지. 만약 유모가 사라진다면 나는 견딜 수 없을 정도로 애통할 거야. 그래서 네가 얼마나 마음이 아플지 짐작이 돼. 그게 이 만남을 주선한 이유야. 나를 따라와, 타라 덩컨."

타라가 벌떡 일어나다 부딪치는 바람에 로빈이 넘어질 뻔했다. 그러나 타라는 배신자에게 눈길도 주지 않고 아르칸즈에게 손을 내밀었다. 타라의 손을 잡은 아르칸즈는 팔짱을 끼면서 데리고 나갔다.

파브리스는 무아노를 쳐다보면서 속삭였다.

"왜 이렇게 불쾌하지?"

아르칸즈와 팔짱을 낀 채 멀어져 가는 타라의 뒷모습을 쳐다보면서 무아노는 눈살을 찌푸리고 있었다.

"불쾌한 정도가 아니라 불길해. 저 작자, 느낌이 안 좋아. 타라가 원하는 걸 너무 정확하게 알고 있단 말이야."

파브리스는 고개를 끄덕이면서 타라를 따라갔다.

무아노와 칼, 파프니르, 실버도 뒤쫓았다. 로빈은 분노를 억제하고 달래면서 맨 마지막으로 따라나섰다. 언젠가는 폭발할 텐데 그 대상이 아르칸즈가 되길 바라면서.

로빈의 기분에 민감한 릴란드릴의 활이 어깨에 유형화되었다. 하프엘프는 불길한 미소를 지었다. 그들이 지나가는 모습을 지켜보던 악마들이 로빈에게서 위험을 느꼈는지 약간 뒷걸음쳤다.

파브리스는 타라에 대한 걱정 말고도 점점 기분이 좋지 않았다. 악마의 마법에서 완전히 벗어났다고 생각했는데 느낌이 이상했다. 뼈와 살 속에서 무언가가 파브리스를 유혹하고 있었다.

파브리스는 궁전의 화려한 복도를 걸어가다 그게 무엇인지 알아차렸다.

악마의 마법이 부르는 것이었다. 주위가 온통 악마의 마법을 지닌 사물들이었다. 파브리스의 몸과 영혼이 악마의 마법을 똑똑히 기억하고 있었다. 파브리스는 이를 악물었다. 그리고 치명적인 유혹을 물리치게 해주는 무아노를 쳐다봤다. 무아노의 얼굴, 귀여운 눈을 보고 있으면 마음이 진정되었다. 파브리스는 그동안 터득한 운동으로 긴장을 풀었다. 악마의 마법은 일단 복용하면 끊기 어려운 마약과 같아서 유혹을 떨치기 쉽지 않기 때문이다.

무아노는 잠자코 있었지만 야수의 예민한 후각 덕분에 파브리스에게 문제가 생겼다는 걸 직감했다. 파브리스가 두려움에 떨고 있었다. 아르칸즈에게 그들의 정체가 들통 났을 때 느꼈던 두려움이 아니었다. 아니, 이건 예민한 코를 자극하는 불쾌한 두려움이었다. 게다가 파브리스는 땀을 흘리고 있었다. 무아노는 바보가 아니었다. 무슨 일인지 잘 알고 있었다. 파브리스를 꾀어낸 마지스터가 나타났을 때 무아노는 당장 달려들어서 갈퀴발톱으로 갈가리 찢고 싶은 걸 억제해야 했다. 마지스터가 림보를 경유한다는 말을 했을 때는 등줄기가 오싹했다.

두려워하던 일이 현실로 되고 있는 것이다. 악마의 마법이 파브리스를 유혹하고 있었다. 여기서 살아남는다면 어떤 선택을 해야 할까? 파브리스가 이 충동을 이겨낼 수 있게 도와줘야 하나? 아니면 혼자 헤쳐나가게 내버려두고 지켜봐야 하나? 간밤에 무아노는 이런 생각에 한동안 뒤척이다 잠이 들었기 때문에 타라가 한밤중에 여러 번 변신했다고 말할 때 놀라지 않았다. 위험을 느끼거나 불안해지면 야수로 바뀌는 일이 점점 잦아지고 있는데 자는 동안에도 변신한다니, 정말 걱정이었다. 무아노는 숨을 들이쉬면서 꽃향기 그윽한 신선한 공기에 새삼 놀라면서 결정을 내렸다.

무아노는 파브리스를 돕지 않기로 했다. 마법에 대한 욕심 때문에 그토록 시련을 겪었으면서 이겨내지 못한다면 무아노에게 어울리는 짝이 아닌 것이다. 갑자기 울컥하면서 목이 메었다. 언젠가는(당장은 아니지만) 결혼 생각까지 하는 소년이 제발 믿을 만한 모습을 보여주길 간절히 빌었다.

타라는 세상에 존재하는 가장 위험한 악마 중 한 명과 팔짱을 끼고 있다는 것에 잔뜩 경계하면서 이상한 낌새가 없는지 주위를 살피며 걸었다. 그렇지만 모든 것이 정상으로 보였다. 악마들은 일에 열중하면서 그들이 지나갈 때는 정중하게 비켜섰다. 복도를 따라 여러 개의 방이 있는데 누군가 고문을 당하는 모습도, 비밀을 감추기 위해 후닥닥 닫히는 방문도 없었다. 괴상망측한 모습의 악마들, 현란한 색깔의 복도와 방을 제외하고는 지구의 궁전과 같았다. 타라는 악마들이 감정에 따라 색깔을 바꾼다는 걸 알고 있었다. 그런데 지난번에 림보를 방문할 때 봤던 것처럼 공격적이거나 두렵거나 잔혹한 빛깔이라곤 없었다. 여기저기서 붉은 악마들이 특수한 몸뚱이로 먼지를 털거나 빨아들이면서 청소하고 있었다. 지난번과는 달리 거대한 악마가 나타나서 괴롭히는 일도 없었다.

정말 뜻밖이었다.

아르칸즈는 마치 허물없는 사이라도 되는 듯 수다를 떨고 있었다.

"우리는 수세식 화장실을 설치했다. 태양에너지를 양식으로 삼던 우리의 몸과 인체조직은 많이 다르기 때문에. 우리 종족에게 화장실은 정말 상상도 못 한 아주 놀라운 체험이었지."

아르칸즈의 말이 끝나기가 무섭게 칼은 마치 방금 도착한 관광객에게 달려드는 모기처럼 따끔한 질문을 했다.

"태양을 변형시켜놨는데 인간 모습이 아닌 악마들은 뭘 먹고 사나요?"

아르칸즈는 기꺼이 대답했다.

"당연히 그 문제부터 해결했지. 그 프로그램을 실행하기 직전에 인간의 소화기계통을 가질 수 있도록 우리의 몸을 변형시켰다. 창자 안에 기생하는 박테리아에 대한 개념을 전혀 몰랐기 때문에 우리가 만든 박테리아는 소화를 도와주기는커녕 약간 공격적으로 숙주를 갉아먹는 경향이 있었지. 하지만 마침내 방법을 찾아냈지. 일종의 광합성처럼 태양에서 에너지의 일부를 빼내고, 부족한 것은 우리가 수백 년 전부터 재배해온 양식으로 보충했어. 이야기가 나왔으니까 말인데 너희는 인간의 창자 안에 수십억 마리의 박테리아가 있으며 그 무게가 1500그램이나 나간다는 걸 알고 있니? 세균과 박테리아가 먹은 것을 소화시켜주기 때문에 인간들이 살 수 있다는 사실은 아주 흥미로웠지."

칼은 오만상을 찌푸렸다. 소화기계통에서 일어나는 일을 떠올리고 싶은 마음이 추호도 없는데, 이렇게 상세한 설명을 해주다니.

타라는 바짝 긴장했다. 악마들의 장대한 계획은 수백, 수천 년에 걸쳐서 진행되고 있는 것이었다. 필요할 때마다 변신을 거듭하면서 모습을 바꿔왔고, 그 파라미터에 따라 양식을 재배하고, 소화기관까지 연구해왔다는 것은 아주 불길한 징조였다.

"인간에 대해 이 정도로 자세히 알고 있다니 놀랍네요!" 칼이 능청스럽게 물었다. "창자 안에 뭐가 있는지 알 정도로 우리에 대해 모르는 게 없으니 다음 계획은 뭐죠? 우리를 대신할 건가요?"

칼의 지적에 아르칸즈는 상당히 충격을 받은 얼굴이었다. 어쩌면 아르칸즈는 진실인지 아닌지 알 수 없을 정도로 연기가 뛰어난 명배우일지도 몰랐다.

"너희를 대신해? 그것도 아주 흥미롭구나. 어제도 말했듯이 너희 세계의 인간들이 더 이상 우리를 위험한 존재로 여기지 않길 바란다. 우리는 외교 관계를 수립하고 싶다. 그리고 가공한 것이든 아니든, 인간 세계에 있는 모든 상품에 관심이 있어."

타라는 악마의 달콤한 화술에 말려들지 않고 물었다.

"하지만 드래곤과 인간들이 악마들을 이 세계에서 나오지 못하게 가두었을 때 노발대발했던 파벌은 당신의 평화로운 진보 계획에 대해 어떻게 생각하는데요?"

"인간 모습의 악마들 쪽은 상품을 사고팔면서 착하게 살겠다고 하는데 괴물 모습의 악마들 쪽은 모조리 잡아먹겠다면서 으르렁거리나 보죠? 그래서 그들을 과격하게 다루고 있나요?"

칼까지 어찌나 신랄하게 이죽거리는지 타라는 상대가 자신이었다면 정말 가슴이 뜨끔할 것 같았다.

이번에는 아르칸즈가 선뜻 대답하지 않았다. 갑자기 얼굴이 험악해지는 것으로 보아 칼의 비아냥거림이 몹시 불쾌한 모양이었다.

"지금 문제를 해결하고 있는 중이다."

타라는 속으로 말했다. '그거야 당연하지. 인간과 드래곤을 상대로 전쟁을 이끌었던 악마의 아들이자, 알 수 없는 어떤 목적이 있는 옐로파의 수장인데 해결해야 할 문제가 한두 가지겠어?'

문득, 타라는 재판관과 연관된 기억 하나가 떠올랐다. 재판관의 목소리가 어찌나 우렁찬지 아직도 귓가에 생생했다. 몇 년 전에 셈 선생님과 타라 그리고 친구들이 한 방에 불쑥 들어갔을 때 재판관은 낭랑한 울림이 있는 걸걸한 목소리로 마왕에게 답하고 있었다. '그는 거짓말을 하였다. 그는 그들이 어디 있는지 알고 있다. 당신은 그에게서 진실을 빼낼 만큼 강력하지 않다. 당신이 가진 힘의 일부를 그에게 내어줌으로써 종족에 대한 확실한 경쟁자를 만들어놓은 것이다. 그런데 당신 뒤에 있는 드래곤은 뭔가?'

바로 그때 셈 선생님이 달려들어서 마왕을 깔아뭉갰던 것이다.

불행히도 마왕은 끝내 살아남았지만.

당시 타라 일행은 재판관이 마지스터에 대해 말하는 것이라고 추측했다. 그런데 타라는 이제야 잘못 생각했다는 걸 깨달았다. 그들은 마지스터가 마법이 훨씬 강력한 마왕에게서 힘을 얻은 것이라고 생각했는데 그게 아니었다. 마지스터가 악마의 마법을 갖게 된 것은 아주 우연히 악마의 힘을 지닌 셔츠가 몸에 결합되었기 때문이다. 그리고 마지스터는 악마 종족이 아닌데 마왕의 경쟁자가 될 수는 없지 않은가.

마왕은 재판관에게 전혀 다른 경쟁자에 대해 묻고 있었던 것이다. 마왕 자신이 직접 만든 새로운 종족, 인간의 모습을 한 아르칸즈, 자신의 친아들에 대해 묻고 있는 것이었다. 그렇지만 당시 아르칸즈는 열네 살이나 열다섯 살이었다

타라는 여기서 무슨 일이 일어나고 있는지 갑자기 명확해졌다. 아르칸즈는 팔을 잡은 타라의 손이 경련을 일으키는 걸 알아차렸지만 아무 내색도 하지 않았다.

칼이 이번에도 공격적인 발언을 하려는 순간 아르칸즈가 무더기를 이룬 흰 백합꽃 앞에서 갑자기 걸음을 멈췄다. 자세히 살펴보니 흰 백합처럼 생겼는데 줄기에 커다란 가시가 돋아 있었다.

백합 같은 꽃들이 시커먼 철문을 완전히 뒤덮고 있었다.

아르칸즈가 손을 내밀자 백합들이 허리를 숙이면서 날카로운 가시들이 드러났다. 꽃들이 달려들 때 흠칫 놀란 아르칸즈의 손에서 한 줄기의 빨간색 피가 흘러내렸다.

"이런!" 칼이 악마들의 왕자에게 손수건을 내밀면서 말했다. "이걸로 닦아요. 옷에 피가 묻겠어요. 보안장치로는 좀 과한 거 아니에요?"

칼의 예의 바른 태도와 단박에 보안장치를 알아보는 예리한 관찰력에 아르칸즈가 놀라며 눈을 가늘게 떴다.

"고맙다." 아르칸즈는 피를 닦은 다음 손수건을 칼에게 돌려주면서 말했다. "드래곤이 방문한 뒤로 이걸 설치했지. 내 아버지의 허락 없이는 누구도 이 방에 들어가는 걸 원치 않기 때문에." 아르칸즈가 타라에게 몸을 숙이고 빤히 쳐다보면서 덧붙였다. "아버지는 드래곤에게 깔렸던 것 때문에 노발대발하셨거든."

그거야 그랬겠지. 타라는 이해할 수 있었다.

"흥, 보안장치치고는 형편없군. 드래곤이 입김만 뿜어도 예쁜 꽃들이 홀랑 타버릴 텐데. 그러면 이 방에 들어가는 건 식은 죽 먹기지." 파프니르가 말했다.

"아니, 그렇지 않아." 아르칸즈는 빙긋이 웃으면서 말했다. "꽃들이 영양을 공급받지 못하고, 불의 공격까지 받게 되면 문은 자동으로 잠겨서 아무도 들어가지 못해."

"그러면 방에서 나갈 수도 없는 거니까 멍청한 짓이지." 파프니르가 쫑알거렸지만 소리가 작아서 아르칸즈는 듣지 못했다.

아르칸즈가 문을 밀었는데 삐걱거리는 소리 같은 불길한 전조는 없었다.

정확하게 기억나지 않아도 타라는 들어가본 적이 있기 때문에 어떤 방인지 알고 있었다. 진실과 거짓, 배신의 방. 타라는 그 방에서 보았던 장면이 떠올라서 소름이 돋았다. 정적이 흐르는 방, 돌벽에 갇혀서 분노와 두려움이 섞인 비명을 질러대던 수천, 수만의 악마들.

문이 열리자 아르칸즈가 말했다.

"드디어 재판관을 만나게 되었구나."

그들은 어마어마하게 넓은 방으로 들어갔고, 재판관 조각상이 받침대에 놓여 있었다.

조각상은 변하지 않은 것 중 하나였다. 눈 하나와 귀 하나, 입 하나를 투박하게 새긴 검은 돌덩이. 흉측한 얼굴들이 조각된 끈적거리는 의자, 즉 재판을 받으러 온 이들이 앉는 의자는 부분적으로 하얀 천이 덮여 있었다. 형을 집행하는 망나니는 토가 차림인데 푹 삶아진 것 같기도 하고, 불도저에 깔려서 찌부러진 것 같기도 한 바닷가재와 병든 코끼리를 뒤섞어놓은 듯한 형상이었다. 검처럼 생긴 팔로 재판관에게 거짓말을 하는 자들의 수족이나 머리를 베어버리는 것이 망나니의 역할이었다.

그런데 방 안에 달라진 것이 세 가지가 있었다.

타라가 떠올리는 것만으로도 소름이 끼쳤던 돌벽에 갇혀 있던 악마들이 사라지고 없었다.

그리고 그들이 들어갔을 때 일종의 석영 전광판이 꺼졌다.

조각상 앞에 있는 이상하게 생긴 나무에 디아블로가 묶여 있는데 마치 십자가에 못 박힌 형상이었다.

똑, 똑, 똑, 떨어지는 검붉은 피가 진홍빛의 구불구불한 냇물을 이루고 있었다.

타라는 아르칸즈에게서 팔을 빼고 빤히 쳐다보면서 내뱉듯 말했다. 외교적으로 결례가 되는 행동이었다.

"재판관을 움직이려고 이제는 제물까지 바칩니까?" 타라가 경악하면서 쏘아붙였다.

디아블로의 배가 갈라져 있고 수 미터에 이르는 내장이 빠져나와서 냄새가 고약했다. 교활한 미소를 지을 거라고 예상했는데 아르칸즈는 전혀 모른다는 얼굴이었다.

"하지만…… 하지만." 아르칸즈는 어물어물 말하면서 마치 악마의 몸속으로 내장을 도로 집어넣으려는 듯 디아블로를 향해 달려갔다.

격분한 타라가 아르칸즈를 향해 다가가는데 두 손에서 파란빛이 번쩍이고 있었다.

"왜 이랬어요?"

아르칸즈는 대답할 겨를이 없었다.

디아블로의 시체가 폭발해버렸으니.

타라의 손에서 발사된 불덩이는 디아블로의 배를 향해 날아갔고, 덩치가 워낙 크다 보니 마치 폭발하는 것처럼 보인 것이었다. 그 자리에 있는 이들이 모두 빛의 속도로 피했다.

질겁한 타라는 마법을 정지했다. 악마들이 허겁지겁 불을 껐다. 죽은 시체인데도 계속 꿈틀거리고 있었다. 냄새가 지독했다. 살 타는 냄새가 진동했고, 파브리스는 몸속의 늑대가 군침을 흘리고 있음을 느꼈다.

"타라?" 칼이 재빨리 말했다.

"응?"

"마법을 다시 작동하면 안 돼! 알았지?"

"왜?"

"위에서 소화되지 않은 당분과 녹말, 섬유질이 장으로 넘어오면 박테리아들이 분해시키잖아. 탄수화물은 분해되면서 수소와 메탄 가스를 생산하는데 그게 바로 네가 방귀 뀔 때 배출하는 가스야. (타라의 얼굴이 빨개졌다. 친구들 앞에서 방귀를 뀌지 않으려고 분명히 조심한 것 같은데!) 그런데 이 가스는 인화성이 높단 말이야. 디아블로는 몸집이 큰 데다 모르긴 몰라도 소화 기능에 큰 문제가 있었기 때문에 가스가 쌓여 있다가 네가 발사한 마법의 불꽃이 닿으면서 탄 것 같아."

"아, 그런 거야?"

화장실에서 김이 피어오르는 대변의 이미지와 방귀를 떠올리던 타라는 머리가 빠르게 돌아가기 시작했다.

지금은 마법을 사용하지도, 모든 걸 폭발시키지도 말아야 했다.

그렇지만 타라는 아르칸즈를 향해 다시 마법을 발사했고, 창백한 얼굴로 천천히 일어나던 아르칸즈는 아슬아슬하게 불길을 피했다.

"블루파 때문에 불안했나요? 그래서 옐로파의 수장인 당신이 디아블로를 죽인 거예요?"

충격을 받은 아르칸즈는 타라가 위협적으로 흔드는 손가락을 피해 뒷걸음쳤다.

"하지만 나는 아무도……." 아르칸즈는 말을 잇지 못했다.

타라가 한 말이 마침내 아르칸즈의 신경세포를 건드렸다. 악마의 눈살이 찌푸려졌다.

"프루이크[31]! 옐로파와 블루파를 어떻게 알고 있지?"

타라는 말을 내뱉자마자 후회했다. 슬루르크! 너무 격분한 나머지 중요한 카드를 내보인 것이다.

"우리를 만나러 왔었어요." 타라는 마지못해서 털어놨다.

"누가? 디아블로가? 언제? 무슨 이유로?"

재판관 앞에서는 거짓말할 수 없다는 걸 타라는 잘 알고 있었다. 거짓말할 경우 절대 속아 넘어가지 않는 재판관이 수족을 잘라버리는 무서운 습성이 있기 때문이다.

그 순간 바닷가재/코끼리 형상의 망나니가 당장이라도 달려들 기세로 타라를 지켜보고 있었다.

"간밤에 와서 당신에 대해 말했어요. 그리고 당신의 계획에 대해서도."

아르칸즈의 표정이 굳어졌다.

"나는 태어날 때부터 디아블로를 알고 있다." 아르칸즈는 위협적인 목소리로 말했다. "너희 인간들과는 달리 우리는 신의가 있어."

타라는 거만하게 내뱉었다.

"신의? 이 방은 진실과 거짓, 배신의 방이라고 불리죠. 당신이 신의가 뭔지 알기는 하고요?"

아르칸즈가 처음으로 타라에게 분노를 표출했다.

. . . .

31. 악마들의 용어로 아더월드에서 사용하는 슬루르크와 마찬가지로 '빌어먹을'이란 뜻이다.

"너희는 우리를 이해할 수 없어. 인간들의 눈에는 우리가 거짓말이나 하고 서로를 이용해먹는 것으로 보이겠지. 내 아버지가 우리 종족의 미래를 바꾸기 위해 원대한 계획을 세우기 전에는 그랬을지도 모르지. 디아블로가 배신을 했다고? 절대로 그럴 리 없어!"

'아르칸즈가 화를 내고 있어.' 타라는 속으로 쾌재를 올렸다. 일이 잘 풀리고 있었다. 이제 조금만 더 물고 늘어지면 되는데.

"우리에게 알리고 싶지 않은 계획이 많은가 보죠?"

아르칸즈가 조심스럽게 조각상을 힐끔 쳐다봤다.

"타라 덩컨, 너희 제국도 아더월드의 다른 나라들에 비해 계획이 많은 걸로 아는데? 그래, 우리는 여러 가지 계획이 있지. 많지도 적지도 않을 정도로."

타라는 밀어붙였다.

"그러니까 우리 세계를 다시 침략해서 닭처럼 먹어치울 계획은 없다는 건가요?"

아르칸즈는 밝은 미소를 지었다.

"아, 맛있는 닭고기. 우리 행성에는 너희 세계의 양식이 상당히 많은 편이지. 그런데 이상하게도 돼지보다 닭이 여기 풍토에 적응하지 못하고 있어. 그래서 아주 값비싼 요리가 되었다. 나 역시 닭고기를 좋아하고."

타라가 당신이 뭘 좋아하거나 말거나 관심 없다는 말을 어떻게 쏘아붙일까 궁리하고 있을 때 아르칸즈가 말을 이었다.

"그 질문에는 대답하지 않겠다, 타라 덩컨. 너희가 관여할 일이 아니니까. 그리고 너희 인간들이 우리의 오랜 적이라는 걸 잊지 않고 있다. 양쪽에서 호의를 표시하지 않는 한 그 계획을 너희에게 말할 이유가 없지."

아르칸즈가 답변을 거부했다. 타라는 돌려 말했다.

"반대파의 계획이 성공하길 바라는 사람은 아무도 없을 거예요." 타라는 피투성이 시체를 가리키면서 말했다. "당신이 아니면 누가 저랬을까요? 디아블로는 당신이 옐로파의 수장이라고 분명히 말했어요. 옐로파는 가장 강력하며, 악마 종족을 인간의 모습으로 변형시켰고, 행성을 지구처럼 만들었다고 했어요."

아르칸즈는 주의 깊게 들으면서 눈살을 찌푸렸다.

"디아블로가 그렇게 말했다고?"

"더 많은 걸 말해줬어요." 타라가 대꾸했다(이건 사실이었다). "하지만 당신이 디아블로는 절대로 배신하지 않았다고 생각하는 이상 나도 더는 말해주지 않을 거예요. 하지만 합의를 할 수는 있죠. 재판관 앞에서 내가 질문을 하면 솔직하게 대답해주세요. 그러면 나도 당신의 질문에 솔직하게 대답하죠."

초록빛 눈에 경계심이 가득했다. 아르칸즈가 재판관 조각상을 바라보았다.

"이 얘기는 나중에 솔직하고 정직한 적으로서 다시 하자. 지금은 너에게 마지막으로 어머니와 아버지를 만날 수 있는 기회를 줄 생각이니까."

솔직하고 정직한 적? 역시 재판관 앞에서는 감히 '너의 남친이 되고 싶다'는 따위의 터무니없는 말을 못 하네. 타라는 어깨를 으쓱했다. 강제로 답변하게 만들 수 없기 때문에 아르칸즈와 다시 맞설 때를 기다리기로 했다. 활력을 되찾게 해주는 말싸움을 한 지가 언제였던 가. 아르칸즈가 끔찍한 악마이긴 해도 말다툼을 벌일 만한 상대였다.

재판관에 대해 들어본 적이 없는 실버는 아르칸즈의 요청을 받은 조각상이 눈을 뜨고 입을 벌리면서 질러대는 우렁찬 목소리에 소스라쳤다.

"오, 이럴 수가! 오무아의 어린 공주, 하프엘프, 그리고 예전에 어떻게 나를 훔쳐갈 생각을 했는지 아직도 의아한 도둑, 랑코비트의 야수, 늑대인간인 지구소년, 난쟁이 파프니르, 마지스터의 아들 하프드래곤, 림보에 온 것을 환영한다!"

재판관의 말이 끝나기가 무섭게 아르칸즈는 빙그르르 돌아서서 실버 앞으로 갔다.

실버는 경계하는 자세로 검의 손잡이를 잡았다.

"마지스터의 아들!" 아르칸즈는 믿을 수 없다는 표정으로 눈을 가늘게 뜨면서 말했다. "진작 말했어야지 그걸 왜 감추고 있지?"

실버는 숨을 내쉬면서 긴장을 풀었다.

"내 아버지를 어떻게 했습니까?" 실버가 정중하게 물었다.

"누구라는 걸 왜 말하지 않았지?" 아르칸즈는 대답하지 않고 되물었다.

실버의 손가락들이 경련을 일으켰지만 목소리는 흔들리지 않았다.

"내 아버지를 어떻게 했습니까?"

"내 질문에 먼저 대답하시지, 하프드래곤." 아르칸즈가 언성을 높였다. "그러면 나도 말해줄 테니까."

실버의 시선과 마주친 타라가 고개를 끄덕여 보였다. 아르칸즈는 그 눈짓을 놓치지 않았다. 더 이상 제국의 후계자도 아니고, 어떤 권력도 갖고 있지 않은데도 친구들이 소녀에게 복종하는 것에 주목했다. 인간들은 정말 이상하군.

"혹시라도 인질극을 벌일까 봐 말하지 않았어요. 아들을 위협하는 것으로 내 아버지를 꼼짝 못하게 만들지도 모르니까요."

"진실이다." 아무도 묻지 않았는데 재판관이 확인해주었다.

아르칸즈는 코를 실룩거렸다.

"나는 그렇게 생각하지 않아." 아르칸즈가 실버에게 말했다. "마지스터가 너희가 올 거라고 말하면서 자기를 악마의 사물들이 있는 곳으로 인도할 수 있는 타라 덩컨만 빼고 모두 죽여도 된다고 했거든."

실버의 입에서 상처받은 숨소리가 새 나왔다. 마지스터가 아들 따위 안중에도 없으리라는 걸 알지만 이 정도로 혈육보다 야심을 중요하게 여길 줄이야.

이번에는 재판관 앞에서 아르칸즈가 대답할 차례였다.

"결론부터 말하면 마지스터는 다시 떠났다. 하마터면 행성을 파괴할 뻔했지. 행성의 변화를 좋아하지 않았고, 소용돌이에 영향을 주어서 너희가 오는 걸 지연시키면서 한동안 머물렀다. 여기서 무슨 일이 일어나고 있는지 알고 싶었던 게 틀림없어. (아르칸즈는 엷은 미소를 지었다.) 도시에 와서 우리와 얘기하고는 너희를 기다리려고 하지 않았다. 내 아버지가 붙잡아둘까 두려워 도망친 걸지도 모르지. 아무튼 마지스터는 너희가 아더월드로 돌아올 수 있게 소용돌이를 열어둘 생각이었는데 불안정한 이 행성의 마법에 문제가 생겼던 거야."

아, 그래서 타라와 친구들이 도착했을 때 아르칸즈가 별로 놀라지 않은 건가?

아르칸즈가 아주 신중하게 진실을 말하면 재판관이 그 말을 확인해주었다. 그가 왕자든 아니든 재판관은 개의치 않았다. 거짓말을 할 경우 아르칸즈의 손가락이나 팔다리를 잘라버리는 것은 재판관의 고유 권한이라 문제될 것이 없었다.

모든 것이 자신의 예상을 완전히 빗나갔기 때문에 아르칸즈의 표정이 좋지 않았다. 상상 속에서는 상대의 반응을 예측하기가 아주 쉬웠다. 부모를 만나게 해준다고 하면 타라의 마음을 사로잡을 수 있으리라고 생각했다. 그런데 영악한 소녀가 재판관 앞이라는 걸 이용해서 마지스터에 대한 진실을 말하게 만들 줄이야! 아르칸즈는 정말 이렇게 될 거라고는 단 1초도 생각하지 않았었다. 프루이크! 지구에서는 뭐라고 하더라? 아, 빌어먹을!

"이게 내가 알고 있는 전부다." 아르칸즈는 짤막하게 말했다.

"진실이다." 재판관이 확인했다.

실버는 아르칸즈가 반감을 사지 않으려고 하는 말에 속아 넘어가지 않겠다는 듯 물었다.

"무사한 거죠?"

타라는 슬그머니 마법을 작동할 준비를 했다. 아르칸즈가 아니라고 대답하면 실버가 목을 베어버릴 텐데.

그러면 아르칸즈와 함께 그들 모두 죽는 것이다. 재판관의 도움을 받을 필요도 없이 림보에서 곧장 부모님이 있는 비욘드월드로 떠나게 되는데.

하지만 아르칸즈의 대답은 거짓이 아니었다.

"물론이다." 의심받는 것에 기분이 상한 아르칸즈가 퉁명스럽게 대답했다. "건강한 상태로 떠났다."

아, 아르칸즈는 '회복된 상태'라고 하지 않고 '건강한 상태'라는 표현으로 돌려 말했다.

"진실이다." 재판관이 확인했다.

실버는 약간 긴장을 풀었다.

"어디로 갔습니까?"

아르칸즈가 어깨를 으쓱했는데 자주 하는 걸 보면 이 인간적인 몸짓이 정말 마음에 드는 모양이었다.

"나는 모른다. 마지스터가 목적지를 택했고, '잿빛 요새'라고만 하고 다른 건 말하지 않았다."

"진실이다. 계속 이런 식이면 망나니가 휴업해야 되는데. 하! 하! 하!"

유머 감각이 있는 조각상? 정말 가관이군!

따라서 마지스터는 아더월드로 떠난 것이다. 타라만 빼고 모두 죽여도 된다고 아르칸즈에게 말한 뒤에 자기 혼자서. 점점 더 이상했다. 함께 힘을 합해서 크라에토비르의 반지와 싸우기로 했었다. 타라와 함께 반지를 공격하는 동안 오무아의 친위대와 맞서려면 타라의 친구들이 필요한데…… 마지스터가 왜 갑자기 생각을 바꿨을까?

사실은 타라 일행을 지켜주고 싶은 마음에 악마들에게는 소중하지 않다고 믿게 만들려는 속임수가 아니었을까?

음모에 음모, 지하조직망, 은밀한 이유, 모든 것이 점점 복잡해져서 타라의 머리가 터질 지경이었다.

하지만 타라는 한 가지 이유 때문에 여기 온 것이 아닌가.

"디아블로의 시체를 위해 뭔가 해줄 게 있을 텐데요." 타라는 배가 갈라진 악마를 가리키면서 말했다. "우리가 조사해도 될까요? 칼에게 맡기면 잘할 수 있는데요."

"물론이다." 아르칸즈가 대답했다. "시체 부검실로 보낼 거니까 네 친구가 참관해도 된다."

아르칸즈는 시체를 살피고 있는 악마 둘에게 손짓했다.

그 순간 타라는 재판관을 이용했다.

"누가 그랬을지 정말 몰라요?"

"전혀." 아르칸즈는 재판관을 향해 불안한 눈길 한 번 주지 않고 진지하게 대답했다. "무엇보다 이유를 전혀 모르겠다. 그들은 늘 평화적이었고, 우리 전사들 속에서는 소수였지만 점점 지지를 얻고 있었기 때문에 안타깝게 생각해. 저런 죽음을 당할 정도로 누군가에게 원한을 샀다는 것이 도무지 믿어지지 않아. 하지만 경찰이 무슨 일이 있었는지 단서를 찾고 이유를 알아낼 것이다."

아르칸즈가 말하는 경찰이 등장했다. 경찰을 '사냥개'라고 부르는 지구와는 달리, 이 행성에서 경찰은 진짜 개였다. 몸뚱이 한가운데에 팔이 달린(아니, 다리인가?) 커다란 개들은 머리가 넷이었다. 첫 번째 머리는 주둥이로 이루어져 있고, 두 번째 머리는 여러 개의 눈이 다닥다닥 있는데 사물을 수천 배로 확대하고 적외선이나 자외선까지 볼 수 있기 때문에 무엇이든 빠짐없이 검사할 수 있었다. 세 번째 머리에는 열 개의 귀가 달려 있었다. 각각 특수한 기능을 가진 귀들이 모아들인 정보들을, 뇌가 너무 큰 기형의 아기 두상처럼 생긴 네 번째 머리로 전달했다. 타라는 소름이 돋았다. 여간해서는 놀라지 않는 실버와 파프니르를 제외하고 모두 경악했다.

악마들은 아더월드처럼 크리스털 볼이 아니라, 소리와 영상을 녹화하는 검은 돌을 사용하고 있었다. 타라와 친구들이 지켜보는 가운데 부검 장면이 나타났다. 아르칸즈는 타라에게 경찰견들이 무엇을 하고 있는지 설명해주었다. 이제는 시체가 많이 수축되어 있었고, 피도 깨끗이 닦여 있었다(사실은 경찰견들이 핥아 먹었는데 몸속 장기들의 분석을 끝내고 나면 도로 토해낼 것이라는 아르칸즈의 설명에 타라와 무아노는 파랗게 질렸다). 그들은 다시 재판관 앞에 섰다.

악마들과 경찰견들이 시체를 처리하는 방식을 보면서 칼은 더 이상 부검을 지켜보고 싶지 않았다. 어떻게 하려는 거지? 먹어치울 건가?

"유감스러운 상황이지만 이제 재판관에게 부모님을 불러달라고 청해도 된다." 아르칸즈가 말했다.

부탁도 하지 않았는데 자진해서 제안해놓고 생색이라도 내려는 건가? 타라는 불신감이 들었다.

"당신의 생각이었으니까 직접 청해주시죠."

아르칸즈는 빙긋이 웃으면서 순순히 말을 들었다.

"재판관, 타라 덩컨의 부모님의 혼령을 불러주시오!"

"소리 지를 필요 없다!" 재판관이 나무랐다. "나는 잘 들리니까! 누구라고?"

"누구라니 그게 무슨 말입니까?" 당황한 아르칸즈가 물었다.

"모든 인간이 그렇듯 타라 덩컨의 가문은 수천 년 전으로 거슬러 올라간다. 부모, 누구를 불러달라는 것인가?"

재판관의 우렁찬 목소리에서 아르칸즈는 장난기를 느꼈다.

"타라 덩컨의 부모님이요." 아르칸즈가 퉁명스럽게 대꾸했다. "타라의 아버지와 어머니 말입니다."

하지만 재판관은 상대를 이해시키는 능력이 부족했다. 아니, 이해시키고 싶은 마음이 없는 건가?

"타라의 아버지와 어머니, 그건 알아들었다. 그러니까 제대로 말하란 말이다."

아르칸즈는 눈을 감았다. 커다란 망치가 있으면 한 방 내리쳐서 부숴버리고 싶은 심정이었다.

"뭘 더 말해요? 아버지와 어머니라는데."

"아버지와 어머니는 그들의 이름이 아니잖아!"

"뭐라고요?"

"타라 덩컨의 아버지와 어머니, 그들의 이름을 말하라니까!"

"이름이요?" 아르칸즈는 완전히 미칠 것 같은 표정이었다.

"그래, 아버지, 어머니 말고 이름!"

악마들의 왕자가 이 정도로 유머 감각이 없다는 걸 알게 된 타라는 웃음보가 터질 것 같아서 누구와도 눈을 마주치지 않으려고 시선을 피했다. 그런데 웃음을 참느라고 킥킥거리는 칼 때문에 타라는 이를 악물어야 했다.

아르칸즈는 이를 부드득 갈았다. 어찌나 세게 갈아대는지 소리가 들릴 정도였다. 기고만장하던 아르칸즈는 심호흡을 하고 기침을 하더니 소리쳤다.

"셀레나와 단비우를 불러주시오. 프루이크! 지겨우니까 말장난은 그만하죠!"

조각상은 잠시 침묵을 지켰다.

"내가 너희의 요청을 들어주는 조건을 다시 한 번 상기시켜야겠다." 재판관이 냉담한 목소리로 말했다. "나를 모욕하면서 독촉할 생각은 하지 않는 것이 좋다."

타라는 긴장감이 감도는 가운데 재판관의 억누르는 웃음을 느꼈다.

"이 방에 비디오비전을 설치하지 말아야 했는데." 아르칸즈가 툴툴거렸다. "지구의 영화와 연속극을 보면서부터 아주 끔찍해졌군!"

재판관은 아랑곳하지 않았다. 갑자기 강렬한 색깔이 조각상 주위를 에워싸면서 소리가 났다. 바닷가재 형상의 망나니가 도끼를 움켜잡자 아르칸즈의 얼굴이 일그러지며 구시렁거렸다.

"얼씨구! 이제는 특수효과까지! 정말 돌아버리겠군."

칼은 킥킥거렸고, 타라는 입술을 깨물었다. 엄숙한 순간이고, 아르칸즈가 잔뜩 골이 나 있으므로 웃음을 터뜨리면 안 되는데.

소리와 색깔이 메스꺼워질 정도로 강렬해졌다. 마치 거대한 가위로 이승과 저승 사이에 드리워진 천을 싹둑싹둑 자르는 것 같은 소리가 났다.

이윽고 셀레나와 단비우가 나타났다.

128

21
림보

바캉스가 너무 길면
참을 수 없을 정도로 따분해지기 마련인데

*

어머니와 아버지가 눈앞에 나타나자 타라의 웃음이 싹 달아났다. 목이 메고 숨이 막힐 것 같은 타라는 그들을 올려다봤다. 단비우는 지난번에 봤을 때의 모습과 달랐다. 하얀 머리털이 섞인 금발 미남은 안정되고 행복해 보였다. 그 옆에서 셀레나가 아름다우면서 진지한 미소를 지어 보였다.

그런데 유령이어야 할 두 사람이 육체적 형태를 띠기 시작하면서 진짜 옷까지 착용하고 있어서 정말 살아 있는 사람들처럼 보였다. 너무 놀라서 타라의 눈이 동그래졌을 때 바닥으로 내려선 아버지와 어머니가 다가와서 딸을 만졌다.

감격한 타라는 오열했다. 주위에 있는 이들도 모두 다양한 소리로 훌쩍이면서 타라만 감개무량한 것이 아님을 알렸다. 심지어 악마들까지 손수건을 꺼냈고, 무아노와 파프니르는 샘물이 터지듯 눈물을 펑펑 쏟았다.

"하지만…… 어떻게 이럴 수가!" 타라는 아버지와 어머니를 부둥켜안으면서 말했다. "어떻게 된 거예요?"

"새로운 능력을 보여주는 것이다." 재판관이 거만하게 대답했다. "아쉽게도 그리 오랫동안 유지되지는 않는다. 하지만 몇 분 동안은 접촉이 가능하니까 기회를 충분히 이용하라!"

"아빠! 엄마!" 타라는 더 세게 끌어안으면서 외쳤다. "아빠! 엄마!"

"오, 사랑하는 딸!" 단비우와 셀레나가 동시에 말했다.

그들은 함께 울고 웃었다.

이윽고 셀레나가 눈물을 닦으면서 타라를 몸에서 떼어내고 손을 잡았다.

"어떻게 여기에 와 있니?" 어디인지 갑자기 알아차린 셀레나가 물었다. "무슨 일이야?"

"별일 아니에요, 엄마." 타라도 눈물을 닦으면서 대답했다. "엄마는 어떻게 된 거예요? 괜찮아요?"

"나는 죽었어." 셀레나가 대답했다. "하지만 다시 사는 느낌이야. 비욘드월드는 상상하던 것과는 전혀 달라. 그리고 네 아빠를 만났어."

셀레나가 남편에게 보내는 사랑의 눈길만 봐도 의심의 여지가 없었다. 아버지와 어머니가 재결합한 것이 틀림없었다. 타라는 웃어야 할지 울어야 할지 알 수가 없었다.

셀레나는 갑자기 가슴이 철렁 내려앉았다.

"악마들의 림보에서 너 뭐 하는 거니?"

"얘기하자면 길어요. 하지만 다 잘될 거니까 걱정하지 마세요. 아르칸즈가 이 행성이 안정되는 즉시 보내주겠다고 약속했어요."

"그 약속은 반드시 지켜야 할 것이다." 단비우가 잘생긴 악마를 응시하면서 말했다. 내 딸에게 무슨 일이든 생기면 이 세계에서는 누구도 나를 막지 못할 테니까."

아르칸즈는 정중하게 허리를 숙이면서 속으로 말했다. '그래 봐야 유령이 뭘 어쩌겠어? 죽는 날까지 귀에 대고 고함이라도 지를 건가? 육신이 없으니 행동하는 데 제약이 많을 텐데!'

타라는 자식에 대한 걱정 때문에 얼굴빛이 어두워진 어머니를 쳐다봤다.

"엄마, 나는 알아야 해요." 타라가 어머니의 손을 잡으면서 물었다. "엄마가 원한 거였어요? 사고로 인한 죽음이라는 건 알아요. 하지만 엄마는 전혀 싸우지도 않고 곧장 비욘드월드로 떠났어요. 마치 엄마가 선택한 것처럼 너무 빨리 가버렸어요."

셀레나는 눈길을 내렸다.

"정직하게 말할게, 타라. 나는 그런 걸 생각할 겨를이 없었어. 아, 죽는구나, 하는 느낌이 들었는데 벌써 다른 세상에 가 있는 거야. 네 아빠가 곁에 있었는데 나를 죽인 놈들을 가만두지 않겠다고 노발대발하고 있었지."

셀레나는 빈정거리는 미소를 지었다.

"죽고 나서 제일 먼저 한 일은 남편을 진정시키는 거였어. 우리는 상황 판단을 정확히 했어. 쉬운 일은 아니었지만 우리는 함께하기로 했어. 오, 타라, 살아 있을 때는 느껴보지 못했는데…… 지금은 얼마나 행복한지 몰라."

타라는 목이 메었다. 너무나 기쁘면서 동시에 슬펐다.

"그동안 있었던 일에 대해 서로 대화하면서 속마음도 털어놓고 오해도 풀었어." 단비우가 쪽빛 눈으로 미소를 지으면서 말했다. "몇 주일을 쫓아다니다 겨우 네 어머니의 마음을 얻었단다."

타라는 눈살을 찌푸렸다.

"몇 주일이요? 하지만 엄마는 떠난 지 이제 겨우 이틀이에요!"

"나는 떠난 게 아니라 죽은 거야, 타라." 어떤 여지도 남기고 싶지 않은 듯 셀레나는 단호하게 말했다. "조상들과 함께 있으니 잘 지낼 거야. 그리고 비욘드월드의 시간은 아더월드나 지구와 같지 않아. 네 아빠는 유혹 주문 때문이 아니라 나를 정말 사랑했다고 말했지만 나는 믿으려고 하지 않았어."

약간 부끄러워진 로빈이 고개를 숙였다.

"하지만 결국 단비우는 나를 설득하고야 말았어." 셀레나는 온화한 미소를 지으면서 말을 이었다. "두 번째 신혼 생활을 하고 있는데 정말 행복해."

행복해하는 아버지와 어머니의 평온한 모습을 보면서 타라는 또다시 두 사람을 헤어지게 할 수 없다는 걸 깨달았다. 타라는 한숨을 내쉬었다. 어머니의 대답을 들은 것이다.

타라는 슬픔을 억제하면서 미소를 지었다.

"아빠와 엄마가 잘 지낸다니 기뻐요. 정말 보고 싶겠지만 두 분의 행복이 더 중요해요. 엄마의 육신을 돌아오게 하지 않을게요. 마지스터에게도 말할게요."

셀레나의 눈에서 불안한 빛이 번득였다.

"마지스터? 마지스터와 내 육신이 무슨 관계가 있는데?"

"엄마가 숨을 거두자 마지스터가 완전히 정신이 나갔어요. 자기를 소생시켰던 보호막으로 엄마의 육신을 씌워놨는데…… 엄마의 영혼이 없으면 효과가 없대요. 마지스터는 오무아로 가서 문제의 양피지를 찾은 다음 아더월드와 비욘드월드 사이의 소용돌이를 열어서 엄마의 영혼을 돌아오게 할 생각이에요. 그리고 나와 함께 크라에토비르의 반지를 파괴하자고 했어요."

셀레나는 흠칫 놀랐다.

"그건 안 돼! 난 전혀 돌아가고 싶지 않아!"

셀레나는 타라의 슬픈 눈빛을 보면서 부드럽게 말했다.

"너를 생각하면 주저 없이 돌아가야겠지만, 그런 식으로는 안 돼. 아더월드로 돌아가고 싶어서 안달하는 유령들에게 또다시 습격할 기회를 줄 수는 없으니까."

타라는 고개를 끄덕였다. 두 번 다시 그런 일은 저지르고 싶지 않았다. 유령들의 습격으로 얼마나 비싼 대가를 치렀는데!

"아무튼 우리는 파수꾼들을 배치해서 소용돌이가 열리는지 감시하고 있다." 머리 위에서 목소리가 말했다. "허락 없이는 한 놈도 빠져나가게 두지 않을 것이다. 그리고 재판관, 당신과 나는 대화를 좀 나눠야겠소."

모두 고개를 들고 올려다봤다. 머리 위에 늙은 부인이 떠 있는데 심기가 불편해 보였다.

오무아의 리스베스 여제와 전 황제 단비우의 어머니, 그 무시무시한 엘세스가 등장한 것이다.

"어머니." 단비우가 허리를 굽히면서 냉랭한 어조로 인사했다. "유형화되면서 어딘지 낯이 익다고 생각했더니 파수꾼이 되신 겁니까?"

셀레나와 단비우와는 달리 엘세스는 유령 상태였다. 공중에 둥둥 떠 있는 긴 은발의 늙은 엘세스는 보이지 않는 옥좌에 앉아 있는 자세였다.

"내 아들, 아니, 나는 파수꾼은 아니다. 이따금 파수꾼들 틈에 끼어 감시할 때는 있지. 나는 유령 둘이 비욘드월드를 나갔다는 통보를 받고 또 무슨 일이 생긴 건지 확인하려고 온 것이다."

짜증스러워하는 목소리로 보아 게임에 빠져 있다가 부리나케 달려온 것이 틀림없었다. 타라는 오무아의 선대 여제의 주홍빛 드레스 소매에서 카드를 언뜻 본 것 같았다.

"이렇게 유령들을 소환하다니, 이건 있을 수 없는 일이오!" 엘세스는 재판관을 향해 삿대질하면서 소리쳤다. "내 아들이 또다시 비욘드월드를 도망치면 문제가 생기고야 말 텐데!"

"그래서?" 재판관이 응수했다. "이건 내 임무다. 나는 진실을 판단하고 벌을 내린다. 그리고 아들에 대한 당신의 사랑을 안다. 감추고 있지만 내 눈에는 보이니까!"

엘세스는 서슬이 퍼레졌다. 재판관이 진실을 판단한다는 걸 잊고 있었다.

셀레나는 한숨을 내쉬었다.

"제가 보기에도 두 분이 화해한 것 같아서 다행입니다. 솔직히 말씀드리면 시어머님, 지난번에는 마치 전혀 모르는 남처럼 아들을 너무 냉정하게 대하셔서 모자지간이 아닌 줄 알았습니다. 그래서 저도 그때는 인사조차 못 드렸는데 정말 죄송합니다."

선대 여제는 울화통이 치미는 얼굴이었다. 자신에게 따지고 드는 것에 익숙지 않은 것이 틀림없었다.

"제국을 버리고 도망친 녀석이니까! 단비우는 당연히 책임져야 할 의무를 거부했어! 그러니 아들을 아는 척도 하지 않을 수밖에!"

"하지만 단비우는 죽었습니다, 어머님. 그런데도 모른 척하실 건가요?"

"나는 모른 척하지 않았다." 엘세스는 재판관을 흘겨보면서 거만하게 말했다. "너희 부부가 우리들 속에서 지내면서부터 '젊은 유령'이라고 하지 않고 '내 아들'이라고 부르고 있는데!"

타라는 어머니 셀레나가 시어머니에게 바른말을 잘한 건지 알 수 없지만, 완고한 엘세스의 분노를 누그러뜨리는 데 영향력을 충분히 발휘한 것 같았다. 타라는 갑자기 장난기가 발동했다. 친할머니 엘세스와 외할머니 이사벨라, 기가 엄청나게 센 두 할머니를 대면시키면 누가 이길까? 두 분을 만나게 해놓고 쥐로 변신해서 구경하면 진짜 박진감이 넘칠 텐데.

셀레나는 또다시 한숨을 내쉬고 나서 타라에게 말했다.

"내 딸아, 위험한 일에는 끼어들지 말고 항상 조심해야 한다, 알았지? 비욘드월드에서는 아더월드와 연락할 길이 없기 때문에 자르와 마라, 너를 지켜줄 수가 없어. 네 아빠도 마찬가지고. 따라서 네가 동생들을 보살펴야 한다. 자르를 내치지 말고 지금까지처럼 너와 경쟁하게 내버려두지 마. 오만하고 성격이 비뚤어진 아이야. 자르에게 모범을 보여주고 네가 훌륭한 멘토로서 조언자가 되어주렴. 그리고 이제는 자르에게 져주지 마. 그 아이가 정말로 너를 이겨야 진정한 가치가 있는 거니까. 그 아이의 눈높이에 맞게 조금만 낮춰주면 돼."

타라는 고개를 끄덕였다. 맞는 말이었다. 어머니가 그걸 모두 알고 있었다는 사실에 놀랐다. 자르는 하찮고 약하고 멍청한 여자로 생각하는 어머니지만, 셀레나는 아들의 됨됨이를 파악하고 내심 걱정이 많았던 것이다.

"마지스터가 나를 돌아오게 하는 짓을 못 하게 막아야 해." 셀레나는 타라의 두 손을 세게 잡으면서 당부했다. "나는 행복하고, 여기가 내가 있을 곳이야. 그리고 틸에게도 내가 진심으로 사랑했다고 전해줘. 부상을 당했을 때 좀 더 버티지 않았던 것은 그에게서 도망치기 위해서가 아니라 시간이 없었기 때문이야. 마침내 나는 단비우를 용서할 수 있었어. 용기가 없었던 것은 나도 마찬가지니까. 단비우도 책임을 회피했고, 나도 내 책임을 회피했어. 너에게 또 이런 일을 겪게 해서 정말 미안하구나. 사랑하는 내 딸, 그래도 엄마를 원망하지 않았으면 좋겠다."

타라는 말이 나오지 않아서 고개만 끄덕였다. 엄마는 왜 내가 원망할 거라는 어처구니없는 생각을 했을까? 아버지도 어머니도 비겁하지 않다는 걸 타라는 잘 알고 있었다. 아버지 단비우는 드래곤의 음모를 피하려다 보니 의무를 저버리게 되었고(황제 자리에 대한 욕심이 없는 데다 이복형 산도르가 훨씬 유능하다고 생각한 건 사실이지만, 떠나게 된 이유 중 하나지 가장 중요한 이유는 아니었다), 어머니 셀레나는 끊임없이 마지스터에게 시달리는 딸에게 더는 짐이 되고 싶지 않아서였다. 두 사람 다 본성에 따라 행동한 것뿐이다.

재판관이 비욘드월드로 보내기 전에 타라는 부모님에게 부디 행복하기 바란다고 말했다.

단비우와 셀레나, 타라는 더욱 부둥켜안으면서 사랑하는 마음을 전했다.

"안됐지만 시간이 다 됐다." 재판관이 마침내 말했다. "너희 두 사람은 손으로 만질 수도 있는 육체적 형태를 지니고 있기 때문에 그 상태를 오랫동안 유지시킬 수가 없다. 작별할 시간이다. 그렇지만 누구든 나에게 명령하는 걸 아주 좋아하지 않는다는 걸 다시 한 번 상기시키겠다. 단비우, 작은 선물을 주겠다."

납작하면서 네모난 흑요석 조각 두 개가 조각상에서 튀어나왔다.

"이것은 꼭 필요한 경우에만 작동할 것이다. 유령들, 너희가 위험에 처하거나, 타라 덩컨, 네가 부모에게 꼭 하고 싶은 말이 있을 경우 이 돌 조각 위에 손을 올려놓고 나를 부르면서 이렇게 말하라. '재판관이여, 타라를 나타나게 해주소서.' 또는 '재판관이여, 부모님을 나타나게 해주소서.' 돌 조각이 진동하면 너희는 대화할 수 있다."

엘세스는 숨이 멎을 뻔했고, 셀레나는 돌 조각을 집어 들면서 기쁨의 눈물을 글썽였다.

"고마워요, 정말 고마워요, 재판관. 최고의 선물이에요!"

"살아 있는 사람들과 대화를 한다? 정말 아무 말이나 막 하는군!" 엘세스가 핀잔을 주었다.

"고맙습니다." 타라가 말했다. "내가 죽기 전에는 다시는 부모님과 말할 수 없을 거라고 생각했는데 재판관님 덕분에 가능해졌어요. 조건은 무엇인지요?"

조건이 따를 수 있는 선물이라는 걸 전혀 생각하지 못한 셀레나는 어리둥절한 얼굴로 딸을 쳐다봤다. 같은 질문을 하려던 단비우는 대견한 듯 딸을 바라보았다. 엘세스도 사려 깊은 손녀딸을 보면서 흡족한 얼굴이었다. 아르칸즈가 많은 조건을 내걸려는 순간 재판관이 먼저 말했다.

"하! 하! 하! 인간들은 무슨 음모가 있는 건 아닌지 항상 의심하는구나. 어떤 조건도 없으니까 너희는 자유롭게 사용해도 된다. 이제 작별 인사를 하라. 숨을 삼십 번 쉬고 나면 떠나야 한다."

너무 짧았다. 타라는 부모님과 포옹하면서 눈물을 흘렸다. 그러나 이번에는 기쁨과 아쉬움이 뒤섞인 눈물이었다. 어쨌든 많이 슬프지는 않았다.

차츰 손에서 부모님의 옷이 없어지는 느낌이 들더니 두 유령이 둥둥 떠올라서 엘세스와 합류했다.

"사랑하는 딸, 타라!" 단비우와 셀레나가 말했다. "너를 영원히 사랑한다. 항상 조심하고, 행복하기 바란다. 그리고 나이를 먹고 할머니가 될 때 다시 만나자."

그리고 유령들은 사라졌다.

잠시 침묵이 흘렀고, 감수성이 좀 예민한 악마가 찔끔찔끔 짜면서 흐느끼는 소리가 간간이 들렸다.

아르칸즈까지 눈물을 글썽이다가 재빨리 닦았다.

"이런 순간을 줄 수 있어서 기쁘다, 타라 덩컨." 아르칸즈는 진지하게 말했다.

감동을 받은 아르칸즈가 이번만은 진심인 것 같았다. 그리고 잠시나마 두 종족 간의 격차가 지워진 것 같아서 느낌이 좋았다.

타라는 슬픈 미소를 지었다.

"두 분이 행복하다는 걸 확인했고, 대화까지 나눴으니 기대 이상이었어요. 그리고 언젠가는 부모님을 만날 거니까 이제 됐어요. 정말 고마워요, 아르칸즈."

"처음으로 내 이름을 불러주는군." 아르칸즈가 중얼거렸다. "고맙다, 타라 덩컨."

하지만 로빈은 악마와 타라가 감상에 젖도록 놔둘 생각이 없었다.

"다음은 뭘 보여줄 건가요?" 로빈이 공격적인 어조로 물었다. "내장이 쏟아진 또 다른 시체? 아니면 눈물 없이 볼 수 없는 또 다른 만남?"

타라는 로빈을 째려봤다. 아르칸즈의 초록빛 눈이 이글거렸다.

"아무리 손님이라도 예의는 갖춰야지." 아르칸즈가 냉랭한 목소리로 말했다. "아니, 나는 또 다른 시체나 또 다른 만남 같은 건 준비하지 않았다. 나는 너희에게 그간 우리가 이룩한 것을 평가할 수 있도록 우리 행성을 두루 보여줄 생각이다."

"왜 우리한테 보여줍니까?" 이때까지 침묵하고 있던 무아노가 물었다. "어차피 우리는 곧 떠날 것이고, 다시 오는 일은 없을 텐데요. 우리 행성과 이 행성의 외교 관계가 수립되면 대사들을 상대하면 됩니다. 우리 중에는 교섭할 자격이 있는 사람이 없는데요."

아르칸즈는 성질을 죽이고 있었다. 예상대로 되는 것이 하나도 없었다. 보고서에서 읽거나 영화에서 본 것보다 인간들은 훨씬 경계심이 많고 신중했다.

"인터넷으로는 가능하잖아." 아르칸즈의 말에 무아노는 깜짝 놀랐다.

"네?"

"지구의 소셜 네트워크, 인터넷상에서 다른 사람들과 사회적 관계를 맺는 서비스가 있다는 거 알고 있다. 너희에게 우리의 열의를 보여주는 것이 중요하다고 생각한다. 우리는 아주 오랜 세월 적이었으니까. 이제는 변화할 때가 됐어. 우리 행성에 관심이 있는 투자자가 있을 거라고 확신해! 그리고 아더월드와 지구인들과 대화를 나누고 싶다."

아르칸즈는 타라와 친구들의 회의적인 반응을 보고 당황했다. 하필이면 이런 때에 살해 사건이 일어났으니. 악마의 세계에서 살해 사건이 처음 있는 일은 아니지만 그렇다고 흔한 일도 아니었다. 재판관은 그래서 있는 것이 아닌가. 무고한 자가 범인을 대신해서 억울하게 벌 받는 일이 없게 하려고. 그렇지만 궁전 안에서 그것도 재판관 조각상이 있는 방에서 범행이 일어난 것은 처음이었다.

"한 가지 정보를 줄게요. 아더월드의 관광객들은 살해/테러/학살이 일어난 장소를 기피하는 경향이 있죠. 그런데 질문이 있어요. 디아블로 살해 사건에 대해서 왜 재판관에게 물어보지 않죠?" 칼이 지적했다. "재판관과 망나니는 여길 나간 적이 없으니까 무슨 일이 일

140

어났는지 분명히 알 텐데, 안 그래요?"

아르칸즈는 입술을 실룩거렸다. 타라의 부모를 호출해서 만나게 하느라고 뇌 신경이 잠깐 마비되었던 건가? 왜 그 생각을 못 했지?

"재판관, 여기서 무슨 일이 있었는지 말해주겠습니까?" 아르칸즈가 검은 조각상을 향해 물었다.

잠시 침묵이 흘렀고, 약간 짜증스러워하는 목소리가 울렸다.

"그 사건에 대해 전혀 모른다." 재판관이 대답했다.

"하지만 디아블로가 이 방에서 죽었잖아요?"

"아니다."

"아니라고요?"

"누군가가 악마의 마법을 사용하여 새벽 2시경 디아블로를 이곳에 던져놨다. 내 느낌으로는 마법의 공격을 받고 죽었다. 시체가 왜 내 앞에 나타났는지 모른다. 그래서 나도 어떻게 된 일인지 모두를 주시하고 있었는데 깜짝 놀라는 모습을 보고 네가 저지른 짓이 아니라는 걸 알았다, 아르칸즈 왕자."

그 순간 퍼뜩 떠오르는 생각에 타라가 손가락을 까딱거리면서 말했다.

"몇 시에 살해되었는지 알겠어요."

아르칸즈가 불안한 얼굴로 타라를 바라보았다.

"아, 그래, 타라 덩컨? 그걸 어떻게 알지?"

"지진이 일어났을 때가 틀림없어요!" 타라가 대답했다.

아르칸즈는 바보가 아니었다. 대번에 알아차리고 타라의 동작이 마음에 들었는지 손가락을 까딱거리는 시늉을 했다.

"맞아, 새벽 2시에 지진이 일어났지! 지진이 일어나는 순간에 악마의 마법을 사용한 거야! 브라보! 따라서 디아블로는 여기서 유형화되기 직전에 살해되었던 거군. 마법을 많이 사용하는 것을 피하기 위해 두 번의 마법을 거의 동시에 연달아 사용한 거지. 하나는 살해하는데, 또 하나는 시체를 옮기는 데. 뭔가 냄새가 나. 따라서 지금 즉시, 알리바이가 없는 자들을 모두 재판관 앞으로 불러 세우면 된다."

"하지만 그것으로는 빠져나갈 수 있을 텐데요." 칼이 말했다. "누군가 킬러를 고용했다면 의뢰인은 그 시간에 침대에서(칼은 괴상한 형태의 몇몇 악마를 힐끔 쳐다보면서 표현을 바꿨다)…… 아니 잠자는 데에서 쿨쿨 자고 있었다고 말하면 그만이니까요. 그리고 수사가 진행되는 동안 도시를 떠나 있을 수도 있고요. 그러면 아주 복잡해지는 거죠."

아르칸즈는 입을 열려다가 도로 다물면서 난처한 표정을 지었다.

"도둑, 너는 생각이 정말 이상하구나." 아르칸즈가 마침내 천천히 말했다. "악마들은 (아르칸즈가 타라를 힐끔 쳐다봤다) 그런 생각 하지 않아. 누군가를 죽여놓고 빠져나간다고 해도 결국은 재판관이 죄를 밝혀내고 벌을 내린다. 우리는 수천 년 동안 그렇게 해왔다."

"이 행성에서 살해 사건이 많이 일어나나요?" 타라가 물었다.

"지구보다는 훨씬 적고, 아더월드보다는 많지." 아르칸즈가 대답했다. 너희 세계의 진실의 입들이야말로 효율적이지. 재판관은 그 앞에 출두하는 이들만 심판할 수 있는 데 반해 진실의 입들은 어디든 이동해서 범죄자를 색출할 수 있으니까. 여긴 그게 불가능해."

"따라서 재판관 앞에서 알리바이를 물어보는 것은 확실한 해결책이 아니에요."

"그렇지만 우리는 해야 한다." 아르칸즈는 정말 난처한 표정으로 응수했다. "블루파는 수장을 죽인 자를 내버려두지 않을 거야. 만약 우리가 수사를 소홀히 한다면 아주 심각한 문제가 발생할 것이다."

악마들의 사회는 앞날이 밝을 것 같았다. 독재 정부일 때는 반대도 비판도 없는데 여기는 그렇지 않은 것 같았다. 좀 전에 부탁하지도 않았는데 비욘드월드에 있는 부모님을 만나게 해준 것도 타라로 하여금 아르칸즈에 대해 긍정적인 생각을 하게 만들었다.

"경찰견들이 수사를 끝내는 동안 우리는 뭘 하죠?" 새로운 행성에 호기심이 생긴 타라가 기회가 왔을 때 최대한 많은 정보를 얻기 위해서 물었다.

아르칸즈의 얼굴에 밝은 미소가 번졌다.

"그래, 가자. 테라페리움으로."

"어디요?"

"테라페리움. 뭐라고 묘사할 수 없으니까 가서 봐야 해. 따라와."

아르칸즈가 팔을 내밀자 타라는 실버와 로빈의 시선을 모른 체하면서 팔짱을 끼었다. 그들이 경찰견들에게 수사를 맡기고 나가기 전에 타라는 재판관 앞에서 정중하게 허리를 숙이고 작별 인사를 했다. 부모님을 불러낼 수 있는 아티팩트와 좋은 사이로 지내는 것이 나쁠 거야 없지.

입가에 미소를 머금은 파프니르는 실버의 어깨에 눈을 고정한 채 맨 마지막으로 재판관의 방을 나가다가 하마터면 장밋빛 새끼 고양이를 밟을 뻔했다. 난쟁이의 징을 박은 부츠가 왼쪽으로 몇 센티미터만 더 갔으면 새끼 고양이를 뭉갤 뻔했다. 파프니르는 눈살을 찌푸리면서 허리를 숙이고 밀쳐내려고 했지만 고양이는 갈퀴발톱을 세우고 가죽 부츠에 매달렸다. 파프니르가 간신히 떼어내자 새끼 고양이는 야옹거리면서 사나운 눈초리로 난쟁이의 초록빛 눈을 응시했다.

그때 있을 수 없는 일이 일어났다.

새끼 고양이의 파란 눈이 금빛으로 변했다. 순간적으로 파프니르의 초록빛 눈도 금빛으로 변했다. 너무 놀라고 기분이 좋지 않은 파프니르가 새끼 고양이를 떨어뜨렸지만 고양이라는 이름에 부끄럽지 않는 순발력으로 발딱 일어났다. 질겁한 새끼 고양이가 금빛 눈으로 파프니르를 뚫어져라 쳐다보고 있었다.

그 순간 파프니르가 질러대는 공포의 비명이 어찌나 쩌렁쩌렁한지 악마들의 귀에서 연기가 풀풀 날 정도였다. 친구들과 근처에 있는 이들이 모두 난쟁이를 돌아보면서 두 손으로 귀를 틀어막았다. 타라가 뛰어갔고, 실버는 이미 검을 빼어 들고 있었다.

"파프니르 전사!" 실버가 불안한 얼굴로 소리쳤다. "왜 그래?"

"아아아아아아아아아아아아아앙!" 파프니르는 확성기에 대고 경적을 울리는 것처럼 계속 비명을 질러댔다. "아아아아아아아아아아아아앙!"

"맙소사!" 파프니르가 아픈 것이 아니라 공포에 질려 있다는 걸 알아차린 칼이 외쳤다. "파프니르에게 '아' 말고 다른 걸 가르쳐주든가, 아니면 머리를 한 대 쳐서 입을 다물게 하든가, 누가 좀 해주지?"

"아아아아아아아아아아아아아아앙!" 파프니르의 비명소리는 더 심해지고 있었다.

"왜 이러는 건가?" 아르칸즈가 물었다. "왜 이렇게 비명을 지르지? 우리는 아무 짓도 하지 않았는데! 오래 걸리나?"

파프니르에게서 떨어지지 않으려는 새끼 고양이를 유심히 살피던 무아노는 금빛 눈을 발견하고 실성한 사람 같은 미소를 지었다.

"오, 내 조상들이시여! 믿을 수가 없어." 무아노가 중얼거렸다.

"뭔데 그래?" 너무 예민한 귀 때문에 괴로운 파브리스가 물었다.

무아노는 구불구불한 머리칼을 잡으려고 까불거리는 장밋빛 새끼 고양이를 흔들면서 탄성을 지르듯 말했다.

"오, 방금 이 새끼 고양이와 파프니르가 정신적 결합을 했어!"

장밋빛 새끼 고양이

하필이면 가차 없는 전사의 이미지를
무참히 깨뜨리는 동물과
정신적 결합을 하다니

*

비명소리는 멈추지 않았다. 끔찍한 고통뿐만 아니라 엄청난 절망에 빠진 소리였다.

"좋아." 칼이 외쳤다. "그럼 난쟁이의 폐활량에 대해 아는 사람 있으면 말해줘. 저런 식으로 몇 시간이나 버틸 수 있을까?"

"난쟁이들은 비명을 지르면서도 숨을 쉴 수 있어." 무아노가 여전히 새끼 고양이를 어르면서 외쳤다. "파프니르가 충격을 받은 상태니까 아마 며칠 동안 계속해서 저럴 수도 있을 거야."

아르칸즈와 다른 악마들의 얼굴로 보아 정말 질색하는 표정이었다.

"무슨 말인지 전혀 모르겠다." 아르칸즈는 조금이라도 멀리 떨어지려는 듯 뒷걸음치면서 물었다. "도대체 이게 무슨 일인가?"

"여기서는 일어나지 않는 일일 거예요. 이곳의 마법은 우리의 마법과 다르기 때문에." 무아노가 패밀리어들을 가리키면서 말했다. "아더월드에서는 마법사들이 영혼의 동반자들과 정신적으로 결합하는데 그 동물들을 패밀리어라고 하죠. 그런데 파프니르가 이곳의 고양이와 결합했다는 건 정말 이상한 일이에요."

느닷없이 칼이 복통이라도 일어나는 것처럼 허리를 숙이고 배를 움켜잡았다.

손님들이 하나둘 알 수 없는 고통에 시달리자 불안해진 아르칸즈가 뛰어와서 칼의 얼굴을 살폈다.

눈물범벅이 된 칼이 몸을 웅크렸다.

"의사를 불러라!" 아르칸즈가 악마들에게 명하면서 칼의 말을 들으려고 점점 더 몸을 숙였다.

갑자기 아르칸즈가 황당한 표정을 지으면서 일어났고, 모두 칼이 하는 말을 들을 수 있었다.

"악, 악마의 새끼 고양이…… 악마의 장밋빛 새끼 고양이…… 푸하하, 나 죽어! 파프니르가 악마의 장밋빛 새끼 고양이와 정신적 결합을! 푸하하하하하하!"

웃음보가 터진 칼은 바닥에 쓰러져서 일어나지도 못하고 있었다. 타라는 웃음을 꾹꾹 누르고 있지만 입꼬리가 실룩거렸다.

타라의 눈과 마주친 파브리스도 킥킥거리기 시작했다. 무아노는 웃지 않으려고 이를 악물었지만 웃음이 터지고 말았다. 칼과 파브리스가 박장대소하면서 데굴데굴 구르자 악마들이 놀란 얼굴로 쳐다보고 있었다. 실버는 파프니르에게 일어난 일 때문에 너무 불안해서 웃을 수 없었지만, 골이 나 있는 로빈도 친구들의 웃음소리에 손들고 말았다. 가죽 옷차림으로 양손에 도끼를 든 난쟁이가 새끼 고양이를 데리고 다니는 모습은 생각만 해도 웃음보를 자극했다.

타라도 웃기 시작했다. 처음에는 조용히 웃었는데 점점 소리가 커지더니 볼을 따라 눈물까지 흘러내리고 있었다.

파프니르가 주변의 변화를 느낀 걸까, 비명소리가 약해졌다. 바닥을 뒹굴면서 배꼽을 잡고 웃는 칼과 파브리스를 발견한 파프니르의 눈빛이 이글거렸다.

난쟁이는 입을 꾹 다물었다.

갑자기 고요해졌다. 자기까지 웃으면 안 된다는 생각에 입술을 깨물고 있는 무아노가 반응할 겨를도 없이 파프니르가 새끼 고양이를 빼앗으면서 나무랐다.

"그렇게 흔들어대면 안 돼. 얘의 가슴이 아프단 말이야!"

일어나려던 칼이 다시 미친 듯이 웃으면서 자지러졌다.

"푸하하, 새끼 고양이의 가슴이 아프대. 푸하하하!"

"어허!" 파프니르가 매몰차게 쏘아붙였다. "너 계속 웃으면 벨제부트를 너한테 던져버리는 수가 있어!"

칼은 혀를 깨물 뻔했다.

"이, 이름이 벨제부트야? 어, 그건…… 지구인들이 악마에게 붙인 이름 중 하나잖아? 아이고, 무서워라!"

그러고는 더 크게 웃었다.

"앙증맞기는!" 파브리스가 귀여운 송곳니를 드러내면서 하품하는 새끼 고양이를 관찰하면서 말했다. "어찌나 조그만지 이름이 더 긴 것 같아!"

이번에는 타라가 항복했다. 인간들이 미쳤다고 생각하는 악마들의 눈을 보면서 타라는 배꼽을 잡고 깔깔거렸다. 난쟁이의 얼굴은 뭐라고 표현할 수가 없었다.

"벨이라고 불러도 된대." 파프니르는 까칠하게 말했다. "너희들의 그따위 태도, 정말 마음에 안 들어. 그리고 나는 벨제부트가 아주 예쁜 이름이라고 생각해."

"히드라와 결합된 것이 정말 다행이었네." 로빈이 눈물을 닦으면서 말했다(축소한 소우르브가 손가락을 핥자 로빈이 여러 개의 머리를 쓰다듬어주었다). "그런데 애한테 보호를 받기는 어려울 것 같다."

"아르칸즈, 이 동물의 특성에 대해 알려주겠어요?" 무아노가 웃음기를 싹 없애고 나서 말했다.

그들 중에서 패밀리어와 주인의 밀접한 관계에 대해 가장 잘 아는 사람이 무아노였다.

믿기지 않는, 인간과 동물의 커플 소동에 얼이 빠져 아르칸즈는 정신을 차리려고 몸을 흔들었다.

"뭐라고?"

"새끼 고양이의 특성을 알려주세요." 무아노는 공손하게 다시 부탁했다. "그걸 알아야 파프니르가 잘 돌볼 수 있거든요."

"하지만 유전자를 변형시킨 고양이야." 아르칸즈가 말했다.

"아하!" 파프니르가 만족스러운 얼굴로 칼을 쏘아봤다. "벨이 갈퀴발톱과 송곳니가 무시무시한 고양이로 자라서 쉬바처럼 되면 어쩔래? 색깔은 검은색이 좋겠는데."

감히 한 입 거리도 안 되는 고양이를 자기에게 비유하다니, 성질이 난 은빛 표범이 으르렁거렸다.

아르칸즈는 파프니르의 희망을 무참히 깨뜨렸다.

"여자들이 작은 고양이가 더 귀엽다면서 절대로 크지 않게 만들어 달라고 부탁한 거라서."

아르칸즈 뒤에서 악마/여자들이 고개를 끄덕였다.

파프니르의 얼굴에서 공포의 빛이 드러나자 칼은 또다시 배를 움켜잡을 뻔했다.

"그 말은…… 사는 동안 쭉 더 이상 크지 않고 이렇게…… 작다는 뜻이에요?" 난쟁이 전사가 어물어물 물었다.

"그래." 아르칸즈가 대답했다. "그리고 아주 오래 살 거야. 여자들이 고양이들은 너무 빨리 늙는다면서 천 년 정도 살 수 있게 해달라고 부탁했거든. 시험 삼아 만든 첫 작품이라서 정확하게 얼마나 살지 모르겠지만."

이번에는 파프니르의 얼굴이 공포가 아니라 그야말로 아연실색하는 표정이었다.

"난쟁이들의 세계에서는 그렇지 않아도 내가 마법을 사용하는 걸 몹시 싫어하는데 악마의 고양이를 패밀리어로 갖게 되면 또다시 추방될 거예요! 또 시작이라니, 정말 미치겠어!"

아르칸즈가 말했다.

"이 장밋빛 새끼 고양이는 악마의 마법과 아무 상관없다. 악마의 마법을 얻으려면 악마들을 희생시켜서 영혼을 이용해야 하는데 이렇게 하찮은 동물을 위해 그럴 필요는 없지. 그리고 나는 너와 동물이 어떻게 결합된다는 건지 전혀 이해를 못 하고 있다."

"잔류되어 있는 마법 때문이에요." 어떻게 답변할지 빛의 속도로 머리를 쥐어짜던 무아노가 차분하게 설명했다. "아더월드는 마법에 잠겨 있는 행성이라서 우리의 몸에 마법이 배어들어 있어요. 여기는 마법이 없지만, 우리 몸속에 남아 있는 마법이 아마도 둘을 결합시켰다고 봐야지요. 우리가 이곳을 떠날 때 고양이를 데려가는 것이 문제가 되지 않기 바랍니다. 패밀리어와 마법사를 떼어놓는 것은 굉장히 위험한 일이기 때문에 같이 있어야 하거든요."

무아노는 그들이 남아 있는 마법을 모두 사용하면 악마들을 상대할 힘이 없다는 것도, 자신과 파브리스는 마법에 관계없이 변신할 수 있다는 것도, 타라는 아더월드의 마법 저장소인 살아있는 돌을 지니고 있다는 것도 말하지 않았다.

아르칸즈는 아니라는 손짓을 했다.

"그건 걱정하지 않아도 된다. 새끼 고양이를 데리고 떠나는 것은 문제 삼지 않을 거니까. 여기는 저런 녀석들이 많아."

이상하게도 파프니르는 안심하는 얼굴이 아니었다. 선택의 여지가 있다면 단 1초의 망설임도 없이 새끼 고양이를 떼어버릴 생각인가?

마침내 난쟁이는 체념하는 표정을 지으면서 물었다.

"애를 어떻게 먹이죠? 설마 젖병을 물려야 하는 건 아니겠죠?"

칼이 또 배를 그러안자 파프니르가 째려봤다. 타라는 새끼 고양이에게 젖병을 물리는 파프니르의 모습을 떠올리면서 웃지 않으려고 정신을 집중했다.

"아니, 안심해라." 아르칸즈가 웃음 지으면서 대답했다. "여자들의 부탁으로 새끼 고양이는 먹이를 스스로 해결할 수 있게 만들었으니까. 고기나 고양이용 풀을 먹고, 이따금 우유를 조금 주면 행복해할 거다. 아! 청결하게 해줘야 하니까 배설용 흡수 모래를 준비해주고. 그러면 키우는 데 문제는 없을 거다."

파프니르는 몸을 웅크렸다. 아니, 문제가 없을 수야 없겠지. 아더월드에 가면 당장 웃음거리가 될 텐데. 차라리 여기 남는 것이…….

칼이 아르칸즈에게 다가가서 손을 잡고 세게 흔들었다.

"마지스터가 림보로 가자고 했을 때 처음엔 탐탁하지 않았어요. 악마들에 대한 평판이 워낙 대단해서요." 칼이 능청을 떨었다. "하지만 지금은 고마워요, 고마워요, 정말 고마워요." 칼은 고맙다고 할 때마다 어리둥절한 아르칸즈의 손을 아래위로 흔들어댔다.

이윽고 칼은 아르칸즈의 손을 놓고 한 발짝 물러서서 함박미소를 지어 보였다.

"좋아하니까 나도 기쁘구나." 도둑이 왜 이렇게 즐거워하는지 도무지 알 수 없는 아르칸즈가 대꾸했다.

파프니르는 손가락이 하얘질 정도로 도끼를 잡은 손에 힘을 주었다. 그렇지만 다른 손으로 새끼 고양이를 부드럽게 안아주자 가르랑거리는 소리를 냈다.

이어서 난쟁이가 어깨 위에 올려놓자 새끼 고양이는 하품을 하면서 잠을 청했다. 이제 파프니르의 얼굴에는 새끼 고양이에 대한 애정과 놀라움이 반반씩 섞여 있었다.

파프니르를 걱정하느라고 웃지도 못했던 실버가 마침내 평정을 되찾았다.

"괜찮아, 파프니르 전사?"

"아니, 괜찮지 않아." 파프니르는 신랄하게 대답했다. "하지만 동반자를 잘못 선택한 것이 가여워서라도 이 어린 동물을 죽이는 일은 없을 거야."

파프니르는 한숨을 내쉬고 나서 물었다.

"아까 무슨 말을 하다 말았죠? 우리를 투페라리움으로 데려간다고 했던가요?"

"테라페리움." 아르칸즈가 정정하면서 호기심이 가득한 얼굴로 물었다. "너희와 함께 있으면 늘 이렇게 박진감이 넘치니? 살해 사건, 끔찍한 비명소리, 그리고 패밀리어라고 했던가? 동물과의 정신적 결합?"

"천만에요." 칼이 웃음을 터뜨렸다. "보통 때는 폭탄, 폭발 사고, 습격, 싸움 등 박진감이 넘치는 정도가 아니라 세상이 발칵 뒤집히죠. 그 모든 일이 타라가 있기 때문이죠. 그래서 오래전부터 우리가 하는 말이 있어요. 타라는 자석이라고."

그 말에 아르칸즈가 갑자기 탐욕스러운 표정을 짓자 로빈이 예민해졌다.

"뭐라고?"

"자석이요. 철을 끌어당기는 자석처럼 타라가 사건을 끌어당긴다는 뜻이죠."

아르칸즈의 멍한 얼굴로 보아 칼의 말을 한마디도 이해하지 못한 것 같았다. 하지만 더 이상 알기를 포기했는지 앞장서 갔다.

그들이 지나갈 때는 악마들 모두 비켜섰다. 인간들이 방문했단 소문이 궁전에 퍼져 있었고, 시간이 흐를수록 악마들은 인간들이 이상하다고 생각하고 있었다.

단연 파프니르에게 눈길이 쏠려 있었다.

파프니르는 장밋빛 새끼 고양이를 어깨에 올린 채 지나가면서 누구든 함부로 입을 놀리면 도끼를 날려버릴 기세였다.

타라는 이 악마의 소굴을 떠나 아더월드로 돌아갔을 때 성난 멧돼지 못지않게 성격이 불같은 난쟁이가 새끼 고양이를 패밀리어로 데리고 다니다 무슨 일이 일어날지 생각만 해도 가슴이 조마조마했다. 누구든 '어머, 귀여워라!'라는 말이나 할 수 있으려나?

또다시 입술이 실룩거리는 게 웃음이 터질 것 같았다. 파프니르를 생각하면 웃으면 안 되는데. 하지만 뒤에서 킥킥대는 칼의 웃음소리가 간신히 참고 있는 타라를 도와주지 않고 있었다.

다행히 그 순간 테라페리움에 도착했다. 휘황찬란한 방을 보면서 눈이 휘둥그레지는 덕분에 칼의 웃음기가 쏙 들어갔다.

"와우!" 칼은 잘 보기 위해 목을 무리하게 비틀면서 탄성을 질렀다. "세상에!"

"근데 네가 훔치기에는 너무 큰 것 같다." 파브리스가 놀렸다.

온통 크리스털로 이뤄진 방이었다. 렌즈 모양을 하고 있는 검은색과 흰색의 묘한 크리스털에 바깥의 풍경이 비쳐 있었다. 벽과 천장과 마찬가지로 바닥도 크리스털로 이뤄져 있고, 악마의 형상들이 조각되어 있는데 아름다운 모습도 있었다.

크리스털이 노래를 부르고 있었다. 감미로운 소리가 머릿속으로 스며들었다. 타라 일행은 어디서 나는지 둘러봤지만 어느 한 곳이 아니라 사방에서 들려오고 있었다.

그 순간 호주머니에서 기척을 느낀 타라는 마치 크리스털을 더 가까이 보려는 것처럼 슬그머니 아르칸즈에게서 떨어져 나왔고, 체인 지라인까지 소스라치게 놀랄 정도로 움직이고 있는 것이 무엇인지 확인했다.

살아있는 돌이었다. 크리스털과 함께 노래를 부르고 있는 것 같았다.

'살아있는 돌, 괜찮아?' 타라가 정신적으로 물었다.

'괜찮아, 고마워.' 살아있는 돌이 짤막하게 대답했다. '여기 있는 걸 좋아하지 않아.'

'누가 여기 있는 걸 좋아하지 않아?'

'크리스털.'

타라의 질문에도 불구하고 살아있는 돌은 고집스럽게 침묵을 지켰다. 점점 더 불안해진 타라는 고개를 들고 아르칸즈가 하는 말에 정신을 집중했다.

"우리의 과학자가 발명한 것이다." 악마들의 왕자가 자랑스럽게 설명하고 있었다. "광장공포증 환자라서[32] 밖으로 나가지 못하기 때문에 세상 구경을 하기 위해 이걸 만든 것이지."

칼은 크리스털을 자세히 살펴보면서 자신의 연장을 꺼내고 싶었지만 꾹 참았다. 악마들에게 면허 받은 도둑이 호주머니에 뭘 넣고 다니는지 보여줄 필요는 없지 않은가.

. . . .

32. 광장공포증은 넓은 공간에서 극도의 공포심을 느끼는 신경질환인 반면에 밀실공포증은 폐쇄된 작은 공간에서 공포심을 느끼는 신경질환이다.

"굉장히 멋지네요." 칼이 마침내 말했다. "그런데 악마의 마법을 사용하지 못한다고 했잖아요? 마법을 사용하면 행성이 폭발한다면서."

칼의 어조에 폭발로 악마들이 죽는 거야 상관없지만 그들이 이곳을 떠난 뒤에 폭발하면 좋겠다는 뜻이 깔려 있었다.

"그래, 맞아." 아르칸즈는 만면에 미소를 지으면서 대답했다. "하지만 이 크리스털에 내장된 마법은 우리 행성에서 오는 것이 아니다."

"그럼 어디서?"

"아더월드에서 오는 마법이지."

무아노의 얼굴이 새파랗게 질렸다.

"그럼…… 이게 살아 있는 석영이에요?"

"그래, 맞다." 아르칸즈는 초록빛 눈을 반짝이면서 말했다. "크리스털에 너희 세계의 마법이 저장되어 있는 것 같은데 우리가 그걸 사용할 수 있으니까 정말 굉장한 보물이지. 우리도 크리스털을 깎아서 렌즈로 만든 뒤에 주문에 따라 주변의 풍경이 바뀌는 걸 보면서 알아차렸지. 맙소사, 행성에서 일어나는 모든 일을 볼 수 있었거든! 게다가 크리스털이 부르는 노래가 아주 구체적이었으니! 그런데 우리가 어디인가로 옮기거나 무엇인가로 가공하려고 하면 노래가 멈췄지. 따라서 이 석영은 다른 용도로 사용할 수 없다. 대단한 서비스에 대한 대가는 치러야겠지."

아! 타라는 살아있는 돌이 이 크리스털에 대해 왜 그렇게 예민한 반응을 보이는지 이해가 되었다.

"어마어마한 서비스인데 그 정도는 감수해야겠죠. 하지만 이 크리스털 때문에 엄청난 대가를 치를 수도 있겠어요." 무아노가 넌지시 말했다. "아더월드에서 가장 귀중한 광석 중 하나인데!"

"그래도 나는 절대로 내놓지 않을 거다. 너무나 사용하고 싶거든." 아르칸즈는 갈색 머리를 쓸어 넘기면서 반박했다. "타라 덩컨, 가운데 와서 서봐. 보여줄 게 있으니까."

타라는 시키는 대로 했고, 축소한 갈랑이 어깨에 달라붙어 있었다. 심장이 쿵쿵 뛰었지만 무슨 일이 일어날지 정말 궁금했다.

예상한 대로 풍경이 펼쳐졌다.

갑자기 어디선가 나타나 성큼성큼 다가오는 시커먼 숲에 압사될 지경이지만 타라는 마법을 작동할 시간이 없었다. 그러다 숲은 온데간데없이 사라지고 새빨간 개양귀비가 만발한 초원으로 바뀌었다. 이어서 밀밭, 보리밭, 골짜기, 산, 시냇물, 협로, 비탈, 언덕, 또 다른 숲, 또 다른 초원, 또 다른 밭. 타라는 잠시 현기증이 일었지만 끊임없는 변화에 차츰 적응이 되었다. 익숙해진 도식이 드러나고 있었다.

이 행성의 대륙은 지구보다 하나 더 많은 7대륙이 아주 조화롭게 배치되어 있고, 지구(육지29%, 바다 71%)보다 바다가 차지하는 비율은 적었다(바다 60%, 육지 40%).

그리고 행성이 지구와 정말 흡사했다. 타라는 등이 오싹해졌다. 게다가 바깥 세상을 볼 수 있다는, 눈으로 보고도 믿어지지 않는 이 테라페리움……. 이제부터 해야 할 미션은 크라에토비르의 반지를 파괴하는 것보다 훨씬 중요하고 위급한 것이었다. 악마들이 무슨 짓을 해놓았는지 아더월드의 국민들에게 알려야 하는데. 악마들이 직접 들이닥쳐서 전 세계의 국민들에게 설명하기 전에.

자연에 대한 소개가 끝나자 아르칸즈는 크리스털 렌즈의 초점을 도시와 마을에 맞추었다. 주민은 대부분 악마들이었다. 그러나 대도시에서는 인간이 점점 많이 보였다. 악마들은 인간들을 피하는 것 같았다. 마치 악마/인간들은 상류 계급에 속해 있는 것처럼.

타라는 입술을 깨물었다. 악마/인간들은 모두 아주 젊고 오만해 보였다. 그리고 이상하게도 갈퀴발톱과 송곳니들을 드러낸 악마들을 두려워하고 있었다.

타라는 더 이상 보고 싶지 않았다. 무아노는 눈을 반짝이면서 방금 본 것들을 수첩에 꼼꼼하게 적었고, 들키지 않게 아주 조심하면서 크리스털 볼의 사진 기능으로 영상을 담았다.

"굉장한 행성으로 만들었군요." 타라는 아르칸즈에게 진지하게 말했다. "당신이 한 일이 좋은 일인지, 나쁜 일인지 모르겠지만, 인구과잉을 피하기 위한 해결책이라는 걸 고려하면 성공했다고 볼 수도 있겠어요."

아르칸즈는 정중하게 허리를 숙여 인사하는 시늉을 했다. 생각에 잠겨 있는 실버가 눈살을 찌푸렸다. 로빈은 악마를 한 방에 보내버릴 방법을 궁리하면서 아르칸즈에게서 눈길을 떼지 않고 있었다. 악마의 왕자라는 자가 계속 신경에 거슬렸던 것이다.

로빈이 보기에 아르칸즈가 타라에게 너무 바짝 붙어 있었다.

아르칸즈가 작정을 하고 타라에게 아주 바짝 붙어 있기 때문에 로빈이 불안할 만했다.

타라는 이 행성에 와서 일어난 일에 대해 깊이 생각할 겨를이 없었다. 아르칸즈는 많은 시간을 할애하면서 최선을 다해 타라의 슬픔을 달래주고 있었다.

"우리의 아이들을 보여주고 싶다."

그러면서 아르칸즈는 보모이자 유모인 악마/인간들의 보살핌을 받으면서 아이들이 자라고 있는 탁아소와 신생아실을 가리켰다.

"이리 와. 우리 상인들이 상품을 보여주고 싶어서 난리가 났구나. 우리는 다른 행성들과 물물교환을 하는데 장인들이 만든 귀금속과 보석은 아주 매혹적이지."

타라는 상인들에게 미안하지만 아르칸즈가 바치는 보석들을 정중하게 사양했다.

타라가 음식에 있어서는 함께 먹는 것을 한사코 거부했기 때문에 맛있는 요리(지구의 요리에 대한 모든 레시피를 들여와서 만들었건만)를 보여줄 수 없는 아르칸즈는 못내 아쉬워했다. 하지만 기회만 있으면 타라를 데리고 다니려고 했다.

어느 날은 아르칸즈가 도시를 구경시켜주겠다며 타라를 데리고 나갔고, 기이한 것들을 파는 상인들을 볼 수 있었다. 악마/인간들의 요구에 따라 건축 공사가 한창인데 도시 성곽 밖으로도 저택과 성이 증가하고 있었다. 타라는 우승자에게 인간 모습의 아들과 딸을 가질 권한을 주는 토너먼트 방식의 시합을 목격했고, 무도회장을 구경할 때는 누군가에게 발을 밟혀 안 좋은 기억이 있다는 핑계를 대는 것으로 간신히 악마의 춤 신청을 거절했다.

아르칸즈는 날마다 선물을 들고 왔다. 타라는 보석과 신비한 광석 장신구들, 화려한 꽃다발, 체인지라인이 시샘할 정도로 아름다운 드레스, 타라를 쳐다보면서 눈을 동그랗게 뜨는 애완용 동물들을 정중하게 사양해야 했다. 아르칸즈가 주는 선물 중에서 타라가 흔쾌히 받은 것은 언제든 재판관을 보러 가도 된다는 허락이었다. 거대한 조각상과 대화할 수 있다니, 더군다나 놀라운 유머 감각이 있는 재판관인데 얼마나 흥미로운가. 역시 기대를 저버리지 않고 재판관은 이 행성을 지구처럼 만들기까지의 과정과 그 뒤로 일어난 모든 일에 대해 간략하게 알려주었다.

거짓말이 아니었다. 모든 것이 아르칸즈가 말한 그대로였다.

이렇게 되면 질문 공세로 아르칸즈를 밀어붙일 수가 없는데. 이제 타라는 악마들의 왕자를 어떻게 생각해야 할지 알 수가 없었다.

타라만 아르칸즈의 선물을 받는 것이 아니었다. 칼은 온갖 기구들을 무제한으로 시험해볼 수 있는 멋진 실험실을 제공받았다. 그리고 궁전 안에서는 어디든 들어가도 된다는 허락을 받았기 때문에 원하는 곳을 샅샅이 뒤지고 다녔다(물론 칼은 샅샅이 뒤진 게 아니라 그냥 점잖게 구경만 했다고 말했지만). 그런데 금지된 것을 할 때 훨씬 스릴이 있기 때문에 칼은 별로 신이 나지 않았다.

칼은 디아블로 살해 사건과 경찰견들의 수사를 포함해서 특별한 단서를 찾지 못했다. 그렇지만 실험실을 제공받은 기회를 이용하여 몇 가지 기발한 기구를 만들었는데 대부분 악마들을 염탐하는 데 사용하는 것들이었다.

매직 6총사와 실버는 가능한 한 빨리 행성을 떠날 방법을 찾기 위해 각자 임무를 분담했다. 타라는 말을 시키면서 아르칸즈를 붙잡아 두는 것이 임무였다. 칼은 악마의 마법과 작동 방식에 대해 알아내야 했다. 그리고 악마의 마법을 언제 사용해야 행성을 파괴하지 않고 떠날 수 있는지 알아내야 했다.

그리 간단한 일이 아니었다. 악마의 마법을 처음 사용했던 수천 년 전으로 거슬러 올라가야 했다. 악마들이 더 이상 희생하지 않아도 될 정도로 영혼을 충분히 비축해두고 있다는 사실을 알게 된 칼은 무아노에게 자료를 찾아달라고 부탁했다.

무아노는 역사 전문가답게 도서관에서 지각단층 전쟁에 대한 고문서에 접근할 수 있었다. 종이 책보다 잘 휘어지고 파괴되지 않는 얇은 석판에 글을 새긴 것이 대부분이라서 온종일 먼지를 뒤집어써야 했지만, 도서관에서 나오는 무아노는 눈빛이 반짝였다.

"악마들에 대한 잘못된 역사를 바로잡을 거야!"

무아노가 부르짖었다.

무아노를 비롯하여 그들 모두 악마의 마법에 관련된 정보를 찾아 다니고 있었다. 끔찍한 위협을 받고 있는 아더월드와 부모님들을 생각하면, 하루하루 지나갈수록 압박감을 견디기 힘들었다.

그러던 어느 날 무아노는 도서관에서 마침내 시커먼 암석 안에 박힌 비디오테이프를 발견했고, 사물 속에 갇혀 있던 악마의 영혼들이 어떻게 소진되는지 볼 수 있었다. 이날 타라와 친구들은 그 어느 때보다 억류되어 있다는 느낌이 들었다. 운명에 만족하는 것처럼 행동하면 악마들이 그들의 영혼을 어떻게 점령할지 뻔히 알기 때문에 한시도 마음을 놓을 수 없었다. 그들은 점점 초조해졌다.

그들 중에서 이 상황을 가장 힘들어하는 사람은 파브리스였다. 늑대의 본능은 행동으로 밀어붙이라고 부추기고 있어 정말 뭔가를 물어뜯고 싶어서 미칠 지경이었다.

파브리스는 변신하려면 아무도 없는 데로 멀리 나가야 하는데, 무아노가 현재로서는 같이 산책할 마음이 없다고 딱 잘라 거절했기 때문에 고독한 산책을 나가는 일이 점점 잦아졌다.

파브리스는 무아노를 감동시킬 생각도 해봤지만 할 것이 아무것도 없었다. 갈색 머리 소녀는 상처가 너무 깊어서 이제는 파브리스를 믿으려고 하지 않았다. 악마의 마법에 대한 유혹을 떨치려고 애쓰는 모습으로는 무아노의 마음을 돌리기가 쉽지 않을 것 같았다.

한편, 무아노는 파브리스가 어떤 말을 해도 흔들리지 않을 자신이 있었다. 모질게 마음먹었는데 이 행성에서 파브리스가 안쓰러운 처지에 있다고 마음이 약해질 수는 없었다.

악마의 마법을 사용하는 것이 금지되어 있지만 악마들은 날마다 마법이 약한 기구들을 이용하고 있었다. 영혼들이 갇혀 있는 악마의 사물들이 눈앞에 널려 있으니 파브리스에게는 끔찍한 유혹이었다. 비록 악마의 마법이 약한 기구라고 해도.

하지만 아직까지는 잘 버티고 있는 것 같았다. 파브리스의 눈빛이 이따금 이글거리지만 탐나는 사물을 손에 넣으려 한 적은 전혀 없었다.

물론, 파브리스도 시험대에 올라 있다는 걸 잘 알고 있었다. 이제는 더 이상 필요 없다고 생각하는 강력한 마법 능력에 대한 유혹 때문에 무아노를 잃는다는 건 말도 안 되었다. 어떻게 해야 무아노가 믿어줄까? 그래서 파브리스는 뛰었다. 슬픔을 잊으려고 뛰었고, 모습을 감추려고 뛰었고, 근육과 폐를 아프게 하려고 뛰었다. 그렇게 녹초가 되었지만 마음을 가라앉히고 돌아왔다. 그때마다 무아노의 시선이 묻고 있었다. 악마의 유혹에 굴복할 거지? 그렇게 쳐다보는 무아노의 눈빛이 무엇보다도 파브리스를 지치게 했다.

로빈 역시 가장 힘든 시기를 보내고 있었다. 마음 한편에서는 유혹 주문의 영향을 받은 거니까 절대로 타라를 사랑하면 안 된다고 외치므로 질투심을 내보일 수 없었다.

하지만 타라에게 잘 보이려고 애쓰는 악마들의 왕자를 보면 속이 부글부글 끓었다. 로빈은 딱히 할 일이 없었다. 칼과 타라는 염탐하고 있고, 무아노와 파브리스는 고문서에 빠져 있었다. 또한 파프니르는 대장간과 장인(특히 무기를 만드는)들을 관찰하고 있고, 실버는 악마들의 맷집을 가늠하기 위해 결투를 벌이고 있었다.

로빈은 소외감을 느끼면서 이를 부드득부드득 갈았다. 계속 이러면 치과 신세를 지게 될 텐데.

로빈은 칼을 쫓아다니기로 하고 아르칸즈가 괴물이라는 증거를 찾기 위해 사방으로 뒤지고 다녔다. 성가시게 쫓아다니는 것에 짜증이 난 칼은 마침내 아르칸즈가 괴물이라는 건 누구나 다 아는 사실인데 증거를 찾겠다는 것은 죽음을 자초하는 거니까 그만두라고 충고했다. 그 말에 시무룩해진 로빈은 악마/인간 군대를 정탐할 목적으로 훈련에 참여했다. 덩치가 큰 악마들을 상대하기가 좀 버거웠지만 덤벼드는 전사들과 겨루다 보면 몸은 피곤해도 스트레스는 차츰 풀리고 있었다.

실버와 대적해야 하는 순간까지는.

군대의 대장이 혈검을 알아보고 실버를 끌어들였던 것이다. 그래서 실버는 아더월드의 챔피언과 대결하고 싶어하는 많은 악마/청년들의 도전을 받게 되었다.

로빈을 상대했을 때처럼 악마/청년들은 실버에게 패배를 인정하고 항복했다.

실버는 특히 구경거리가 되는 걸 아주 싫어했지만 타라의 부탁이 있어서 참여한 것이지 로빈과 대결할 거라고는 예상하지 못했다.

결국 악마/청년들을 모두 쓰러뜨리고 올라온 실버는 로빈과 대결하게 되었다. 정말 뜻밖의 상황이었다. 비공식적 시합인데도 4분의 3에 이르는 궁인들이 관람하였고, 행성의 여러 미디어들이 중계했다.

로빈을 위한 날이 아니었다.

승리자는 실버였다. 활의 정령 릴란드릴은 로빈이 훌륭한 전사라는 걸 알고 날마다 훈련시켰었다. 하지만 이날의 승자는 실버임을 인정해야 했다. 실버는 본능적으로 상대가 어떤 공격을 할지 예측했다. 천부적인 재능이었다. 하프엘프로서는 오랜 세월 연마해야 터득할 수 있는 기술인 데다 실버의 현란한 몸짓이 어찌나 우아하고 완벽한지 상대에게 어떤 기회도 주지 않았다.

로빈은 항복했고 기분은 엉망이 되었다. 악마 전사들도 미친 듯이 훈련했지만 도저히 실버와 대적할 실력이 되지 못했다. 미디어들은 승자 실버의 모습에 이어서 축하 꽃다발과 선물을 들고 찾아와서 훈련하는 모습을 지켜보는 아름다운 악마/여자들의 모습을 중계했다. 질투심에 사로잡힌 로빈은 실버에게 도전할 생각만 하고 있었다.

악마의 세계에 붙잡혀 있는 위험한 상황에서 태평하게 그런 생각이나 하고 있다니 정말 알 수 없는 일이었다.

한편 실버로서는 타라에게 다가갈 수 있는 좋은 기회이건만, 하프 드래곤은 전혀 그러지 않았다. 이따금 시선을 느낀 타라가 눈을 마주치려고 하면 실버는 얼른 눈길을 내리거나 다른 데를 쳐다보면서 피해버렸다. 그러면서도 말할 때는 여전히 애정이 가득한 태도로 타라의 마음을 편하게 해주었다. 타라는 너무 이상하고 혼란스러웠다. 유혹 주문이 제거된 뒤로 주위의 남자들이 자신을 피하는 것 같아 몹시 불안했다. 진심으로 사랑한다고 고백했던 실버는 어디로 간 거지? 자신의 비늘에 다칠까 만질 수가 없다며 애절한 마음을 표현했던 하프 드래곤은 어디로 간 거지? 타라를 사랑하던 실버는 사라지고 곁을 지켜주는 냉정하고 예의 바른 기사만 남아 있는 건가?

드디어 이 행성에서 가장 위대한 전사가 누구인지를 공식적으로 가리는 토너먼트 방식의 경기가 열렸다.

실버가 세 배나 더 큰 덩치에 갈퀴발톱과 송곳니까지 있는 상대를 쓰러뜨리고 승리하자 악마들은 화가 나서 펄펄 뛰었다. 실버는 관례적인 상(인간 모습의 아들과 딸을 가질 권한)을 받을 수 없기 때문에, 아르칸즈는 장인들이 특별히 만든 것이라면서 금과 루비가 총총히 박힌 근사한 식기 한 벌을 선물했다. 까다로운 파프니르조차 트집 잡을 수 없을 정도로 훌륭한 작품이었다. 사실, 파프니르는 아르칸즈의 허락을 받고 뜨거운 대장간에서 거의 살다시피 했다. 이따금 헝클어진 머리에 그을음을 뒤집어쓴 파프니르가 '악마들은 정말 아무것이나 막 만드는군' 하고 투덜거렸지만, 전혀 모르는 기술을 접할 때는 많이 놀라는 눈치였다. 파프니르의 어깨에 올라앉은 벨은 장밋빛

털에 묻은 그을음이 너무 싫다고 쫑알거렸다. 잘 보살피고는 있지만, 파프니르는 고양이들이 더러운 걸 끔찍하게 싫어해서 온종일 피곤할 정도로 몸을 핥아댄다는 걸 이해하지 못했다. 어쨌거나 벨은 혀가 하나밖에 없는 데다 아주 짧기까지 한데.

아르칸즈는 타라와 친구들을 바쁘게 만드는 데는 성공했지만, 각자에게 맞는 선물을 하면서 아무리 배려해주어도 단념이라는 걸 모르는 듯 아이들은 얼굴만 보면 물었다.

"우리를 언제 보내줄 거예요?"

악마들의 대답은 날마다 한결같았다.

"행성이 안정되는 즉시, 지금은 너무 위험해!"

그런데 타라와 친구들을 알아낸 정보에 따르면 악마들은 진실을 말한 것이었다. 칼이 비축한 식량이 줄어들고 있었다. 곧 먹을 것이 떨어질 텐데, 그러면 현지 음식을 먹어야 되는데. 그들은 불안해지기 시작했다.

타라와 친구들은 저녁에 만나면 낮에 무엇을 했는지 얘기하면서 각자 알아온 정보들을 정리했다. 그리고는 자유가 얼마나 소중한지를 깨달으면서 무거운 침묵에 휩싸였다.

하지만 모두 개죽음을 당하는 바보 같은 짓을 저지르지 않기로 마음을 다잡았다. 그런데 이번에는 아르칸즈가 아주 저돌적으로 대시했다. 아니, 노골적으로 들이댔다는 표현이 더 맞으려나?

느닷없이 타라를 끌어안았으니.

실버가 시합에서 우승하는 순간에 일어난 일이었다. 카메라 역할을 하는 것(악마들이 머리에 올려놓고 다니는 이상하게 생긴 동물로 모든 장면을 녹화하는 기능이 있다)들이 모두 승리한 실버에게 쏠려 있었기 때문에 그 장면을 아무도 보지 못했다.

아르칸즈가 누구인지를 잠시 잊은 타라도 충동적으로 품에 안겼다. 그리고 아르칸즈가 장밋빛 입술을 향해 유혹적으로 얼굴을 들이댔을 때도…… 반항하지 않았다.

아르칸즈는 입을 맞추었다.

아주 달콤하고, 아주 부드러운 키스였다. 타라가 예상한 것과는 전혀 달랐다. 그러다 깜짝 놀란 타라가 뒤로 물러나자 아르칸즈는 더 이상 붙잡으려 하지 않고 미소를 짓는 것으로 만족했다. 의기양양한 웃음도 비웃음도 아니었다.

아연실색한 타라는 손으로 입을 가리고 경기장 쪽으로 시선을 돌리면서 아무도 본 사람이 없다는 걸 알고 안도했다.

하지만 밤이 되었을 때 타라는 아르칸즈에 대한 느낌 때문에 거의 잠을 이루지 못했다.

분명히 혐오감도 거부감도 느껴지지 않는 기분 좋은 놀라움이었다.

이제는 가능한 한 빨리 이 행성을 떠나야 했다.

다음 날 아침, 아르칸즈는 아주 정중하게 행동했다. 타라가 꿈을 꾼 게 아닐까 의문이 들 정도로 아무런 내색을 하지 않았다.

하지만 꿈이 아니라는 것은 타라를 궁지에 몰아넣은 칼 덕분에 확실해졌다.

그들은 여전히 한 방에 모여서 잠을 자기 때문에 칼이 빈 방 중 하나로 타라를 강제로 끌고 가서 문을 잠갔다.

"왜 이러는데?" 타라는 가슴이 벌렁거렸다.

칼이 팔짱을 끼고 서서 이글거리는 눈빛으로 타라를 노려보면서 물었다.

"너 무슨 짓을 하고 있는 거야, 타라?"

감정을 억제하고 있는데도 타라의 얼굴이 대번에 빨개졌다.

"내가? 나 아무 짓도 안 했어." 타라는 힘없이 반박했다.

"내가 본 것도 있고, 못 본 것도 있어."

타라는 어리둥절한 얼굴로 눈살을 찌푸렸다.

"본 건 뭐고, 못 본 건 뭔데?"

"나를 위해서 감시해주는 비밀 기구가 있거든." 칼이 퉁명스럽게 대답했다. "근데 말이야, 감시하고 녹화하는 기능이 있는 거라서 아르칸즈가 너에게 키스하는 걸 봤지. 그리고 네가 당연히 아르칸즈에게 날렸어야 할 따귀를 못 봤지."

타라는 뻣뻣해졌다. 슬루르크!

"우리를 붙잡아두고 있는 자를 때리면 안 되지." 타라가 마침내 대꾸했다.

"타라! 내가 누군지 몰라? 나, 칼이야. 바보 취급하지 마. 설사 아르칸즈가 고맙다는 말을 해도 너는 망치로 두들겨 패는 것이 정상이라고. 너에게 미쳐 있는 악마니까. 유전자 조작으로 만들어진 미친 악마에게 놀아나면 우리는 절대로 여기를 벗어나지 못한단 말이야!"

타라는 한숨을 내쉬면서 털썩 주저앉았고, 어깨를 축 늘어뜨렸다.

"그래, 알아. 하지만 나도 많이 놀랐어! 그토록 보고 싶었던 로빈은 나를 냉랭하게 대하는데 아르칸즈는 정말 다정했어. 부모님에게 작별 인사를 할 수 있는 기회까지 줬잖아. 그는 부드럽고······."

"내가 볼 때는 호르몬 이상으로 네 머리가 잘못된 거야. 타라! 이건 불장난이야. 당장 멈춰야 해."

"나는 다시 시작할 생각 같은 건 없었어." 타라가 대꾸했다. "유혹 주문이 제거된 뒤로는 남자들이 나를 좋아하는 느낌을 받지 못했으니까. 로빈은 나를 밀어냈고, 실버는 나에게 관심이 없고······."

"그래서 무의식적으로 악마 왕자에게 너의 매력을 시험해보고 싶었다는 거야?"

타라는 부인하려다가 칼의 예리한 시선과 마주치자 입을 다물었다.

"그래, 시험해보고 싶었던 건 맞아." 타라는 마침내 힘없이 말했다. "그리고 무의식적으로 그랬던 건 아냐. 내가 뭐가 그렇게 완벽하다고!"

칼은 미소를 지었지만 단호했다.

"나는 네가 완벽하다고 말한 적 없어, 타라. 모든 인간과 마찬가지로 너는 장점도 있고, 단점도 있어. 다만 너의 초강력 마법 때문에 그런 것들이 가려 있었지. 그리고 다들 너를 여자로 보기보다 후계자나 강력한 마법사로 보는 것도 사실이고. 네 심정을 충분히 이해해. 하지만 이건 너무 위험한 짓이야. 그러니까 일단 아더월드나 지구로 돌아간 다음에 길거리에서 마주치는 남자들에게 네 매력을 시험해봐.

나중에는 분명히 나한테 그때 말려줘서 고맙다고 말하게 될 테니까. 내 말 믿어, 타라. 그자는 절대로 안 돼. 우리 모두를 위해 그만둬."

타라는 한숨을 쉬면서 손가락으로 금발을 헝클어뜨렸다.

"그래, 알았어. 내가 바보 같았어."

동정적인 반응을 기대한 타라의 예상대로 칼이 고개를 끄덕였다.

"그만둘게. 약속해."

정말 안도하는 칼의 표정을 보면서 타라는 친구가 얼마나 불안해했을지 짐작이 갔다. 칼의 말대로 아주 위험한 짓을 저지른 것이었다.

갑자기 타라는 칼이 좀 전에 했던 말이 생각났다.

"어떤 건데?"

"뭐가?"

"아까 우리를 감시하는 기구가 있다고 했잖아. 그게 어떤 거냐고?"

칼은 난처한 표정을 짓다가 호주머니에서 작은 상자를 꺼냈다. 상자 안에 시커먼 파리 여섯 마리가 들어 있었다.

"미니카메라야. 뭘 하는 건지 아무도 알아채지 못하게 하려고 파리로 둔갑시켜놨지. 너희들 주위를 날아다니면서 살피고 있는데, 미리 말해주지 않은 건 감시당하고 있다는 걸 몰라야 너희 행동이 자연스럽기 때문이야."

"너도 언젠가는 당할 날이 올 거야, 칼." 타라는 파리들을 쳐다보면서 분개했다. "꼭 그런 날이 오길 바란다!"

"누가 뭘 하는지 알 수 있잖아. 그래서 아주 재미있는 일도 알게 됐는데 알려줄까? 로빈과 파브리스, 실버 주위를 어슬렁거리는 예쁜 여자들, 내 주위에 매복해 있는 여자들……"

타라는 아연실색했다.

"예쁜 여자들?"

"너와 무아노, 파프니르 중 한 명이 주변에 나타나는 즉시 그 여자들은 싹 사라져버리지. 하지만 우리 남자들이 혼자 있을 때는 짠! 하고 여기저기서 튀어나와. 내 생각에는 여자들이 로빈에게 호기심이 많은 것 같아. 마법의 강도가 아주 약한 변장 주문으로 로빈을 속였던 여자가 '섹시한 하프엘프'라고 소문을 낸 모양이야. 어쨌든 여자들은 우리 남자들을 모두 시험해보는 것 같아. 무아노도 분명히 눈치 챘거든. 그래서 그 여자들을 와작와작 씹어 먹을 줄 알았는데 그냥 내버려두고 있는 거야. 나는 그게 더 놀라워."

타라는 머릿속에 떠오르는 온갖 이미지를 떨쳐내면서 윗입술을 톡 톡 쳤다.

"정치적 음모 아닐까? 아르칸즈의 계획을 방해하기 위해서?"

"그건 아닌 것 같아. 여자가 슬그머니 떠들고 다니는 걸 보면."

"그 여자가 누군지 말해줘. 아더월드에서는 매춘부를 어떻게 취급하는지 본때를 보여줄 테니까."

칼은 빙긋이 웃었다.

"그건 안 되지." 칼이 헝클어진 검은 머리를 긁적이면서 말했다. "네가 그 여자보다 훨씬 강력할 게 틀림없는데 그러면 문제가 생길 거야. 결국 누가 뭘 했는지 내가 알고 있다는 걸 밝혀야 되고, 어떻게 알았는지도 털어놔야 되잖아. 내 파리들이 더 이상 일을 할 수 없을 테고 말이야. 그러니까 부탁인데 지금은 그 여자를 그냥 내버려둬."

타라는 내키지 않았지만 받아들이기로 했다. '나도 잘못을 저질렀

으면서 칼의 입장을 난처하게 만들 필요는 없지.'

아르칸즈가 행성의 새로운 부분을 보여주겠다고 했기 때문에 그들 모두 테라페리움에서 만나기로 약속이 되어 있었다. 칼에게 따라오라는 손짓을 하면서 앞장서 가던 타라가 갑자기 떠오른 생각 때문에 킥킥거렸다.

"왜 그러는데?" 칼이 물었다.

"너는 정말 운이 좋아."

"아, 그래? 왜?"

"아르칸즈에게 내 매력을 시험해보는 대신에 너를 공격할 수도 있었으니까!"

칼은 숨이 막혀서 아무 말도 할 수 없었다.

테라페리움에 도착하니 실버와 파프니르, 로빈, 무아노, 파브리스가 이미 아르칸즈와 함께 있었고, 왕자를 호위하는 친위대도 보였다. 검은색과 흰색의 크리스털은 환영 인사를 하는 듯 노래하고 있었다.

"아, 타라! 기다리고 있었어." 악마들의 왕자가 활짝 웃으면서 반겼다.

타라가 고갯짓만 까딱하자 왕자의 환한 미소가 조금 사라졌다. 아르칸즈가 무슨 말을 하려는 순간 갑자기 나팔 소리가 요란하게 울려 퍼지면서 크리스털의 노랫소리가 묻혔다.

"오, 슬루르크!" 아르칸즈가 창백해져서 외쳤다. "아버지가 오셨어. 많이 흔들릴 테니까 벽에 붙어!"

잠시 후, 거대한 그림자가 궁전을 뒤덮었다. 크리스털 렌즈 덕분에 타라는 머리 위에서 천천히 내려오는 엄청난 건물을 볼 수 있었다.

"이러다 우리 모두 깔리겠어!" 공포에 질린 무아노가 고함쳤다.

"아니, 그런 일은 없을 테니까 두려워할 것 없다." 아르칸즈가 말했다.

타라는 겁이 났지만 마왕이 친아들을 짓이기지는 않을 거라고 생각했다. 아르칸즈가 도망치려고 했다면 불안했겠지만 그 자리에서 타라의 허리에 팔을 두르고 넘어지지 않게 붙잡아주고 있었다. 타라는 아르칸즈의 몸과 체온을 느끼면서 혼란스러웠다. 악마의 살과 닿는 감촉이 여전히 부드럽게 느껴져 놀라울 뿐이었다.

칼의 눈이 튀어나올 뻔했다. 로빈은 소리가 들릴 정도로 툴툴거렸다. 실버는 인상을 썼고, 켈과 정신적 교감에서 벗어난 파프니르는 놀란 얼굴로 머리를 흔들었다.

파브리스와 무아노는 바짝 다가섰고, 이번에는 갈색 머리 소녀가 금발 소년의 든든한 포옹을 고맙게 받아들였다. 오, 예스!

이 순간 마왕이 돌아오는 걸 기뻐하는 사람은 아마 파브리스밖에 없을 것이다.

마침내 아주 둔탁한 소리를 내면서 궁전이 착륙했다. 잠시 불빛이 깜박깜박하다가 크리스털 방이 훤해졌다. 날아온 궁전이 착륙하면서 정말 신기하게도 마치 합체가 되는 것처럼 어마어마하게 확장된 왕자의 궁전 울타리 안에 자리를 잡았다. 마왕의 궁전은 벽으로 둘러싸여 있지만 창문들이 보였다. 그래서 마치 옆집에 있는 것처럼 거대한 궁전의 내부와 주민들을 볼 수 있었다. 삐걱거리는 소리가 나면서 복도들이 이어지더니 모든 창문이 열리면서 역한 냄새가 진동했다.

"콜록콜록……." 칼이 기침을 했다. "어휴, 이게 무슨 냄새야!"

아르칸즈도 인상을 썼지만 잠자코 있었다. 한 나라의 왕자인데 아버지가 악취를 풍긴다는 말을 어떻게 한단 말인가. 너무 경박스럽지 않은가.

크리스털이 윙윙거리는 소리가 다시 나기 시작했는데 고통스러워하는 것 같았다. 살아있는 돌과 접속한 타라는 치통이 시작될 때처럼 약한 통증이 느껴졌다. 이것은 언제고 진짜 통증이 시작되면 끔찍하게 고통스러우리라는 경고 같았다.

허리를 두르고 있는데도 타라가 가만히 있자 아르칸즈는 몹시 흡족해했다. 그러나 그건 아르칸즈를 기쁘게 해주려는 것이 아니라 어떻게 나오는지 보기 위해서였다. 타라는 더 이상 흔들리지 않아서 넘어질 위험이 없는데도 아르칸즈에게 점점 몸을 기댔다. 그리고 초록빛 눈을 향해 고개를 들자, 소녀가 따귀를 준비하고 있을 줄 꿈에도 모르는 아르칸즈가 홀린 듯 얼굴을 들이댔다. 하지만 그 순간 아르칸즈는 귀청이 떨어져 나갈 것 같은 소리에…… 뒷걸음쳤다.

오만상을 찌푸리며 머리를 흔들던 아르칸즈는 타라의 입술에서 눈을 떼고 마지못해 놓아주었다.

아르칸즈는 선택의 여지가 없었다.

아버지가 크리스털 방의 문턱을 넘어서고 있었다.

드디어 마왕의 첫 번째 촉수들이 보였다.

23
검은 여왕

마왕과 아들 사이에 잘못 끼어들었다가는
촉수로 더리를 한 방 얻어맞기 십상인데

*

몸뚱이에 각양각색의 눈이 다닥다닥 붙은, 공 모양의 털북숭이가 촉수들을 꼬물거리면서 크리스털 방으로 들어오자 아르칸즈는 허리를 숙여 인사했다.

"아버님."

마왕과 마주할 때마다 늘 그렇듯 눈을 연거푸 핥아대는 두툼한 검은 점박이 혀를 보는 순간 타라는 속이 울렁거렸다.

"손님들이 와 있다는 거 안다, 아들아." 마왕이 으르렁거리는(여러 개의 입 중 하나에서 나오는) 목소리로 말했다. "나의 친애하는 드래곤 친구, 솀나샤오비로다인트라쉬부도 와 있느냐?"

아르칸즈가 아버지에게 타라 일행에 대해 자세히 보고하지 않았다는 건가? 왜?

"안녕하세요." 타라는 무릎이 후들거리지만 아주 공손하게 대답했다. "그분은 오지 않았습니다. 우리도 마지스터가 길을 잘못 설정하는 바람에 여기 오게 된 겁니다."

마왕의 수많은 눈이 일제히 타라를 향해 쏠렸다.

"네가 아니라 내 아들에게 물었다." 마왕이 핀잔을 주었다. "하지만 방금 한 말은 정말 놀랍구나, 어린 인간. 내 소식통에 따르면 마지스터와 너는 철천지원수 사이로 알고 있는데?"

"아더월드에서 함께 해결할 문제가 생겼거든요." 타라가 말했다. "그리고 필요에 따라서는 철천지원수도 최고의 친구가 될 수 있답니다."

마왕이 아들을 향해 눈길을 돌렸다.

"아! 동맹이라는 개념, 인간들의 전형적인 개념이지. 내 아들이 우리 세계를 변화시키고 있는데 그게 좋은 일인지 나쁜 일인지 나는 아직 모르겠다."

마왕의 어조가 위협적이지는 않지만 탐탁지 않은 것 같았다.

아르칸즈는 마왕 옆으로 가서 경의를 표하는 자세를 취했다.

"어서 오십시오, 아버님. 투덜이 대장으로부터 약속한 대로 우리가 사흘 동안 공격을 막아냈다는 보고를 받으셨지요? 나와 악마/인간들은 개별적으로 행동한 것이 아니라 모두 함께 힘을 합해서 싸웠습니다. 우리도 협력하는 데 성공했습니다."

"그래, 우리는 힘을 합해 싸울 줄 모르기 때문에 드래곤들과 인간들을 상대하는 두 번의 전쟁에서 패했다." 마왕이 인정했다. "네가 말하는 그 새로운 방식으로 다음 전쟁에서는 반드시 이길 수 있기 바란다."

타라는 심장이 얼어붙는 것 같았다. 아더월드를 침략할 거라고 의심하고 있었는데! 마왕이 방금 그걸 확인시켜준 것이 아닌가.

아르칸즈는 충격을 받은 얼굴로 비켜섰다.

"하지만 아버님, 제가 하고 싶은 건 그게 아닙니다!" 왕자가 반박했다. "저는 인간들과 교역하고 싶은 거지 정복하겠다는 것이 아닙니다!"

"그 계획 때문에 행성 하나를 통째로 희생시켰다!" 마왕이 으르렁거리면서 촉수들을 마구 흔들어대는 바람에 무아노와 파브리스가 재빨리 뒷걸음쳤다. "우리 행성을 변형시키려고 내 백성 수십억의 영혼이 이용되었는데, 뭐라? 교역하기 위해서였다고?"

타라는 주먹을 꽉 쥐었다. 퍼즐이 맞춰지고 있었다. 아르칸즈가 지구처럼 만든 태양과 행성들에 대해 말했을 때 강한 의문이 들었다. '악마들이 어디서 얼마나 많은 마법을 얻었기에 그런 엄청난 일을 해냈을까?' 그리고 칼 역시 고문서의 기록에서 더는 희생시킬 필요가 없을 정도로 많은 악마의 영혼을 충분히 비축해두고 있다는 걸 확인하지 않았던가.

그런데 방금 답변을 들은 것이다.

수십억에 이르는 동족을 희생시키다니. 고의적으로.

아르칸즈는 마치 얻어맞기라도 한 것처럼 얼굴이 창백해져서 뒷걸음쳤다.

"그…… 그런 말씀은 하지 않았잖아요." 왕자는 어물어물 말했다. "저한테는……."

"시끄럽고!" 마왕이 화가 나서 말을 끊었다. "나는 너에게 많은 걸 말했다. 진실도 있고, 거짓도 있었지. 인간의 유전자에 대한 실험을 완성하기 위하여 너에게 알려주지 않았던 것이다. 이제 마지막 단계만 남았으니까 준비는 다 된 것이다."

아르칸즈는 주먹을 불끈 쥐고 타라와 친구들 옆으로 왔다.

"아버님이 그렇게 하도록 놔두지 않을 겁니다!" 성난 왕자가 소리쳤다. "아버님의 권력 욕심을 채우기 위해 사람들을 그런 식으로 농락할 권리가 없습니다!"

닥쳐라! 마왕이 어찌나 크게 고함을 지르는지 모두 소스라치게 놀랐다. "왕자를 붙잡아라! 감옥에 며칠 동안 갇혀 있으면 내 아들이라도 모든 권리를 가질 수 없다는 걸 깨닫게 될 것이다!"

무의식적이었기 때문에 타라는 금빛 갑옷에 검을 손에 쥐고 있다는 걸 알아차리지 못했다. 어느새 살아있는 돌이 머리 위에 떠 있고, 타라의 손에서도 마법이 작동하고 있었다.

"타라, 안 돼!" 칼이 질겁해서 말렸다. "참견하지 마, 우리가 상관할 일 아냐."

그러나 너무 늦었다. 타라에게서 왕을 향한 위협을 느낀 친위대가 달려왔다. 타라가 경계 태세를 취하자 아르칸즈도 검을 뽑아 들고 함께 맞섰다.

악마들이 달려들었기 때문에 타라는 생각할 겨를이 없었다.

황제 산도르에게서 훈련을 잘 받은 타라였다. 갑옷이 보호해주고 있지만, 경계를 늦추지 않고 몸놀림이 빨라야 했다. 타라는 금빛 그림자처럼 움직였고, 촉수들이 잘려나간 악마들이 비명을 질러댔다. 그 옆에서 갈랑은(페가수스의 힘으로 누군가를 죽이는 건 어렵기 때문에) 성난 독수리처럼 날카로운 발톱으로 악마들의 얼굴을 찢었다. 갑자기 악마 하나가 덤벼들자 옆에 있던 아르칸즈가 가볍게 목을 베어버렸다.

타라는 턱으로 고맙다는 표시를 했다. 이윽고 실버와 파프니르가 끼어들었다.

파프니르는 2주 전부터 가장 힘든 날들을 보내고 있었다. 그 누구도 난쟁이가 원치 않는 것을 강제로 시킬 수 없는데 마지스터에게 이끌려서 악마들의 세계에까지 와 있었다. 그리고 악마 세계의 장밋빛 새끼 고양이와 정신적 결합을 한 것은 아더월드 행성뿐만 아니라 타딕스, 마딕스, 드란보우글리스펜쉬르, 산티보르, 그 밖의 다른 데서도 놀림을 받을 일이었다.

그래서 파프니르는 분풀이를 할 필요가 있었다. 난쟁이는 새끼 고양이를 안전한 곳에 내려놓은 다음 험상궂은 미소를 지으면서 양손으로 도끼를 뽑아 들었다.

짤막한 비명소리가 연달아 났다. 타라와 달리 난쟁이는 가차 없이 해치우기 때문이다. 몇 분도 안 돼서 파프니르는 실버의 도움을 받아 크리스털 방에 있는 친위대를 제거했다.

타라가 위험해질 경우 언제든 뛰어들 기세로 경계하면서 로빈과 무아노, 파브리스는 마왕을 지켜보고 있었다.

그런데도 그들은 행동할 겨를이 없었다.

마왕이 갑자기 달려들어서 아르칸즈의 검을 빼앗더니, 맙소사! 끈적거리는 기다란 혀로 아들을 휘감아서 촉수들이 우글우글한 새 둥지처럼 생긴 데로 집어넣는 것이 아닌가. 겁에 질린 아르칸즈가 필사적으로 버둥거렸지만 헛일이었다.

"즉각 중단하라!" 마왕이 고함쳤다. "아니면 이놈의 양팔을 뽑아버리겠다!"

마왕이 압박을 가하자 아르칸즈가 신음소리를 냈다. 타라는 번개같이 반응했다. 타라는 검을 버렸지만, 싸움을 시작하는 순간부터 남몰래 축적하고 있던 마법의 영향으로 두 손이 노래를 부르자 살아있는 돌이 합창했다. 화살처럼 날아간 마법과 충돌한 마왕이 벽에 쿵, 부딪혔고, 이 순간에 튕겨 나온 아르칸즈가 고양이처럼 유연하게 착지했다.

아르칸즈가 아버지를 향해 돌아섰다. 타라는 만일을 대비하여 마법을 작동한 상태로 경계 태세를 취했다.

반쯤 그로기 상태의 마왕이 벽을 따라 천천히 미끄러졌다.

"아버님, 보셨죠?" 왕자가 이상하게 만족스러운 목소리로 말했다. "제 말이 맞았죠?"

"그래 네 말이 맞는구나." 마왕이 대꾸했다. "솔직히 믿지 않았는데 네 말이 맞았어. 음, 좋아."

아르칸즈가 타라를 향해 돌아섰는데 초록 눈빛을 반짝이면서 함박 미소를 짓고 있었다.

"고맙다, 타라 덩컨. 멋진 모습을 보여줘서."

타라는 가슴이 오그라드는 것 같았다. 아르칸즈가 지금 무슨 말을 하는 거지?

이 상황에 아르칸즈가 왜 저렇게 기뻐하는 거야? 그사이에 비인간 악마들과 또 다른 친위대원들이 크리스털 방에 몰려와서 모든 출구를 막고 있었다.

"아버지가 인간들은 절대로 악마 편을 들지 않는다고 믿어서 우리가 꾸민 연극이었지. 아버지는 너희 인간은 악마를 좋아하지 않기 때문에 악마들의 싸움에 간섭하지 않을 거라고 생각하셨지. 그런데 너는 나를 사랑하고 있어, 타라 덩컨. 그래, 너는 나를 사랑하고 있는 거야!"

잠시 침묵이 흘렀다. 아르칸즈는 이 기회에 폭탄성 발언을 했다.

"너와 포옹할 때 알았지." 아르칸즈가 허세를 부렸다.

찬물을 끼얹은 듯 조용했다. 친구들이 눈을 부릅뜨면서 일제히 타라를 쳐다봤다.

"네가 뭘 어쨌다고?" 아연실색한 로빈이 소리쳤다.

"아르칸즈가 나를 끌어안았어." 서서히 분노가 치밀기 시작한 타라는 퉁명스럽게 내뱉었다. "일종의 작전이었지만 네가 꼭 알고 싶다면 말해줄게. 그래, 나는 포옹을 거부하지 않았어. 근데 너는 이제 나를 사랑하지도 않으면서 왜 관심을 갖는지 모르겠다."

로빈이 대꾸하려다가 입을 다물었다. 타라의 말이 맞지 않은가. 타라와 멀어진 것은 자기 탓인데 누굴 원망한단 말인가.

"타라는 나를 용서해줄 거야." 아르칸즈가 우쭐거렸다. "영화에서 많이 봤는데 지구인들은 나쁜 남자들을 용서하더라고."

"그건 여자들에 대해 전혀 몰라서 하는 말이죠." 칼이 비아냥거렸다.

승리의 순간을 만끽하느라고 타라의 눈빛에서 이글거리는 분노를 보지 못한 아르칸즈는 칼의 경고를 무시했다.

"너는 내 편을 들어주었어. 그리고 나에게 고통을 주는 아버지를 공격해서 무력화시켰지. 너는 나를 악마가 아니라 인간으로만 보고 있었어. 네가 사랑하는 만큼 너를 사랑하는 인간으로."

이번에는 어릴 적부터 타라의 절친으로 지내온 파브리스가 빈정거렸다.

"당신은 방금 큰 실수를 저지른 것 같은데요."

질투심이라고 생각한 아르칸즈는 이번에도 경고를 무시했다. 조금 전부터 슬금슬금 물러서던 로빈은 아르칸즈에게 세 번째 경고를 해줄 겨를이 없었다.

타라가 정말 격분하면 어떻게 변하는지 전혀 모르는 악마들과는 달리 너무나 잘 아는 친구들은 폭발을 예상하고 있었다. 그런데 타라는 아주 뜻밖의 질문을 던졌다.

"디아블로를 누가 죽였죠?"

무슨 말인가 하려고 입을 벌리던 아르칸즈는 도로 다물고 놀란 얼굴로 타라를 쳐다봤다.

마왕이 아들을 대신해서 대답했다.

"그 멍청한 디아블로는 완전히 미친놈이었다. 새로운 태양을 받아들이지 않는 블루파에 속해 있었지. 수백 년 동안 블루파의 수장이었던 디아블로는 우리 계획에 반대하기 때문에 '자기를 살해한 자들이 나쁜 짓을 할 테니까 조심하라'는 메시지를 너희에게 알리려고 자살한 것이다. 하지만 살해된 것으로 보이게 했지. 죽는 즉시 시체가 자동으로 재판관이 있는 방으로 이동하게 만들어놓았으니까. 아르칸즈가 아주 영악하게도 재판관 앞에서 자기는 모르는 일이라고 하면서 살해 사건 수사를 위해 경찰견들까지 불러들이는 바람에 너희는 의심을 접어버렸지. 게다가 너희 질문도 허술하기 그지없었고. 그것으로 디아블로의 계획은 실패로 끝난 것이다."

맞아, 칼은 경찰견들이 하는 방식을 지켜보다가 시체 부검에 참여하는 걸 포기하지 않았던가. 타라는 칼과 시선을 주고받았다. 아연실색한 칼은 자신도 당했다는 생각에 잿빛 눈이 분노로 이글거렸다. 궁전을 자유롭게 다닐 수 있게 허락하면서 악마들이 숨기는 것 없이 정정당당하게 대하고 있다는 느낌을 받았는데 다 쇼란 말인가.

"그다음 아르칸즈는 네 부모를 만나게 해주었다." 마왕이 촉수들의 도움을 받아서 힘겹게 일어났다. "나는 그것이야말로 아주 인간적인 행동이었다고 생각한다. 사랑이라는 개념을 완전히 이해한 거지. 우리 악마는 사랑이라는 걸 별로 느끼지 않지만, 너희 인간은 사랑을 아주 중요하게 여기면서 집착하는 것 같으니까."

타라는 갑자기 분노가 치밀었다. 그래, 사랑에 굉장히 집착하는 거 맞아. 그런데 신의에도 집착하지. 사랑보다 더.

"그래서 다음 시나리오는 뭐죠?" 타라는 냉랭한 목소리로 물었다. "아더월드와 지구를 침략할 때 인간들이 반인간, 반악마 군대를 상대로 어떻게 싸우는지 시험해보기 위해 우리가 필요한 거였어요?"

타라의 말에 모두 충격에 휩싸인 듯 죽음 같은 침묵이 흘렀다.

아르칸즈의 얼굴에서 웃음기가 싹 사라졌다.

"누가 그래?" 아르칸즈가 사나운 어조로 물었다. "블루파?"

타라가 홱 돌아서서 쏘아보는데 차가운 쪽빛 눈이 어찌나 매서운지 아르칸즈는 레이저 광선이 날아오는 느낌이 들었다. 자신이 하찮게 느껴지면서 온몸이 부르르 떨릴 정도였다.

"우리 그렇게 멍청하지 않거든요." 타라는 목소리를 깔면서 말했다. "당신이 장난치고 있다는 걸 우리가 몰랐다고 생각해요? 당신의 작전은 뻔히 눈에 보였는데!(사실은 몇 분 전에 깨달았지만 밝힐 필요가 있나?)"

"그래?" 마왕이 짜증스럽게 반응했다.

타라는 어깨를 으쓱하면서 경멸조로 퍼부었다.

"오랫동안 우리를 연구했다는 거 알겠어요. 우리 부모님들과 마법사들이 얼마나 우리를 사랑하고 보호해주는지 봐서 알겠지만 대부분의 인간은 한창 자라는 청소년들에게 나쁜 짓을 하지 않으려고 노력하죠. 그런데 당신들은 아이들과 청소년으로 이뤄진 군대를 만들었더군요. 그리고 우리의 약점을 이용하기 위해 우리가 도저히 뿌리칠 수 없는 것도 만들었고요. 그것은……."

타라는 말을 중단하고 아르칸즈의 불안해하는 얼굴을 뚫어져라 쳐다보다가 말을 이었다.

"……아름다움이죠. 당신들이 만든 남녀 인간들은 아름다워요. 우리 인간들이 아름다움을 꿈꾸고, 아름다워지려고 애를 쓴다는 걸 알고 있었던 거예요. 인간들의 약점이 아름다움이라는 걸 알고 의도적으로 만든 거죠. 흉측한 모습의 악마들을 풀어놓는 대신에 아름다운 남녀

184

젊은이들을 풀어놓겠다는 거죠. 그래서 우리가 무슨 일인지 알아채기도 전에 침략해서 우리를 지배하려는 것이 당신들의 속셈이에요."

"거짓말!" 아르칸즈가 반박했다. "내가 연극이라고 밝히기 전까지 너는 전혀 모르고 있었어. 내가 끌어안고 키스까지 했다는 걸 아무에게도 말하지 않았다는 게 그 증거야."

타라는 씨익 웃었다.

"칼?"

"왜, 타라?"

"네가 말해."

칼은 기꺼이 나섰다. 사실을 그럴듯하게 꾸몄다.

"무슨 일이 있었는지 타라가 나한테 다 얘기했거든요." 칼이 말했다.

"거짓말하지 마!" 아르칸즈가 소리쳤다.

칼이 미소를 지었다.

"내가 아까 여자들에 대해 전혀 몰라서 하는 말이라고 분명히 경고했잖아요. 실버가 토너먼트 시합에서 우승할 때 일어난 일이었죠. 타라는 실버의 승리가 너무 기뻐서 왈칵 안겼던 건데 당신이 그 틈에 키스한 거예요."

아르칸즈는 당황하는 얼굴로 입술을 깨물었다. 언제 일어난 일인지는 밝히지 않았는데 어린 도둑이 다 알고 있다니. 그렇다면 타라가 털어놓은 것이 분명하지 않은가.

"타라는 당신이 시험하고 있다는 걸 알고 있었어요." 칼은 밀어붙였다(자신과 마찬가지로 타라도 방금 알아챈 것이 틀림없었다.

악마들은 칼이 천연덕스럽게 내뱉는 거짓말을 멍하니 듣고 있었다. 타라도 칼의 말을 들으면서 모든 상황이 정리가 되었다. 경계를 하면서도 눈치도 못 채고 있었는데 이 정도일 줄이야!

"그래서 타라도 연기를 하기로 마음먹었지요. 다른 때 같으면 당장 따귀가 날아갔겠지만, 아르칸즈 당신에게 따귀를 날리지 않은 것도 그 때문이었어요. 얼굴을 붉히는 것처럼 보이려고 숨을 참고 있었죠. 그러고는 팔, 허벅지를 만지게 내버려두었지요. 마치 좋아하는 것처럼."

타라는 이제 칼이 왜 좋은지 알았다. 칼은 타라가 미처 생각지도 못한 것까지 조목조목 들추면서 정말 통쾌하게 복수를 해주고 있었다. 칼의 설명이 계속될수록 아르칸즈의 얼굴은 붉으락푸르락해지고 있었다.

칼은 부드러운 목소리로 말을 이었다.

"타라는 두 가지 모습의 아르칸즈, 즉 은하계를 침략하고 싶다고 외치는 아르칸즈, 교역하고 싶다고 주장하는 아르칸즈를 상대하고 있던 거죠. 그래서 타라는 둘 중에서 위험하지 않은 쪽을 선택한 거예요."

타라는 무표정한 얼굴을 유지했지만, 당장 달려가서 칼의 목을 끌어안고 싶었다.

"따라서 당신의 시험은 시작부터 잘못되었던 겁니다. 하지만 뭐, 인간이 아니면 여자들의 마음을 이해하기가 쉽지 않지요."

칼은 잠시 뜸을 들이면서 거드름을 피우다가 덧붙였다.

"어떤 때는 인간이라도 모를 때가……."

무아노와 파프니르, 타라가 눈을 흘기자 칼은 못 본 척했다.

"아주 성가시게 됐군." 마왕이 마침내 말했다. "계속 시험하려면 다른 인간들을 데려오게 생겼으니!"

아르칸즈는 우는 소리로 말했다.

"하지만 저는 이 인간이 정말 마음에 들어요, 아버님. 다른 여자는 싫습니다!"

타라는 바비 인형이 된 느낌이 들었다. 바비 인형과 공통점이라고는 긴 머리밖에 없다는 걸 악마들에게 보여줘야 하나? 타라의 쪽빛 눈이 이글거리고, 마법의 에너지가 몰려드는 손이 찌지직거리기 시작했다.

무슨 일이 닥칠지 모르는 마왕과 아들은 계속 대화를 나누고 있었다.

"안 돼요." 아르칸즈가 으르렁거렸다. "나는 얘들을 죽이지 않을 겁니다. 나에게 쓸모가 있는 애들이니까 우리 행성에 붙잡아두고 싶어요. 위험한 짓은 못할 거예요. 아더월드로 돌아갈 방법은 전혀 없어요. 설사 행성이 얘들의 출발을 감당할 만큼 안정이 되었다고 해도 아버님의 도움 없이는 악마의 마법을 사용할 수 없으니까요."

또다시 죽음 같은 침묵이 흘렀다.

"악마 왕자!" 타라가 갑자기 불러서 아르칸즈는 소스라치게 놀랐다. "우리 여자들은 대단히 잘난 것으로 착각하는 남자를 굉장히 싫어한다는 걸 당신은 알아야 해요."

그러고는 아르칸즈가 반응하기 전에 타라가 외쳤다.

"스파리담!"

타라가 마법을 날렸는데 마왕과 아르칸즈, 친위대원들이 아니라 검은색과 흰색의 크리스털과 친구들, 패밀리어들을 향해서였다.

악마들이 고함을 지르고, 크리스털도 소리를 질러댔다. 살아 있는 석영의 방에 있는 마법의 양은 엄청나기 때문에 하마터면 타라가 죽을 뻔했다. 친구들과 함께 행성을 도망치는 데 필요한 마법의 에너지를 흡수할 생각이었는데 충돌 사고로 심장이 멎을 뻔했던 것이다.

다행히, 머리 위에 떠 있는 살아있는 돌이 순식간에 반응했다. 살아 있는 돌은 크리스털과 접속해서 힘을 조절해달라고 부탁한 다음 타라를 불렀다. 그 방에 있는 이들은 모두 타라가 날린 파란색 마법의 영향으로 마비되어 있었다.

'부탁할 게 있어, 타라.' 원하는 걸 분명히 말하기로 결심한 살아있는 돌이 말했다. '아주 큰 도움이 필요해.'

몰려오는 마법 때문에 얼굴이 일그러진 타라는 정신적으로 대답했다. 이를 너무 악물고 있어서 소리를 낼 수 없기 때문이었다.

'누구를 도와야 하는데?'

'크리스털. 크리스털은 살아 있어. 여기 내버려둘 수 없어. 악마들이 너무 함부로 깎고 뚫어놔서 아파하고 있어. 악마들이 사용하는 방식 때문에 너무 많이 고통받고 있어. 너에게 필요한 마법을 다 주고 싶어해.'

'그럼 고맙지. 조금만 받으면 좋겠는데 그럴 수 있을까?' 타라가 부탁했다.

'하지만 네가 자기를 데려가주길 바라고 있어. 아니면 자기를 죽여달래.'

'데려가야지, 데려가자.' 타라가 얼른 말했다. '나는 누구도 죽이지 않아. 크리스털의 마법을 끌어올 수 있게 도와줘!'

188

타라가 마법을 끌어올 수 있게 다리를 만들기 시작했을 때 살아있는 돌이 끔찍한 현실을 알려주었다.

그들 모두를 이동시킬 수 있을 정도로 마법의 양이 넉넉하지 않았다.

최소한 두 명은 두고 가야 했다. 살아있는 돌은 아주 현실적이라서 요즈음 친절하지 않았던 로빈과 친구들을 배신한 적이 있는 파브리스를 남겨두자고 제안했다.

'말도 안 되는 소리!' 살아있는 돌이 감히 친구들의 이름까지 말하는 것에 화가 난 타라가 응수했다. '우리는 형제 같은 전사들이야. 아무도 남겨두고 떠날 수 없어. 절대로.'

'하지만 선택의 여지가 없어!' 살아있는 돌이 신경질적으로 대꾸했다. '그들을 모두 데리고 이 행성을 빠져나가는 데 필요한 힘이 너한테는 없다고!'

타라는 어떤 선택을 할지 결정할 겨를이 없었다.

그 순간 악마의 마법이 몰려왔기 때문이었다.

타라는 스파리담이 뭘 할 때 사용하는 말인지 정확하게 모르고 있었다. 다만 아르칸즈가 스파리담이란 말을 하면 안 된다고 금했다는 것과 맨 처음 림보를 방문했을 때 마왕이 그들을 내쫓으면서 그 말을 사용했던 것을 기억해둔 것뿐이었다. 사실, 스파리담을 불러낸 사람은 사물들에 가득한 악마의 마법을 자유롭게 사용할 수 있었다.

따라서 타라는 갑자기 크리스털의 마법과 악마들의 마법까지 사용할 수 있게 되었다.

악마의 마법과 접속되었기 때문인지 좋지 않은 생각들이 몰려왔다. 권력욕, 이기주의, 자기중심주의, 잔혹성, 모략, 조작, 고문, 살해.

악마의 마법이 모조리 타라의 몸속으로 흘러들고 있어서 마법을 사용할 수 없는 마왕과 아르칸즈가 고래고래 소리를 질러댔다.

이 엄청난 마법 덕분에 타라는 한순간 무력으로 행성을 지배하는 여왕이 된 자신의 모습을 보았다. 여왕은 강력했고, 모두 굴복했다. 누구도 대항할 수 없고, 더는 사랑 따위에 괴로워하지 않았다.

잠시 후, 타라의 마음이 편안해졌다.

더 이상 괴롭지 않았다.

공포에 질린 친구들의 눈길을 받으면서 타라는 변신했다. 어찌나 빠른지 친구들은 타라가 마비시켜놓은 주문을 제거할 겨를조차 없었다.

이어서 체인지라인이 물기가 촉촉한 검은색 갑옷으로 변하더니 타라의 몸을 날카로운 가시가 돋친 금속으로 뒤덮었다. 타라의 눈빛이 빨갛게 변했는데 얼굴은 소름이 끼칠 정도로 차가운 초인적인 아름다움이었다. 살아있는 돌은 타라의 머리 위에서 검은색 크리스털 왕관으로 변해 있었다. 그 옆에서 시커먼 키틴질이 뒤덮인 괴물로 변한 갈랑이 갈가리 찢어발길 기세로 갈퀴발톱을 세우고 있었다.

그렇게 해서 검은 여왕이 탄생했다.

검은 여왕의 마법이 거칠게 후려치자 그들 모두 엎드려야 했다.

칼, 로빈, 파브리스, 무아노, 파프니르, 실버, 아르칸즈, 마왕, 친위대가 모두 공포에 질린 표정으로 허리를 굽히고 있는 것은 그야말로 강압에 의한 것이었다.

검은 여왕의 목소리가 울려 퍼지는데 뭐라고 형언할 수 없을 정도로 부드러웠다. 그리고 눈부시게 아름다워서 똑바로 쳐다볼 수 없을 정도였다.

"그래서 나를 함정에 빠뜨렸단 말이지, 악마 왕자?" 공중에 둥둥 떠서 아르칸즈에게 다가온 검은 여왕이 웅얼웅얼하는 것처럼 말했다.

이제는 파란색에서 검은색으로 변한 마법에 마비되어 있는 아르칸즈는 힘겹게 침을 삼켰다.

아르칸즈는 진정한 공포가 무엇인지 뼈저리게 느끼고 있었다.

"타라 덩컨?"

"아니, 정확하게 말하면 아니다." 검은 여왕이 흡족한 표정으로 금속 장갑을 낀 손을 응시하면서 대꾸했다. "너의 마법과 타라의 마법이 뒤섞여 있는 존재니까. 너무나 강력해서 나를 만난 걸 정말 후회하게 될 거다."

아르칸즈를 보면, 오! 이미 후회막심한 얼굴이었다.

"이제…… 어떡할 겁니까?" 아르칸즈가 떨리는 목소리로 묻는 사이에 격분한 마왕이 촉수를 움직여보려고 했지만 허사였다.

검은 여왕이 웃었는데 할퀴는 것 같다고 해야 하나, 소름이 돋는 웃음이었다.

"나는 너희를 침략할 생각이다. 여기 나의 충직한 전사들로 이뤄진 첫 군단이 있다."

검은 여왕이 로빈과 칼, 무아노, 파브리스, 파프니르, 실버를 가리키고 있었다. 그들이 반응하기 전에 검은색 마법이 건드렸다.

이번에는 타라의 친구들이 변했다.

파브리스는 아가리에 거품을 물고 있는 괴물 늑대로 변했는데 날카로운 칼날이 삐죽삐죽한 갑옷 같은 걸 입고 있었다. 야수로 변한 무아노는 눈빛이 어둡고, 갈퀴발톱으로 바닥을 긁어대고 있고, 표범 쉬바도 송곳니와 갈퀴발톱을 세우고 있었다.

로빈은 반쪽이 아니라 그토록 꿈꾸던 완전한 엘프가 되어 있었다. 하지만 악마 엘프였다. 이전처럼 검은 머리털이 섞인 은발이 아니라 머리가 완전히 하얗게 변해버렸고, 크리스털 눈빛은 이글거리지만 어두웠다. 키가 크고 호리호리한 엘프가 괴상한 생쥐들을 발견한 고양이처럼 매서운 눈초리로 검은 여왕을 응시하고 있었다. 그러고는 자신의 새로운 몸을 보면서 빙긋이 미소 지었다.

"아름다운 나의 여왕님." 엘프가 이번에는 자발적으로 허리를 굽히면서 말했다. "우리가 누구를 죽여야 하는지 말씀해주십시오. 분부대로 하겠습니다."

검은 여왕은 미소를 지으면서 계속해서 둔갑시켰다. 로빈의 패밀리어 소우르브는 엄청나게 긴 송곳니를 얻은 것 이외의 다른 변화는 없었다. 일곱 개의 머리를 가진 히드라는 이미 충분히 무시무시하지 않은가.

이번에는 칼과 파프니르가 변했다. 파프니르는 거인이 된 최초의 난쟁이가 되었다. 울퉁불퉁한 근육질에 번쩍거리는 흉기로 무장한 파프니르는 복수심에 불타고 있었다. 파프니르의 새끼 고양이는 핏빛 호랑이로 둔갑해 있고, 눈빛은 광기가 번뜩였다. 검은 해골로 둔갑한 칼은 도둑답게 어디든 들어갈 수 있는 상태였고, 블롱딘은 자이언트 여우로 둔갑해서 당장이라도 물어뜯을 기세로 송곳니를 드러내고 있었다.

마지막으로, 검은 여왕은 실버에게 말하면서 속이 뒤집어질 것 같은 미소를 지었다.

"너는 멋진 드래곤이 되어라!"

마법이 강제로 끔찍한 드래곤으로 둔갑시킬 때 실버는 목청이 터져라 비명을 질러대다 불을 내뿜으면서 주위를 잿더미로 만들었다. 드래곤은 검은 여왕과 연결된 정신적 사슬을 끊으려고 애를 쓰다 포기했다. 결국 항복했고, 검은 여왕의 발치에 머리를 조아렸다.

모두 검은 여왕 앞에 항복했다.

모두 검은 여왕을 위해 싸울 준비가 되어 있었다.

여왕은 즐기는 것처럼 마법을 늦추고 친위대와 마왕, 왕자를 풀어주었다.

격분한 친위대가 움직이려고 할 때 아르칸즈가 소리쳤다.

"아무도 움직이지 마! 모두 여왕 앞에서 허리를 굽혀라! 당장!"

아르칸즈는 여왕이 왜 친위대를 자유롭게 풀어주었는지 대번에 알아차렸다. 여왕은 반반씩 섞인 악마의 마법과 인간의 마법 속에 숨어 있는 타라 덩컨을 완전히 지배하지 못한 것이었다. 하지만 여왕이 타라를 죽이는 즉시 살육에 대한 욕망이 더 강해질 테고, 그러면 그들은 완전히 끝장날 텐데……

검은 여왕이 장악하고 있는 한 아르칸즈 쪽은 악마의 마법을 사용할 수 없었다.

친위대가 어리둥절하면서 왕자의 명령에 복종했다. 마왕은 반응하지 않고 수많은 눈으로 상황을 지켜보는 것으로 만족했다. 그렇지 않아도 마왕은 왕위를 물려줘도 될지 알기 위해 아들을 훈련시키고 있는데 이건 훌륭한 시험이 아닌가.

아들이 실패해도 악마 종족이 모조리 죽을 위험은 없으니 일석이조가 아닌가.

검은 여왕이 음흉한 미소를 지었다.

"좋아, 좋아." 여왕이 부드러운데도 귀를 할퀴는 듯한 목소리로 아르칸즈에게 말했다. "너는 이곳의 주인이 누군지 아는 것 같구나. 너는 훌륭한 남편이 될 것이다."

로빈의 얼굴이 냉랭하다 못해 굳어졌다.

"나의 여왕님, 이 악마를 남편으로 선택한다면 악마의 심장을 잘 지키셔야 할 겁니다." 엘프가 차가운 목소리로 말했다.

검은 여왕이 즐거워하는 얼굴로 엘프를 뚫어져라 쳐다봤다.

"아, 그래? 왜?"

"내가 심장을 도려내서 내 히드라에게 던져줄 거니까요."

검은 여왕이 재미있다는 듯 입술을 실룩거렸다.

"그거 흥미롭겠구나. 하지만 왕자가 당하게 그냥 내버려두면 이 행성의 악마들이 모조리 나에게 덤벼들 테니, 그건 안 되겠다. 그러니까 너는 좀 기다려라. 지금은 이 궁전에서 좀 쉬어야겠다. 여길 침실로 만들 생각이야."

여왕이 크리스털에서 강제로 끌어내는 듯한 마법을 사용하자 흰색과 빨간색의 모피를 씌운 화려한 침대가 나타났다. 마치 붉은빛 살

속에 묻힌 뼈 같아서 소름 끼치는 모피였다. 그런 데다 얼마나 큰지 십여 명은 자도 될 것 같았다. 의자들, 빨간 책상 하나에 양탄자까지 갖춰졌다. 이어서 강압에 의해 크리스털이 빨간색으로 변하면서 그들은 피바다에 빠져 있는 것 같았다.

그 모든 장면을 지켜보면서 마왕의 수많은 눈이 휘둥그레졌다. 눈이 저렇게 된다는 건 뜻밖의 광경이라는 뜻이었다.

"혹시…… 타라 덩컨과 얘기할 수 있습니까?" 아르칸즈가 포기하지 않고 물었다.

"내가 바로 타라 덩컨이다!" 검은 여왕이 대답했다. "나를 알아보지 못하겠는가? 나에게 키스도 했다면서!"

아르칸즈가 반응하기 전에 검은 여왕이 날아와 왕자를 붙잡고 입술을 포갰다.

악마 왕자는 몸을 비틀었다. 검은 여왕의 키스가 어찌나 뜨거운지 황홀함에서 그 어떤 것도 따를 수 없을 정도였다.

이어서 내동댕이쳐진 아르칸즈는 신음소리를 내고 있었다.

하지만 여왕이 아르칸즈를 상대로 장난을 치는 사이에 마법이 약해졌다. 아주 조금!

파브리스와 무아노는 본래의 늑대와 야수 모습에서 그리 많이 다르지 않기 때문에 지금의 괴물 모습에 만족했고, 로빈도 온전한 엘프를 흔쾌히 받아들이고 있는 반면에 칼은 검은 여왕이 준 모습이 전혀 마음에 들지 않았다. 해골의 모습이 흉할 뿐만 아니라 걸음을 뗄 때마다 삐걱삐걱 소리가 나서 기척도 없이 그림자처럼 움직여야 하는 도둑에게 악조건이었던 것이다.

칼이 있는 데서 빈틈을 보이다니, 검은 여왕의 실수였다. 영악하고 재빠른 칼은 마법이 약해진 틈을 놓치지 않고 정신적으로 검은 여왕과 접속하는 데 성공했고, 여왕은 엄청난 마법이 어디서 오는지 알려주었다.

방법은 한 가지밖에 없었다. 칼은 있는 힘을 다해서 크리스털 벽면의 일부를 후려쳤다.

그리고 크리스털이 깨졌다.

크리스털이 비명을 지르자 검은 여왕도 함께 비명을 질렀다. 칼의 마법이 망치처럼 크리스털 벽을 내리쳤던 것이다. 그 충격에 모두 힘없는 나비처럼 날려서 크리스털 벽에 부딪혔다. 악마의 마법은 여전하지만, 크리스털의 마법이 동요하면서 검은 여왕의 몸을 빠져나갔다. 갑옷이 다시 금빛으로 변하고, 눈빛이 친숙한 파란빛을 되찾았다. 마치 고치에서 나오는 나비처럼 여왕에게서 타라의 모습이 조금씩 나타나기 시작했다. 크리스털은 다시 흰색과 검은색이 되었고, 가구들은 흔적도 없이 사라졌다.

타라의 정신도 돌아왔다. 모두를 굴복시키려고 하는 잔혹한 검은 여왕이 아니라 걱정거리가 많고, 융통성 없는 남친이 있는 타라가 틀림없었다.

타라가 마법을 작동하자 친구들 모두 정상적인 모습을 되찾고 안도의 숨을 내쉬었다. 칼을 비롯한 친구들이 몸을 더듬어보면서 멀쩡한지 확인했다.

타라가 레파루스를 날려서 크리스털을 복원했다.

"안 돼!" 로빈이 소리쳤다. "타라! 안 돼! 그러면 안 돼!"

그러나 너무 늦었다. 크리스털의 마법이 다시 몰려오고 있었다.

모두 끝장났다고 생각했다. 또다시 강력한 검은 여왕이 나타날 텐데.

하지만 이번에는 타라가 대비를 하고 있었다.

여전히 왕관 형태로 타라의 머리 위에 올라앉은 살아있는 돌 덕분에 타라는 크리스털의 마법과 악마의 사물에서 끌어내는 마법을 통합했다.

이윽고 타라는 아더월드와 접속을 시도했고, 아더월드로 연결되는 다리가 만들어지는 걸 느낄 수 있었다.

또다시 검은 여왕의 모습으로 변하지 않아도 그들을 데려갈 수 있을 정도로 마법은 충분했다. 하지만 타라는 서둘러야 했다. 강력한 악마의 마법을 사용하고 있어서 행성이 흔들리기 시작했다.

그리고 타라가 조금이라도 긴장을 늦추었다가는 마치 심해에서 기회를 엿보는 동물처럼 언제 검은 여왕이 튀어나올지 몰랐다.

타라는 세계의 모든 주소를 입력하고 있는 살아있는 돌에게 외쳤다.

"랑코비트의 살아 있는 궁전으로!"

잠시 후, 타라와 친구들은 살아 있는 궁전에 있는 공간이동의 문 대합실에서 유형화되었다.

타라가 갑옷 차림이라서 얼마나 다행인지!

갑자기 날아온 화살 하나가 가슴 부위에 꽂혔던 것이다.

24
전쟁

은반지 하나가
유혈의 도가니로 만들어놓다니

*

좋아하는 인간 중 하나인 칼을 발견한 살아 있는 궁전이 재빨리 개입하여 화살 세례로 바늘꽂이가 되는 참사를 막아주었다. 유니콘이 나타나서 칼을 뜨겁게 반긴 다음 다른 사람들에게도 정중하게 인사했다. 친구 칼이 돌아온 걸 기뻐하던 궁전은 모두 아는 사람들이라서 깜짝 놀랐다.

다행히 대합실이 아주 커서 타라는 가져온 크리스털을 조심스럽게 내려놓을 수 있었다. 크리스털이 깨지지 않을 거란 확신이 들자 타라는 그제야 주위로 시선을 돌렸다.

방금 타라에게 화살을 날렸던 친위대원이 격분한 크산디아르에게 얼차려를 당하고 있었다. 크산디아르는 부하를 벽으로 밀어붙이고 네 팔 중 두 개로 목을 조르고 있는 것 같았다.

그런데 리스베스 여제가 와 있는 것이라면 몰라도 오무아의 친위대장이 랑코비트에는 무슨 일이지? 여제가 여기 있다면 크라에토비르의 반지가 공격하기 전에 타라와 친구들은 빨리 도망쳐야 하는데.

하지만 크산디아르는 오무아의 갑옷 차림이 아니었다. 주홍빛과 금빛 갑옷이 아니라 파란빛과 은빛이었다. 무슨 일이 일어난 것이 틀림없었다.

친위대장 뒤에 서 있는 티그족도 파란색 복장이고, 그 속에서 오무아의 비밀정보국 카무플레 국장이자 크산디아르의 아내 세네 센스사스가 보였다. 삐죽삐죽 솟은 주홍빛의 짧은 머리의 세네가 보조개가 피는 예쁜 미소를 짓고 있었다.

랑코비트의 궁전에서 오무아 사람들의 모임이 있나?

그런데 오무아의 친위대가 왜 타라와 친구들을 공격하는 거지?

타라는 불안한 얼굴로 자신의 모습을 훑어봤다. 하지만 검은 여왕이 아니라 체인지라인이 바꿔준 금빛 갑옷 차림의 정상적인 모습이었다. 페가수스도 원래의 모습이었다.

갑옷 차림의 타라가 제일 먼저 유형화된 것이 천만다행이었다. 살아 있는 궁전의 재빠른 개입 덕분에 친구들도 화살을 맞지 않았다.

아직도 화가 가라앉지 않은 크산디아르가 이번에는 타라에게 화살을 당긴 부하의 손목을 비틀어버리자 고통과 불안 때문에 창백하게 질린 젊은 티그족이 신음소리를 내지 않으려고 이를 악물고 있었다. 크산디아르는 부하의 얼굴이 시뻘게지자 손목을 놓아주었다.

"몰랐습니다, 저는 정말 몰랐습니다!" 부하가 죽는소리를 했다. "반지의 습격인 줄 알았습니다. 악마의 표시를 봤거든요. 저걸 보십시오!"

공간이동의 문 부근에 이상한 것이 새까만 광선을 맹렬하게 쏟아 내면서 휙휙 소리를 내다 잠잠해졌다.

모두 소스라치게 놀랐다. 그 순간 타라가 가져온 살아 있는 크리스털이 갑자기 노래를 부르면서 커다란 종처럼 웅웅거렸다. 크리스털은 살아있는 돌을 통해 해방된 기쁨을 전하고 나서 순식간에 구름처럼 사라져버렸다. 모두 멍하니 입을 벌리고 있었다.

'예쁜 타라, 고마워, 예쁜 타라.' 살아있는 돌이 말했다.

그러고는 크리스털 볼의 모습을 되찾은 다음 타라의 마법복 호주머니로 들어갔다.

타라는 이쪽에서 공격도 하지 않았는데 화살을 쐈다는 걸 도저히 이해할 수도, 용납할 수도 없었다.

"크산디아르!" 타라가 소리치는 사이에 공격받은 것에 성난 체인지라인이 화살을 똑똑 부러뜨리자 갈랑이 가차 없이 짓밟아버렸다. "친위대장과 티그족 대원들이 여기서 뭘 하는 겁니까? 리스베스 폐하도 여기 와 계세요?"

타라는 만일을 대비하여 공격할 자세를 취했다.

"정말 타라 덩컨이군요!" 안심한 세네가 외쳤다. "모두 무기를 내려라!"

티그족 친위대가 복종하자 크산디아르가 눈을 흘겼다. 세네는 머쓱한 미소를 지어 보였다. 크산디아르는 월권행위를 아주 싫어했다.

"흠흠흠⋯⋯(크산디아르가 마른기침을 했다) 오, 젤리소르의 창자여! 도대체 지금까지 어디 계셨습니까? 우리가 얼마나 찾아다녔는지 모릅니다! 행방불명된 지 1년 반입니다!"

"1년 반이요? 말도 안 돼요!" 칼은 숨이 멎을 뻔했다. "불과 몇 주일인데 무슨 1년이 넘어요?"

"1년 반이야." 크산디아르가 완강했다. "우리는…… 우리는 정말……."

도저히 입 밖에 낼 수가 없어서 네 팔을 흔들고 있는 크산디아르의 모습은 정말 감동적이었다. 후계자가 죽었다고 생각했다는 말을 차마 하지 못하는 것이었다. 크산디아르는 마라를 후계자로 받아들이지 못하고 있었다(물론, 마라도 임시일 뿐이지 스스로를 후계자로 생각하지 않고 있었다).

깜짝 놀라는 타라 일행을 보면서 크산디아르는 얼른 다시 말했다.

"도대체 어디 계셨습니까?"

"우리는 악마 세계 림보에 있었어요." 타라가 솔직하게 대답했다. 아르칸즈의 거짓말에 질려서인지 타라는 솔직해지고 싶었다. "왜요? 무슨 일이 일어났어요?"

모두 아연실색했다.

"림보?" 세네가 외쳤다. "그런데……."

세네는 갑자기 말을 중단하고 파프니르, 아니 더 구체적으로 말하면 파프니르의 어깨를 뚫어져라 처다봤다. 난쟁이는 한숨을 내쉬었다. 그러고는 누가 묻지도 않았는데 괜히 성난 표정을 지으면서 내뱉듯 줄줄이 말했다.

"네, 새끼 고양이 맞아요. 그래요, 장밋빛이에요. 그래요, 림보에서 데려왔어요. 그래요, 나의 패밀리어 맞아요. 더 알고 싶은 거 있어요?"

양손에 도끼를 든 난쟁이를 보면서 세네는 잠자코 있기로 했다.

"아니, 없어." 세네는 상큼한 미소를 지으면서 말했다. "림보, 와우! 신혼여행을 어디로 갈까 고민 중인데 한번 생각해봐야겠네. 그동안 시간이 없어서 신혼여행도 못 갔거든(세네가 남편을 째려봤다). 그 끔찍한 곳에서 뭘 했는데? 무서운 악마들 속에서 살아보려고 애썼다 는 것 말고."

"오히려 타라가 악마들을 공포에 떨게 했죠." 파프니르가 이를 부드득 갈면서 대답했다. "그리고 타라, 다음에도 나를 울퉁불퉁한 근육질의 거인으로 부탁해. 검은 여왕이 아니면 안 되려나? 안 되 면 말고."

타라는 눈을 감았다. 이제 걸핏하면 이런 말을 듣게 생겼으니, 휴. 검은 여왕을 불러낼 수 없는 것이 아쉬웠다. 그럴 수만 있다면 모두 조용히 입을 다물 텐데. 타라는 그냥 무시하고 당면한 문제로 화제를 돌리기로 했다.

"리스베스 여제도 여기 계세요?" 타라는 모두 제정신이 아닌 것처 럼 보여 다시 물었다.

"아뇨, 오무아에 계세요. 나의 부하 요원들과 함께." 세네가 대답 했다. "그래서 나는 여제의 친위대를 빌려서 데리고 나왔어요."

칼이 눈을 굴렸다. 블롱딘은 냄새를 맡느라고 킁킁거렸다.

"와우, '빌린다는' 표현! 오랜만에 듣네요. 오무아의 여제에게서 친위대를 훔쳐왔다는 뜻이에요? 면허 받은 도둑도 아니잖아요?" 칼이 진지함과 장난기가 반반씩 섞인 얼굴로 물었다. "혹시 이번에 아예 직업을 바꿀 의향 없으세요? 대단한 자질이 보이는데요."

카무플레 국장은 허리를 숙였다.

"고마워요, 도둑 선생."

"그럼 여제의 새로운 친위대는?" 크산디아르와 티그족 친위대원 들의 눈빛에서 불안을 보면서 파브리스가 물었다.

이번에도 세네가 크산디아르보다 빨랐다. 타라는 번번이 세네보다 늦는 크산디아르가 안쓰러웠다.

"뱀파이어들!"

"그러니까 우리가 떠난 지 1년 반이 되었단 말이죠? 좋아요, 그건 그렇다고 쳐요." 파브리스가 상황을 정리하는 차원에서 말했다. "지 금 오무아에 무슨 일이 일어나고 있는지 구체적으로 말씀해주세요."

"우리는 침략을 당했어." 크산디아르가 말했다.

"여전히 진행 중." 세네가 덧붙였다.

"아더월드의 모든 정부가 공격받았어."

"여전히 진행 중." 세네가 덧붙였다.

"반항하는 이들은 모조리 투옥되었어."

"여전히 진행 중." 세네가 덧붙였다.

"우리는 도망쳐야 했지."

여기서 세네는 후렴을 바꿔야 했다.

"그래서 내 여보는 아직도 망연자실한 상태야." 세네가 미소를 지으면서 말했다.

"일할 때는 '내 여보'라고 하면 안 되지." 크산디아르가 입술을 실룩거렸다. "세네, 당신도 동의한 거잖소?"

"남편, 당신은 지금 일하는 게 아니라 도망 중입니다." 세네가 함박미소를 머금으면서 응수했다. "오무아를 점령한 악마의 마법을 피해 도망쳤으면서."

크산디아르는 고개를 저었다.

"나는 공간이동의 문을 지키고 있는 거요."

"여기 있던 보초들을 쫓아내고 지키는 거니까 엄연히 다르죠." 세네는 반박했다. "티그족이 너무 무서워서 기절한 보초도 있었잖아요."

크산디아르는 되받아치려다가 포기했다. 말로는 세네를 이겨본 적이 없었다. 그리고 세네가 자기보다 훨씬 똑똑하다는 걸 인정했다.

"아무튼." 크산디아르는 아무짝에도 필요 없는 파란색 실크 가슴받이를 가다듬으면서 말했다. "무슨 영문인지 유독 우리 티그족을 못살게 구는 악마의 마법을 피해서 떠나야 했어. 뱀파이어들이 이미 우리 자리를 차지하면서 티그족은 대부분 휴직하게 되었지. 게다가 우리의 피까지 쥐어짰으니까."

"뭘 쥐어짰다고요?" 칼이 아연실색한 얼굴로 물었다.

"암소의 젖을 짜내듯 뱀파이어들이 우리의 피를 뽑아갔어." 크산디아르는 무표정한 얼굴로 대답했다.

크산디아르의 목소리에서 분노가 느껴졌다.

무거운 침묵이 흘렀다.

"몸이 쇠약해지고 있어서 우리는 랑코비트를 방문(세네의 킥킥거리는 소리에 크산디아르는 하는 수 없이 표현을 바꿨다)…… 음 그러니까 랑코비트로 피신했지. 그리고 우리 여제가 다음 목표로 삼을 것으로 예상되는 베어 왕과 티타니아 왕비를 지키고 있는 거야."

물론, 크라에토비르의 반지는 타라와 친구들이 아더월드로 돌아오는 걸 예상하지 않고 작전을 실행하고 있었다. 이런 와중에 그들이 랑코비트에 나타난 것이다.

"오무아의 후계자이신 공주 마마." 친위대장이 진지하게 말했다. "림보에 계셨다고 했는데 현재 오무아에 일어나고 있는 일과 관련이 있는 겁니까? 우리 여제와 뱀파이어들이 동맹을 맺은 일, 우리 여제를 지배하는 것과도 관련이 있습니까?"

타라는 여제에 대한 크산디아르의 충성심을 의심하지 않았다. 친위대장은 자신이 섬기는 여제와 그 여제를 장악하고 있는 악마를 구별할 수 있었다.

"네." 타라는 동의했다. "크라에토비르의 반지가 리스베스 여제를 점령하고 있는 거예요. (크산디아르는 숨을 죽였다.) 금지된 대륙의 드래곤 여왕이 갖고 있던 반지를 셀렌바가 훔쳤지만 뱀파이어들이 압수하여 크라살비에 보관하고 있었는데, 우연히 내가 지니게 되었죠."

"우리는 그 반지가 어떤 건지 전혀 모르고 있습니다. 악마의 사물일 거란 의심은 하고 있었지만, 여제 가까이 있는 이들 중에 반지에 대해 말한 사람이 아무도 없었습니다. 그리고 악마의 사물은 혼자서 작동할 수 없고요."

"그런데 크라에토비르의 반지는 혼자서 작동할 수 있어요." 타라가 침울하게 말했다. "인식능력이 있어서 손가락에 끼고 있을 때는 유니콘이 조각된 은빛 반지의 모습이었죠. 위장술인 셈이죠. 내 생각에 리스베스 여제의 손가락에서는 오무아의 상징인 금빛 눈을 가진 주홍빛 공작이 조각된 반지일 거예요."

친위대장은 눈을 찌푸리면서 기억을 더듬었지만, 실패했다. 그는 보석이 아니라 리스베스 여제를 지키기 위해서 고용된 것이었다.

"내가 지구로 추방된다는 걸 알고 반지는 마법의 행성을 떠나고 싶지 않았을 거예요. 정확한 이유는 잘 모르겠지만 아마 마법이 약한 지구에서는 쓸모가 없어질 거란 생각에서 나를 떠났겠죠. 그리고 지금은 리스베스 여제를 완전히 지배하고 있는 것이 틀림없어요."

깊은 침묵이 흘렀다. 티그족 친위대원들이 긴장했다. 오무아의 여제가 유령의 지배를 받았던 것이 얼마나 됐다고, 여제가 또 지배를 당하다니, 그들은 점점 불안해졌다. 치명적인 마법의 습격을 연달아 받은 여제의 건강이 견뎌낼 수 있을까?

타라는 마음을 가라앉히기 위해 숨을 들이쉬고 나서 설명했다.

"반지의 지배를 받는 여제는 내가 돌아오지 못하게 하려고 지구와 아더월드를 연결하는 공간이동의 문들을 봉쇄해버렸어요. 그래서 아더월드로 가려면 림보를 경유해야 했는데 거기서 우리는 악마들이 완전히 달라졌다는 걸 알았죠."

세계대전들이 일어났을 때는 크산디아르가 태어나지도 않았을 때였지만 들어서 잘 알고 있었다. 크산디아르는 뻣뻣해졌다.

206

"악마들이 달라졌다고요?"

"악마들이 수많은 종족을 희생시키면서 행성을 지구처럼 만들었어요." 타라가 말했다. "뿐만 아니라 악마들이 인간의 모습을 하고 있어요."

그때였다. 이건 드래곤이 포효하는 소리? 모두 깜짝 놀라서 돌아봤다.

방금 도착한 셈 선생님이 블루 드래곤의 모습이라는 걸 잊고 포효하면서 갑자기 걸음을 멈추다가 공간이동의 문 대합실 기둥에 쿵, 부딪혀서 기절할 뻔했다.

조심해야 된다는 걸 잊고 타라가 무작정 달려오자 아직도 눈알이 핑핑 도는 드래곤이 얼른 몸을 숙이고 맞았다. 갈랑도 열렬히 반가워했다.

"어머, 선생님! 선생님을 보게 돼서 얼마나 기쁜지 모르겠어요." 타라는 눈물을 글썽이면서 말했다.

늘 자신만만한 전사의 이미지에는 좀 그렇지만 타라는 개의치 않았다.

드래곤은 아주 조심스럽게 타라를 포옹했다. 잠시 후, 타라는 몸을 빼면서 주책없이 나온 눈물을 닦았다.

"이제 드란보우글리스펜쉬르에서 돌아오신 거예요?"

드래곤은 미소를 지으면서 송곳니들을 드러냈다. 이렇게 가까이에서 드래곤을 보는 것이 익숙하지 않은 실버는 얼굴이 약간 창백해졌다. 칼은 실버를 지켜보면서 모순이라고 생각했다. 아니, 아직까지 자신이 드래곤으로 변신했을 때의 모습을 거울에 비춰보지 않았단 말이야?

"그래, 살루가 와서 아주 이상한 이야기를 했어. 살루가 어찌나 불안해하는지 함께 지구로 갔다. 모두 만나서 얘기를 들어봤는데 크라에토비르의 반지가 시제품치고는 제법 놀라운 힘으로 괴이한 짓을 하는 모양이구나. 악마의 사물이 그걸 지니고 있는 주인의 마음을 읽는 능력이 있다는 얘기는 들어본 적이 없다. 하물며 주인에게 복종하는 것 이외의 행동을 한다는 건……."

반지가 이상한 짓을 하는 거야 당연하잖아. 그걸 만든 악마들이 이상한데. 셈 선생님의 이해를 돕기 위해 타라가 림보에서 겪었던 일을 다시 말하자 크산디아르와 세네는 한마디도 놓치지 않으려는 듯 귀를 세우고 있었다. 타라의 입에서 폭포수처럼 말이 쏟아져 나오는데 절대로 멈출 것 같지 않았다. 사실, 타라는 깨닫지 못하고 있지만 히스테리 발작을 일으키기 직전이었다.

타라 주위에 있는 이들의 반응은 다양했다. 세네는 열렬한 관심을 보이고, 크산디아르는 불안해하고, 티그족 친위대원들은 아연실색하고, 셈 선생님은 주의 깊게 듣고 있었다.

다른 누군가에게 그 무거운 책임감을 넘길 수 있게 된 것이 너무 기쁜 나머지 긴장이 풀린 걸까. 물론 많은 말을 쏟아내느라 지친 탓도 있지만, 타라는 드래곤의 품에 쓰러질 듯 안겼다.

하지만 타라는 검은 여왕에 대해서는 악마 여왕으로 변한 덕분에 스파리담을 불러내서 도망칠 수 있었다는 정도로만 짤막하게 마무리했다.

드래곤이 마른기침을 하는데 철로를 벗어나는 기관차 소리가 났다.

"키케켁, 키케켁, 오, 내 조상들이시여! 완전히 돌았군! 자기들의 행성을 그런 식으로 불안정하게 만들었다? 무슨 개수작이야! 덜떨어진 악마들 같으니라고! 그리고 그 크리스털 얘기는 뭐고, 악마 여왕은 또 뭐니?"

"셈 선생님, 악마 여왕으로 변한 타라에 대해서는 알려고 하지 마세요." 칼이 끼어들었다. "내가 이제껏 본 것 중에서 가장 끔찍했어요. 악마 여왕이 지배했다면 우리 행성을 벌써 침략했을 거예요. 그 여왕에 비하면 악마들은 정말 시시할 정도니까요!"

"시시할 정도?" 드래곤이 믿기지 않는다는 듯 되물었다.

"여왕보다는 악마들이 좀 수월할 거란 뜻이에요." 무아노가 칼을 향해 눈을 굴리면서 말했다. "그리고 크리스털은 살아 있는 석영인데 타라가 이곳으로 가져왔지만 해방되었다는 걸 알아차리는 즉시 사라져 버렸어요."

드래곤은 아가리를 벌리다가 둔탁한 소리를 내면서 다물었다.

"믿을 수 없는 일들이야. 타라, 이제 내 방으로 가자. 할 얘기가 아주 많을 것 같구나. 크산디아르, 우리에게 아주 소중한 타라를 도와줘서 고맙네."

친위대장은 세네의 놀리는 듯한 눈길을 받으면서 드래곤에게 허리를 숙여 인사했고, 타라를 따라가서 림보에 대해 좀 더 듣고 싶지만 다시 보초를 섰다.

"실버라고 했던가? 자네는 잠깐 기다리게. 인식 패스가 없으니까 팔을 내밀게."

실버가 약간 경계하면서 왼팔을 내밀자 드래곤이 인식 패스를 팔에 박아 넣었다.

"우리는 늘 왕과 왕비를 시해하려는 위협을 받고 있다. 그래서 궁전 안에서는 인식 패스를 지니고 있어야 출입할 수 있다."

실버가 살 속에 박히는데도 아프지 않은 인식 패스를 신기하게 쳐다보는 사이에 타라는 말했다.

"반지는 아더월드의 여러 정부를 공격해놓고서 마지스터의 소행으로 믿게 했어요. 그래야 오무아가 공격을 받지 않으니까요. 하지만 지구에 있는 할머니와 다른 사람들은 마지스터가 범인이 아니라는 걸 알고 있어요. 이제 선생님은 어떻게 하실 건데요? 오무아를 공격할 계획이에요? 드래곤들이 가담할 건가요? 마지스터를 만났어요? 림보로 갈 때 분명히 우리와 함께 출발했는데 없어졌어요."

드래곤이 타라를 뚫어져라 쳐다보면서 파충류의 눈을 깜박거렸다.

"아! 타라, 질문이 많구나. 그중에는 대답하기 아주 복잡한 질문도 있고. 아무튼 이목을 끌지 않는 곳으로 가야겠다."

타라의 심장박동이 빨라지고 있었다. 음…… 질문을 피하는 건가? 조짐이 좋지 않은데.

셈 선생님이 돌아서서 대합실을 나가자 모두 얌전히 따라갔다.

실버는 타라 뒤에서 따라가고 있었다. 림보에서 돌아온 뒤에도 여전히 충격에서 벗어나지 못한 타라 옆으로 칼이 이동해 얘기하자 친구들이 기계적으로 걸음을 늦추었다. 자연히 앞서 가는 드래곤보다 약간 뒤처지게 되었다.

"타라, 검은 여왕으로 변해 있을 때 말이야." 칼이 물었다. "그때 네가 의식이 있었는지 모르겠지만 나를 왜 해골로 둔갑시켰는지 이유를 알아? 너무 이상해서!"

"전혀 몰라." 타라가 진지하게 대답하면서 갑자기 걸음을 멈추는 바람에 바로 뒤에서 따라가던 실버가 넘어질 뻔했다. "검은 여왕의 욕망과 욕구가 너무 생소해서 제압할 수가 없었어. 고마워, 칼. 네가 제때에 개입해서 우리 목숨을 구한 거야."

그렇게 말한 다음 타라는 칼의 뺨에 입을 맞추고 다시 걸어갔다.

칼은 입을 멍하니 벌리고 있다가 친구들의 눈길을 받으면서 쫓아갔다.

"타라, 어떻게 하면 검은 여왕으로 변할 수 있는지 자세히 좀 말해 봐. 우리 모두 양고기 꼬치구이로 끝장나기 직전이었잖아. 그런데 네가 눈 깜짝할 사이에 악마들을 공포에 떨게 했잖아."

"나는 크리스털에 접속해서 아더월드로 이르는 다리를 세우고 있었어." 타라가 말하는 사이에 다른 친구들도 다가왔다. "그런데 스파리담은 주위에 있는 사물에서 마법을 흡수해서 악마의 마법을 자유롭게 쓰게 하는 주문이었어. 정말 뜻밖이었지. 하마터면 타 죽을 뻔했어. 악마의 마법이 내 머릿속으로 들어왔는데 그냥 마법이 아니라 유혹이었어. 내가 원하는 모든 것, 내가 바라는 모든 것이 갑자기 손만 뻗으면 닿는 거리에 있는 거야."

"네가 그토록 원하는 게 뭔데?" 로빈이 물었다.

이 말에 모두 한마디씩 했다.

"나는 힘인데." 파브리스가 주뼛거리면서 말했다.

"나는 지식." 무아노는 생각에 잠긴 얼굴로 말했다.

"나는 장인의 솜씨." 파프니르는 씨익 웃으면서 말했다.

"나는 재산." 칼이 눈을 반짝이면서 말했다.

"나는 온전한 상태." 실버가 말했다.

"나는 더 이상 괴로워하지 않는 것." 타라는 흠칫 놀라는 로빈에게 시선을 고정한 채 대답했다. "사랑 때문에 상처받지 않는 것. 마법만 있으면 되니까. 마법의 유혹에 굴복했더니 검은 여왕이 되더라고."

"오랜만에 떠오른다!" 갑자기 파브리스가 탄성을 질렀다. "주홍빛에 가까운 과일 중 하나, 구리의 다른 말, 서로 싸우거나 해치고자 하는 적, 이걸 다 합하면? 감동적!"

"와우! 눈 깜짝할 사이에 문자 수수께끼를 만들다니, 너 아직 살아 있구나." 칼은 파브리스가 그토록 좋아하는 수수께끼를 언젠가부터 입에 담지도 않았던 걸 기억하면서 말했다.

"나는 이유를 알 것 같은데…… 안 그래, 파브리스?"

무아노가 방긋 웃었는데 파브리스가 돌아온 뒤로 처음 보여주는 다정한 미소였다.

"네가 알아차릴 거라고 생각했어. 타라가 마지스터보다 훨씬 강력한 걸 확인하니까 기분이 너무 좋아. 타라에 비하면 마지스터는 불타는 숲 옆에 있는 생일 케이크의 촛불이라고 할까. 마법이나 힘으로는 내가 정말 원하는 걸 얻을 수 없다는 걸 깨달았어. 마법 능력이 강력하면 나라를 정복해서 수많은 사람을 학살했을 것이고, 폭군들이 다 그렇듯 미움을 받다가 칼에 찔려서 생을 마감하겠지."

파브리스는 자신의 말에 감동한 무아노를 번쩍 안아서 빙빙 돌리다가 바닥에 내려놨는데 발그레해진 소녀는 행복한 얼굴이었다. 옆에 있던 표범은 무아노를 모욕하는 줄 알고 으르렁거렸다.

"글로리아, 나를 사랑하는 마음 변하지 않은 거지? 대답해줘, 글로리아."

"응, 물론이지. 내 사랑 바보, 당연히 너를 사랑하지!"

그렇게 말하면서 무아노는 다정하게 파브리스를 끌어안았다.

뒤에 아무도 없는 걸 느낀 드래곤이 걸음을 멈추고 돌아섰다.

"얘들아, 얌전히 좀 따라와, 제발."

"네, 셈 선생님, 죄송해요." 파브리스가 말했다.

무아노는 파브리스의 손을 잡으면서 방긋 웃었다. 타라도 기뻤다. 검은 여왕이 되었을 때 로빈에 대한 사랑을 접겠다고 말했었다. 아더월드로 돌아온 지금도 그 마법이 메아리처럼 남아 있어서 로빈의 거부가 더 이상 괴롭지 않았다. 타라는 로빈을 힐끔 쳐다봤다. 검은 여왕이 만들었던 호리호리한 엘프가 아닌데 이상하게도 혼혈의 특징인 검은 머리털이 전혀 없는 은발이었다. 얼굴도 달라진 것 같았다. 순수 혈통의 엘프처럼 눈썹이 더 치켜 올라갔고, 귀도 더 뾰족해진 것 같았다. 로빈도 거울을 보면 깜짝 놀랄 텐데.

부모님은 또 얼마나 놀랄까? 특히 로빈의 어머니는 자신이 아들에게 물려준 유일한 인간의 표시가 사라진 걸 보면 마음이 아플 텐데.

그 옆에 있는 실버는 턱을 약간 움직이고 있는데 마치 보이지 않는 누군가와 얘기를 하고 있는 것 같았다.

실버는 타라가 모를 거라고 생각하면서 이따금 눈길을 보내고 있었다. 타라에게 관심이 있다는 표시였다. 타라는 미소를 지었다. 완벽한 얼굴, 캐러멜색과 황금빛이 감도는 금발의 긴 머리, 금빛 눈과 강력한 어깨. 유혹 주문의 영향을 받을 때이긴 하지만 얼마나 로맨틱하게 사랑을 고백했던가.

타라의 얼굴이 어두워졌다. 빌어먹을 주문! 이성 교제는 이제 제로에서 다시 시작해야 했다. 로빈이 더 이상 타라를 원하지 않기 때문이다. 타라를 만나기 이전에는 인간보다 훨씬 아름다운 엘프들만 마음이 끌렸지 인간에게는 눈길도 주지 않았다고 말하지 않았던가. 하지만 타라는 실버가 곁에 있는 한 외롭지 않으리라는 것으로 위안을 삼았다.

타라는 실버에게 다가가서 미소를 지어 보였다. 하프드래곤은 움찔하더니 신사답게 타라에게 팔을 내밀었다. 둘은 팔짱을 끼고 걸었고, 타라의 마음이 가벼워졌다. 약간.

놀랍게도 살아 있는 궁전의 복도를 지나가는 것이 그리 쉽지가 않았다. 목석같은 얼굴의 경비원들이 벌써 몇 번째 인식 패스 제시를 요구하면서 신분을 확인했다. 셈 선생님과 함께 있는데도 면제해주지 않았다. 살아 있는 궁전이 삼엄한 경비를 통해 보호하는 역할을 확실히 보여주고 있었다. 경비원들이 검문하는 데 방해가 되지 않도록 벽에는 작은 크기의 액자나 벽화만 남겨놓았다. 그리고 만일을 대비하여 왕국의 많은 백작과 공작, 대군들이 궁전 안에서 거주하기 때문에 크기를 확장해놓은 상태였다. 그래서 각양각색의 켈트릴 갑옷 차림의 귀족들을 볼 수 있었다.

랑코비트는 전쟁 준비를 하고 있었다. 타라는 실버의 팔을 꼭 잡았다. 실버는 아프지만 타라의 책임감을 이해하기 때문에 가만히 있었다.

궁전 내에서 움직이는 단거리 이동의 문을 두 번 이용한 뒤에 그들은 셈 선생님의 방에 도착했다.

방은 달라진 것이 거의 없고, 호화찬란한 보물의 동굴도 여전했다. 하지만 칼의 눈빛이 신경 쓰이는지 셈 선생님이 재빨리 동굴을 사라지게 했다.

희미한 유황 냄새가 타라의 코끝을 간질였다. 갑자기 어깨를 짓누르던 짐이 가벼워지는 것 같았다. 이제는 짐을 내려놓아도 되려나.

파란빛에 은빛이 섞인 드래곤이 전용 의자에 털썩 주저앉자 그 무게에 의자가 신음소리를 냈다.

"모두 자리에 앉아. 이제는 내가 여기서 일어난 일과 타라의 질문에 대답할 차례다. 그러니까 1년 반 전에 아더월드의 여러 정부가 공격을 받았다는 것에 대해서는 알고 있지?"

"우리에게는 불과 몇 주 전이었어요, 셈 선생님." 무아노가 말했다. "그래서 타라가 그 질문을 한 거예요. 정말 불안해요."

"우리 가족은 어떻게 됐어요?" 검은 여왕으로 변했다가 아더월드로 돌아온 충격 때문에 가장 중요한 것을 잊은 타라가 생각난 듯 물었다. "할머니 이사벨라, 증조할아버지 마니투, 내 동생들 마라와 자르, 산도르 황제는 무사해요?"

드래곤이 코를 찡그렸다.

"마라와 산도르 황제의 소식은 우리도 몰라. 오무아의 황궁과 통신이 차단되어 있어서. 그 안에 억류되어 있을 것으로 추측하고 있다. 네 할머니 이사벨라는 마니투, 네 친구의 부모들과 함께 지구에 있어. 저택이 식구들에게 온갖 무기를 두 배로 공급해주고, 철통같은 방어로 잘 보호하고 있으니까 걱정하지 않아도 될 거야. 자르도 같이 있고. 네가 행방불명되었기 때문에 그들은 네 걱정을 많이 하고 있어. 너희 모두 무사히 돌아왔다는 걸 크리스털 볼로 알려야겠다."

칼이 손을 들고 얼른 말렸다.

"통신망으로 알리는 건 좋지 않을 것 같은데요?"

"크리스털 볼을 사용하지 말자는 뜻이야?" 타라가 물었다. "도청될까 봐?"

칼은 입술을 깨물었다.

"타라, 어느 나라에서나 도청은 일어나고 있어. 오무아 제국도 예외는 아니고. 크리스털리스트들에 대해서는 말할 것도 없고. 그들이야 워낙 여우 같으니까!"

타라는 한숨을 내쉬었다. 지구에서도 그런 일이 흔히 일어나는지는 모르겠지만, 아더월드는 사생활 침해 수준이 심각해서 앞으로 개선이 필요했다.

"아무튼 서프라이즈 효과를 이용하는 게 낫지 않겠어?" 칼이 말을 이었다. "타라가 돌아온 걸 반지가 늦게 알수록 좋을 텐데!"

셈 선생님의 표정이 어두워지더니 입술을 푸르르 떨었다.

"불행히도 너희가 그렇게 시끄럽게 도착했으니 지금쯤은 랑코비트 전 국민이 다 알고 있을 거다. 하지만 몇 시간 후쯤 크리스털리스트들이 너희에 대해 보도하는지 알아보마."

"뱀파이어들 얘기는 뭐예요?" 셀렌바에 대해 아주 안 좋은 기억이 있는 파브리스가 물었다. "오무아에서 정확하게 무슨 일이 일어나고 있는 거예요?"

셈 선생님은 좀 더 표정이 굳어졌다. 당황하는 건가?

"오무아 국민이 공포에 떨고 있지. 인간들이 가축처럼 피를 뽑히고 있어서. 그놈의 반지가 뱀파이어들에게 양식을 공급하기 위해 인간을 죽이지 말고 피만 뽑게 했기 때문에. 그래서 인간의 피를 먹는 뱀파이어들이 점점 늘어나고 있어."

타라는 목이 메었다. 나라가 얼마나 공포에 휩싸여 있을지 짐작이 되었다.

"하지만 왜 마법을 사용해서 영양 섭취를 하지 않을까요?"

드래곤이 한숨을 내쉬는데 노란 눈빛이 불안해 보였다.

"정상적인 피를 먹는 뱀파이어들은 마법을 사용하면 되는데 인간의 피를 먹은 뱀파이어들은 그것으로 안 된다는 거지. 인간의 피를 먹은 뱀파이어들은 그 특성상 피 못지않게 희생양의 두려움도 양식이 되는 모양이다."

칼의 천진한 얼굴이 일그러졌다.

"네, 기억나요. 유령들이 습격했을 때 인간의 피를 먹은 뱀파이어의 모습을 하고 있는데도 나는 피의 맛이 아주 싫었어요. 하지만 유령에 들린 인간을 깨물어야 했는데 그때 두 가지를 먹었던 기억이 나요. 피와 정신."

"그래서 킬라가 뱀파이어에게 깨물려서 모두 감염이 되면 인간의 피를 조달하는 데 문제가 생길 거라고 말했던 거예요." 타라가 말했다. "결국 그 악마의 반지는 피를 확보하기 위해 뱀파이어들을 지구로 보낼 거라면서."

셈 선생님이 갈퀴발톱으로 머리를 긁적거렸다.

"킬라에게 크라살비로 돌아가면 안 된다고 말렸어. 하지만 킬라는 자신이 악마의 마법에 감염되지 않을 거라고 생각했지."

"그래서 어떻게 됐는데요?"

"킬라는 버티지 못했어."

타라와 친구들은 림보를 떠나면서 지옥을 떠나는 느낌이 들었다. 그런데 지금 그들의 행성 아더월드가 지옥으로 변할 위험에 처해 있는 것이다.

"따라서 우리가 할 일은 두 가지야." 셈 선생님이 정리했다. "하나는 악마들이 들이닥치기 전에 놈들이 무슨 짓을 해놨는지 알아내는 것이고, 또 하나는 아더월드가 뱀파이어들을 위한 뷔페식당으로 변하기 전에 반지를 파괴하는 것이다."

"반지에 대해서는 아무런 도움도 줄 수가 없어요." 무아노가 호주머니에서 여러 가지 물건들을 꺼내면서 말했다. "하지만 악마들에 대해서는 도움이 될 거예요. 우리가 림보에 머물 때 수집한 것들이에요. 식물 표본과 곡물들, 그곳의 태양과 달, 별들을 여러 차례 촬영한 크리스털레오, 그리고 악마들의 도서관에서 사물 속에 갇힌 악마의 영혼들이 소진되는 과정이 담긴 비디오테이프도 발견했어요."

꼼꼼한 무아노에게 놀란 친구들의 눈이 휘둥그레져 있는 사이에 칼도 호주머니에서 뭔가를 꺼냈다.

"이건 아르칸즈가 백합 같은 식물의 가시에 찔렸을 때 내가 빌려준 손수건인데 피가 묻어 있어요. 그리고 이건 재판관이 있는 방에서 수거한 디아블로의 피예요. 털과 비늘도 가져왔고요. 이 유리병들 안에는 다른 비인간 악마들과, 인간 모습을 한 악마들의 피가 들어 있어

218

요. X라고 표시한 것이 비인간 악마들의 피, O라고 표시한 것이 인간 모습을 한 악마들의 피예요. 마왕의 털도 가져왔어요. 마왕에게 상처를 입힐 수 없어서 아쉽게도 피는 가져오지 못했지만."

칼도 친구들을 깜짝 놀라게 했다. 이런 것들을 수집하고 있는 걸 아무도 보지 못했는데.

"그건 내가 갖고 있다." 셈 선생님이 흡족하게 말했다. "내가 지난번 깔아뭉갰을 때 마왕이 내 비늘로 인해 상처가 났는데 림보에서 돌아오는 즉시 내 엉덩이에 묻은 피를 채취해놨거든."

칼의 얼굴에 짓궂은 미소가 번졌다.

"와, 쉽지 않았을 텐데 그걸 어떻게 하셨어요? 선생님의 엉덩이에 팔, 아니 발이 닿았어요?"

"다 방법이 있지." 셈 선생님이 대답은 의연하게 했지만, 악마의 피를 채취하느라고 거대한 짚단 위에 앉아서 몸을 비비 틀어야 했는데 그 모습이 정말 우스꽝스러웠다는 말은 차마 입 밖에 내지 않았다. "악마들이 무슨 짓을 저질러놨는지 연구하는 데 필요한 것을 모두 확보한 것 같구나. 브라보, 너희가 아주 훌륭한 일을 해냈다!"

"선생님은 우리를 어떻게 도와주실 건데요?" 타라가 물었다.

"글쎄, 아직은 모르겠다." 셈 선생님이 솔직하게 대답했다. "사실 나는 여기 있으면 안 되거든. 네 할머니와 나는 랑코비트를 중개로 계속 연락하고 있었다(아, 할머니가 비밀리에 누군가와 통화를 하더니, 셈 선생님이었구나. 근데 그걸 왜 숨겼을까?). 최고 비늘 세니의 배신 이후로 샤름을 도와서 치안 확립에 전념하느라고 아더월드에서 무슨 일이 일어나는지 전혀 모르고 있었어. 타라, 한 가지 묻겠다. 크라에토비르의 반지 말이다. 악마의 사물을 사용하는 것이 얼마나 위험한 일인데 너, 어떻게 그런 짓을 했니?"

"완제품이 아니었어요." 타라가 말했다. "그리고 반지는 계속 나를 도와줬어요. 한 번도 나를 해치거나 방해한 적이 없었어요. 내가 크라살비에 가서 인간의 피에 감염된 뱀파이어들을 구할 수 있었던 것은 반지가 그 뱀파이어들을 쉽게 굴복시켰기 때문이거든요. 그런 반지가 고모를 장악하고, 권력을 쟁취할 줄 내가 어떻게 짐작이나 할 수 있었겠어요? 검은 여왕이 되기 전에는 포스의 어두운 면에 대해 아무 생각이 없었어요! 그런데 이제는 알아요. 그 유혹이 얼마나 강력한 것인지!"

셈 선생님이 깜짝 놀란 표정으로 타라를 쳐다봤다.

"포스의 어두운 면? 무슨 말을 하는 거니, 타라?"

파브리스가 깔깔대고 웃으면서 설명했다.

"선생님, 지구의 영화 〈스타워즈〉에 그런 표현이 나오거든요. 악한 이들이나 선한 이들이나 모두 포스라고 부르는 걸 사용하는데 마법과 약간 비슷해요. 그러니까 포스의 어두운 면은 악마의 마법과 비슷한 거죠."

"문제는 리스베스 고모가 나보다 훨씬 냉혹하다는 거예요." 타라가 지적했다. "반지는 권력을 공유하자고 제안했을 게 틀림없어요. 나는 고모가 반지의 지배를 받고 있다고 생각하지 않아요. 스파리담으로 내가 악마의 마법과 결합했던 것처럼 고모도 반지와 결합되어 있을 거예요. 반지는 아마 고모에게 권력을 주는 것으로 만족하고 있을 거예요. 악마의 셔츠가 마지스터에게 해주는 것과 마찬가지죠. 그리고 권력과 함께 사악함이 따라오는데 마지스터도 고모도 그걸 깨닫지 못하고 있어요. 내가 검은 여왕으로 변한 것처럼 리스베스 여제도 사악한 여제로 변할 수 있다는 거예요."

"네 말이 맞을지도 몰라, 타라." 셈 선생님이 갑자기 뭔가 기억난 듯 비늘 덮인 발로 이마를 탁 치면서 대꾸했다. "이쯤에서 실버에게 양해를 구해야겠다."

실버는 소스라치게 놀랐다. 하프드래곤은 어떻게 하면 아버지를 만날 수 있을지, 그리고 악마들의 말대로 아버지를 림보에 억류해놓은 것이 아니라 정말 아더월드로 보낸 것이 사실인지 생각하는 중이었다.

드래곤이 말했다.

"이건 1년 전에 방송된 녹화 테이프인데……. 실버에게는 미안하군."

셈 선생님이 뒤쪽에 있는 크리스털 전광판을 작동하자 이미지가 나타났다.

금빛 마스크를 쓴 키가 큰 남자가 손목에 수갑을 찬 상태로 철창(마법이 통하지 않는 히플리아의 철로 만든)에 갇혀 있었다.

실버는 아연실색한 얼굴로 전광판을 향해 손을 내밀었다.

"아버지!"

하프드래곤의 고백

한심하게, 별것도 아닌
시커먼 쇳조각에 붙잡히다니

*

타라의 눈이 동그래졌다. 실버가 어찌나 창백한지 죽은 사람의 얼굴 같았다. 벌떡 일어나면서 주먹을 꽉 쥐는 모습에 보는 사람이 걱정될 정도였다. 파프니르는 불안한 시선으로 실버를 지켜봤다.

전광판에 나타난 사람은 마지스터가 틀림없었다.

"이해가 안 돼." 무아노가 중얼거렸다. "헤아릴 수 없는 영혼을 지닌 반지가 어떻게 그보다 훨씬 많은 영혼을 가두고 있는 셔츠를 이길 수 있지?"

"반지는 영혼들을 소멸시키지 않고 인간을 부리는 방법을 터득했어." 몸속에 들어왔던 악마의 마법이 생각난 타라가 부르르 떨면서 대답했다. "마지스터는 셔츠가 방어용이라면서 그 속에 있는 영혼들을 모조리 다 사용할 수 없다고 했어. 그러면 자신까지 폭발하기 때문에. 따라서 셔츠 속에 갇힌 영혼은 꽤 많이 소멸되었다고 봐야지."

"하지만 반지가 왜 저렇게 크리스털 위성 중계로 마지스터를 보여준 걸까?"

"공공의 적 1위인 마지스터를 붙잡았다는 걸 전 세계에 보여주기 위해서." 구역질을 참고 있는 듯한 실버가 말했다. "반지일 뿐만 아니라 여제이기도 하니까. 오무아를 위해서는 혁혁한 승리니까 과시하기 위해서겠지."

"그런데 셀렌바가 안 보여." 잔혹한 뱀파이어를 생각하면 이가 갈리는 파브리스가 지적했다.

크리스털 전광판이 많은 감방을 일일이 보여줬지만, 셀렌바는 없었다.

"붙잡히지 않은 모양이야." 칼이 말했다. "셀렌바가 자유롭다면 크라에토비르에게 마지스터가 붙잡혀 있게 놔두지 않을 거야. 내 생각에는 뱀파이어와 악마의 반지가 조만간 한판 대결을 펼칠 것 같은데."

"하지만 오무아의 감옥에서는 마법이 통하지 않아." 셈 선생님이 반박했다. "셀렌바는 마지스터를 구해낼 방법이 없어."

"그럼 내가 가겠습니다!" 실버가 흥분했다. "아버지를 반지의 포로로 잡혀 있게 내버려둘 수 없습니다!"

"실버, 진정해!" 칼이 말했다. "너한테는 잔인한 말이지만 네 아버지가 감옥에 갇혀 있는 걸 억울해할 이유가 없어. 그럴 만하니까! 그리고 지금은 오히려 이렇게 된 게 낫다고 생각해. 감옥에 있는 동안에는 최소한 우리 등 뒤에서 음모를 꾸미지는 않을 테니까."

하지만 실버는 아버지에 대한 걱정 때문에 다른 말은 귀에 들어오지 않았다.

"너희는 몰라! 반지가 악마의 셔츠에 접근하면 항아리에서 물을 퍼내듯 아버지에게서 모든 걸 다 빼내고 죽이고 말 거야! 그렇게 되면 반지의 힘만 더 커지는 거라고!"

"하지만 마지스터가 악마의 셔츠를 입고 있는지, 아닌지 아무도 몰라." 그렇게 침착하던 실버가 격분하는 것에 놀란 타라는 차분하게 말했다. "마지스터가 뭘 입고 있는지 반지가 모를 수도 있잖아?"

"타라, 미안하지만, 반지는 네 손가락에 끼어 있을 때 마지스터에게 일어난 일을 다 봤어. 따라서 반지는 마지스터가 셔츠를 갖고 있다는 걸 알고 있어. 내 아버지가 셔츠를 불러내지 않는 한 살아남을 가능성이 있지만, 반지가 강제로 셔츠를 유형화시킨다면 아버지는 끝장나는 거야!"

타라는 동정심이 일지 않았다. 어쨌거나 마지스터는 아버지를 죽이고 어머니를 납치하면서 한 가정을 엉망으로 만들어놓은 장본인이 아닌가. 하지만 실버의 고통을 이해할 수 있었다.

타라는 동정심을 표현하려고 애를 쓰면서 말했다.

"1년도 넘게 지난 일이야. 반지가 셔츠의 마법을 빼내는 데 성공했다면 너무 늦었어. 그리고 아직까지 빼내지 않았다면 반지가 모르고 있는 것이고. 따라서 지금은 아무것도 할 수가 없어. 미안하지만 실버, 네가 오무아로 달려가봐야 마지스터에게 아무런 도움이 안 돼."

"이쯤에서 타라, 너에게도 해줄 말이 있어." 셈 선생님이 정말 난처한 표정으로 말을 꺼냈다.

"말씀하세요, 셈 선생님." 타라는 최악의 말을 각오했다.

"네 어머니에 관한 거야."

타라는 뻣뻣해졌다.

"어머니요?"

"네 어머니는 이제 지구의 살아 있는 저택에 없다."

"뭐라고요? 하지만 엄마는……. 난 무슨 말인지 모르겠어요."

"마지스터가 육신을 소생시키기 위해 네 어머니를 어떤 기계로 에워쌌던 거 기억나니?"

그 일이 일어났을 때 셈 선생님은 그 자리에 없었지만, 낙담한 이사벨라가 크리스털 볼로 알려준 모양이었다. 낙담한 이사벨라의 모습에 드래곤의 마음이 흔들리기는 했을까?

타라는 눈살을 찌푸렸다.

"네, 물론 기억하죠. 그런데 그 기계가 왜요?"

"그 기계에 이동 장치가 장착되었던 모양이야. 마지스터가 반지에게 붙잡히기 몇 시간 전에 네 어머니의 시신이 사라졌어!"

타라는 피가 끓어오르면서 잠시 동안 숨도 쉴 수 없었다.

"어떻게 그런 일이, 하지만……."

"마지스터가 죽은 마법사들의 혼령을 돌아오게 할 수 있는 양피지를 찾으러 오무아의 황궁으로 갈 계획이었다는 말을 들었다. 그러니까 황궁으로 들어가려고 일부러 붙잡힌 것 같아."

타라는 후회가 되었다. 그 빌어먹을 양피지가 황궁에 있으면 무슨 사고가 나리라는 걸 예상해야 했는데. 양피지도 없애버려야 해!

드래곤이 생각에 잠겨서 고개를 끄덕였다.

"이런 말을 하는 날이 올 줄은 생각도 못 했다. 마지스터가 붙잡혔다니! 요컨대 마지스터는 영혼을 불러낼 때 네 어머니의 육신이 있어야 하기 때문에 오무아로 가기 직전에 빼돌린 거야. 그 뒤로는 네 어머니의 시신이 어디 있는지 모르고 있다. 잿빛 요새의 위치가 어디인지도 모르고."

"엄마는 돌아오고 싶어하지 않아요!" 타라는 질겁했다. "지금 엄마는 아빠와 함께 있어서 행복하단 말이에요. 그런데 마지스터가 돌아오게 하면 엄마의 행복이 깨지는 거예요!"

"지금은 마지스터가 갇혀 있으니까 그런 일을 하지 못할 거야." 셈 선생님이 타라의 흥분을 가라앉히기 위해 차분한 어조로 말했다.

타라는 잠시 드래곤을 쳐다보다가 안락의자에 주저앉았다.

"네, 맞아요. 실버, 네가 내 친구가 아니었다면 마지스터가 당장 즉사하면 좋겠어."

실버는 고개를 끄덕였다. 타라의 고통과 분노를 이해할 수 있었다. 하지만 그래도 마지스터는 아버지가 아닌가. 어쩔 도리가 없었다. 실버는 의자에 도로 앉았다. 지금으로서는 아무것도 할 수 없었다. 타라의 친구들과도 어울릴 수 없을 것 같았다. 이런 식으로 함께 지낼 수는 없을 텐데.

파프니르는 마치 실버의 머릿속을 읽은 것처럼 주시하고 있었다. 실버는 잔뜩 긴장한 근육을 풀려고 애를 썼다.

"에헤, 그건 좋은 생각 아냐." 칼이 말했다. "즉사는 안 돼."

타라가 무슨 말인지 모르겠다는 얼굴로 칼을 쳐다봤다.

"마지스터가 즉사하면 어디로 갈까?" 칼이 피식 웃으면서 말했다.

"당연히 비욘드월드로 가지." 파브리스는 무심코 대답했다.

그제야 모두 알아차렸다.

"아!" 파브리스가 외쳤다. "비욘드월드. 맙소사! 거기 가면 타라의 어머니 셀레나를 만나잖아!"

"아빠 단비우도!" 타라가 손바닥으로 팔걸이를 때리는 바람에 놀란 안락의자가 움찔했다. "슬루르크! 이건 정말 말도 안 돼! 비욘드월드까지 따라가서 부모님의 행복을 깨뜨릴까 봐 철천지원수가 죽지 않도록 보호하게 생겼으니!"

"타라, 새삼스러울 것도 없잖아. 네 인생은 예전부터 꼬여 있었는데." 칼이 말했다.

드래곤이 마른기침을 하고 나서 말했다.

"타라, 아까 네가 한 질문으로 돌아가자. 우리가 할 수 있는 것은 한 가지야. 기다리는 것. 지금은 반지가 다른 나라들을 공격하지 않고 있어. 반지가 수뇌부들을 장악하고 있어서 꼼짝없이 오무아의 명을 따르는 뱀파이어들의 나라 크라살비를 제외하고. 난쟁이들의 나라를 몇 번 기습했지만, 뱀파이어들은 용맹한 난쟁이 전사들을 상대하기 힘들어했지(셈 선생님이 보내는 윙크에 파프니르가 어깨를 으쓱하면서 우쭐거렸다). 게다가 군대를 일으키는 것은 그리 쉽지도 않고 시간도 많이 걸리지. 드래곤들도 개입하기를 꺼리고 있어. 반지 문제는 인간이 해결할 일이라고 생각하니까."

타라는 몸을 움츠렸다. 언제고 누군가가 이 점을 부각시킬 줄 알고 있었다.

"따라서 이 일로 림보의 악마들이 우리 세계로 몰려올 위험이 없는 한 너희 인간들이 문제를 해결하기 바라고 있다. 나야 물론 어떻게든 도와주겠지만."

"반지는 마지스터의 상그라브들도 빼냈어요." 생각에 잠겨 있던 무아노가 갈색 눈을 찡그리면서 강조했다. "마지스터도 장악하려고 했고요. 마지스터가 타라도 반지를 이길 수 없을 거라고 했어요. 그렇지만 데미데루스를 포함한 5인의 최고 마구스들은 악마의 사물들을 빼앗았지만 아무도 죽지 않았어요."

"그건 데미데루스와 최고 마구스 넷이 그 사물들을 악마들이 지니고 있지 않을 때 빼앗았기 때문이지." 지각단층 전쟁을 경험했던 셈 선생님이 말했다. "악마들이 그 사물들을 작동했다면 데미데루스는 가까이 가지도 못했을 거야. 타라가 실루르의 옥좌와 저주받은 왕홀을 파괴할 수 있었던 것도 악마들이 사용하지 않을 때였기 때문이지. 누군가가 악마의 사물이 지니고 있는 힘을 전부 사용하려고 하면 즉사할 거야."

마지스터가 셔츠의 힘을 아주 조금씩 사용할 수밖에 없다고 했는데 거짓이 아니었다.

셈 선생님이 이맛살을 찌푸렸다.

"지금은 리스베스 여제가 그 반지를 끼고 있어. 그래서 반지는 악마의 마법과 아더월드의 마법을 동시에 사용할 수 있는 것 같아. 어떤 악마도 그런 적이 없었는데. 아더월드의 마법은 즉시 악마의 몸에 이어 악마의 마법과 충돌하기 때문이지. 우리가 알기로 마지스터는 붉은 여왕을 상대하면서 처음으로 아더월드의 마법과 악마의 마법을 결합시켰어."

"하지만 나도 굉장히 많은 악마의 마법과 나의 마법을 동시에 사용했어요." 타라가 말했다. "마왕과 왕자는 나의 상대가 안 됐어요. 그러니까 나는 반지를 이길 수 있어요!"

친구들, 특히 실버가 희망이 가득한 눈길로 타라를 쳐다봤다. 하지만 셈 선생님은 머리를 흔들었다.

"반지를 상대하면서는 악마의 마법에 접근하지 못할 거야. 『금서』덕분에 악마의 마법에 대해 조금 알지. 스파리담을 이용했다면 너는 마법을 자유롭게 사용할 수 있고, 다른 악마들에게는 마법이 차단되었겠지. 그래서 마왕과 왕자가 너에게 아무것도 할 수 없었던 거야. 하지만 반지는 네가 마법을 흡수하게 내버려두지 않을 거야. 그 전에 너를 공격할 테니까. 나는 반지가 너보다 강력할 거라고 생각해."

"그럼 선생님은 우리가 반지와 싸우러 오무아로 가는 걸 반대하세요?"

"당연하지!" 드래곤이 대답했다. "그 신출귀몰하는 마지스터도 그렇게 맥없이 갇혀 있는데 그런 악마의 마법과 싸우라고 하는 것은 말도 안 되지. 반지는 타라를 아더월드로 돌아오지 못하게 하려고 별의별 짓을 다 하고 있는데 돌아온 걸 알면 틀림없이 반응을 보일 거야. 그때까지 기다리면서 어떻게 나오는지 봐야지."

"그러니까 빨리 움직일 생각이 없으신 거네요." 파브리스가 심각한 얼굴로 물었다. "왜죠? 반지가 이 행성을 위협하고 있는데. 지구도 마찬가지고요."

"그래서 내가 가능한 한 빨리 돌아온 거야. 악마의 사물들은 아주 위험하기 때문에." 셈 선생님이 아주 인간적인 몸짓으로 어깨를 으쓱했다. "내 친구 살루가 묘사하는 상황을 내 눈으로 확인하고 싶기도 했고. 리스베스는 단순히 오무아의 여제만이 아니니까."

친구들이 셈 선생님의 말을 이해하려고 생각에 잠기는 사이에 타라가 '왜 그걸 생각 못 했지?' 하는 얼굴로 말했다.

"선생님 말씀이 맞아요. 리스베스는 단순히 한 나라의 여제가 아니라 데미데루스의 후손이기도 하죠."

깜짝 놀란 로빈이 딸꾹질을 했다.

"타라와 마찬가지로, 데미데루스의 모든 후손과 마찬가지로, 리스베스 여제도 악마의 사물들에 접근할 수 있어요!"

"그래, 그래서 내가 돌아온 거야." 드래곤이 머리를 끄덕였다. "반지가 악마의 사물들을 빼앗아가려고 하는지 알기 위해서. 하지만 지킴이들은 아직 반지가 그런 시도를 한 적이 없다고 확인해주었다. 이유는 모르겠지만 아주 좋은 소식이지."

"하지만 타라의 쌍둥이 동생들인 마라와 자르 역시 데미데루스의 후손이잖아요. 그런데 마지스터가 그 아이들을 악마의 마법에 감염시켰기 때문에 지킴이들이 데미데루스의 후손이란 걸 알아보지 못했어요." 무아노가 지적했다.

"그래, 맞아." 셈 선생님이 말했다. "하지만 데미데루스의 직계후손 중에서도 리스베스처럼 마법 능력이 강력하면 악마의 마법을 제압할 수 있어. 따라서 마라와 자르와는 달리 리스베스는 지킴이들의 방어선을 통과하는 것이 가능해. 그래서 내가 1년 넘게 아더월드에 머물고 있는 것이고."

"그런데도 선생님은 반지가 두렵지 않으세요?" 내심 무시무시한 쇳조각이라고 생각하는 파브리스가 물었다.

"아더월드 사람들의 안전을 생각하면 현재로서는 인간의 피를 빨아 먹는 뱀파이어들이 훨씬 두렵지." 셈 선생님이 대답했다. "반지는 우리 드래곤들이 힘을 합쳐서 공격하면 새까맣게 태워버릴 수 있어."

"그건 안 돼요, 셈 선생님! 그러면 팅가푸르의 절반이 불타버리는데!" 타라가 반박했다.

"그래서 내가 지금은 조용히 때를 기다리자는 거야. 나는 반지를 자극해서 도시나 주민을 위험에 빠뜨리고 싶지 않다. 하지만 타라, 개입해야 될 상황이라고 판단되면 미안하지만 우리는 선택의 여지가 없어. 1년 전부터 내 연구팀이 조사하고 있지만, 크라에토비르의 반지에 대해 특별한 것을 찾지 못했다. 금지된 대륙에서 붉은 여왕이 지니고 있을 때 기록한 오래전의 자료만 겨우 얻었지. 늑대인간들이 반지에 대해 붉은 여왕이 기록해놓은 것을 전부 보내줬는데 정보가 많지 않았다. 그래서 우리는 도서관에서 더 깊이 연구를 하고 있는데 문제가 있어. 우리의 친구 살아 있는 궁전의 도움을 받는데도 연구해야 할 양피지 고문서와 책이 수백만 권에 이르거든. 평생이 걸려도 다 읽을 수나 있을는지."

파브리스가 탄식했다. 또! 무아노는 쌩긋 미소 지었다.

"반지에 관한 정보를 얻기 위해 고문서를 뒤지는 거라면 자신 있어요!" 흥분해서 얼굴이 상기된 무아노가 기뻐했다.

"그래, 너라면 할 수 있지, 글로리아." 셈 선생님이 미소를 지었다. "칼과 나는 너희 둘이 림보에서 가져온 것들을 분석하겠다. 로빈, 오무아에 있는 너의 정보원들에게 연락하기 바란다. 너는 스파이로 활동하며 궁전에서 가장 많은 시간을 보냈고, 비밀정보원들과도 관계를 맺고 있으니까."

칼이 눈살을 치켜 올렸지만, 로빈은 반응하지 않았다. 아버지가 랑코비트의 비밀정보국 국장인데 로빈이 오무아 궁정에서 스파이 활동을 하는 것은 아주 뜻밖의 일은 아니었다. 그리고 오무아 비밀정보국에서도 알고 있는 사실이었다.

"너도 없는데 네 아버지까지 지구에 가 있기 때문에 신뢰할 만한 정보가 부족했다. 많은 보고를 받고 있지만 더 많은 정보를 얻기에는 아무래도 엘프가 낫지. 뱀파이어들이 티그족 대신 친위대를 차지하고 있지만, 여제는 여전히 엘프 군대를 거느리고 있거든. 그리고 파프니르, 난쟁이들이 국경을 폐쇄했어. 아까도 말했지만 난쟁이들은 뱀파이어들의 공격을 여러 번 받은 것이 틀림없는데 무슨 일이 일어나고 있는지 자세히 알 수가 없는 상태야. 난쟁이들이 침입자들을 물리쳤다는 소식 말고는."

파프니르는 알 만하다는 표정을 지었다. 아더월드의 모든 사람과 마찬가지로 파프니르는 가까운 이웃인 뱀파이어들을 몹시 싫어했다. 동족들이 흡혈귀 같은 뱀파이어들을 갈기갈기 찢어놓는 모습을 상상하니 통쾌했다. 함께 싸우지 못하는 것이 유감스러울 따름이었다.

"실버, 타라, 너희 둘에게는 미션이 없으니까 가서 쉬어." 드래곤이 말했다.

타라가 벌떡 일어나서 항의하려고 했지만, 미션을 받은 친구들은 이미 방을 나가고 없었다.

"대단하시네요." 뽀로통해진 타라가 당차게 말했다.

"뭐라고?" 드래곤이 깜짝 놀랐다.

"모두 군말 없이 선생님의 말에 복종하게 만들다니, 정말 대단하다고요! 나도 그렇게 명령을 내릴 수 있으면 좋겠어요."

"십만 년은 걸려야 할걸!" 드래곤이 너털웃음을 터뜨렸다. "그 얘기는 나중에 다시 하자. 너도 내 말에 복종해. 검은 여왕으로 변하면서 네 몸은 엄청난 양의 마법을 견뎌야 했을 거야. 내일 아침에 일어나면 끔찍한 근육통이 일어날 거다. 레파루스로는 통증이 가시지 않을 정도로 많이 힘들 거야. 푹 쉴수록 덜 아플 테니까 어서 가서 잠을 좀 자렴. 아직 하고 싶은 질문이 많다는 걸 알지만, 내일로 미루자."

타라는 한숨을 내쉬면서 고개를 끄덕였다.

"근데 어디로 가서 자죠?" 타라가 물었다.

"살아 있는 궁전?"

유니콘이 벽에 나타났다.

"타라를 위한 스위트룸을 준비해주겠나?"

거만한 표정으로 드래곤을 쳐다보던 유니콘이 장미와 금빛 미모사로 장식된 아름다운 스위트룸에 이어서 유니콘과 요정들이 사는 풍경을 보여주었다. 타라는 미소를 지었다. 살아 있는 궁전의 임무 중하나는 왕과 왕비의 손님들을 불편하지 않게 해주는 것이었다. 궁전은 늘 타라가 좋아하는 것을 준비해주었다. 정말 집에 온 것처럼 편안했다.

"아하! 이미 준비를 하고 있었던 것 같구나." 드래곤이 흡족해하면서 말했다. "아주 좋아. 타라, 네가 필요하면 크리스털 볼로 연락할 테니까 지금은 가서 푹 쉬어."

타라가 셈 선생님과 작별하자 미션을 받지 못해서 극도로 불안해진 실버가 따라 나갔다.

멋진 실버가 정중하게 팔을 내밀자 타라는 고맙다는 미소를 지어 보이면서 팔에 매달렸다. 그런데 이미 근육통이 시작되고 있었다. 늙은이처럼 걸음을 뗄 때마다 울상을 지어야 했다.

가여운 생각이 든 실버는 타라를 덥석 들어서 아이처럼 안았다.

타라는 고마워하면서 실버의 따뜻한 목에 코를 댔다. 좋은 냄새가 났다. 드래곤의 냄새는 전혀 나지 않았다.

타라의 방을 찾아가기까지 꽤 오래 걸렸는데도 실버의 이마에 땀방울은 맺혀 있지 않았다.

"나 너무 무겁지?" 타라가 수줍게 물었다.

실버가 눈부신 미소를 지어 보여서 타라는 눈을 깜박였다.

"타라, 너는 에글롱*의 깃털처럼 가벼워."

"칼이 내가 무겁다고 해서." 타라가 약간 날카로운 목소리로 말했다.

"칼은 키가 작잖아. 그리고 난쟁이들이 키운 하프드래곤처럼 힘이 세지 않으니까. 나는 너를 안고 수 킬로미터를 걸어도 끄떡없어. 네가 유령들에게 쫓기고 있을 때도 업은 적 있잖아? 안젤리카가 했던 말 기억 안 나?"

타라는 이맛살을 찌푸렸다. 하필이면 이 순간 안젤리카 얘기를 꺼내다니. 기분이 상했다. 생긴 건 완벽 그 자체인데 실버는 정말 눈치라고는 없었다.

"그리고 안젤리카는 너보다 뚱뚱해."

아, 좀 나아졌네. 이번에는 타라가 활짝 웃어 보이자 실버는 눈을 깜박였다.

잠시 침묵이 흘렀고, 타라는 마음이 편안해졌다. 복잡한 삶 속에서 잠시 맞게 된 평온한 순간이라고 할까. 그런데 실버가 달콤한 행복을 깨뜨렸다.

"아버지가 걱정돼." 실버가 말하는 순간, 염소 몸뚱이에 사자 머리를 가진 키마이라가 나타나서 그들은 길을 비켜주어야 했다. 덩치가 우람한 키마이라가 망토를 걸치고, 멋쟁이 모자를 쓰고 있는데 랑코비트의 수상 살라타르와 비슷했다.

타라는 한숨을 내쉬었다. 정말이지 지금은 마지스터를 생각하고 싶지 않은데.

"이해해." 그렇지만 타라는 말했다. "가혹한 말로 들릴지 모르지만 실버, 너의 진정한 아버지는 너를 키워주고, 너를 가르치고, 네가 넘어졌을 때 일으켜주고, 아플 때 위안을 준 분이야. 마지스터…… 마지스터는 그냥 어두운 그림자야. 너에게 해를 끼칠 사람이야."

실버는 고개를 떨어뜨렸지만 금빛 눈이 이글거렸다.

"알아. 하지만 뭐가 가장 견딜 수 없는지 모르겠어. 수많은 목숨을 해쳤다는 것과 그런 사람이 내 아버지라는 것. 물론 둘 다겠지. 아무튼 다시 만날 때는 확실히 알 수 있을 거라고 생각하지만……."

타라는 안쓰럽게 쳐다봤다. 실버가 힘들어하고 있지만 타라는 아무것도 해줄 수가 없었다.

"마지스터는 너를 거부했어, 실버. 드래곤들은 네 어머니를 죽이고 영혼까지 소멸시켰고, 마지스터를 고문했어. 그래서 내 어머니 셀레나에 대한 비정상적인 사랑 말고는 증오심밖에 없는 사람이야."

실버가 두 팔에 힘을 주면서 타라를 세게 안았다.

"아니, 그렇지 않아. 나를 보고 울컥했어. 아버지가 감추려 했지만 나는 느꼈어."

타라는 무슨 말을 하려다가 입을 다물었다. 뭐라고 말할 수 있을까? 마지스터는 감정도 가식적으로 내보일 수 있는 사람이라고? 조작의 고수라고? 어쩌면 정말로 감격했을 수도 있는데. 그건 아무도 모르는 일이 아닌가. 그래서 타라는 침묵을 지켰다. 실버가 안도하면서 힘을 주고 있던 팔을 약간 풀었다. 벽에서 앞장서 가던 유니콘이 마침내 스위트룸 앞에서 멈췄다.

눈과 입, 귀가 문에 나타났다. 유니콘이 타라의 신원을 입력했고, 그제야 그들은 스위트룸 안으로 들어갈 수 있었다. 유니콘들의 나라 멘탈리르의 풍경과 붉은색 비즈즈즈를 타고 꿀을 수집하느라고 바쁜 화려한 요정들이 보였다. 널찍한 거실 하나, 아더월드의 최신형 매직컴과 오디오를 갖춘 방 하나, 크리스털 전광판을 갖추고 있어서 아더월드의 최근 영화를 볼 수 있는 아담한 응접실 하나, 침실 하나와 욕실 하나가 있었다. 한쪽 구석에 군락을 이룬 칼로르나의 장밋빛 꽃들은 그들이 들어가는 순간 재빨리 움츠리고 있다가 결국 그놈의 호기심 때문에 탐지기 노릇을 하는 눈 모양의 꽃잎들을 세우고 있었다.

유니콘이 타라에게 인사하는 사이에 안락의자들이 꿈틀거리면서 그들을 맞을 준비를 했다. 타라와 실버가 편히 쉴 수 있는 소파들도 나타났고, 노크 소리가 나더니 과일 주스와 케이크, 차, 초콜릿, 발분의 젖 등의 멋진 식탁이 차려졌다. 타라와 실버는 몇 주 동안 칼이 준비해온 비상식량으로 버텼기 때문에 정신없이 먹기 시작했다. 갈랑은 싱싱한 풀과 귀리를 게걸스럽게 먹어치우고 나서 잠을 자기 위해 타라의 침실에 놓인 바구니 안으로 들어갔다. 실버와 타라는 응접실에 있었다.

일단 배불리 먹자 실버는 강렬한 눈빛으로 타라를 쳐다봤다. 타라는 소파 맞은편에 놓인 거울로 재빨리 확인했지만 코끝이나 코밑에 크림이나 초콜릿은 묻어 있지 않았다.

"타라." 실버가 금빛 눈으로 지그시 쳐다보면서 진지한 얼굴로 말했다. "너에게 말해야겠어."

약간 불안해진 타라는 긴장했다. 실버가 아버지를 구하기 위해 오무아로 떠나겠다고 알리려는 건가? 하지만 실버를 떠나게 내버려둘 수 없는데 어쩌지?

"너에게 입을 맞춰도 되는지 알고 싶어."

화분에 심은 금빛 미모사가 장밋빛으로 변했다. 타라는 충격을 받은 얼굴로 쳐다봤다.

"뭐라고? 아니…… 무슨 말이야?"

"네 입술에 내 입술을 포개도 되느냐고?" 어찌할 바를 모르는 타라에게 약간 놀란 실버가 아주 진지하게 설명했다.

"아니, 내가 '뭐라고?'라는 말로 대꾸하는 걸 할머니가 아주 싫어하기 때문에 그냥 표현을 바꾼 거야."

"뭐라고, 그게 어때서?"

타라는 한숨을 쉬었다.

"아무것도 아니니까 그냥 넘어가자. 그러니까 키스하고 싶다고? 그래서 허락해달라고? 그건 좀…… 이상한데."

"응." 실버가 미소를 지으면서 담담하게 말했다. "맞아 죽고 싶지 않아서."

"나는 때려눕히지 않을 건데!" 타라는 실버를 제대로 보기 위해 긴 머리를 쓸어 넘기면서 외쳤다.

따라 하기가 시작된 건가, 실버도 똑같이 긴 머리를 쓸어 넘겼다.

"여성 난쟁이들은 만족스럽지 않을 때 때려눕히거든. 그럼 너는 허락하는 거지?" 실버가 간청하듯 말했다. "난 반드시 꼭 확인해야 돼."

꼭 확인해야 된다고? 그러니까 실버는 타라를, 정열을 불사를 연인이 아니라 실험실의 모르모트로 생각한다는 건가.

몇 분 전만 해도 아버지를 구하러 가겠다던 실버가 느닷없이 키스를 하겠다니, 타라는 갑자기 경계심이 생겼다.

"정확하게 뭘 확인하고 싶은데?" 타라가 캐묻듯 말했다.

"네가 천생연분인지 알고 싶어."

타라는 눈살을 찌푸렸다.

"너의 천생연분?"

"응, 우리 난쟁이들은……."

"너는 난쟁이가 아냐." 타라가 말을 잘랐다.

"생물학적으로는 아니지. 하지만 나의 사고방식은 난쟁이야. 따라서 나는 천생연분을 찾고 있어. 안젤리카는 천생연분이 아니라는 걸 알았고."

"당연하지. 너하고 어울리는 애가 절대 아닌데!"

타라가 쏘아붙였다.

실버는 고개를 끄덕였다.

"네가 갑자기 지구로 추방되고, 나는 아버지를 찾으러 떠나는 바람에 네가 천생연분인지 확인할 수가 없었어. 난쟁이들은 키스를 해보지 않으면 알 수 없다고 말해."

타라는 갑자기 호기심이 생겼다.

"키스를 해보면 알아? 어떻게 아는데?"

"연분이 확실하면 기절해."

"그래?"

"응."

타라는 웃음이 나오려고 했다.

"흠흠, 서로 사랑하는 난쟁이 커플이 키스하다가 꽥! 기절한다고?"

"응."

큰일 났네, 오래 버티지 못할 것 같은데. 벌써 그놈의 웃음이 입꼬리를 근질이고 있었다. 타라는 손으로 입을 막으면서 목소리를 가다듬었다.

"에이, 그러면 보통 일이 아닐 텐데! 허구한 날 기절한 사람들을 구하러 다녀야 되잖아?"

히믈리아 도처에서 키스하다가 쿵, 쿵, 쓰러지는 난쟁이 커플들의 모습이 그려지면서 타라는 킥킥 나오는 웃음을 참느라고 코를 훌쩍여야 했다. 그리 듣기 좋은 소리가 아니지만 폭소를 터뜨리지 않으려면 어쩔 수 없었다.

실버는 타라가 비웃고 있음을 느꼈다.

"그런 일이 항상 일어나는 건 아냐." 실버가 진지하게 설명했다. "타라, 그리고 이건 웃을 일이 아냐!"

웃음이 터져 나올까 봐 타라가 손으로 입을 틀어막자 이번에는 쪽빛 눈이 웃고 있었다. 정말 속수무책이었다. 타라는 심호흡을 했다.

"미안해. 그러면 난쟁이 커플은 키스할 때 어떻게 해야 되는데?"

"매트나 쿠션을 깔아."

"매트나 쿠션?"

실버가 눈을 부릅뜨고 있는데도 타라는 도저히 참지 못하고 킥킥거렸다.

"미안해, 정말 미안해. 흠흠……."

"응, 그래야 넘어져도 다치지 않으니까."

타라는 웃음을 참으려고 그렇게 노력했건만 눈물까지 나오고 있었다. 이제는 호기심이 일었다.

"내가 제대로 이해한 거라면, 나에게 키스하기 전에 네가 앞에다 매트를 깔아놓으면 내가 놀랄까 봐 물어봤단 말이지? 맞아?"

"정확해."

"그러면 좀 성가신 일 아닌가? 난쟁이가 매트를 들고 산책을 나가면 여자에게 키스를 하겠다는 뜻이겠네?"

또다시 실버가 눈을 부릅떴다.

"내 민족의 관습을 비웃는 건 좋지 않아, 타라!" 실버가 핀잔을 주었다. "아니, 천생연분일 경우에만 일어나는 일이야. 그리고 마음에 드는 짝을 만났다 싶으면 느낌이 먼저 오니까. 아무튼 난쟁이들의 집에는 곳곳에 쿠션이나 매트가 놓여 있어. 그래서 마음이 선택한 연분과는 그 옆에서 키스하면 되니까 성가실 건 없지."

웃음이 또 터져 나올 것 같은 장면을 떨쳐내려고 타라는 속으로 타민족의 관습, 타민족의 관습 되뇌면서 정신을 집중했다.

"그럼 바깥에서는 절대로 키스를 못 하겠구나." 타라가 흔들리는 목소리로 말했다.

"그렇지. 하지만 천생연분이라고 생각하면 바깥에서 하는 걸 피하지. 그리고 첫 번째 키스일 때만 그렇고 다음부터는 약해져."

타라는 대답하지 않기로 했다. 도저히 웃지 않고 말할 자신이 없었다. '아아, 약해지는구나' 이렇게 대꾸하다가는 폭소가 터지고 말 테니.

"그럼 내가 키스해도 괜찮은 거지?" 실버가 조바심을 냈다.

"하지만 너는 난쟁이가 아냐!"

"알아. 하지만……."

"난쟁이들에게만 있는 독특한 생리작용일지도 몰라. 그런데 내가 너의 천생연분인지는 어떻게 아는데?"

타라는 속으로 말했다. '내가 누군가에게 선택되고 싶기는 한 건가?' 갑자기 웃고 싶은 마음이 싹 달아났다. 마냥 웃고 있을 때가 아니었다.

"물론 시험해보기 전에는 확실히 알 수가 없어."

타라는 한 가지 꼭 짚고 넘어가고 싶었다.

"그럼 너는 나를 어떻게 생각하는데?"

"나는 유혹 주문 따위에 영향을 받지 않아. 내가 절반은 드래곤이라는 걸 잊지 마." 타라의 불안을 알아챈 실버가 대답했다. "네가 뛰어난 전사라서 너에게 끌렸어. 난쟁이들은 그 무엇보다 전사를 좋아하니까. 그리고 너는 예뻐. 키는 좀 크지만 예뻐."

"아, 그렇구나."

"그럼 이제 해도 돼?"

타라는 실버의 금빛 눈을 뚫어져라 응시했다.

"글쎄, 모르겠어." 타라는 솔직하게 고백했다. "내가 너를 사랑하는지 모르겠어. 너는 나를 선택했어도 내가 너를 사랑하지 않으면 우리 둘 다 괴로울 거야. 서로를 알려면 시간이 좀 걸릴 거야. 많은 시간을 함께 보냈다는 거 알지만…… 로빈과 복잡한 상황인 때였어. 그리고 지금은 생각이 달라졌어. 새로운 남자친구를 선택한다면 유혹 주문에 걸렸든 아니든, 마법 능력이 강력하든 아니든, 있는 그대로의 나를 받아들일 수 있는 남자를 원해."

타라의 목소리에서 아직도 가시지 않은 로빈에 대한 분노와 고통이 느껴졌다.

"멍청한 하프엘프!" 실버가 건방지게 말했다. "나는 절대 너를 버리지 않아!"

실버는 인간의 동작이라고 할 수 없을 정도로 눈 깜짝할 사이에 무릎을 꿇고 타라의 두 손을 잡았다.

너를 향하는 내 영혼이 떨리고 있네
이글거리는 네 눈빛에서 느껴지는
불안이 나를 사로잡네
나는 포로가 되어 있는데
너무 늦었을까
다른 남자가 네 마음을 훔쳐갔을까
나는 두려워
우리는 같은 운명의 영혼들
나는 묶여 있네, 타라에게.

감동을 받은 타라의 눈이 동그래졌다. 실버가 나를 위한 시를 지었다니. 타라는 미소를 지었다. 시로 감정을 표출할 수 있는 남자는 드문데……. 이번에는 타라가 미끄러지듯 바닥으로 내려와서 무릎을 맞대고 앉자 실버가 깜짝 놀랐다.

위대한 전사 실버가
모험을 시작했네
성난 괴물들을 제압하고
야수를 물리치고
끊임없이 붙잡으려고 하는
성난 송곳니들로부터
공주를 구출하네
미녀의 심장은

오직 전사를 위해서만 뛰네

미녀의 눈빛은 전사를 위해

반짝이기 때문에.

숨도 쉬지 않고 시를 읊었기 때문에 타라는 여기서 멈췄지만, 실버는 이미 정신을 차릴 수 없을 정도로 감동을 받았다.

실버는 창백해졌다가 얼굴이 붉어지면서 딸꾹질을 했다.

"나를 위해서 시를 지었어?"

실버의 얼굴을 보면, 이런, 타라는 정말 바보 같은 짓을 한 느낌이었다.

"응, 왜?"

"타라, 난쟁이들의 세계에서 이건 사랑을 고백하는 것과 같아."

타라의 얼굴이 빨개졌다.

"아, 그래? 몰랐어. 하지만 네가 무릎까지 꿇고 로맨틱하게 나한테 시를 바쳤기 때문에 나는 공주도 똑같이 해줄 수 있다고 생각했어. 그런데 남자들은 사랑을 고백할 때 왜 항상 무릎을 꿇는 거지?"

실버는 일어나면서 동시에 타라도 일으켜 세웠다.

"나는 네 마음에 들려고 무릎을 꿇었는데 너는 페미니즘을 보여준 거야."

하프드래곤이 페미니즘을 어디서 배웠지?

"미안해." 타라는 실버의 상체에 손을 대면서 말했다. "이따금 신경이 예민해지면 뇌가 이상한 반응을 하는 것 같아. 그래서 나도 모르게 순간적으로 시를 지었는데…… 네 자존심을 건드릴 생각은 아니었어. 하지만 너의 시는 정말 좋았어. 실버, 고마워."

"나는 며칠 꼬박 고민하면서 이 시를 지었는데 너는 장난치듯 눈 깜짝할 사이에 시를 지었잖아!"

타라는 속으로 한숨지었다. 실버의 기분을 상하게 했으니, 내가 왜 이렇게 자꾸 엇나가는 건지!

"내가 어떻게 하면 용서해줄래?" 타라는 항복했다.

실버의 눈에서 빛이 번뜩였다.

"키스해줘!"

예상해야 했는데. 타라는 자신이 판 함정에 자기가 빠져든 격이었다.

"너무 영악한 거 아냐, 드래곤 씨?" 타라는 얼굴을 찡그렸다. "그래, 좋아. 하지만 내가 너를 사랑하는 것이 아니라 네가 나를 선택한 거니까 키스는 네가 하는 게 좋겠어."

유치하지만 하는 수 없었다.

타라는 실버가 브볼 떼를 향해 돌진하는 포콩지르*처럼 입술을 덮칠 거라고 생각했는데 하프드래곤이 물러서서 셔츠를 벗었다.

타라는 입이 바짝 마르는 것 같았다.

"나는 그냥…… 키스만 허락했는데." 떨리는 목소리로 말했다.

실버는 아랑곳하지 않고 믿을 수 없을 정도로 현란한 동작으로 혈검을 뽑았다. 타라는 불안한 눈빛으로 뒷걸음쳤다. 오, 젤리소르의 충치여, 실버가 뭘 하는 거지?

실버는 살아 있는 궁전에게 방을 확장시키라고 명하면서 가구들에게 멀리 가라고 외쳤다. 가슴이 두방망이질 치는 타라가 밖으로 도망치려는 순간 맙소사, 실버가 춤을 추기 시작했다.

처음에는 느리고 부드럽게 움직이다 검을 파트너로 삼아 춤을 추고 있었다. 타라는 소파에 주저앉았다. 아! 실버는 타라를 죽이려는 것이 아니라 유연한 몸짓을 보여주고 싶은 것이었다. 불굴의 전사들은 아름다운 춤으로 이렇게 여자를 유혹하나? 정말 환상적이었다.

군더더기 없이 완벽한 몸짓이었다. 실버는 덩실덩실 춤을 추면서 자연스럽고 가볍게 뛰어올랐다. 강력한 근육들의 움직임이 정말 인상적이고 매혹적이었다. 맨 처음 숲 속에서 실버를 봤을 때처럼 타라는 아름다운 춤사위에 홀렸다. 그리고 차츰 춤과 같은 리듬으로 심장이 뛰기 시작했다. 쿵 쿵, 쿵 쿵, 보이지 않는 북이 박자를 맞춰주는 것 같았다. 갑자기 타라는 실버가 우아하고 유연한 힌두교의 신처럼 한 발짝 한 발짝 다가오는 걸 알아차렸다. 금빛 눈이 사자의 눈처럼 이글거리고 있었다. 먹잇감을 향해 덤벼드는 고양이처럼 다가오는 실버를 보면서 타라는 전율이 일었다. 여전히 춤을 추면서 타라의 몸에 닿을 듯 가까워진 실버가 몸을 숙이는데……

바로 그때 노크 소리가 났다.

실버의 입술과 타라의 입술 사이의 거리는 불과 1센티미터. 둘은 그대로 정지했다. 타라의 얼굴이 붉게 물들었다. 문제가 되는 것들을 모두 잊으면서 달콤한 유혹에 빠져들고 있었다.

"누구야?" 타라가 문에게 물었다.

파란색 나무 표면에 입의 형상이 나타났다.

"늑대인간들의 틸 대통령이 찾아왔습니다, 마마." 입이 정중하게 알렸다.

타라는 실버의 금빛 눈에서 시선을 떼면서 속삭였다.

"대답해야 돼."

실버가 마지못해서 몸을 세웠다.

타라는 다리가 후들거리지만 문에게 손님을 들이라고 명했는데 실버의 상체가 알몸이라는 걸 생각하지 못했다.

문이 복종했다. 후닥닥 뛰어들어오던 틸은 윗몸을 벌거벗은 상태로 검을 들고 있는 실버를 보고 눈이 휘둥그레졌다. 타라가 오히려 오해를 불러일으킬 만한 변명으로 얼버무릴 때 늑대인간이 이상한 행동을 했다.

타라 앞에 무릎을 꿇었던 것이다.

"하클라, 오! 하클라……."

격분한 고함소리에 틸은 말을 잇지 못했다.

"안 돼!" 실버가 이번에는 자제력을 잃고 소리쳤다. "내가 이미 시를 읊었단 말이오!"

틸이 벌떡 일어나서 어리둥절한 눈길로 실버를 쳐다봤다.

"뭐라고 했나?"

실버가 위협하는 자세로 휘두르는 검이 허공을 갈랐다.

"우리가 싸워야 한다면 주저하지 않겠소!"

틸이 타라를 쳐다보면서 말하는데 입꼬리가 묘하게 일그러졌다.

"왜 저러죠? 왜 나와 싸우려고 하지요?"

"타라가 아니라 나한테 말하시오, 늑대인간들의 대통령!" 실버가 고함을 질렀다.

"대통령이 나에게 불타는 사랑을 고백하려고 온 건 아닌 듯싶으니까 진정해, 실버." 타라는 하프드래곤의 흥분을 가라앉히려고 애썼다.

틸이 아연실색하는 표정을 지으면서 다시 무릎을 꿇은 자세로 앉았다.

"전혀……. 그게 아니라 어머니의 시신을 잃어버린 것에 대해 우리의 하클라에게 용서를 구하러 온 것이네."

"아!" 실버가 당황하면서 사과했다. "죄송합니다, 나는…… 내가 오해했나 봅니다."

실버가 머쓱한 미소를 지어 보이자 타라는 웃지 않으려고 입술을 깨물었다.

"그럼 이제 싸우고 싶지 않다는 건가?" 늑대인간이 물었다.

"네?" 실버는 타라의 얼굴에서 시선을 떼면서 말했다. "네, 네, 물론이죠! 타라와 말씀 나누세요."

그렇게 말하고 나서 실버는 검으로 팔뚝에 상처를 냈다.

늑대인간이 피 냄새를 맡으면서 몸을 반쯤 일으켰다.

"송곳니 형제가 되자는 뜻인가?" 늑대인간이 믿기지 않는 목소리로 물었다.

"네?"

"자네는 팔에 상처를 냈어. 우리의 관습에서 그 행동은 자네가 나의 송곳니 형제가 되겠다는 뜻이라서……."

"아니, 아닙니다." 실버가 재빨리 말했다. "내 검에 피를 먹인 것뿐입니다!"

늑대인간이 입을 멍하니 벌렸다. 틸은 아직 타민족의 마법에 익숙하지 않았다. 실버는 혈검을 상처에 대고 있다가 피가 사라지자 현란한 손놀림으로 칼집에 넣었다.

늑대인간들의 대통령은 타라와 단둘이 잘못을 고백하고 싶었지만, 실버는 자리를 피해줄 마음이 전혀 없었다. 그래서 틸은 잠시 미적거리다 포기했다.

"하클라, 내 잘못으로……."

"그렇지 않아요." 타라가 말을 잘랐다. "나는 대통령이 최선을 다해서 내 어머니의 시신을 지켰을 거라고 생각해요. 늑대인간들은 마법을 사용하지 않기 때문에 어머니의 시신을 에워싸는 마지스터의 기계에 이동 장치가 장착되어 있다는 걸 알 수 없었을 거예요. 그리고 그 기계로 마지스터는 어머니의 목숨을 구해냈어요. 어머니에게 그 사실을 전했지만 돌아오고 싶어하지 않아요. 어머니는 비욘드월드에서 아버지를 만났고, 지금 두 분은 행복하세요."

타라는 흠칫 놀라는 늑대인간의 눈에서 괴로움을 읽었다. 하지만 반창고를 뗄 때 신속하게 떼어낼수록 덜 고통스러운 것처럼 차라리 빨리 말해주는 편이 나았다.

"그녀…… 그녀가 직접 그렇게 말했어요?" 어물어물 묻는 틸의 얼굴은 어둡지만 목소리에 희망의 빛이 어려 있었다.

그러나 타라는 그 희망의 빛을 단박에 꺼버렸다.

"네, 우리가 림보에 갔을 때 재판관이 어머니를 불러주었거든요."

틸은 대꾸하지 않았고, 타라는 림보에서 있었던 일과 탈출한 경위에 대해 간략하게 알려주었다. 잠자코 듣던 틸은 셀레나를 다시 만날 희망이 완전히 사라졌다는 것을 깨닫고 절망하는 표정을 지었다.

"어머니가 전해달라는 메시지가 있어요." 타라는 부드러운 어조로 말했다.

"메시지?"

"당신의 잘못이 아니라고 했어요. 그리고 미안하다면서 진심으로 사랑했다고 전해달라고 했어요."

셀레나는 단비우 앞에서 다른 남성을 사랑했다는 말을 거리낌 없이 했다. 타라는 가식적으로 누군가를 사랑할 수 없는 어머니가 진심이라는 걸 느꼈기 때문에 전해준 것이다.

"그러니까 내가 할 일은 아무것도 없는 건가요?" 틸은 슬픔에 잠겨 있었다.

"네. 나도 미안해요. 그리고 나는 어머니의 뜻을 거역하지 않을 거예요."

타라는 어머니와 연락할 수 있다는 말을 하지 않았다. 늑대인간도 셀레나를 잊고 새로운 배우자를 찾아야 하지 않는가. 한숨을 내쉬는 틸의 어깨가 축 늘어졌다.

"고마워요, 하클라. 슬픈 소식이지만 나도 하클라와 마찬가지로 그녀의 뜻을 존중할게요. 그리고 그녀와의 추억을 소중히 간직하겠습니다."

"안 돼요."

일어나던 틸이 휘청거렸다.

"안 된다고요?"

"안 돼요. 과거 속에서 살면 안 돼요. 그렇지 않아도 늑대인간들은 당신이 순종 인간과 사랑에 빠졌기 때문에 몹시 혼란스러워했어요. 그렇다고 당장 다른 여성을 쫓아다니라는 말은 아니지만, 내 어머니는 잊고 새로운 배우자를 찾으세요. 과거 속에서 사는 건 좋지 않아요."

틸은 희미한 미소를 지었다.

"아직 어린 소녀인데 정말 합리적입니다. 하클라, 이런 이유로 우리 늑대인간들이 그토록 좋아하는 겁니다. 하클라는 정말 앞서 있는 사람이에요. 과거 속에서 살거나 관습에 얽매인 이들은 절대로 하클라를 쫓아가지 못할 거예요. 그리고 활력이 넘쳐요. 나는 우리의 하클라 타라 덩컨을 정말 존경합니다."

늑대인간의 시선이 잠시 실버에게 머물렀는데 관습에 얽매인 이들이라고 말한 것이 누구를 가리키는지 알아차릴 수 있었다. 이윽고 틸은 허리를 굽혀 정중하게 인사한 뒤에 방을 나갔다.

타라는 안도의 숨을 내쉬었다.

"휴, 조마조마해서 혼났는데 그런대로 잘 넘어간 것 같다. 넌 어떻게 생각해, 실버?"

실버가 생각에 잠긴 얼굴로 고개를 끄덕이는데 어깨 위로 흘러내리는 금발이 아름다웠다. 이어서 팔짱을 꼈는데 이두박근이 불끈 솟았다. 타라는 너무 티를 내면서 침이라도 흘릴까 입을 꼭 다물었다.

"늑대인간의 말은 일리가 있어. 너는 쫓아가기가 힘들어. 타라 덩컨, 너는 머리가 어찌나 휙휙 돌아가는지 도저히 종잡을 수가 없는 도깨비불 같아."

도깨비불? 칭찬으로 들어야 되는 건가? 타라는 아리송한 얼굴로 대꾸했다.

"아…… 그래?"

휙휙 돌아가는 머리의 소유자치고는 대꾸가 좀 시시하지만 딱히 떠오르는 말이 없었다.

둘은 머쓱한 얼굴로 서로를 잠시 응시했다. 긴 침묵이 흘렀다. 맛있는 나비에게 눈독을 들인 개구리처럼 실버의 시선이 타라의 입술에 고정되어 있었다.

"네 느낌 맞는 거 확실해?" 마침내 타라가 말했다. "실버, 나는 아무래도 아닌 것 같아!"

하지만 실버는 더 이상 기다리고 싶지 않았다. 대뜸 우람한 팔로 타라를 끌어안고 숨이 끊어지게 입을 맞췄다.

로빈이나 아르칸즈와 했던 입맞춤과는 전혀 달랐다. 실버의 입맞춤은 거칠면서 감미로웠고, 열렬하지만 부드러웠다. 그런데 놀랍게도 실버와는 달리 타라의 가슴속 심장이 얌전했다.

알아차린 건가, 갑자기 실버가 뒷걸음쳤다.

"내가 기절하지 않았어." 실버는 굉장히 실망한 어조로 말했다.

"정말 미안해." 타라가 부드럽게 말했다. "실버, 너는 정말 멋져. 하지만 나는 너에게 어울리는 상대가 아냐. 어떻게 된 건지 나는 알 것 같은데. 어쩐지 냄새가 수상하더라고."

"무슨 냄새가 났는데?" 실버가 걱정스러운 표정으로 물었다.

"어휴, 이런 말을 못 알아듣는 거 보면 네가 난쟁이인 것은 틀림없다. 내 말은 느낌이 왔다고. 네가 말했잖아, 키가 좀 크지만 예쁘다고. 그 말을 곰곰이 생각하다 깨달았어. 너에게는, 지금까지 너를 키워준 어머니가 미의 기준이라는 걸. 그리고 난쟁이들의 관습에 젖어 있는 너를 보면서 난쟁이를 사랑할 수밖에 없다는 생각이 들었어. 그런데 우리 둘 다 알고 있는 아주 기막힌 난쟁이가 있잖아. 파프니르를 위해 춤을 추는 건 어때?"

아, 제대로 짚은 건가, 실버의 얼굴이 빨개졌다. 타라는 하프드래곤이 빨갛게 될 수 있다는 걸 미처 몰랐다. 와우, 홍당무가 되었다고 해야 하나. 아무튼 얼굴이 아주 새빨개졌다.

"아니…… 할 수 없을 것 같아. 파프니르는 훌륭하지만, 너무……."

"그래, 파프니르는 네가 말하려고 하는 그 장단점을 다 갖고 있지." 타라는 당황하는 실버를 재미있어하면서 말했다. "하지만 파프니르를 상대할 때는 조심해. 나는 너를 때려눕히지 않았지만, 네가 바보같이 굴면 파프니르는 1초도 망설이지 않을 테니까!"

소매가 뒤집어졌는지 모르고 셔츠를 머리에 집어넣던 실버가 쩔쩔매자 타라가 웃으면서 도와주었다.

머리가 헝클어진 실버의 눈이 반짝였다.

"그래? 와, 정말 짜릿하겠다!"

타라는 천장을 쳐다봤다. 난쟁이들의 관습은 정말 이상했다. 파프니르가 때려눕힐 거란 말에 저렇게 좋아하다니! 사랑하는데 맞으면 좀 어떠냐는 뜻인가?

"네가 우리의 친구 파프니르에게 관심이 있는 걸 눈치챘거든." 타라는 장난기 가득한 미소를 지으면서 다시 엮어지는 분위기로 발전한 무아노와 파브리스, 칼에게 이 소식을 알려야겠다고 생각했다.

로빈은 어떡하지? 하프엘프는 실버가 타라의 마음을 사로잡고 있다고 생각하는데. 이걸 말하면 앙갚음으로 하프드래곤에게 수모를 주려고 할 텐데.

실버는 타라를 꽉 끌어안더니 쏜살같이 방을 뛰쳐나갔다. 아마도 밤을 지새우며 새로운 연인을 위한 시를 짓겠지. 타라는 킥킥, 웃음이 나왔다. 짧지만 얼마나 행복한 순간인가! 잠시나마 뱀파이어도 악마도 잊고, 미남 청년의 사랑 고백을 듣는 것 이외의 다른 건 전혀 생각하지 않았으니.

타라는 창가로 갔다. 손님들의 방이 있는 이쪽은 정원 방향이었다. 야생의 숲이 아름다웠다. 온갖 빛깔의 나무들이 파랗고 빨간 수풀 위로 향기로운 가지들을 뻗고 있었다. 원예사들이 바쁘게 움직이면서 꽁무니를 쫓듯 따라다니는 수레에 연장을 정리하는 반면에 궁인들과 손님들은 한가로이 산책하고 있었다. 두 태양이 저물자 타라는 궁전에게 신선한 공기를 마실 수 있게 창문을 열어달라고 부탁했다. 황혼의 미풍에 긴 머리카락이 휘날렸다. 타라는 산도르 황제가 가르쳐준 대로 쓸데없는 생각을 떨쳐내기 위해 숨을 깊이 들이쉬었다 내쉬기를 반복하면서 아름다운 풍경을 감상하는 데만 정신을 집중했다. 그리고 요가에서 말하는 일종의 자기 체면 상태에 들어갔다.

방심하지 않았다면 타라가 이렇게 당하는 일은 없었을 텐데. 실버와의 일로 정신이 반쯤 나가 있지 않았다면 조심했을 텐데. 아마도.

호시탐탐 기회를 엿보는 자객에게 이런 순간이 오다니. 이런 행운이 또 있을까? 그들은 열 명이고, 그중 몇몇은 악마의 반지가 정부를 장악하기 이전부터 오무아에서 보낸 스파이들인데 원예사로 위장하여 일하면서 밤낮으로 궁전을 감시하고 있었다. 그런데 창문이 열려 있는 걸 보고 자객은 눈을 의심할 뻔했다. 드디어 미션을 이행할 때가 온 것인가! 반지가 아더월드의 여러 정부들을 공격한 뒤로는 경비가 더 삼엄해졌기 때문에 살아 있는 궁전 안에서는 기회가 절대로 없다고 보았었다. 따라서 모두 소녀가 밖으로 나오기만 기다리고 있었는데……. 창문이 열려 있으니 절호의 기회가 아닌가.

자객은 서로 공을 세우고 싶어하는 동료 원예사들 모르게 준비했다. 괭이를 내려놓고 일어난 원예사는 파란색과 은색의 작업복에서 기다란 통을 꺼냈다. 꽃잎을 닫기 시작한 장미꽃 위로 취시통(입으로 불어 화살을 쏘게 만든 통─옮긴이)이 화살을 날릴 채비를 하고 있었다. 이윽고 화살은 타라를 향해 곧장 날아갔다.

26
중독

스물여섯 시간 내내
갑옷 차림으로 지낼 수는 없는데

*

그 화살이 목이나 가슴 또는 심장을 관통했다면 타라는 즉사했을 것이다. 하지만 화살이 날아오는 바로 그 순간 문에 나타난 입이 손님이 왔다고 알려 타라는 고개를 돌렸다. 화살이 닿기 직전, 위험을 느낀 체인지라인이 막으려고 했지만 실패했다. 하지만 화살의 속도를 늦추기에는 충분했다.

척추에 끔찍한 통증을 느낀 타라는 비명을 질렀고, 갈랑도 덩달아 비명을 질렀다. 불과 몇 시간 전에 악마의 마법에 접속된 적이 있기 때문에 무엇인지 대번에 알아차린 타라는 쓰러지면서도 본능적으로 마법을 작동하고 싸우기 시작했다. 독 같은 것이 뼛속으로, 핏속으로 퍼지고 있었다. 몇 년 전 하르퓌아의 공격을 받았을 때 느꼈던 것과 비슷한 통증이었다.

천 배는 더 아픈 것 같았다.

심장과 폐가 터질 것 같은 통증 때문에 타라는 비명을 지르고 또 지르면서 몸부림쳤고, 페가수스도 고통의 신음소리를 내고 있었다. 타라는 문이 열리는 소리도, 방에서 울리는 비명소리도 들리지 않았다. 이번에는 늘 하던 것처럼 외부에 정신을 집중하는 것이 아니라 몸속에서 공격하는 마법과 싸워야 했다. 타라는 훨씬 강인한 뱀파이어로 변신하려고 시도했지만, 할 수가 없었다. 악마의 마법이 신경계 기능을 정지시켰기 때문에 겨우 숨을 쉬는 정도의 힘밖에 없었다. 타라는 생명 유지에 필수적인 기관들을 보호하기 위한 마법을 작동했다.

어찌나 힘든 싸움인지 몇 시간이 지난 것 같았다. 타라는 차츰 공격을 저지하기에 이르렀다. 타라의 마법은 강력하지만, 불행히도 몸속을 갉아먹고 있는 무언가를 완전히 제압하기에는 에너지가 충분하지 않았다. 자이언트 거미 한 마리가 척추에 달라붙어서 공격하는 느낌이었다.

타라는 잠시 정신이 들었다. 방에 있는 것이 아니라 의무실에 누워 있고, 많은 사람이 걱정스러운 얼굴로 둘러서 있었다. 셈 선생님, 눈이 빨개진 로빈, 칼, 파브리스, 눈물을 뚝뚝 흘리고 있는 무아노, 도끼를 움켜잡고 있는 파프니르, 실버……, 아니 실버는 보이지 않았다.

"아파." 타라는 힘없이 말했다.

맞은편의 대형 거울 때문에 타라는 깜짝 놀랐다. 눈앞에서 번쩍거리는 이 크리스털은 뭐지? 타라는 갑자기 알아차렸다. 샤먼이 타라의 생명지수 신호를 체크하고, 영양을 공급하면서 생명을 붙잡기 위하여 크리스털을 씌워놓은 것이었다. 주위에는 마법과 코드로 연결된 수많은 의료 기기들이 깜박거리면서 신호음을 내고 있었다.

페가수스도 옆에 누워 있는데 상태가 좋지 않았다.

그것이 타라가 본 전부였다. 타라는 다시 안간힘을 다해 몸속의 독과 싸웠다.

그러고는 어둠과 빛이 이어졌다. 때로는 타라가 이겼고, 때로는 타라가 졌다. 심장박동이 약해지고 있을 때 밖에서 도와주는 느낌이 들었는데 갑자기 심장이 멈췄다.

믿을 수 없는 경험이었다. 한동안 완벽한 침묵이 흐르고 있었다. 쿵 쿵, 피가 순환되지 않고, 폐가 공기를 흡입하지 못하면서 의식이 흩어졌다. 산소가 부족하기 때문에 뇌 속이 어두워지기 시작했다. 타라는 빛이 나타날 것이고, 그것이 비욘드월드로 건너갈 수 있는 다리가 되어준다는 걸 알고 있었다. 싸우는 데 지쳤기 때문에 정말 부모님이 있는 곳으로 떠나고 싶었다. 몸이 전기 충격을 받고 심하게 흔들렸다. 죽을힘을 다하는 병사처럼 심장이 힘겹게, 아주 천천히 다시 뛰기 시작했다.

몸이 불덩어리처럼 뜨겁다고 느껴졌을 때는 얼음주머니와 눈주머니들이 앞다투어 도와주는 덕분에 열이 떨어졌다. 주위에서 느껴지는 사랑과 격려에도 불구하고 이따금 칠흑 같은 어둠에 휩싸였다.

그리고 절망. 타라는 너무나 오랫동안 사투를 벌이고 있는 느낌이었다. 갈랑은 영혼의 동반자가 정신을 놓지 않도록 있는 힘을 다해 고통을 덜어주고 있었다.

마침내 깨어 있는 시간이 아주 조금씩 늘어났다. 기승을 부리던 통증이 약간 수그러들고 있었다. 몸이 회복되지는 않았지만, 척추에 들러붙은 채 야금야금 갉아먹으면서 등을 장악하려고 하는 흉측한 거미의 공격을 막아낼 정도의 힘은 있었다.

이제 타라는 등에 있는 것이 무엇인지 알아차릴 정도로 의식이 또렷해졌다. 그건 그냥 악마의 마법이 아니었다. 척추 안에 있는 것은 반지의 일부분이라는 걸 알아차렸다. 작은 화살 속에 삽입되기 위해 반지가 여러 조각으로 나뉜 것이 틀림없었다. 그래서 타라가 제압하지 못했던 것이다. 단순한 악마의 마법이었다면 물리쳤을 텐데. 크라에토비르의 반지 조각이라서 불가능했던 것이다.

목숨을 부지하려면 타라의 마법이 스물여섯 시간 내내 작동하고 있어야 했다. 다행히 머리 위에서 도와주고 있는 살아있는 돌의 힘이 느껴졌다. 타라는 살아있는 돌이 이런 정도의 마법을 유지하기 위해 어떤 희생을 치르고 있을지 알지만 달리 방법이 없었다. 그래도 죽을 수는 없지 않은가. 아직은 아더월드에서 해야 할 일이 많은데! 가증스러운 반지에게 절대 굴복해서는 안 될 일이었다.

타라는 두 눈을 번쩍 뜨고 비명처럼 외마디를 내뱉었다. 빛이 너무 강했다. 즉시, 누군가가 빛을 약하게 해주었다. 타라는 안도의 숨을 내쉬었다.

"고마……." 타라는 너무 소리를 질러서 쉰 듯한 목소리로 말했다.

"오, 나의 드래곤 조상들이시여, 고비는 넘긴 것 같구나." 안심한 목소리가 대꾸했다.

타라는 얼굴 근육이 너무 당겨서 미소조차 지을 수 없지만 셈 선생님이라는 걸 알았다.

"무슨……?" 타라는 간신히 말문만 떼었다.

"네가 테러를 당했어, 타라." 용케 알아들은 셈 선생님이 대답했다. "궁전의 원예사 여러 명이 오래전부터 오무아 정부가 심어둔 고정 스파이들이었어. 네가 아더월드에 돌아오자 반지가 즉시 스파이들을 가동시켰던 거야. 그들 모두 마법 도구가 아니라서 탐지되지 않는 취시통을 지니고 있었고, 여러 개의 화살에서 반지의 조각들이 발견되었다."

아! 타라의 추측이 맞았다.

"원예사로 위장한 스파이가 너를 향해 화살을 쏘았을 때 체인지라인의 저지로 화살이 네 몸을 뚫고 심장에 이르지는 못했다. 하지만 화살이 빠져나가지 못하고 척추의 뼛속 깊숙이 박혀버렸어. 오, 드래곤들의 신 샬리돈라인쉬보라쉬부여, 난 정말 네가 죽는 줄 알고 얼마나 떨었는지 모른다!"

"아파……." 타라가 말했다.

"잠깐만, 물을 좀 줄게." 다른 목소리가 말했다.

무언가가 입술에 닿자 타라는 본능적으로 입을 벌렸다. 빨대였다. 타라가 빨아들이자 시원한 물이 목구멍으로 넘어갔다. 갈랑이 흡족한 울음소리를 내자 타라는 안도의 숨을 내쉬면서 눈을 도로 감았다.

"고마……."

"살아줘서 고마워, 내 사랑!"

통증에도 불구하고 타라는 즉시 한쪽 눈을 떴다. 아직은 잘 보이지 않지만 타라는 목소리를 알아봤다. 로빈의 목소리. 환청을 들은 걸까? 아니면 하프엘프가 정말로 '내 사랑'이라고 부른 걸까?

잘생긴 얼굴이 가까이 다가왔다. 타라는 나머지 눈을 떴다. 오! 그런데 로빈의 얼굴이 겁에 질려 있었다!

"너…… 겁에 질려 있어." 타라는 아주 천천히 문장을 말하는 데 성공했다.

"당연하지." 로빈이 평온하게 말했다. "여섯 번이나 너를 잃을 뻔했는데. 타라, 네가 쓰러진 지 스무 날하고도 여섯 시간 육십칠 분33이야. 그 스무 날하고도 여섯 시간 육십칠 분이 지옥이었어."

타라가 무슨 말인지 이해하는 데는 몇 초가 걸렸다. 여섯 번? 여섯 번이나 죽을 뻔했다고?

"그렇게 많이……." 타라가 말했다.

"그냥 쉬게 내버려둬." 누군지 모를 목소리가 말했다. "아직 안심할 단계가 아니고, 타라의 마법은 여전히 악마의 마법과 싸우고 있어. 셈 선생님? 그 점에 대해 얘기를 좀 해야겠어요."

타라는 반박하려고 했지만 다시 반혼수상태에 빠졌다. 다행히, 타라는 마법이 자동으로 조정되도록 성공했기 때문에 직접 악마의 마법과 싸울 필요는 없었다.

다음 날에야 다시 깨어난 타라는 반지가 무슨 짓을 해놨는지 깨달았다.

타라는 눈을 떴는데 이번에는 모든 것이 훨씬 또렷하게 보였다. 뭐야, 위급하다는 연락이라도 받고 온 건가? 친구들이 모두 심각한 얼굴로 말없이 머리맡을 지키고 있었다. 셈 선생님은 가장 즐기는 늙은 마법사의 모습을 하고 있었다. 궁정의 샤먼 밤새 박사도 보였다. 아!

....

33. 아더월드에서 한 시간은 100분이다.

누군지 모르겠던 목소리가 바로 밤새 박사였구나.

"안녕." 타라는 친구들에게 미소를 지어 보면서 힘없이 말했다. "너희를 봐서…… 기뻐."

"네가 깨어나서 나도 기뻐." 칼이 제일 먼저 대답했고, 친구들도 안도하면서 한마디씩 했다.

하지만 타라가 예상하던 열렬한 반응이 아니었다. 뭐야? 왜 이렇게 밋밋해? 박수를 쳐주지도, 탄성을 질러주지도 않는 건가? 기적적으로 살아난 게 아닌가? 페가수스만 얼굴을 핥고 날갯짓을 하면서 기쁨을 표시했다. 갈랑은 타라가 살아난 걸 몹시 기뻐했다. 얼마나 공포와 불안에 떨었으면 날개의 깃털이 뭉텅이로 빠져버렸을까! 은빛 털에 윤기가 흐르지 않는 걸 보면 갈랑도 좋지 않은 상태였다. 쓰다듬어주고 싶지만 기력이 없어서 손을 들 수 없는 타라는 정신적으로 사랑하는 마음을 보냈다.

그때 갑자기 샤먼이 말하는 바람에 페가수스와의 정신적인 대화가 중단되었다.

"뇌 상태를 지켜보고 있었다." 샤먼이 말했다. "네가 깨어나는 걸 보고 친구들을 오라고 했다. 그게 더 쉽다는 생각이 들어서."

타라는 눈살을 찌푸렸다. 아니, 사실은 너무 고통스럽기 때문에 저절로 눈살이 찌푸려졌다.

"더 쉬워요?"

의성어나 짧막한 말로 표현하는 것이 이제는 수월해졌다.

"아무래도 친구들이 있으면 너에게 의욕을 불어넣기가 쉬우니까."

타라의 심장이 더 빠르게 뛰기 시작했고, 어딘가에서 삐삐, 삐삐,

울리기 시작했다. 샤먼이 손짓을 하자 신호음이 약해졌다.

샤먼이 조금이라도 시간을 끌고 싶은 듯 심호흡을 했다. 선뜻 말을 꺼내지 못한다는 건 좋지 않은 징조인데. 이윽고 샤먼이 폭탄성 발언을 했다.

"반지 조각이 너의 척추에 박혀 있어. 우리는 네가 그 조각의 사악한 마법을 제압하거나 저지하는 순간을 지켜보고 있다가 빼내려고 했다. 그런데 맙소사! 과학과 마법을 총동원하여 온갖 노력을 했지만 실패했어. 두 번 시도했는데 두 번 다 아무런 경고도 없이 네 심장이 멎는 바람에 너를 잃을 뻔했고, 그 뒤로는 너무 위험해서 시도하지 못하고 있다."

이상했다. 타라는 한 번밖에 기억나지 않았다. 하지만 샤먼이 말을 이었다.

"내시경 크리스털을 이용해서 악마의 마법이 어떤 영향을 주었는지 살피다가 네 몸속에서 네가 지배하고 있는 영역과 반지가 지배하는 영역을 볼 수 있었다."

타라는 오만상을 찌푸리는 것으로 그까짓 쇳조각을 파괴하지 못해 이 지경으로 만들어놓느냐는 불만을 표시했다.

"그런데 반지가 지배하고 있는 영역이 운동 기능을 담당하는 아주 중요한 부위라는 것이 문제야."

타라는 이제야 상태를 알아차렸다. 또 다른 의료 기기가 요란하게 삐삐, 울렸다.

샤먼이 따뜻한 손으로 타라의 팔을 잡으면서 말했다.

"미안하구나, 타라 덩컨. 너는 마비되었어."

27
타라

상황을 복잡하게 만드는 데는
마법을 따라올 만한 게 있을까

*

아연실색한 타라가 두려움에 떨고 있어서 샤먼은 재빨리 의료 기기의 신호음 소리를 낮추었다.

"네 몸에 아무것도 주입할 수가 없어." 샤먼이 정말 난처한 얼굴로 말했다. "내 마법이 너의 마법을 잘못 건드려서 악마의 마법이 자유롭게 풀려날까 봐 변변한 치료도 못 하고 있어. 그러니까 흥분하면 너의 심장과 뇌가 견뎌내지 못할 거야. 제발 진정하기 바란다."

샤먼을 밀치고 나타난 로빈이 아름다운 크리스털 눈으로 응시했다.

"내 사랑, 내 연인, 진정해. 우리는 벌써 몇 번째 최악의 시련을 겪어왔어. 이번에도 틀림없이 극복할 수 있어. 나를 믿어."

로빈은 다정한 손길로 땀에 젖은 타라의 금발을 쓰다듬어주었고, 타라의 심장박동이 차츰 안정이 되었다. 삐삐, 삐삐, 신호음 간격이

다시 벌어지자 모두 안도의 숨을 내쉬었다.

로빈이 분명히 '내 사랑'이라고 불렀는데……. 그 순간 통증이 몰려오는 바람에 타라는 로빈이 무슨 말을 했는지조차 잊어버렸다.

"레…… 파…… 루스?" 타라는 힘겹게 중얼거렸다.

"해봤지." 로빈이 괴로운 목소리로 대답했다. "그 쇳조각이 치료를 위한 마법을 밀어내고 있어. 하지만 아직 해보지 않은 것도 많으니까 걱정 마, 타라! 우리는 반드시 너를 구해낼 거야."

그렇게 말하고 로빈은 타라의 이마에 입맞춤을 했다. 타라는 눈을 감았다. 이제야 팔과 옆구리는 느낌이 있지만 등 아래쪽과 다리는 전혀 감각이 없다는 걸 알아차렸다. 샤먼의 말이 맞았다. 타라는 마비된 것이다.

"완전히 마비된 건……." 타라가 말했다.

"그래, 완전히 마비된 건 아냐. 천만다행으로 사지마비가 아니라 반신불수야. 기력을 찾으면 다리 대신에 마법을 사용해서 걷는 훈련을 받게 될 거다. 그리고 얼마 되지 않아서 아무 일도 없었던 것처럼 될 거야."

도대체 무슨 말을 하는 거지? 다리 대신에 마법을 사용해 걷다니, 말도 안 되는 소리!

"반지를 파괴해야 돼요." 이번에는 타라가 명확하게 말했다.

"쇳조각에 접근할 수가 없어. 시도하는 즉시 네가 심한 경련을 일으켜서."

"내가 아니라 반지를 파괴하라고요."

반지를 파괴하면 그 조각은 힘을 잃을 것이 아닌가.

"그건 불가능해, 타라." 로빈의 말을 들으면서 타라는 그 목소리에서 얼마나 절망하고 있는지 느낄 수 있었다. "뱀파이어 친위대가 리스베스 여제를 지키고 있어서 접근할 방법이 전혀 없어. 여제는 궁전 밖으로 나오지 않기 때문에 밖에서 공격할 수도 없고."

타라는 바람 쐬는 걸 그토록 좋아하는 고모가 얼마나 스트레스를 받을지 떠올려봤다. 무슨 일이 일어난 건지 의식한다면 궁전에 틀어박혀 있는 것에 몹시 화를 낼 텐데. 고모가 크라에토비르의 반지와 공범이라면 몰라도. 그것은 알 길이 없었다.

"이렇게 마비된 상태로 있을 수는 없죠, 반지를 파괴해야지!" 타라가 신경질적으로 분노를 터뜨렸다.

흥분한 타라와 삐삐, 삐삐, 신호음이 울리는 의료 기기들을 보면서 셈 선생님이 나섰다.

"타라, 진정해. 이렇게 흥분하는 것은 아무런 도움이 되지 않아. 네가 이렇게 마비되어 힘을 못 쓰게 되었으니 어차피 반지를 파괴할 수 있는 건 드래곤들밖에 없어. 그리고 현재는 드래곤들이 나서길 거부하고 있는 상황인데 무턱대고 반지를 공격하면 팅가푸르가 엄청난 피해를 입는다는 걸 생각해야지. 네 다리의 감각을 되찾겠다고 국민을 희생시켜도 된다는 거니?"

드래곤의 말이 백번 옳지 않은가. 타라는 셈 선생님이 미웠다. 눈을 감고 눈물을 참으려고 했지만 소용없었다.

"아뇨." 타라는 하는 수 없이 중얼거리듯 말했다. "희생시키면 안 돼요."

"암, 그래야지." 셈 선생님이 말했는데 유감스러운 표정이었다. "하지만 타라, 우리는 방법을 찾을 거야. 무슨 일이 있어도."

고개를 끄덕이던 타라는 심한 통증 때문에 까무러쳤다.

타라가 의식을 되찾았을 때는 밤이었다. 타라가 눈을 뜨자마자 어디선가 삐삐, 삐삐, 울리자 어둠 속에서 욕설이 터져 나왔다.

"오, 젤리소르의 충치여! 누가 저놈의 소리 좀 죽여주라."

칼의 목소리였다. 타라는 빙긋이 미소를 지으면서 응수했다.

"의료 기기가 멈추면 나는 죽는데……."

칼이 침대를 향해 후닥닥 뛰어왔다.

"타라! 깨어났구나! 휴, 다행이다! 미안해. 너는 움직이지도 않는데 저놈의 삐삐, 소리만 시끄럽게 울려서 잠시라도 눈을 붙일 수가 있어야지. 밤을 새워야 하는데."

타라는 깜짝 놀랐다.

"밤을 새워?"

칼이 눈을 비비다가 두 손으로 머리를 더 헝클어뜨렸다.

"응, 너를 혼자 두면 절대로 안 되거든. 네가 괜찮은지 확인도 해야 하지만 여기 있는 사람들을 아무도 믿을 수가 없기 때문에. 오무아의 스파이들이 어디에 또 숨어 있을지 모르잖아."

타라는 친구들이 한순간도 곁을 떠나지 않았다는 걸 알았다. 눈물이 나오려고 하자 또 삐삐, 삐삐, 울렸다.

칼이 깜짝 놀라서 물었다.

"타라? 어디 아파? 샤먼을 부를까?"

"아니, 좋아."

뛰어나가려던 칼이 멈춰 섰고, 어리둥절한 얼굴로 타라를 쳐다봤다.

"아픈 게 좋다고?"

"아니, 너 좋아."

칼의 얼굴이 불안에 사로잡혔다.

"오, 열이 많이 나는구나, 헛소리하는 걸 보면!"

타라는 웃음을 꾹 참았다. 웃으면 너무 아프기 때문이었다.

"다른 애들 좋아."

"다른 애들도 좋다고?"

"응."

칼은 안도하는 표정이었다.

"우리도 너를 좋아해, 알지?"

"응."

"기분은 어때?"

척추에 박힌 악마의 사물과 싸우느라고 끔찍하게 힘들고, 마비까지 되었는데 기분이 좋겠어? 하고 타라는 대꾸할 뻔했지만, 말이 너무 길었다.

"나빠." 타라가 대답했다.

칼은 이맛살을 찌푸렸다.

"너에게 아무것도 해줄 수가 없어. 진통제도 마법도. 타라, 정말 미안해. 누군가가 너를 공격하리라는 걸 생각해야 했는데. 내가 멍청했어."

"아냐."

"맞아."

"아냐."

268

계속 이렇게 오랫동안 얘기할 수 있으면 좋을 텐데. 타라는 다시 혼수상태에 빠졌다. 머릿속에서 한 가지 의문이 맴돌았다. 평생을 이렇게 고통스럽게 살아야 하는 걸까? 참을 수 없었다. 타라는 얼마나 더 버틸지 알 수가 없었다.

다시 깨어났을 때는 마치 끈적끈적한 거미줄이 걷어진 것처럼 훨씬 정신이 맑았다.

"안녕, 타라." 샤먼이 미소를 지었는데 웃는 걸 본 적이 없어서인지 이상해 보였다. "쇳조각과 직접 싸우지 않아도 독성의 영향을 제한할 수 있는 물질을 네 몸에 투입하는 데 성공했다."

샤먼은 희망을 품은 타라의 시선이 다리 쪽으로 향하는 걸 보고 미소가 사라졌다.

"아니, 아직은 우리가 이긴 게 아냐. 하지만 그 물질이 통증을 억제해줄 수 있지. 너는 생각도 명확해지고, 깨어 있는 시간도 길어질 거야. 그리고 이제부터 몇 가지 테스트를 해볼 거니까 너무 놀라지 마." 샤먼이 타라의 침대를 둘러싸는 의료 기기들을 만지면서 물었다. "어떠니?"

혈관에 불이 붙는 것 같은 통증에 타라는 비명을 질렀다. 질겁한 샤먼이 의료 기기의 손잡이를 돌리면서 욕설을 내뱉었다. 슬루르크! 슬루르크! 슬루르크! 이날 타라가 들은 소리는 그게 전부였다.

하지만 샤먼은 그만둘 생각이 없었다. 그리고 다음 날은 타라를 안정시켰는지 비명소리가 나지 않았다. 타라는 여전히 독을 느끼고 있지만, 통증이 아주 조금 약해진 것 같았다.

통증을 1에서 10까지의 단계로 나누고, 가장 심한 통증을 10이라고 할 때 현재의 통증은 7단계쯤 된다고 할까. 고통스럽지만 참을 수 있었다. 이따금 타라의 마법 공격으로 거미가 약간 움츠러들었고, 통증을 4단계로 내릴 수 있었다. 이 정도만 돼도 살 것 같았다.

차츰 타라는 두 가지 생각을 할 수 있었다. 생각도 깊어지면서 작전을 짤 수도 있게 되었다. 그래서 상황이 어떻게 돌아가고 있는지 소식을 알고 싶었다. 여러 번 반수면 상태에 빠졌고, 타라는 여러 종류의 폭발음을 들었다. 그리고 타라를 보러 온 무아노가 한두 번 야수로 변신했다가 털이 살짝 탄 모습이 어렴풋이 기억났다.

마침내 타라는 한 시간에서 두 시간, 세 시간으로 깨어 있는 시간이 점차 길어졌고, 숨을 쉴 때마다 고통에 시달리는 횟수도 점점 줄어들었다. 그리고 무아노가 왜 이상한 표정을 지었는지 알았다.

타라를 죽이려는 테러 사건이 또 일어났던 것이다.

두 번이나 더.

칼, 무아노, 로빈, 크산디아르, 세네는 여전히 지구에 있는 랑코비트의 비밀정보국 국장이자 로빈의 아버지인 탕딜루스 망질의 원격 지원을 받아서 거의 난공불락의 방어 시스템을 구축했다. '거의'라고 한 것은 완전한 난공불락의 시스템이란 존재하지 않기 때문이다. 도움을 주게 된 것이 기쁜 살아 있는 궁전은 거의 시간마다 의무실을 옮겨놓았다. 그래서 환자들은 의무실을 찾느라고 애를 먹어야 했는데 한 타트리스족 임산부는 의무실을 찾다가 하마터면 복도에서 분만할 뻔했다.

어느 날 밤 타라 때문에 잠을 깬 칼이 말했다.

"네가 그 반지한테 무슨 짓을 했는지 모르겠지만 아무래도 원한을 품은 것 같아."

이날은 몸이 좀 덜 아프고 정신이 맑아지는 걸 느끼면서 타라가 말했다.

"내가 분명히 말할 수 있는 것은 크라에토비르의 반지를 한 번도 무시한 적이 없다는 거야!"

칼은 미소를 지었지만 눈빛은 심각했다.

"반지가 또 우리의 왕과 왕비를 공격했어."

타라의 얼굴이 하얗게 질렸다.

"베어 왕, 티타니아 왕비, 부상당했어?"

"아니, 근위대와 최고 마구스들에게 에워싸여서 무사했지만, 최고 마구스 두 분이 사망했어."

타라는 공포에 질린 얼굴로 잠자코 있었다.

"내가 여기 있는 한 모두 위험해질 거야." 타라는 가슴이 아팠다.

"아니, 그건 아냐. 우리가 림보로 가기 이전부터 반지는 이미 아더월드의 여러 정부를 공격했어. 정부를 흔들어놓은 다음 공격. 왕과 왕비보다는 네가 덜 위험해. 너는 지금 한 나라를 다스리는 것도 아니고, 누군가를 접견할 필요도 없으니까. 자객들에게는 접견이 절호의 기회거든. 그리고 살아 있는 궁전이 도와주기 때문에 반지는 절대로 너를 찾지 못해."

"아니, 그리 오래가지 못할 거야. 언제까지 네가 나를 지키고 있겠어. 불가능해. 반지를 제거해야 되는데."

"여기 있는 게 싫으면 지구로 갈 수도 있어." 칼이 제안했다. "좋은 생각 아냐? 지구에 가면 반지의 마법이 힘을 못 쓸 것이고, 너는 살아

있는 돌의 마법을 사용할 수 있잖아(칼은 타라의 머리 위에 충성스러운 파수꾼처럼 떠 있는 살아있는 돌을 가리켰다)."

"그래, 예쁜 타라, 타라에게 힘을 줄게." 살아있는 돌이 정신적인 목소리보다 외적인 목소리를 사용하여 응답했다.

"고마워, 돌." 감동한 타라가 말했다. "네가 늘 나와 함께 있다는 거 알아."

"돌은 타라를 아주 사랑하고, 타라는 돌을 아주 사랑해. 우리는 절친!"

"그래, 우리는 절친."

"저기…… 감동적인 대화를 방해하고 싶지 않지만 내 생각 어때?"

"그건 좀 힘들겠어. 지구에서는 나의 마법 역시 약해서 작전을 펼치기 쉽지 않으니까."

칼의 얼굴이 밝아졌다.

"아! 난 네가 그렇게 군사 용어를 사용할 때가 좋더라. 너, 작전을 짰구나."

"아직은 작전이랄 것까지는 없고, 계획이 있긴 한데 먼저 친구들과 얘기를 해야지." 타라가 정직하게 대꾸했다. "내가 이렇게 누워 있는 동안 무슨 일이 일어났는지 그것부터 알아야겠어!"

이걸 뭐라고 해야 하지? 쇳조각의 공격을 받고 쓰러졌다고 해야 하나?

"왕실 테러 말고 많은 일이 일어났지만, 특별한 건 없어. 괜찮으면 친구들에게 연락할게. 모두 달려올 거야."

"한밤중이잖아. 모두 잘 텐데."

"잠잔다는 말." 칼이 한숨을 내쉬었다. "요즘 별로 사용하지 않아서 그런지 달콤하게 들리네. 그게 무슨 뜻인지 기억도 안 나려고 해."

깜짝 놀라는 타라의 얼굴을 보면서 정신이 번쩍 난 칼은 손을 들더니 손가락을 꼽으면서 말했다.

"무아노는 밤낮으로 도서관에 처박혀 있어. 파브리스는 강아지처럼, 아니 다정한 늑대처럼 졸졸 따라다니고 있고. 로빈은 쉬지 않고 수상쩍은 자들을 추격하고 있는데 무고한 사람을 체포하는 것으로 외교 문제를 일으킬까 봐 궁정에서 숨을 죽이고 있지. 베어 왕과 티타니아 왕비는 로빈이 정보국장의 아들이고, 그동안 아더월드를 구하는 데 앞장섰던 점을 생각해 지지해주고 있지만 무슨 일이 생길까 가슴 졸이고 있어. 살라타르 수상은 한 번만 더 크라살비 대사를 위협하면 감옥에 처넣겠다고 으르렁거리고 있어. 그리고 나는 너를 지키고 있고, 파프니르는 뿌루퉁해 있지."

타라는 미소를 지었다.

"뿌루퉁해 있다고 잠을 안 자는 건 아닌데."

갑자기 호기심이 발동한 타라가 덧붙였다.

"왜 뿌루퉁해 있는데? 파프니르의 장밋빛 새끼 고양이를 놀려먹은 사람이 있었어?"

칼은 머뭇거렸다. '떠났다'는 표현이 좀 멜로드라마풍인 것 같아 타라가 들으면 또 의료 기기가 삐삐, 삐삐, 울릴까 일부러 피했던 건데.

"인사도 없이 떠난 실버 때문에 파프니르는 잔뜩 골이 나 있거든."

타라의 심장박동이 빨라졌고, 의료 기기들이 삐삐, 삐삐, 울리기 시작했다. 슬루르크!

"하지만 실버가 어디로 갔는지 아니까 진정해, 타라."

타라는 진정할 수가 없었다.

"거기 간 거지? 아버지를 구하러 오무아로 갔지?"

"뛰어난 추리." 칼이 말했다. "일단 친구들부터 부를게. 타라, 다 잘될 거야. 혈압이 너무 오르면 안 된다고 샤먼이 말했어. 그러니까 숨을 깊이 들이쉬면서 진정해, 제발."

타라는 진정하려고 노력했지만 쉽지 않았다.

칼의 말은 거짓이 아니었다. 친구들은 아무도 잠을 자지 않고 있었다. 마침내 완전히 의식이 돌아온 타라와 얘기할 수 있다는 소식에 친구들은 헐레벌떡 달려왔다. 그 짧은 시간에 칼은 예민해지고 있는 의료 기기들과 싸우면서 의무실의 간호사들이 들이닥치기 전에 타라를 안정시키느라 진땀을 빼고 있었다.

친구들이 의무실에 들어왔는데 타라보다 안색이 더 나빴다. 특히 로빈은 핏기가 하나도 없었다.

"와, 꾀죄죄하니까 너도 별수 없다, 로빈!" 칼이 능청을 떨었다.

"고마워, 또 알려줘서." 로빈이 빈정거렸다. "타라도 이미 지난번에 말해서 알고 있거든."

로빈이 피곤에 지친 손으로 얼굴을 만졌다. 은빛 머리는 여전한데 검은 머리털은 사라지고 없었다. 로빈이 다가오면서 다정한 눈길로 타라를 쳐다봤다.

"오늘은 어때, 내 사랑?"

"그리 나쁘지 않아." 타라는 거짓말을 했다. "많이 피곤해 보여. 얼마나 못 잔 거야?"

"여기저기서 시간을 토내고 있어. 크산디아르와 나는 너를 지키느라고 잘 시간이 없어."

타라는 얼굴을 찡그리다가 갑자기 미소를 지었다. 열 때문에 꿈을 꾼 건 아니겠지? 로빈이 '내 사랑'이라고 불렀어. 화가 풀린 건가?

타라가 무슨 말을 하려는데 로빈이 몸을 숙이고 부드럽게 타라에게 입맞춤을 했다.

"얼마나 겁났는지 몰라. 오! 타라, 내가 정말 바보였어. 너를 이토록 사랑하면서, 미치도록 사랑하면서 왜 그랬는지 몰라. 그까짓 주문이 뭐라고!"

고통에도 불구하고 타라의 얼굴이 환하게 빛나다가 발그레해졌다.

"내가 죽을 뻔했기 때문에 이런 말을 하는 거야? 나를 즐겁게 해주려고?"

로빈은 잠시 눈을 감았다. 타라가 이렇게 빨리 이유를 따져 물을 줄이야.

"그래, 맞아." 로빈이 노골적으로 대답했다.

그 순간 의료 기기들이 삐삐, 삐삐, 요란하게 울리기 시작했고, 이번에는 간호사 둘이 뛰어들어왔다. 그리고 의료 기기의 센서를 차단하려고 애쓰는 칼을 발견했다.

두 간호사 중에서 머리가 둘 달린 타트리스족이 눈살을 찌푸렸다.

"이 의료 기기들을……" 첫째 얼굴이 시작하자,

"만지지 말라고……" 둘째 얼굴이 말을 이었다.

"분명히 말했잖아……"

"환자의 생명지수를……"

"우리가 먼저······"

"지켜봐야 한다고!"

칼이 천진한 얼굴로 아무도 의료 기기들을 절대 만지지 못하게 하겠다고 약속하자 간호사들은 눈을 흘기며 병실을 나갔다. 타라는 여전히 흥분한 상태지만 심장을 진정시키려고 애쓰면서 로빈을 향해 상처받은 눈길을 던졌다. 그러니까 동정심 때문에 돌아온 거란 말이지? 타라가 무슨 말을 하려는 순간 로빈이 더 빨랐다.

"네가 죽어가는 걸 보면서 깨달았어. 주문 때문이든 아니든 나는 너를 사랑했으리라는 걸. 만들어진 아름다움 때문이 아니라 너의 영혼 때문에. 엘프들은 아름다워. 타라, 아름다움으로는 그 누구도 여성 엘프들의 상대가 되지 못해. 하지만 너의 아름다움도 완벽하고 눈이 부셨어. 그리고 나는 너의 영혼 못지않게 예쁜 입술, 가······ 아름다운 쪽빛 눈을 사랑해."

타라는 숨이 멎을 뻔했다. 로빈은 '가슴'이라고 말하려다가 아슬아슬하게 정신을 차렸다. 의료 기기들이 또 요란을 떨려고 하자 심장을 진정시킬 수 없는 타라는 웃었다. 칼도 간호사들이 또 들이닥치기 전에 어쩔 수 없이 모니터들의 접속을 끊어버리겠다고 으름장을 놓아야 했다.

"로빈, 정말 고맙다. 나를 웃게 만들었네. 그래서 아파."

무아노와의 결별로 가슴앓이한 경험이 있는 파브리스가 한마디 했다.

"로빈, 끼어들어서 미안한데 엘프들의 아름다움에는 그 누구도 상대가 되지 않는다는 말을 타라에게 하다니. 타라의 마음을 돌리고 싶다면 그 말만은 하지 말았어야지, 절대로!"

로빈이 반박하려고 하자 파브리스가 손을 들어서 말을 막았다.

"설사 그게 사실이라고 해도 해서는 안 될 말이야!"

"설명하기가 좀 복잡해, 타라." 로빈이 탄식하듯 말했다. "진실의 입처럼 텔레파시 능력이 있어서 네 머릿속에 있는 걸 내가 알 수 있고, 내 머릿속에 있는 걸 네가 알 수 있으면 좋겠어. 그러면……."

"그러면 입이 없어서 키스를 못 할 텐데." 칼이 천연덕스럽게 말했다.

이 말에 파브리스와 무아노는 킥킥거리는 반면에 넋 놓고 서로의 눈을 쳐다보는 타라와 로빈의 귀에는 들리지 않았다.

"그래, 너희 둘은 참 좋겠다, 사랑해서." 재치 넘치는 농담에 반응이 없는 것에 실망한 칼이 구시렁거렸다. "하지만 타라, 너는 마비되었고, 우리는 세계대전의 소용돌이에 휘말릴 위험에 처해 있다는 걸 상기시킬게. 그러니까 이제 작전이랄 것까지는 없다는 네 계획이 뭔지 말해보시지!"

타라는 마지못해 로빈에게서 눈을 떼고 칼을 째려봤다.

"너 빨리 여자친구를 찾아야겠다."

칼이 어리둥절한 표정으로 타라를 쳐다봤다.

"뭐? 무슨 상관있어?"

타라는 한숨을 내쉬었다.

"아무것도 아냐. 지금부터 내 계획을 말할게."

칼은 선물을 받으려고 손을 내밀다 거부당한 얼굴이었다. 무슨 뜻이냐고 따져 묻고 싶지만, 또다시 몰려오는 통증 때문에 눈을 감는 타라를 보면서 포기했다.

"반지를 파괴하는 작전이면 난 찬성!" 침울한 표정으로 있던 파프니르가 내뱉었다. "이젠 정말 짜증이 나서 죽을 것 같아!"

타라는 흠칫 놀랐다. 걱정하던 순간이 온 것이다. 파프니르와 맞서야 하는 순간이 왔는데 하필 병약한 상태로 자리에 누워 있을 때라니. 어쨌든 지금 당장은 안 돼.

타라는 자신의 마법과 살아있는 돌의 마법이 통증을 완화시켜주었을 때 다시 눈을 뜨면서 말했다.

"파프니르, 너에게 보여줄 게 있어. 궁전? 내 방에서 실버가 춤출 때의 장면을 보여줄래? 내가 천생연분인지 확인하고 싶다고 했던 장면부터."

파프니르는 입을 멍하니 벌리고 있었다.

"뭐, 뭐?" 난쟁이는 아연실색했다. "실버가 뭐라고 했다고?"

"파프니르, 묻고 싶은 말이 많겠지만 조금만 참고 봐. 이해하게 될 테니까." 타라가 설명했다.

파프니르는 놀란 얼굴로 타라를 쳐다봤다. 타라를 많이 좋아하고, 최고의 친구이자 최고의 전사로 생각하고 있었다. 그리고 타라가 이런 이상한 취미가 있을 거라고는 한순간도 생각하지 않았다. 검은 여왕의 잔혹한 마법과 결합되었던 후유증일까?

게다가 타라는 내가 실버를 마음에 두고 있다는 걸 알 리가 없는데, 왜 나를 지목해서 보여줄 게 있다고 했을까?

궁전이 복종했고, 잠시 후 눈앞의 벽에 타라와 실버의 모습이 나타났다. 실버가 타라에게 키스를 해도 되는지 물었을 때 기겁한 로빈이 딸꾹질을 했다.

"타라⋯⋯."

"쉿! 봐." 타라는 로빈의 말을 잘랐다.

"하지만⋯⋯."

"쉿, 그냥 보라니까!"

날카로운 목소리에 로빈은 입을 다물었다. 로빈은 안절부절못하면서 잠자코 이미지를 보고 있어야 했다.

실버가 셔츠를 벗었을 때 무아노와 파프니르의 눈이 동시에 동그래졌다. 파브리스는 눈살을 찌푸렸고, 로빈은 얼굴을 찡그렸고, 칼은 주의 깊게 보고 있었다.

"실버는 엘프보다 훨씬 잘생겼어." 타라가 웃음을 머금은 채 말했다. "그리고 나는 로빈 네가 잘생겨서 사랑하는 게 아냐. 육체적인 아름다움보다 네 영혼이 훨씬 아름답기 때문이야. 그래서 네가 실버보다 잘생긴 것이 아닌데도 마음이 네 쪽으로 기울고 있는 거야."

이 말을 들으면서 로빈은 주고받는 느낌이 들었다. 그리고 불현듯 자신이 타라에게 아주 교만하게 굴었다는 걸 깨달았다. 타라는 칭찬하는 말로 치켜세워주는데! 파브리스의 말이 맞았다. 엘프가 인간보다 훨씬 아름답다는 말은 하지 말아야 했는데.

로빈은 타라가 아직 자신을 믿지 않는다는 것도 알아차렸다. '내가 사랑하는 사람은 너'가 아니라 '마음이 네 쪽으로 기울고 있다'고 말했다. 로빈은 타라의 마음을 돌리는 것이 그리 쉽지 않으리라고 느꼈다. 그들은 머지않아 모두 죽을지도 모르는데.

실버가 난쟁이들의 관습에 대해 말할 때 친구들이 별 반응을 보이지 않자 타라는 안도했다. 비밀은 아니지만 난쟁이들이 입 밖에 내기를 꺼리는 관습이기 때문이었다. 어릴 적에 난쟁이들과 가까이 살았던 무아노는 알고 있었고, 강력한 마법을 얻기 위하여 민족에 대한 공부를 했던 파브리스도 알고 있었다. 칼과 로빈도 물론 알고 있는 관습이었다. 그래서 타라만 다시 봐도 웃겨서 킥킥, 웃음이 나왔다.

그러나 실버가 검을 들고 춤추기 시작했을 때는 모두 입을 다물고 조용해졌다.

칼은 홀린 얼굴로 유심히 관찰했다. 실버가 싸우는 모습을 본 적이 있지만 아주 잠깐이었다. 대체로 실버의 상대는 오래 버티는 경우가 거의 없기 때문이었다. 두세 번 검으로 응수하면 헐떡거리다 끝나버리기 일쑤였다. 칼은 이제야 하프드래곤의 현란한 검술을 제대로 볼 수 있었는데 정말 인상적이었다. 그래서 실버의 검술을 연구해서 훈련 모델로 삼기 위해 궁전에게 이미지를 복사해달라고 부탁하기로 마음먹었다.

뺨이 붉게 달아오른 파프니르의 눈빛이 반짝거렸다. 넋 놓고 바라보는 무아노를 보면서 파브리스가 구시렁거릴 정도였다. 그러다 실버가 타라의 입술 바로 앞에서 멈췄을 때는 모두 소스라쳤다.

"나를 응징할 방법으로 이걸 보여주는 거라면 성공이야. 축하해, 타라." 로빈이 침착하게 말했다.

"아니, 너 때문에 보여주는 게 아냐." 타라도 차분하게 응수했다. "궁전, 늑대인간의 대통령이 방문한 장면은 건너뛰고 키스하는 대목을 보여줘."

실버가 타라에게 열렬하게 입을 맞췄다. 이번에는 파프니르의 얼굴이 창백해졌다.

"타라." 파프니르가 말했다. "이건 정말……."

"좀 더 봐." 타라가 말을 잘랐다.

"하지만……."

입맞춤이 끝나고 실버가 실망한 표정으로 뒷걸음쳤다.

파프니르는 대번에 알아차렸다.

"실버가 기절하지 않았어!"

"그래." 타라가 말했다. "내가 지금처럼 이 의료 기기들에 연결되어 있었더라도 삐삐거리지 않았을 거야. 내 심장은 너무나 평온했거든. 따라서 나는 난쟁이들의 표현으로 실버의 천생연분이 아냐. 파프니르, 내가 이걸 너에게 보여주는 이유는 실버가 열렬하게 관심을 갖고 있는 상대는……."

파프니르는 실버가 하는 말에 귀를 기울였다. 그리고 하프드래곤이 파프니르 자신을 뛰어난 전사로 생각하고 있음을 알아차렸다.

난쟁이의 얼굴이 머리색만큼 빨개졌다.

"나는 실버가 만나는 첫 번째 순종 인간이었어."

타라는 눈길을 주지 않아서 모르고 있었지만, 로빈의 얼굴이 갑자기 창백해져서 타라를 쳐다보고 있었다. 갈랑과 로빈의 패밀리어 소우르브도 서로에게 무슨 신호를 보내는지 페가수스와 히드라가 울음소리를 주고받았다.

"우리는 서로의 목숨을 구해줬어." 타라가 설명했다. "모든 난쟁이들이 그렇듯, 아마 드래곤들도 그렇겠지만 실버는 전사를 가장 찬양했어. 그래서 나를 자신의 이상형이라고 생각했던 거야. 하지만 실버가 사랑하는 것은 내 마법의 힘이지 내가 아니었어."

타라는 약간 서툴지만 실버의 생각을 대변하려고 노력했다.

"아버지에게 상처를 받고 괴로워할 때 나는 비늘이 두렵지 않다는 걸 보여주기 위해서 실버를 안아주었어. 그때까지 자신의 몸이 닿으면 다칠까 봐 누구도 만지지 못하고 살았다고 하더라고. 그래서 실버는 처음으로 자기를 만지고 포옹까지 해준 나에게 집착하는 거야. 따라서 내가 천생연분인지 알아보고 싶었던 건 당연해. 하지만 파프니르, 나는 실버가 사랑하는 건 너라고 확신해. 너의 모든 면, 용맹함, 꿋꿋함, 심지어 너의 불같은 성격도 실버의 마음을 사로잡고 있어."

타라는 하마터면 '돼지 멱따는 소리'까지 말할 뻔했지만 아슬아슬하게 참았다.

"나에게 입을 맞췄다면 실버를 때려눕히지 않았을 거야." 마침내 파프니르가 말했는데 아직 당황한 얼굴이었다. "하지만 타라, 실버가 우리에게 아무 말도 하지 않고 떠났다는 걸 알았을 때 정말 때려눕히고 싶었어. 아버지를 구하러 간다는 쪽지만 남기고 떠나버렸어. 쪽지만 달랑! 실버를 찾아내는 즉시 내가 다시는 그런 생각을 하지 못하게 만들 거야!"

다행히 파프니르는 실버가 타라에게 먼저 사랑을 고백했다는 것에 질투하지 않았다.

미소를 짓던 난쟁이는 하프드래곤에 대한 걱정 때문에 표정이 심각해졌다.

타라는 실버가 뭘 어떻게 하고 있는지 반드시 알아야 했다.

"실버가 황궁에 어떻게 들어갈 생각인지 쪽지에 적어놨어? 특히 언제인지?"

"아니." 무아노가 대답했다. "하지만 실버는 순종 인간도, 평범한 마법사도 아니라는 걸 잊지 마. 실버는 혼혈 드래곤이야. 우리는 아직 하프드래곤의 힘이 어느 정도인지 모르고 있어."

"당당하고, 명예롭게 황궁으로 들어가서 반지에 도전할 거야!" 파프니르는 흥분된 어조로 외쳤다.

"그러면 참사가 일어날 텐데." 타라가 말하는 사이에 의료 기기들이 또다시 삐삐거리기 시작했다.

"당연히 참사가 일어나겠지." 파브리스는 한술 더 떴다. "실버는 붙잡혀서 악마에 들릴 거야."

"그럴 수도 있고 아닐 수도 있고." 타라가 말했다. "하지만 내가 해야 할 일을 실버가 하지 않기를 바랄 뿐이야. 아니면 내 작전을 망칠 위험이 있거든."

"무슨 작전?" 로빈이 불신하는 표정으로 물었다.

"일주일 이내에 사악한 여제와 대결할 거야!" 타라는 차분하게 말했다.

28
작전

자기보다 훨씬 강한 상대를 공격할 때
묵사발이 되지 않으려면
일찌감치 포기하는 게 나은데

*

"뭐라고? 미쳤구나!"

"타라, 정신 나갔어?"

"훌륭한 생각이야. 우리 모두 가서 반지를 박살 내버리자!"

친구들의 상반되는 외침이 교차하자 타라가 크리스털 장갑을 낀 손을 들었다.

"잠깐!"

타라는 호주머니에서 작은 상자 한 개와 파란색과 은색 편지봉투 하나를 꺼냈다.

"칼, 받아. 반지가 내 머릿속의 생각에는 접근하지 못하는 것 같은데, 어쩌면 내가 하는 말을 들을지도 모른다는 의심이 들어. 그래서 편지를 쓴 거야. 크리스털 장갑 때문에 만년필 잡는 것이 좀 불편해서 글씨가 엉망일 거야, 미안해."

타라는 비밀 작전을 어떻게 알릴까 궁리하다가 혹시라도 도청될 것을 우려해 말로 하지 않고 편지를 쓴 것이다.

친구들이 편지를 보기 위해 모여들었고, 칼이 봉투를 여는 순간 타라가 또다시 손을 들었다.

"안 돼, 칼 이외에는 아무도 읽지 마." 타라는 단호했다.

타라는 어이없어하는 친구들을 둘러보면서 말했다.

"너희를 믿지 못해서가 아냐. 하지만 나와 반지, 반지의 마법과 나의 마법이 펼치는 맞대결이야. 그런데 나는 여기서 걸어서 나갈 수가 없잖아. 그래서 휠체어를 밀어줄 사람이 필요하고, 그 사람으로 칼을 선택했어."

"굉장히 위험한 생각이야." 무아노가 타라를 뚫어져라 쳐다보면서 지적했다. "거기 가면 너는 어떤 지원도 받을 수 없는데."

"나는 마비가 되었고, 더 잃을 것도 없어. 그리고 무아노, 나는 비관주의자처럼 자포자기한 채 이대로 누워서 당할 수는 없어. 내 마법과 살아있는 돌의 마법이 이런 식으로 언제까지 반지의 마법과 싸울수 있겠어? 아무리 싸워도 반지가 내 몸을 장악하면 나는 죽어. 몇 초면 끝나겠지. 나는 그런 위협 속에서 불안에 떨며 살고 싶지 않아."

"그런데 왜 칼이야?" 로빈이 물었는데 타라가 자신을 선택하지 않은 것에 기분이 상해 있었다.

"칼은 합리적이니까. 너보다 칼이 덜 감정적일 수 있잖아. 내가 질거라고 판단되면 칼은 도망칠 거야. 어차피 역량이 안 되는데 무리하게 나를 구하려고 해봐야 소용없다는 걸 아니까. 미안하지만 심사숙

고해서 내린 결정이야. 칼, 너는 그 상자를 갖고 네가 해야 할 일이 뭔지 읽어봐. 너에게 주어진 시간은 일주일인데 충분하겠어? 나는 그리 오랫동안 버티지 못할 거야. 반지의 쇳조각이 내 척추에서 빠져나가려고 하는 것 같아. 지금은 살아있는 돌과 내가 간신히 제압하고 있지만."

"쇳조각이 빠져나가서 네 혈관을 따라 심장이나 뇌로 들어가면 너는……." 공포에 질린 얼굴로 무아노가 말했다. "오, 타라, 그렇게 긴박한 상황인지도 모르고. 미안해. 뭔가를 해야 되는데!"

은빛 표범 쉬바가 으르렁거렸다. 무아노의 패밀리어 역시 타라를 걱정하는 것이었다.

"고맙지만 무아노, 넌 아무것도 할 수 없어." 타라가 말했다. "칼, 할 수 있겠어?"

칼은 타라의 짤막한 글을 읽은 뒤에 마법으로 편지를 없애버렸다.

"응." 칼은 상자의 무게를 가늠하면서 대답했다. "일주일이면 될 것 같아. 오케이!"

타라가 긴장을 풀자 갑자기 혈압이 오르는 것 같았다. 통증이 다시 몰려오고 있었다. 작전은 이제 시작인데.

"고마워, 칼. 그리고 모우르무르 발명가에게 휠체어를 만들어달라고 부탁해줘. 아더월드에는 휠체어가 없으니까. 칼?"

"응?" 생각에 잠긴 칼이 대답했다.

"늘 그랬지만 넌 정말 용감해. 너희 같은 영웅들이 있다는 게 얼마나 행운인지 아더월드가 알아야 하는데!"

"그거야 맞는 말이지." 칼이 중얼거렸다. "하지만 이건 영웅적인 것과는 아무 상관없는 일이야. 그냥 새로운 도전이야. 그리고 너도 알잖아, 내가 도전을 얼마나 좋아하는지!"

타라는 미소를 지어 보였다. 말은 겸손하게 하고 있지만, 만약 로빈이나 무아노를 선택했다면 칼은 무슨 말로든 타라를 설득해서 생각을 바꾸게 할 친구였다.

"하지만 셈 선생님은?" 늘 위계질서를 존중하는 무아노가 물었다. "선생님에게 뭐라고 말할 건데? 선생님의 엄명에도 불구하고 사악한 여제와 대결하러 떠나겠다고 말할 거야?"

"안 돼, 말하면." 타라가 대답했다. "셈 선생님은 반대할 거야. 나 때문에 유령들이 습격해서 수많은 목숨이 희생되었는데 또 그런 잘못을 저지를 수 없잖아. 그런데 반지가 나를 꼼짝 못하게 마비시켜놓았다는 건 나한테 반지를 파괴할 만한 무언가가 있기 때문이라는 생각이 들어. 악마의 사물들을 파괴한 적도 있으니까 나를 두려워하는 것 같아. 그래서 반지와 대결하려는 거야. 마법 대 마법으로, 힘 대 힘으로. 누가 승자가 될지는 두고 보면 알겠지."

타라의 목소리가 매서웠다. 쳐다보던 친구들은 타라가 몇 년 사이에 많이 달라져 있다는 걸 느꼈다. 육체적인 변화뿐만 아니라 정신적으로도.

로빈은 머리맡에 앉아서 맥박과 혈압을 조절해주는 코드를 건드리지 않으려고 조심하면서 타라의 손을 잡아주었다.

"그럼 이제 일주일도 채 안 남은 거잖아. 네가 죽을지도 모르는데. 타라, 네가 죽으면 비욘드월드로 즉시 따라갈게, 맹세해!"

이런 상황에서 꼭 나오는 상투적인 말, 타라는 하프엘프의 말을 끊어버렸다.

"언제는 주문의 영향을 받았다면서 나를 밀어내더니 이제는 나를 따라 죽겠다고? 로빈, 너무 웃긴다고 생각하지 않아?"

하프엘프는 머뭇거렸다.

"하지만······."

"내 말 잘 들어." 타라는 단호하게 말했다. "다른 사람을 위해 죽는 사람은 없어. 물론 내가 사라지면 너도 나처럼 하게 될 거야. 유령의 공격을 받았을 때 네가 죽은 줄 알고 따라 죽으려고 했던 나처럼. 칼 덕분에 그리고 아이러니컬하게도 크라에토비르의 반지 덕분에 나는 살았어. 그리고 네가 다시 나타나지 않았다면, 내가 추방되지 않았다면 아마 실버와 사귀게 됐을 거야. 그때는 난쟁이들의 관습을 몰랐으니까. 로빈, 목숨은 가장 소중한 거야. 그리고 네 말이 맞아. 우리의 사랑은 복잡해. 사랑은 단순한 게 아니라고 생각해. 지금은 위험한 때니까 나한테 약속을 해주면 좋겠어."

"네가 원하는 건 뭐든지." 이런 상황에도 실속을 차리는 타라가 못 마땅하지만 로빈은 꾹 참으면서 대답했다.

"칼을 선택했다고 나를 원망하지 말고, 나를 따라오려고 하지도 마. 그리고 네 인생을 살아, 행복하게!"

반쪽의 엘프는 충동적인 말을 내뱉으려고 했지만 반쪽의 인간이 좋지 않은 생각이라고 속삭였다.

"그럼 너희 둘은 눈물 쥐어짜는 멜로드라마 찍어라. 나는 할 일이 있어서 먼저 퇴장할게. 아니, 우리 모두 이만 나갈 테니까 너희 둘은 싸우든지 화해하면서 마음껏 사랑 놀이를 하든지."

타라는 얼굴이 빨개지지 않으려고 노력했지만 눈치 없는 의료 기기들이 삐삐거리면서 들통을 내버렸다. 무아노와 파브리스가 차례로 뺨에 입맞춤을 했고, 파프니르는 어깨를 톡톡 쳤고, 칼은 손을 흔들어주었다.

그리고 그들은 한 줄로 늘어서서 나갔다.

로빈은 타라를 향해 돌아섰다. 너무 커다란 침대에 기진맥진한 모습으로 누운 타라는 수많은 코드와 튜브가 연결된 크리스털에 에워싸여 있었다.

로빈은 망설였다. 방금 따끔하게 혼쭐났는데 또다시 거창하게 사랑을 고백하는 것은 좋은 생각이 아닌 것 같았다. 타라는 자신이 죽어가고 있으니까 동정심 때문에 돌아온 거라고 비난하지 않았던가. 로빈은 타라에게 상처를 주지 않고 영예롭고 아름다운 사랑을 되찾으려면 곁에서 시간을 보낼 필요가 있다고 생각했다.

타라는 로빈을 바라보았는데 실버와는 아주 다른 아름다움이었다. 하프엘프가 정말 잘생겼지만 그래도 하프드래곤의 아름다움에는 미치지 못했다. 타라는 모나리자의 미소처럼 묘한 미소를 머금고 생각에 잠겼다. 그런데 이 이상한 세상에만 있는 '하프뭐뭐'라고 하는 반쪽의 존재들은 '하프인간'이라고 하지 않고 왜 꼭 낯선 종족의 이름만 따서 붙이는 걸까?

로빈은 타라의 미소를 오해했다. 이제 말을 해도 되는 신호로 받아들인 것이다.

"네가 보고 싶었어."

"나도 보고 싶었어. 유혹 주문에 대해서는 미안해, 로빈 나는……."

"그건 이제 지난 일이야." 하프엘프가 말을 잘랐다. "너는 주문의 영향을 받고 제일 먼저 다가간 이성에게 끌렸던 거야."

타라는 침대에게 몸을 조금만 세워달라고 부탁했다. 로빈을 보려고 얼굴을 들고 있으려니까 너무 힘들었다. 로빈은 재빠르게 베개들을 등에 받쳐주고 침대 옆 의자에 다시 앉았다. 의무실의 침대는 모두 닫집이 달려 있었다. 타라는 확실한 보호를 위해 따로 마련한 병실에 격리되어 있었다. 벽에 나타나 있는 아름다운 풍경, 멘탈리르의 평원은 타라를 위한 궁전의 배려였다.

"제일 먼저 다가온 이성?"

"아까 실버에 대해서 하는 말을 듣다가 깨달았어. 너는 이성을 선택할 기회가 많지 않았던 거야. 나는 아더월드에서 너에게 다가간 첫 번째 이성이었어."

"아니, 두 번째야." 타라가 말했다. "제일 먼저 다가온 건 칼이었어."

"하지만 칼은 너와 사랑에 빠지지 않았어. 너도 그랬고!"

"네 말을 들으니까 그렇기는 한데……." 타라는 생각에 잠긴 얼굴로 말했다. "그럼 이상하잖아, 유혹 주문은 칼에게도 영향을 미쳤을 텐데. 그리고 나에 대한 칼의 감정이 애정은 아니라고 단언할 수도 없어."

로빈이 어깨를 으쓱했다. 칼에 대해 말하는 타라의 목소리에서 애정이 느껴졌기 때문에 질투심이 일었다.

"하지만 선택할 기회가 많지 않았잖아! 아더월드에 와서 얼마 되지도 않아 오무아의 후계자로 밝혀졌어. 너는 평범한 타라가 아니라 제국의 후계자이기 때문에 접근하는 이들을 경계하기 시작했잖아. 그래서 네가 사랑에 빠질 수 있는 사람은 나밖에 없었던 거야."

타라는 로빈의 날카로운 추리에 내심 놀라면서도 반박했다.

"하지만 파브리스와 사랑에 빠질 수도 있었어."

"파브리스? 절친한 친구잖아? 파브리스와 너는 남매 같은 사이 아니었어? 그러니까 파브리스는 아냐."

"칼도 있잖아?"

로빈은 신랄하게 말했다.

"칼은 장난이 너무 심해서 여자들이 아주 싫어하는 캐릭터야. 칼이 장미꽃을 보내줄지, 짓궂은 장난을 칠지 종잡을 수 없으니까. 칼은 여자들이 그런 걸 질색한다는 걸 아직도 몰라. 엘레아노라를 쫓아다닐 때는 감히 농담도 못 했어. 그 쌀쌀맞은 엘레아노라를 미친 듯이 사랑했으니까. 하지만 너는 칼을 사랑할 수가 없어. 10분만 같이 있으면 따귀를 날리고 싶어질 테니까."

아플까 봐 크게 웃을 수 없는 타라가 조심스럽게 킥킥거렸다. 틀린 말은 아니지 않는가.

"그러니까 남은 건 나밖에 없잖아. 많은 시련을 함께 겪다 보니 서로에게 끌린 것은 당연한 일이고."

"그래, 네가 유혹 주문에 대한 걸 알기 전까지는 그랬지." 타라가 한숨지었다.

"너는 늘 남자들의 마음을 사로잡고 있어." 로빈은 질투심 때문에 이마를 약간 찡그리면서 말했다. "나, 실버, 아르칸즈. 특히 아르칸즈는 문제의 주문이 제거된 다음에 만났잖아. 그게 바로 네 매력은 유혹 주문과 아무 관계가 없다는 증거야."

타라는 고개를 끄덕였다. 빌어먹을 주문 때문에 로빈과의 사랑이 무참히 깨질 뻔했으니 할머니를 용서할 마음이 없었는데……. 이제는 주문 때문에 로빈과 사랑하게 되었다는 생각 따윈 할 필요가 없어 마음이 후련했다.

"아르칸즈의 경우는 의구심을 갖고 있어. 내가 자기와 사랑에 빠져야 나를 이용할 수 있으니까 그랬던 거라고 생각해. 정말 너무나 다정했어."

로빈은 갑자기 꿈꾸는 듯한 표정으로 말하는 타라가 못마땅했다.

"아르칸즈는 너를 배신했어. 우리 모두를 속였잖아. 하긴 악마에게서 뭘 기대하겠어?"

잠시 침묵을 지키던 타라가 갑자기 지적했다.

"그러니까 인간이지. 인간들은 잘못을 저질렀을 경우 달라질 거라고 생각하면서 두 번, 세 번 기회를 주거든. 하지만 너희 엘프들은 우리 인간보다 훨씬 비정하잖아. 그래서 리스베스 고모가 우리 둘을 반대하는 거야. 너의 엘프적인 면에 나의 인간적인 면이 묻혀버릴까 두렵기 때문에."

로빈이 믿기지 않는 눈길을 던졌다.

"너 지금 고모에 대해 말하는 거야? 리스베스 여제야말로 우리의 여왕을 빼고 내가 이제껏 만난 사람 중 가장 비정한 부인인데?"

타라는 피식 웃었다.

"예를 잘못 들었다는 거 인정할게. 하지만 나는 고모가 무슨 뜻으로 한 말인지 이해할 수 있어. 설사 네 속에 있는 반쪽의 인간이 생각보다 훨씬 강하다고 해도 네 속에 있는 반쪽의 엘프는 절대로 유혹 주문에 이끌린 사랑을 용서하지 못할 거야. 그것이 내 잘못이 아니라고 해도."

"아니, 내 반쪽의 엘프도 용서할 수 있어. 아버지는 인간인 어머니와 사랑에 빠졌고, 감정과 타협하고, 특이한 기질과 타협하는 법을 터득했지."

"특이한 기질?"

"두드러지게 하는 다른 성질, 음…… 특성이라고 하자. 아니 개성이라고 할까? 아무튼 그래서 말인데 타라, 나를 다시 받아주고 너의 진정한 동반자로서 곁에서 싸우는 걸 허락해주겠어?"

허락할 거라고 확신하면서 로빈이 몸을 숙이는 순간 타라가 벌떡 상체를 일으키더니 머리로 하프엘프의 코를 받아버리면서 고함을 질렀다.

"꺼져! 이 방에서 당장 꺼져!"

어찌나 거칠고 갑작스러운지 로빈은 본능적으로 뒤로 펄쩍 뛰긴 했지만 완전히 어리둥절해 있었다. 그것으로 끝난 것이 아니었다. 이번에는 또 갑자기 날아온 마법의 광선을 피해 달아나던 로빈이 문짝에 쾅, 부딪혔다. 문은 박살이 났고, 로빈은 타라에게서 멀리 떨어진 곳에 나동그라졌다.

부서진 문에 찢겨서 피투성이가 된 로빈이 힘겹게 일어났다.

"타라? 하지만……."

왜 내동댕이쳐졌는지 이유를 알 수 없는 로빈이 타라에게 다가가려고 할 때였다. 타라의 몸에서 솟아 나온 검은 안개 같은 것이 전속력으로 날아오는 것이 아닌가. 검은 안개가 지나간 의료 기기들은 작동을 멈췄고, 마법도 꺼졌다.

마침내 로빈은 알아차렸다. 로빈을 내던진 건 타라가 아니라는
것을.

반지의 쇳조각이 타라의 마법을 지배하려고 기를 쓰고 있었다.

의료 기기들이 작동을 멈추면서 비명까지 들리자 간호사들이 뛰어
들어왔다. 로빈은 간신히 그들을 붙잡았다.

"안 돼요!" 로빈이 소리쳤다. "쇳조각이 우리의 마법을 흡수하려
는 거니까 물러서세요!"

살아 있는 궁전이 즉시 개입해서 병실을 확장했다. 궁전이 가진 마
법의 원천은 건물의 기반이 되는 돌 속 깊숙한 곳에 박혀 있기 때문
에 쇳조각은 직접적으로 궁전을 공격할 수 없었다.

샤먼과 궁전, 셈 선생님은 반지의 조각에 대한 정밀 분석을 하면서
다행히도 쇳조각의 마법은 반지의 힘에서 멀리 떨어져 있다는 걸 알
아냈다. 더구나 크라에토비르의 반지는 완제품이 아니라 시제품인
데다 그 일부의 조각이기 때문에 마법의 변동이 심했다. 아마도 그래
서 타라의 마법을 제압하지 못하는 것 같았다.

시커먼 안개가 살아있는 돌의 마법을 빼앗으려고 했지만 격렬하게
맞서자 안개가 물러났다. 타라는 파란 광선을 발사해서 안개를 동그
랗게 에워쌌다. 그리고는 병실 안에서 더 많이 퍼지지 못하게 하면서
몇 미터의 원 속에 검은 안개를 가두었다.

샤먼이 허겁지겁 달려왔다. 커다란 나팔 같은 것이 달린 신기한 동물―확성기 역할을 하는 것 같았다―이 어깨에 앉아 있는데 몹시 흥분한 샤먼에게서 떨어지지 않으려고 아등바등했다.

"타라!" 샤먼이 외치자 확성기를 통해 소리가 커졌다. "무슨 일이니?"

타라는 쇳조각의 마법과 싸우는 중이라서 살아있는 돌이 대답했는데 신경질적인 어조였다.

"멍청한 반지, 힘을 훔쳐가려고 한다. 하지만 타라, 예쁜 타라와 나, 반지가 궁전의 마법을 흡수하지 못하게 막고 있다!"

궁전이 부르르 떨었다. 타라의 반격이 빨라서 다행이었다.

"우리가 어떻게 하면 되지? 반지가 마법을 흡수해버려서 의료 기기들의 접속이 끊겼다! 타라의 생명이 유지되려면 의료 기기들이 필요해."

살아있는 돌이 번쩍거리더니 푸르스름한 빛이 의료 기기들을 에워싸면서 검은 안개를 몰아냈다. 의료 기기들에 다시 불이 들어왔고, 동시에 미친 듯이 삐삐거리기 시작했다.

"의료 기기들, 돌이 지킨다. 샤먼! 사람들 들어오지 못하게 막는다. 아니면 의료 기기처럼 마법 빼앗긴다."

샤먼이 낙담한 얼굴로 살아있는 돌을 쳐다보면서 이를 악물었다. 환자의 상태를 살필 수 없는 것만큼 샤먼을 무기력하게 만드는 것이 또 있을까.

샤먼이 타라의 상태를 표시하는 모니터들이 있는 방으로 달려가자 로빈이 미친 듯이 따라갔다. 모니터에 나타나는 데이터를 보면서 샤먼은 일단 안심했다. 다행히 타라의 심장이 잘 견뎌주고 있었다. 폐도 괜찮고, 스트레스와 혈압이 올랐지만 싸우는 중이라는 걸 감안하면 비정상적인 수치는 아니었다. 샤먼 옆에서 로빈은 크리스털 모니터에 나타나는 곡선과 물결 모양으로 반짝이는 파동을 보면서 초조하게 손을 비틀고 있었다.

"타라는 괜찮은 거죠, 선생님? 어때요?"

얼굴을 들던 샤먼은 눈앞에 환자가 서 있다는 걸 알아차렸다. 로빈이 피투성이였던 것이다. 타라에 대한 걱정으로 불안한 로빈은 손목이 삐어 퉁퉁 부어 있는 것도 모르고 있었다.

"타라는 괜찮을 거다." 샤먼이 대답했다. "*레파루스의 이름으로 상처는 사라지고 통증은 멈출지어다!*"

"아, 네." 로빈이 말하는 사이에 샤먼의 치료로 상처가 아물었다. "고맙습니다!"

"천만에." 샤먼이 대꾸했다. "타라가 너를 살리려고 내동댕이친 것이 틀림없어. 안 그랬으면 그 빌어먹을 쇳조각이 스펀지처럼 네 마법을 빨아들였을 테니까."

"이제 우리는 어떡해야 돼요?"

"타라가 쇳조각의 마법을 제압하지 못하면 우리는 아무것도 할 수 없어. 봐, 차츰 성공하고 있는 것 같다."

샤먼과 로빈은 병실을 감시하는 카메라들을 통해 검은 안개가 차츰 물러서다 타라의 몸으로 돌아가는 것을 지켜봤다.

"정말 놀라운 아이야." 샤먼이 말했다. "네 여자친구지?"

"네…… 그런 셈이죠. 하지만 타라가 유혹 주문에 걸려 있었어요.

타라를 사랑하게 된 것이 그 주문 때문이라고 생각하고 내가 바보같
이 굴었어요. 타라를 거부했거든요."

샤먼이 의아한 표정을 지었다

"하지만 유혹 주문은 단기간에만 작동하는데!"

"그 주문은 그렇지 않았어요." 로빈이 착잡한 표정으로 고개를 설레
설레 저으면서 말했다. "사실은 어머니 셀레나에게 걸어놓은 주문인
데 딸인 타라까지 영향을 받은 거예요. 17년 넘게 지속됐으니까요!"

샤먼이 손을 흔드는 것으로 아니라는 표시를 했다.

"내 말은 그게 아냐. 유혹 주문은 사람들의 마음을 사로잡는 것이
지만 시간이 흘렀는데도 정말로 사랑에 빠지면 주문이 더 이상 작동
하는 것이 아냐. 아무도 너희에게 그걸 가르쳐주지 않았구나!"

암소에게 얻어맞은 드래곤이 이런 표정을 지을까, 로빈은 아연실
색했다.

"아무도 가르쳐주지 않았어요. 그러면……."

"네가 여전히 타라를 사랑한다는 건 그 주문 때문이 아니라는 거지!"

로빈은 입술을 깨물었다. 이 소식으로 벌어질 상황을 상상하자 착
잡해졌다. 타라가 알면 백년 동안 빌어도 용서를 해줄까?

"저기…… 지금은 비밀로 해주시면 안 될까요? 그렇지 않아도 이
미 타라가 나를 원망하고 있거든요."

샤먼이 한숨을 내쉬었다.

"거짓말과 비밀은 우울증에 빠지는 지름길이지. 하지만 나는 너희
의 연애에 연루되고 싶은 생각이 없다. 내가 여기 있는 건 타라를 치
료하기 위해서야. 그 일은 너희 둘이 알아서 해결해."

갑자기 감시카메라들과 연결된 전광판에 머리를 들고 눈을 뜨는 타라의 모습이 보였다. 많이 힘든지 땀에 젖어 있었다.

의료 기기들과 마법이 작동하고 있었다. 병실이 소용돌이에 휩싸이더니 타라가 사라졌다가 다시 나타났다. 그사이에 체인지라인이 타라의 몸을 말리고 잠옷을 입혀놓았고, 침대는 라벤더 향기가 나는 깨끗한 시트로 바뀌어 있었다.

"어유, 힘들어." 타라는 녹초가 된 목소리로 말했다. "마라톤이라도 뛴 것 같아."

샤먼이 손짓하자 확성기 역할을 하는 동물이 어깨 위로 뛰어올랐다. 샤먼과 로빈은 타라가 있는 병실로 달려갔다.

"타라? 이제 위험하지 않지?"

"3미터 이상 거리를 유지하세요. 쇳조각의 힘이 한계에 다다른 걸 느꼈으니까 그 정도 거리에 떨어져 있으면 또다시 나를 빠져나가도 위험하지 않을 거예요."

샤먼이 눈으로 거리를 재고 나서 조심스럽게 다가갔다. 로빈과 간호사 두 명이 뒤따랐다.

"완전히 가둬둘 수는 없는 거니?"

타라는 머리를 아주 살살 흔들었다.

"불가능해요."

"무슨 일이 일어났는지 자세히 설명해주겠니?" 밤새 박사가 말했다.

"갑자기 쇳조각이 아더월드의 마법과 악마의 마법을 사용하면 나를 쓰러뜨릴 수 있다는 걸 알아차렸어요. 반지가 로빈을 공격하려는 순간 느낌이 이상했고, 그래서 로빈을 떠밀어버린 거예요. 반지의 마법이 미치지 못하는 곳으로 보내기 위해서. 문에는 미안하지만 알려줄 겨를이 없었어요."

"그 대신 친구의 목숨을 구했잖아." 샤먼이 진지하게 말했다. "너의 재빠른 대응이 아니었으면 큰일 날 뻔했는데. 그래, 지금은 쇳조각이 어떤 상태니?"

"지금은 내 마법과 살아있는 돌의 마법으로 쇳조각을 저지하고 있어요. 하지만 이런 식으로 얼마나 버틸 수 있을지 모르겠어요."

타라의 목소리에서 불안을 감지한 의료 기기들이 서로 질세라 삐삐거리기 시작했다.

"수술을 해야 되는데 상황이 더 나빠지고 있으니. 슬루르크! 우리가 도와줄 건 없니?" 샤먼이 심각한 얼굴로 물었다.

"의료 기기들을 다룰 줄 아는 비마 간호사들이 있어요?" 타라가 갑자기 몸을 부르르 떨면서 물었다.

"암, 있고말고. 뭐든지 다 갖추고 있다. 마법 능력이 없어야 반지의 영향을 받지 않기 때문에 비마 간호사를 원하는 거지?"

"네, 맞아요." 빨리 알아들어서 기분이 좋은 타라가 미소를 지으면서 대답했다. "그리고 마법사들은 나와의 거리를 3미터 이상으로 유지하라고 말해주세요. 어쨌든 나는 악마의 마법을 품고 있잖아요. 나한테 가까이 왔다가 누군가 위험해지는 건 원치 않아요."

샤먼이 고개를 끄덕였다.

로빈이 이맛살을 찌푸렸다. 위태로운 타라를 보고만 있자니 언제고 심장마비로 생을 마감할 게 확실했다.

"그건 내가 알릴게." 로빈이 목소리를 높였다. "고마워, 내 사랑,

나를 구해줘서."

그렇게 말하고 나서 칼의 영향을 받아서인지 능청을 떨었다.

"이제부터는 절대로 너를 화나게 하지 않겠다고 맹세할게. 다시는 문을 뚫고 나가고 싶지 않거든."

타라는 미소를 지어 보였다. 의료 기기들이 멈추면서 한동안 진통제 투입이 중단되었기 때문에 많이 아프지만 미소를 지었다.

이윽고 타라는 기진맥진해서 눈을 감았다. 다시 깨어났을 때는 혼자가 아니었다. 문 앞에서 발소리가 들리는데 아마도 파프니르가 도끼를 들고 서성이는 것 같았다. 볼 수가 없어서 모르겠지만 파프니르가 당번을 서는 모양이었다.

타라는 상태가 좋지 않았다. 아주 좋지 않았다.

그리고 추웠다. 예전에 열이 많이 날 때 체인지라인과 물의 원소들이 몸의 열을 배출시켜줄 때 느끼던 추위였다. 체인지라인은 아더월드의 빨간색 또는 초록색 새, 트리**34**의 솜털이불을 덮어주었다.

이제 시간이 많지 않았다. 타라는 친구들에게 말하지 않았지만, 쇳조각이 조금씩 생명과 체온을 빨아들이고 있었다.

칼이 연습을 잘해야 할 텐데!

타라가 다시 잠들었을 때 예기치 않은 손님 둘이 찾아왔다. 손님들의 머리나 배가 멀쩡한 상태라는 건 파프니르가 순순히 들여보냈다는 건데.

....

34. 트롤들의 숲에서는 에메랄드 초록빛, 다른 숲에서는 빨간빛 또는 파란빛의 트리는 날씨가 너무 더우면 털이 빠지기 때문에 숲 속 땅바닥에 폭신한 솜털이 수북이 쌓인다. 아더월드 사람들은 털을 주워서 따뜻한 이불을 만든다. 지구에서 거위 털 이불을 선호하는 것과 비슷하다.

죽은 붉은 여왕 때문에 소년으로 둔갑한 드래곤 살루, 그리고 뱀파이어 대통령의 딸 킬라의 남자친구이자 뛰어난 미용사 엘프 스타일러 아르노였다.

드래곤의 눈에 지쳐 있는 타라의 초췌한 얼굴이 들어왔다. 살루가 뒤에서 안달하는 안락의자에 앉자 아르노도 파프니르가 알려준 '3미터 거리 유지'를 지키면서 의자에 앉았다.

"접견실에서 내 꼬리를 잡아서 흔들던 그 용맹한 마법사의 모습은 온데간데없군요!"

"드래곤의 첫 번째 장점은 탁월한 외교적 수완이라는데 말솜씨하고는!" 아르노가 이죽거렸다. "아우, 세상에나! 공주님, 괜찮아요? 공주님의 머리가 눈뜨고는 볼 수 없는 지경이 되셨네요. 이걸 어쩌면 좋아요?"

"한동안 엘프 스타일러의 손길에 맡기지 않았더니 이 지경이 됐지." 타라는 아르노의 기분을 맞춰주면서 응수했다. "그런데 여긴 무슨 일로 왔어요? 베티도 왔어요?"

살루는 외교적으로 장황하게 말하려고 했지만 타라의 손짓을 보면서 짧게 말했다.

"베티는 지구에 있어요. 킬라에 대한 소식을 들었어요?"

타라는 아르노의 시선과 마주쳤다. 엘프 스타일러의 슬픈 눈빛을 보면서 가슴이 철렁했다.

"감염되었다는 건 알지만 어떻게 됐는지는 몰라요."

"시간이 없어요. 킬라가 인간의 피에 감염된 뱀파이어들을 치료했지만, 악마의 마법에 대한 치료는 포기했었어요. 자신이 감염될 위험이 있기 때문에. 아버지 드라큘 대통령과 맞닥뜨린 날까지는 무사했는데. 킬라는 도저히 아버지와 싸울 수 없어서 도망쳤는데 불행히도 그만 붙잡히고 말았어요. 난 아무것도 할 수 없었어요. 킬라의 아버지가 이미 딸을 건드렸고, 킬라가 얼굴을 들었을 때 눈이 검은색으로 변해 있었죠. 나는 그 길로 도망쳤고, 공주님이 여기 계시다는 걸 알고 달려오는데 도중에 이 드래곤 소년을 만나서 같이 들어온 거예요. 그리고 공주님에게 아주 유용할 것을 가져왔어요."

"아, 그래요? 뭐죠?"

아르노는 작은 크리스털 볼 하나를 흔들었다.

"인간의 피에 감염된 뱀파이어들의 명단이 저장되어 있는데 오무아 황궁의 친위대원들이죠. 그런 뱀파이어가 어디에 배치되어 있는지 알면 도움이 될 거라고 생각해요. 나는 공주님이 반지를 제압하기 위해 황궁으로 침투할 거라고 추측하는데, 내 추측이 맞죠?"

타라는 눈을 동그랗게 떴다. 사공이 많으면 배가 산으로 간다고 했는데.

"천만에." 타라는 덤덤한 목소리로 대답했다. "유령들이 습격했을 당시, 우리가 창문 닦는 청소부로 변장한 늑대인간들을 데리고 어떻게 침투했는지 반지는 알고 있죠. 그런 술책에 속지 않을 거예요. 따라서 침투하지 않을 거예요."

"네?" 실망한 아르노가 물었다. "가만히 있으면 안 됩니다! 공주님. 악마의 마법에 감염된 킬라는 오랫동안 견디지 못할 거예요. 팅가푸르에서 나를 추격하는 킬라를 한두 번 봤는데 앙상하게 마른 모습이 정말 금방 죽을 것 같았어요."

302

킬라를 걱정하는 엘프의 마음에 감동한 타라가 말했다.

"미안해요, 하지만 아무것도 말해줄 수 없어요. 우리와 똑같이 하라는 말밖에."

"어떻게 하는 건데요?"

"기다리는 것."

"오, 벤드룩의 내장이여! 뭘 기다리는데요?"

"내가 준비되기를."

아르노는 자세한 설명을 요구하려고 했지만 살루가 재빨리 화제를 바꿨다.

"내가 여기 온 것은 지금 일어나고 있는 일과는 전혀 상관이 없어요. 이번 문제는 공주 마마가 만들었으니 직접 해결하리라 믿어 의심치 않지만."

오! 고맙기도 하시지, 친절하신 드래곤 선생. 그래도 이럴 때는 듣는 사람 생각해서 말이나마 나를 도와준다고 해도 되는데!

예상했던 말이지만 타라는 잠자코 있었다. 희망을 느낀 살아있는 돌과 갈랑이 동시에 기뻐하는 소리를 냈다.

"……중요한 건 드래곤 종족도 알고 있다는 사실이죠." 살루는 괴로운 어조로 말했다. "셈이 지금 여기 와 있는 것은 사태를 파악하고 드래곤들이 나서서 반지를 파괴해야 하는지 판단하기 위해서죠. 나는 참관인으로서 왔고, 일단 내 임무는 완수했지요. 그리고 공주 마마의 조언이 필요한데 지켜보는 눈이 좀 없으면 좋겠군요."

그렇게 말하면서 살루가 카메라들을 힐끔 쳐다봤고, 마법의 광선이 번쩍하더니 카메라 기능이 일시적으로 중단되었다.

"이제 편안하게 얘기해도 되겠어요." 살루가 흡족한 듯 말했다.

살루는 '3미터 거리 유지'를 지키느라고 타라에게 다가오지 못했지만, 조금이라도 가까워지려는 듯 몸을 앞으로 숙였다.

"베티에 대해 할 말이 있어서 왔어요." 살루는 심각한 목소리로 말했다.

타라의 심장이 뛰자 의료 기기들이 삐삐거렸다.

"베티?" 타라가 천근만근 무거운 다리를 끌어당기면서 간신히 침대에서 상체를 일으켰다. "베티에게 무슨 일이 생겼어요?"

당황한 살루가 몸을 세웠다.

"아니, 그건 아니니까 걱정 마요. 다 괜찮아요!"

"뭐가 다 괜찮다는 겁니까?" 아르노가 격분했다. "말을 그런 식으로 어정쩡하게 하는 바람에 우리 공주님이 심장마비가 일어날 뻔했는데! 그리고 내 약혼녀는 목숨이 위태롭고, 악마의 마법으로 아더월드가 사라질 위기에 처해 있는 이 급박한 상황에 자기가 사랑에 빠졌다는 것 때문에 미친 듯이 달려왔으면서! 더 최악인 것은 병실까지 오는 동안 내내 나한테 계속 그놈의 사랑 타령을 했다는 겁니다."

살루는 의연한 태도를 유지하려고 애썼지만 애처롭게도 실패했다. 블랙 드래곤이기 때문에 머리와 피부가 검은색인 소년이 의자에서 몸을 비비 꼬았다.

타라는 마음을 가라앉혔다. 살루가 사랑에 빠졌다는 소식을 들으면 베티가 많이 서운해할 텐데. 정성껏 보살폈던 소년이기에 정을 떼기가 쉽지 않겠지만 어차피 살루는 우연히 인간의 몸을 갖게 된 것이 아닌가. 타라는 베티가 슬프지만 잘 이겨낼 거라고 생각했다.

도대체 무슨 조언을 구하겠다는 건지 궁금해진 타라는 드래곤에게 계속하라는 손짓을 했다.

"사실 베티는……." 살루는 선뜻 말을 꺼내지 못하고 있었다. "타라 덩컨, 오무아의 공주 마마, 베티는 마법을 좋아하지 않고, 아더월드를 싫어해요."

"아…… 그래서요?" 타라는 살루가 무슨 말을 하려는지 갈피를 잡을 수 없었다.

"베티는 이 행성에 오는 걸 끔찍하게 무서워해요. 드래곤들도 무서워하는데, 아무튼 베티가 유일하게 두려워하지 않는 마법사는 나밖에 없어요. 그건 아마 나를 보살펴주면서 힘없이 누워 있는 가여운 모습을 보았기 때문일 거예요."

타라는 아무 말도 하지 않았다. 베티는 타라는 물론이고 마법사들인 무아노와 파프니르와도 친한 친구로 지내고 있었다. 따라서 마법사를 두려워한다는 말은 좀…….

"그런 두려움에도 불구하고, 또 나이 차이도 엄청나고 종족이 완전히 다른데도 베티가 나에게 애착을 갖고 있다는 걸 알게 되었지요. 그래서 정떨어지게 하려고 나는 잔소리가 많은 늙다리 아저씨처럼 행동했어요. 다행히 나에 대한 베티의 마음이 조금씩 멀어졌지요. 그런데 상황이 꼬여버렸어요."

타라는 의아한 눈짓을 했다. 살루가 용기를 내서 말을 이었다.

"이번에는 내가 사랑에 빠진 거예요!"

타라는 심장이 멎을 뻔했다.

"뭐라고요? 누구와 사랑에 빠졌다는 거예요?"

"어느 날 베티를 쳐다보고 있는데 심장이 막 뛰면서."

"그러니까 사랑에 빠진 사람이 누구냐고요?"

아르노는 한숨을 내쉬면서 과장된 어조로 말했다.

"맞혀보세요, 공주님. 이 거대한 도마뱀이 기껏 정떨어지게 해놓고 사랑에 빠진 사람이 누굴까요?"

타라는 놀랐다.

"설마 그게 베티?"

"맞아요." 드래곤이 처량한 목소리로 대답했다. "하지만 이게 말이 됩니까? 나 드래곤이 인간을 사랑하다니?"

"마지스터와 드래곤 왕의 여동생도 비슷한 사랑을 했어요." 타라가 부드럽게 말했다. "전혀 일어날 수 없는 일은 아니죠. 그리고 중요한 건 육체가 아니라 정신이니까요!"

살루가 고개를 끄덕이자 아르노도 고개를 끄덕였다. 자신도 뱀파이어와 사랑에 빠진 엘프가 아닌가.

드래곤이 벌떡 일어나는 바람에 깜짝 놀란 안락의자가 정신없이 왔다갔다하는 드래곤을 졸졸 따라다녔다.

"얼마나 혼란스러운지! 나는 드래곤이고, 베티는 인간인데……. 그리고 나는 나이도 수천 살이고……."

"수천이 아니라 수십만 살이죠." 아르노가 정정했다.

"숫자야 뭐, 그리 중요한 건 아니고!" 살루가 핀잔을 주었다. "나는 수천 살인데 베티는 이제 열일곱 살이에요(베티는 타라보다 한 살 반이 많다. 학년이 같은 것은 베티가 재수를 했기 때문이다)! 아무리 생각해도 잘될 수가 없어요! 모든 드래곤이 나를 비웃을 텐데."

"내 생각에 그건 신경 쓸 일이 아니에요." 아르노는 차근차근 말했다. "그들의 눈에 당신은 더 이상 드래곤이 아니잖아요. 그리고 지구에서 당신의 왕국을 만들며 살면 되는데 뭐가 문제죠? 지구를 지키는 파수꾼이 될 수도 있고요. 그것도 멋진 직업인데."

너무 진지한 분위기를 바꿔보려고 타라는 사팔눈을 뜨면서 말했다.

"그래요, 살루. 포동포동 살이 찐 맛있는 암소들을 생각해봐요!"

드래곤이 침을 꿀꺽 삼켰다.

"나를 도와주지 않는군요, 공주 마마. 이런 순간에 암소 얘기를 꺼내다니! 나는 베티에 대해 말하는 건데."

"미안해요." 타라는 얼른 사과했다. "그래요, 무슨 말인지 알았어요. 당신은 베티를 사랑하는데, 연인들이 모두 그렇듯 베티도 당신을 사랑하는지, 그리고 베티가 당신의 사랑을 받아줄지 모르겠다는 거죠?"

"베티가 다시 나를 보살필 수 있게 환자가 될 생각도 해봤어요. 하지만 두려움만 더 주게 될까 봐 용기가 나지 않았어요."

타라는 고개를 끄덕였다.

"안 그러길 잘했어요. 아픈 척하다가 들통이 났으면 당신은 죽음이었을 텐데."

"베티가 나를 죽였을 거라고요?" 살루가 정색을 하면서 말했다. "아니, 베티는 절대 그럴 여자가 아니에요."

타라는 한숨을 꾹 눌렀다. 누가 드래곤 아니랄까 봐, 살루도 은유의 의미를 몰랐다.

"아니, 내 말은 당신이 그랬으면 베티가 싫어했을 거란 뜻이에요. 미안해요, 말을 명확하게 하지 않아서. 그러니까 문제는 뭘 어떻게 해야 할지 모르겠다는 거죠?"

"네. 공주 마마는 베티의 가장 친한 친구이고, 지구의 여자를 잘 알 잖아요. 베티가 도망칠 위험을 무릅쓰고 사랑을 고백해야 할까요, 아니면 마음을 숨긴 채 그레고리우스의 검에 가슴을 찔린 것처럼 가슴 앓이를 하면서 베티 곁에 머물러야 할까요?"

타라와 아르노는 어리둥절해서 쳐다봤다.

"아무래도 머리가 잘못된 것 같아요." 엘프 스타일러가 레게머리를 어깨 뒤로 넘기면서 말했다.

"그런데 '그레고리우스의 검에 찔린 것처럼' 그건 무슨 말이에요?"

살루는 로맨틱한 공상에서 벗어났다.

"아, 지구의 마법사 전사들 중 한 사람이죠. 드래곤들의 불에 대항하면서 우리 드래곤을 여럿 죽인 지구인 전사가 있었는데, 알고 보니 마법사였더랍니다. 그 전사의 이름이 그레고리우스였어요. 그래서 지구인이 드래곤을 공격했다고 하면 우리는 그 인간을 그레고리우스라고 부르죠. 남자든 여자든 상관없이."

"아, 알았어요." 타라가 말했다. "성 그레고리우스와 드래곤이란 전설이 있었는데……. 전설을 사실로 여기고 있었다니 정말 놀랍군요! 그 정도로 가슴이 아픈 사랑이라는 거죠? 그렇다면 방법은 한 가지밖에 없어요."

"아, 방법이 있어요?" 살루가 반색했다.

"사탕발림을 하는 거예요."

"그게 무슨 말이에요?" 드래곤이 물었다. "베티가 단것을 좋아하는 건 알지만, 사탕을 그 정도로?"

타라가 깔깔거리고 웃는 바람에 의료 기기들이 삐삐거리기 시작했다.

"아, 미안해요. 내가 또 그런 말을! 사탕발림이란 비위를 맞추고 살살 달래라는 뜻이에요. 베티와 같이 웃으면서 친절하고 다정하게 대해주되 제발 늙은 남자처럼 굴지 마요. 요즘 젊은이처럼 자신만만하게 행동하다가 때로는 충동적인 면도 보여주고, 때로는 적당히 장난도 치고, 웃기기도 하고, 바보같이 굴기도 하면서 베티를 놀라게 해줘요. 그래서 베티가 당신을 드래곤이 아니라 남자로 다시 보게 되면 입맞춤을 시도해봐요. 베티가 따귀를 날리지도 않고, 비명을 지르면서 달아나지도 않고, 욕설을 내뱉지도 않으면 당신을 좋아하는 거예요. 그게 가장 확실한 방법이니까 내 말대로 해봐요."

살루가 갑자기 뒷걸음질치는 바람에 바짝 뒤에서 쫓아다니던 안락의자에 부딪히면서 본의 아니게 털썩 주저앉았다. 드래곤은 얼이 빠진 듯 멍하니 앉아 있었다.

"마지막으로 말한 입맞춤 그건 절대로 못 해요." 살루가 탄식했다.

"설마 지금까지 여성 드래곤과 한 번도 사귀어본 적이 없다, 뭐 그런 말은 아니겠죠?" 아르노가 호들갑스럽게 물었다. "그렇더라도 그건 전혀 어렵지 않은 일인데."

"나는…… 시간이 없었다." 드래곤은 불쾌한 기색이 역력했다. "그

리고 여성 드래곤들은 나를 따분하게 생각해서. 아무튼 그건 내가 인
간으로 변하기 전의 얘기고 지금은 나를 맛있어 보인다고 생각하지."

아르노는 한숨을 쉬었다.

"자, 용기를 내세요. 그렇게 소극적으로 나오면 아무것도 못 해요.
당신 문제는 공주님이 해결해주셨으니까 이제는 내 문제로 넘어가
죠. 킬라를 구해야 합니다. 공주님이 기다리라고 해서 내가 뭘 기다
리느냐고 물었더니 '내가 준비되기를'이라고 했는데 뭘 준비하고 있
는데요?"

"그건 말해줄 수 없어요." 타라가 대답했다. "극비라서."

엘프 스타일러가 바짝 긴장하는 표정을 지었다.

"아아! 극비, 알았어요." 아르노는 이해했다는 듯 말했다. "그럼 나
는 팅가푸르로 돌아가서 어떤 도움을 줄 수 있는지 알아보고 준비하
고 있겠어요."

타라는 필요 없다고 말할 뻔했지만, 아르노의 결연한 얼굴을 보면
서 소용없다는 걸 알아차렸다. 엘프 스타일러는 오무아의 뱀파이어
친위대 명단이 저장된 크리스털 볼을 바닥에 내려놓고 타라가 있는
데까지 굴려 보냈다. 그러고 나서 허리를 굽혀 인사한 다음 전쟁터로
떠나는 병사처럼 비장한 얼굴로 병실을 나갔다.

살루가 아르노의 뒷모습을 바라보면서 말했다.

"내가 우습죠? 엘프의 말이 맞아요. 내 사랑 얘기보다 훨씬 중대한
일들이 있는데."

"그렇지 않아요." 타라가 대답했다. "당신은 사랑에 빠진 거니까.
그리고 나는 미친 짓을 할 수 있게 만드는 것이 사랑이라는 걸 알거

든요. 오랜 세월 내 어머니를 쫓아다니는 마지스터 덕분에."

살루가 눈살을 찌푸리면서 일어났다.

"지금은 지구로 돌아가지 않을 거예요. 마마가 어떻게 하는지 기다리면서 지켜볼 겁니다. 마마의 작전에서 셈이 맡은 역할은 뭡니까?"

타라는 숨을 죽였다. 슬루르크! 엘프를 안심시키느라고 살루 앞에서 너무 많은 걸 말한 것이다. 소년의 모습을 한 육신 속에 드래곤의 영혼을 감추고 있다는 걸 깜빡 잊고서.

"셈 선생님은 아무것도 모르세요." 타라는 천천히 말했다. "반지의 쇳조각이 내가 하는 말을 들을 수도 있기 때문에 나는 위험을 무릅쓰고 싶지 않았어요."

"아, 그럼 나도 더는 묻지 않겠습니다, 작전을 망치면 안 되니까요. 공주 마마, 행운을 빕니다."

살루는 카메라들을 다시 작동하게 해놓은 뒤에 허리를 숙여 인사하고 나갔다.

타라는 미소를 지었다. 살루와 아르노를 만나는 동안 놀랍게도 통증을 잊었던 것이다.

다음 손님도 사랑에 빠진 존재인데 다른 점이 있다면 지구에 있는 여자를 유혹하는 것과는 문제가 전혀 다른 경우였다.

늑대인간들의 대통령이 인상을 쓰면서 들어왔을 때 타라는 이날 당번인 파브리스와 얘기를 하고 있었다. 대통령의 찡그린 얼굴을 힐끔 쳐다보면서 파브리스는 재빨리 사라졌다.

타라는 파브리스가 틸을 두려워하는 것이 마음에 들지 않았다. 그래서 늑대인간을 퉁명스럽게 맞았다.

"안녕하세요, 틸 대통령."

"안녕하세요, 하클라, 심각한 문제가 생겼습니다."

아! 적어도 이번에는 너무 미안해서 어떻게 해야 할지 모르겠다는 말을 하러 온 것은 분명히 아닌 것 같았다. 그렇다면 아주 새로운 문제가 생겼다는 건데.

"아?"

타라가 짧고 간결한 단음절로 응수하자 늑대인간들의 대통령도 짤막하게 말했다.

"전쟁입니다!"

샤먼과 파브리스의 간호를 받으며 세 번째 간식을 먹고 나른해서 졸음이 오던 타라는 정신이 번쩍 들었다.

다리가 말을 듣지 않는다는 걸 잊고 일어나려던 타라는 투덜거리면서 매트에 의지해서 상체를 조금씩 일으켰다.

"전쟁이라니요?" 몸이 약간 수직이 되었을 때 타라가 물었다.

틸은 머리를 긁으면서 한숨지었다.

"아직 공식적인 것은 아니지만 오무아에서 대사를 통해 우리 늑대인간들에게 전쟁을 선포할 거라고 통보했어요."

정말 뜻밖의 뉴스였다.

"늑대인간들까지? 아주 이상한 일이네요. 왜 아더월드에서 가장 강력한 군대를 공격하겠다는 걸까요?"

"마법으로 공격해오면 우리는 그렇게 강하지 못해요." 홍분한 틸이 왔다갔다하면서 말했다. "뱀파이어들도 우리 못지않게 강력한 전사들이죠."

타라는 동의하지 않았다.

"내가 뱀파이어로 변신해 있을 때 싸우는 걸 봤어요. 파브리스를 상대로 늑대의 송곳니 대 뱀파이어의 송곳니로 싸우면 뱀파이어가 안 될 것 같던데."

"마법의 공격이라면 우리는 당해내지 못할 거예요. 그리고 뱀파이어들이 은으로 만든 검까지 사용한다면 우리는 전멸할 겁니다." 늑대인간들의 대통령이 종족의 약점을 지적했다.

"하지만 수적으로 월등하게 우세하잖아요. 대륙 전체 대 한 나라의 싸움인데!"

"아뇨. 붉은 여왕이 우리를 제대로 장악하기 위해서 수를 제한했거든요. 게다가 어린 늑대들의 사망률이 높아지고 있어요. 돌연변이에 적응하지 못하고 죽는 거지요."

타라는 나라의 운명을 짊어진 늑대인간들의 대통령이 딜레마에 빠져 있음을 느꼈다.

"그래서 그 문제를 해결하기 위해 샤먼 마법사들에게 도움을 청했지요. 그런데 반지는 우리가 마법을 배우려는 것으로 오해하고 선수 쳤을 가능성이 있어요."

와우, 타라에게 필요한 것이 바로 이런 전술인데. 타라의 홍분을 느낀 쇳조각이 반응하면서 등을 관통하는 통증 때문에 타라는 숨이 가빠졌다.

이쯤 되면 반지가 말을 들을지도 모른다는 타라의 의혹이 들어맞는 거 아닌가.

불안해진 틸이 타라에게 다가가려고 했지만 움직이지 말라는 위험 신호음이 울렸다. '3미터 거리'를 넘어설 뻔한 것이다.

"하클라, 나는 마법 능력이 없으니까 가까이 가도 되잖아요?"

통증이 약간 물러가자 타라는 안정된 목소리를 되찾았다.

"아, 미안해요. 모든 사람에게 3미터 거리를 유지하라고 신신당부하다 보니 깜빡 잊었네요. 물론, 가까이 오셔도 돼요."

틸이 미소를 지었다. 늑대인간들은 스킨십을 즐기는 종족이었다. 틸은 타라의 손을 잡자 한결 마음이 편안해졌다.

"어머니와 같은 냄새가 나네요, 하클라. 정말 많이 그립습니다."

"나도 어머니가 보고 싶어요." 타라는 목이 메었다.

틸은 타라의 손을 놓고, 침대 옆에 놓인 의자에 앉았다.

"우리는 싸워야 합니다. 셀레나의 죽음과 함께 시작된 전쟁인데 이대로 끝나면 안 되죠."

"드래곤들이 개입해서 반지와 황궁을 제압해주지 않는 한 나는 아무것도 할 수 없다는 걸 알잖아요."

"하클라의 국민과 내 국민 중에서 선택하라는 것이 아니라……."

"아니, 바로 그게 대통령이 하고 싶은 거잖아요." 타라는 차분하게 대응했다. "드래곤들이 팅가푸르에서 위력을 떨쳐주지 않으면 전사들뿐만 아니라 아무 상관없는 무고한 여자들과 아이들까지 죽는 거예요."

"전사와 아이의 가치가 다른가요?" 늑대인간이 따끔하게 꼬집었다. "왜 내가 둘 중 누구의 목숨을 더 구해야 하죠? 둘 다 귀한 목숨인데요. 생명은 다 소중하니까요. 그것보다는 오히려 희생자 수가 수백 명이냐 수십만 명이냐, 그것이 문제가 되어야 하는 거 아닌가요?"

그렇게 괴로운 질문을 던지면서 틸은 일어났다. 틸의 비난에 자존심이 상한 타라는 아무 말도 하지 않았다. 어깨가 축 늘어진 틸이 무거운 걸음으로 병실을 나갔고, 타라는 생각에 잠겼다.

하지만 타라는 틸이 돌아올 것이라고 생각했다.

타라가 두 다리를 뻗고 누웠을 때 병실로 들어온 파브리스는 충격받은 친구의 얼굴을 보면서 잠자코 있었다. 타라가 아무 일도 없었던 것처럼 말할 때도 아무것도 묻지 않았다.

타라는 할머니 이사벨라와 영상통화를 했다. 이제는 모든 사람이 타라가 아더월드에 있다는 걸 알고 있어서 더 이상 숨길 필요가 없었다. 할머니는 손녀의 상태를 보면서 입술을 깨물었다. 그리고 딸 셀레나가 비욘드월드에서 지내기로 결정했다는 걸 알고 눈빛에 슬픔이 가득했다.

"할머니, 괜찮아요?" 이사벨라에게 일어난 일을 다 듣고 나서 타라가 물었다.

"월, 월!" 할머니 뒤에서 나는 소리였다. "아니, 괜찮지 않아. 저택이 너무 북적거려서 네 할머니는 폭발하기 일보 직전이지. 안 그러니, 내 딸 이사벨라?"

뒷발로 선 마니투는 안간힘을 쓰면서 크리스털 전광판에 주둥이를 붙이고 있었다.

"이런, 쯧쯧! 안색이 나쁘구나. 우리가 얼마나 걱정했는지 아니? 네가 영원히 사라졌는지 알고 우리 모두 미치는 줄 알았다!"

마니투 뒤에서 모우르무르의 헝클어진 머리가 나타났다.

"내 덕분이지? 맞지?" 모우르무르가 껑충껑충 뛰면서 물었다. "내가 발명한 쉬르비보르 덕분에 돌아온 거 맞지?"

"그건 아니에요." 별난 가족과 재회한 것이 기쁜 타라는 미소를 지으면서 대답했다. "림보에서 우리를 데리고 나오기에는 그 발명품은 힘이 충분하지 않았거든요."

발명가는 놀란 눈으로 타라를 쳐다봤다.

"림보? 악마의 세계, 림보를 말하는 거니? 쉬르비보르는 그렇게 먼 거리를 위해 만들어진 것이 아냐!"

"알아요."

"나에게 도로 가져와야 한다. 다른 세계로 여행을 떠날 생각이면 약간 수정을 해줄 테니까."

"칼이 연락할 거예요." 타라는 모우르무르가 또 뭐라고 구시렁거리기 전에 말했다. "진정한 도전을 하시게 될 테니까 기대하세요."

발명가는 몸을 앞으로 숙이고 좀 전의 마니투처럼 전광판에 얼굴을 댔는데 눈이 반짝이고 있었다.

"도전? 타라, 너 그렇게 말해놓고서 실망시키면 안 된다. 아주 오랫동안 도전다운 도전을 하지 못했는데……."

타라는 함박미소를 지었다.

"그 이상은 아무것도 말씀드릴 수 없어요. 도와주셔서 고맙습니다. 모우르무르 할아버지는 진짜 천재예요."

천재라는 건 당연히 알고 있다는 듯 모우르무르가 거만한 표정을 지었다.

타라가 무슨 말을 덧붙이려는 순간 발명가의 모습은 사라졌지만 중얼거리는 소리가 들렸다.

"도전이라, 마지막으로 도전다운 도전을 했던 것이 4967년이었는데!"

이제는 정말 딸의 죽음을 받아들였기 때문인지 이사벨라가 손녀를 걱정하는 것이 역력해 보였다. 타라는 가슴이 뭉클했다. 다행히 눈치를 챈 마니투가 재주를 부리는 것으로 타라를 웃게 만들었다. 사랑해주는 사람들이 이렇게 많은데…… 이런 관점에서 보면 타라의 삶이 그리 형편없는 건 아니라는 느낌이 들었다.

자르는 보이지 않았다. 소년은 지구에 점점 많아지는 셈샤나쉬들을 추적하는 중이었다.

아더월드가 불안하기 때문이었다. 지금은 전쟁의 위협을 피하려는 이민자 수가 많지 않았다. 하지만 늑대인간들에 대한 뱀파이어들의 공격이 현실이 되면 이민자가 엄청난 물결을 이루게 될 우려가 있었다. 그리고 비마들이 우주에 지구 외에도 인간들이 사는 마법의 행성들이 있다는 걸 알게 될 날도 그리 멀지 않았다.

다음 날, 셈 선생님에 이어 무아노가 타라의 곁을 지킬 차례였다. 병실에 들어온 무아노는 몹시 화가 나 있었다.

"내가 저놈의 사서를 민달팽이로 둔갑시키고 말겠어!"

늑대인간들의 대통령이 한 말을 곱씹으면서 멍하니 허공을 응시하던 타라는 눈을 치켜떴다.

"사서가 이번에는 또 뭐라고 했는데?"

그들이 모임을 가진 뒤로 벌써 나흘이 지나고 있는데 무아노는 매번 화가 난 얼굴로 병실에 들어왔다. 타라를 도와주고 싶은데 뜻대로 되지 않는 것이다.

"느려터진 카흠보움이 계속 기다리라는 말만 하는 거야. 기다리긴 뭘 기다려? 완전히 무능한 거면서!" 무아노는 감정이 폭발했다. "악마의 마법/지각단층 전쟁 분야의 서가로 가겠다고 했더니 뭐라고 대답했는지 알아?"

"그 칸이 어디에 있는지 모른다!" 타라가 무아노와 동시에 대답했다.

무아노는 침대에 누워 있는 친구를 쳐다보면서 마침내 머쓱한 미소를 지었다.

"아픈 친구 앞에서 내가 너무 떠들었네. 미안해, 타라."

타라는 친구에게 미소를 지어 보이면서 가까이 오라고 할 수 없는 것이 유감스러웠다.

"아냐, 졸다가 정신이 번쩍 났는데 뭐. 셈 선생님이 사용하지 않으면 다리가 약해진다면서 시키는 운동에다 마법을 사용하여 걷는 훈련을 하다 보면 완전 녹초가 된다니까. 어떤 때는 너무 지쳐서 아무 생각도 할 수가 없어. 그런데 너한테 문제가 생겼다니까 정말 반갑다."

영리한 무아노는 친구가 방금 한 말이 무슨 뜻인지 알아차렸다. 무아노와 타라는 웃음을 터뜨렸다.

"아, 미안해, 무아노. 정말 그렇다는 뜻은 아니고."

"알아. 우리한테 문제가 생겼다는 말을 듣는 순간이나마 타라 네 고통을 잊을 수 있다는 뜻이잖아. 그래서 지금처럼 웃을 수도 있고. 내 문제는 그렇다 치고, 내가 모르고 있다는 걸 정말 받아들이기 쉽지 않지만, 하여튼 너의 그 작전은 진전이 있어?"

"특별한 건 없어." 타라가 대꾸했다. "할머니와 통화했는데 지구에서는 행동할 준비를 하고 있어. 할머니는 지구의 모든 비마에게 위험을 알릴 생각이야."

"현재 지구로 이민을 떠나는 마법사들 때문에?"

"응. 일이 터지기 전에 비마들에게 알려서 대비시켜야 한다는 것이 할머니 생각이야. 전쟁이 나서 비열한 뱀파이어들이 이기면 대거 지구로 몰려갈 테니까."

무아노는 조그맣게 휘파람을 불었다.

"휴, 비마들 앞에서 마법에 대해 말하면 처벌을 받아. 그런데 할머니는 모든 비마에게 알릴 생각이란 말이지? 아더월드에서 어떻게 생각할지 모르겠다."

타라는 한숨을 쉬었다.

"이해타산이 다른 무리가 존재할 때는 어떤 일이든 늘 찬반이 있기 마련이지. 지구인들을 이용해볼까 생각하는 쪽은 찬성하고, 현재는 지구에서도 마법사들이 태어나기 때문에 혹시라도 인간들이 마법사들을 이용하여 아더월드를 침략하고 정복할까 봐 불안한 쪽은 반대하겠지."

무아노는 고개를 끄덕였다. 문제가 너무 심각해지고 있었다.

"아, 참! 좀 전에 칼을 봤는데 곧 준비가 될 거라고 말했어."

타라의 심장이 마구 뛰기 시작하자 정말 성가신 의료 기기들이 삐삐거렸다. 타라는 진정하기 위해 억지로 숨을 깊이 들이쉬었다.

"곧 떠날 수 있겠지?"

"기껏해야 사흘이면 될 거야. 조금만 시간을 주면 거대한 도서관에서 너를 도울 수 있는 뭔가를 꼭 찾을게!"

무아노의 목소리에서 낙담이 느껴졌다.

"괜찮아, 무아노." 타라가 크리스털 장갑을 낀 손을 들면서 말했다. "나는 그냥 항복하러 가는 것이고, 무슨 일이 일어날지는 두고 보면 알게 될 거야."

무아노는 고개를 들고 어리둥절한 얼굴로 타라를 쳐다봤다.

사실을 말한 거라면 타라는 정말로 항복하러 갈 것이고, 무슨 일이 일어날지는 두고 보면 알 것이다.

29
휠체어

적을 속이기로 했으면
친구들에게도 거짓말할 거라고 귀띔하는 것이 좋은데,
전적으로 믿어버리는 수가 있으니까

*

당번 차례가 되면 로빈은 타라와 보내는 시간에 정성을 들였다. 가까이 다가갈 수 없기 때문에 손짓으로 입맞춤을 보내거나 꽃다발, 책, 사탕을 가져오는 것으로 만족하며 나름대로 신경을 많이 썼다. 타라는 셈 선생님이 시키는 운동을 제외하고는 계속 누워 있다 보니 살이 약간 올랐지만, 불행히도 악마의 마법과 싸우느라고 지방이 빠져나가고 있었다. 샤먼의 지시에 따라 주방장이 칼로리가 높은 음식을 제공하고 있지만 그것으로는 충분하지 않았다.

다리가 마비된 타라는 마법을 너무 많이 사용한 마법사들의 관절을 공격하는 녹아웃 병에 걸리지 않기를 바라고 있었다. 비마 간호사 두 명이 해주는 물리치료에도 불구하고 근육 상태는 호전되지 않았다.

로빈은 내색하지 않으려고 하지만 타라를 바라보는 눈빛이 어두웠다. 타라는 자신의 상태가 점점 악화되고 있다는 걸 알아차렸지만 될 수 있으면 생각하지 않으려고 노력했다.

로빈이 시를 낭송해주었지만, 타라는 로빈이 지구나 아더월드의 책을 읽어주는 것이 더 좋았다. 데이비드 에딩스의 『벨가리온 시리즈』, 존 로널드 루엘 톨킨의 『반지의 제왕』, 알렉산드르 뒤마의 『삼총사』, 로저 젤라즈니의 『앰버 연대기』, 슐푸르 데트릴의 『셀렌다의 엘프』. 그리고 로빈과 함께 영화 여러 편을 3D 화질로 봤는데 타라는 바로 눈앞에서 벌어지는 것처럼 실감나는 영상에 흠뻑 빠졌다. 〈아바타〉는 저리 가라고 할 정도로 훌륭한 영상이었다.

친구들 중에서 파프니르가 가장 예민해져 있었다. 병실 안에서 난쟁이가 가만히 있지를 못하고 어찌나 왔다갔다하는지 타라는 머리가 아팠다. 실버의 소식을 듣지 못하기 때문에 파프니르는 피가 까맣게 타들어갔다. 게다가 히믈리아는 여전히 뱀파이어들과 대치 중이며, 가까운 친척이나 친구 중에 깨물리거나 죽은 난쟁이는 아무도 없다는 정도만 알 뿐 식구들과도 거의 연락하지 못하고 있었다.

난쟁이는 화가 나 있었다. 아무것도 하지 못한 채 궁전에 처박혀 있다는 건 정말 감옥살이나 다름없었다. 살아 있는 모피 목도리처럼 목을 휘감고 있는 장밋빛 새끼 고양이 벨도 현기증이 일어나기 시작했다. 파프니르를 무조건 좋아하지만 이전의 삶이 더 평온했다는 생각이 들 정도였다.

"왜 나는 너를 따라갈 수 없는데?" 파프니르가 또 투덜거렸는데 벌써 만 번째는 되는 것 같았다.

"궁전 안에서는 네가 별로 도움이 되지 않기 때문이야. 그리고 내가 실패할 경우 넌 나를 도와줄 수 없어. 파프니르, 네가 만약 악마의 마법에 감염되면, 히믈리아 최고의 전사인 너는 대량 학살을 하게 될 거야. 그러면 안 되잖아! 넌 반지에서 멀리 떨어져 있어야 해!"

파프니르는 제동을 걸었다.

"아니, 난 히믈리아 최고의 전사가 아냐. 불굴의 전사들이 나보다 훨씬 강력해!"

"그럴지도 모르지. 하지만 너는 그들에게 없는 걸 갖고 있잖아. 너는 사자처럼 용맹하게 싸우고, 너는 싫어하지만 마법 능력이 있어. 그게 너를 최고의 전사로 만들어준단 말이야!"

파프니르는 한숨을 내쉬었다. 나가서 싸울 수 없다면 최고의 전사가 무슨 소용 있단 말인가! 난쟁이가 마침내 앉았을 때, 아니 털썩 주 저앉아서 뜻밖의 몸무게에 놀란 안락의자가 신음소리를 냈을 때 장 밋빛 새끼 고양이는 앉아줘서 고맙다는 표시로 가르랑거렸다. 타라 도 들키지 않게 안도의 숨을 내쉬었다.

난쟁이는 그렇게 뿌루퉁해 있다가 칼에게 타라를 맡기고 병실을 나갔다. 계속해서 뭔가를 훈련해야 되기 때문에 칼은 잠시 머물다가 로빈과 교대했고, 그다음은 무아노, 이어서 셈 선생님이 수염을 기른 학자의 모습으로 나타났다.

셈 선생님은 타라와 인사를 나눈 뒤에 말했다.

"네가 뭔가를 꾸미고 있다는 거 알아. 그게 뭔지 이제 말하렴."

타라는 천연덕스럽게 무슨 말인지 모르겠다는 듯 눈을 동그랗게 떴다.

"내가요? 아니에요!"

"네 친구들은 하나같이 슬픈 얼굴인데 칼만 뭘 하는지 혼자 신이 나서 틀어박혀 있단 말이다. 따라서 네가 칼과 둘이서만 작당을 해서 아주 위험한 작전을 짜고 있다는 것쯤이야 쉽게 눈치챌 수 있지."

타라는 입술을 깨물었다. 정말 너무 머리가 좋은 드래곤이었다. 타라는 거짓말을 하려다가 흥미롭게 쳐다보는 셈 선생님의 시선과 마주치면서 생각을 바꿨다.

"반지는 내가 하는 말을 들을지도 몰라요."

"그래서 나한테 아무것도 말해주지 못한다는 거구나."

"네."

"이러면 곤란한데……. 그럼 네 계획이 잘못된 것일 경우 내가 설득할 방법조차 없는 거잖아."

타라는 미소를 지었다.

"그게 목적이에요."

"아!"

"네!"

드래곤이 미소를 지었다.

"너를 안 뒤로는 정말 날이 갈수록 심심하지 않은 삶을 살게 되는구나, 타라 덩컨. 앞으로도 계속될 것 같고."

"어머니의 시신에 대한 새로운 소식은 없어요?" 타라는 화제를 돌리기 위해 물었다. "잿빛 요새, 아니 마지스터의 새로운 잿빛 요새는 아직도 못 찾으셨나 보죠?"

"보스가 투옥되었는데도 상그라브들이 숨어서 나오질 않아." 드래곤은 마지못해서 대답했다. "미안하구나."

그 순간 칼이 공중 부양으로 떠운 커다란 상자를 떠밀면서 전속력으로 들어오다가 셈 선생님을 발견하고 급제동을 걸었다. 뒤쫓던 블롱딘이 가까스로 피하면서 분노의 울음소리를 냈다.

"선생님의 마법이 빛나기를!" 칼이 아주 공손하게 인사했다.

"너의 마법이 세상을 지켜주기를! 오늘은 네가 아주 격식을 차리는구나. 타라 덩컨의 작전을 실행할 준비가 된 거니? 그 상자 안에 들어 있겠지?"

아연실색한 칼이 입을 열려고 할 때였다. 갑자기 날아온 마법의 광선에 얻어맞은 칼은 입을 다물었다. 주먹을 꽉 쥐고 있던 타라는 칼이 말하지 않으리란 확신이 들었을 때 마법의 광선을 껐다.

"좋아요." 화가 난 타라가 드래곤에게 대답했다. "내가 하는 말을 반지가 들을지도 모르는데도 선생님은 꼭 들어야겠어요?"

"함축적인 말 한마디면 되는데." 셈 선생님이 안락의자에 앉으면서 대꾸했다. "네가 경솔하게 위험한 일을 저지르는 걸 원치 않으니까 네 작전을 칼이 귀띔해주는 건 어떨까? 좋은 생각 아니니? 그리고 좀 전에 보니까 굉장히 빠르게 마법을 발사하는구나. 몸도 많이 회복된 것 같은데."

"훌륭한 선생님들이 잘 돌봐주니까요." 꾐에 넘어갈 생각이 전혀 없는 타라가 퉁명스럽게 대꾸했다. "그리고 죄송하지만 많이 피곤해서 좀 쉬어야겠어요."

셈 선생님이 드래곤의 눈으로 타라를 쳐다보면서 또다시 한숨을 내쉬었다.

"네가 바보 같은 짓을 하지 못하게 보초를 세우고 지키게 하면 모조리 두꺼비로 둔갑시키겠지?"

타라는 짜증이 나서 드래곤을 쳐다보다가 잠시 생각에 잠겼다. 그리고 감정적으로 대응하기보다 논리적으로 맞서기로 결정했다.

"나는 열여섯 살이에요." 타라는 차갑고, 간결하고, 단정적인 어조(마음속으로 '리스베스 어조'라고 명명한)로 말했다. "3년 전부터 오무아의 여제와 황제는 나에게 교육을 시켰어요. 과소평가하거나 과대평가하지 말고 내 판단력과 능력을 믿으라는 교육이었죠. 만약 내일 고모와 내 동생이 사망하면, 마라가 공식적인 후계자이기 때문에 새로운 여제는 내가 되는 겁니다. 그러면 나는 이 행성에서 가장 강력한 나라의 국민 2억을 다스리는 군주가 되는 겁니다. 그런데 선생님은 왜 내가 하려는 일이 심사숙고하지 않고 내린 결정이라고 생각하는 겁니까? 나에게 그만한 능력이 없다고 생각하는 이유가 뭡니까? 아니, 선생님의 판단이 맞아서 내가 정말 믿음이 가지 않는 사람이라면 지금이라도 당장 지구로 돌아가서 마법 따위는 모조리 잊고 평범한 고등학생으로 살아갈까요? 그러면 좋겠어요?"

교만하게 느껴질 수 있지만, 타라는 많이 생각하고 하는 말이었다.

잠시 침묵이 흘렀다. 분위기가 싸늘했다.

타라가 쏘아대는 비난을 꾹 참고 듣던 드래곤이 마침내 말했다.

"대단한 웅변술이구나, 타라. 그래, 알았다. 네가 해야 할 일을 해. 네 머리 위에는 별이 있으니까, 지구인들의 표현으로 수호천사가 있으니까 너와 함께하고 지금까지 그랬던 것처럼 너를 지켜주겠지. 그 수호천사가 좋지 않은 상황이 발생했을 때도 너를 버리지 않기를 바랄 뿐이다."

"나도 그래요." 잠자코 지켜보던 칼이 한마디 거들었다.

타라가 고갯짓을 하자 칼은 아무 말도 덧붙이지 않았다.

셈 선생님이 미소를 머금고 일어났다.

"네 고모가 자랑스럽게 여길 수도 있지."

"셈 선생님?"

"왜?" 셈 선생님이 희망이 가득한 어조로 대꾸했다.

"늑대인간들의 대통령이 왔었어요. 오무아가 타투말렌쉬바르에 전쟁을 선포했다는 걸 아세요?"

"알고 있다." 셈 선생님이 심각한 표정으로 고개를 끄덕였다. "수석 족장 테올크가 셀비와 함께 여기 와 있다. 테올크는 신이 나 있지. 이 전쟁이 자기가 최고라는 걸 보여줄 기회라고 생각하니까."

"선생님이 테올크를 설득하고 전쟁을 막아주세요." 타라는 차갑게 말했다.

"뭐라고?"

"내가 실패해도 반지 때문에 세상이 유혈의 도가니가 되는 일은 없어야 해요. 늑대인간들과 뱀파이어들의 전쟁은 절대로 일어나면 안 돼요. 수십만의 희생자를 만들어서는 안 되니까요."

타라는 손가락으로 드래곤을 가리키면서 말했다.

"그건 선생님에게 맡길게요. 세상 사람들을 버리지 마세요."

"너 지금 무슨 말인지 알고 하는 거니?"

"네, 선생님이 반지를 향해 드래곤의 불을 내뿜으면 팅가푸르의 절반이 파괴된다는 걸 아니까 하는 말이죠."

쪽빛 눈과 노란빛 눈이 마주쳤는데 눈싸움하듯 깜박거리지도 않았다. 드래곤이 정중하게 몸을 숙였다.

"원하는 대로 될 것이옵니다, 마마. 이 세상을 위해."

셈 선생님이 나가자 타라와 칼은 서로를 쳐다봤다.

"준비됐지?" 타라가 물었다.

기막히게 실속을 차리는 타라를 보면서 칼은 혀를 내둘렀다.

"응. 그리고 네가 주문한 것을 받았어."

"그럼 다 됐네. 살아있는 돌? 쇳조각을 제압해주면 좋겠어. 칼이 가까이 와야 하는데 악마의 마법이 내 친구를 좀비로 만드는 걸 원치 않아."

"타라, 예쁜 타라가 친절한 칼을 보호하고 싶다고? 좋아, 알았어."

칼이 위험하지 않다는 걸 확인한 다음, 타라는 크리스털 장갑을 낀 손을 들고 마법을 발사했다. 구석구석에 있는 스쿠프들이 잠들었고, 의료 기기들은 가짜로 정상적인 수치를 표시했다.

타라는 이를 악물었다. 샤먼의 진통제가 중단되면서 즉시 등에 통증이 일기 시작했는데 눈물이 나올 정도로 아팠다.

칼은 유리 다루듯 조심스럽게 타라의 몸에 연결된 코드를 뽑았다. 체인지라인은 오무아를 상징하는 금빛과 주홍빛의 가볍고 탄력성이 좋은 갑옷을 타라에게 입혔고, 자연스럽게 풀어헤친 머리에 왕관을 씌워주었다. 칼은 타라를 일으켜놓고, 상자에서 꺼낸 휠체어에 앉혔다.

지구에서 흔히 볼 수 있는 평범한 휠체어처럼 보였다. 하지만 크롬으로 도금되어 있고, 부속마다 환상의 동물과 식물들이 조각되어 있는 예술 작품일 뿐만 아니라 필요에 따라 침대나 들것으로도 사용할 수 있는 아주 실용적인 휠체어였다.

전동기를 이용하는 휠체어지만 바퀴를 밀어도 전진할 수 있었다.

칼이 휠체어에 앉히는 순간 등에서 올라오는 통증을 참으면서 타라가 물었다.

"이 안에 마법 기능은 전혀 없지?"

"전혀. 완전히 평범한 휠체어야. 모우르무르 발명가께서 이런 도전을 할 기회를 줘서 고맙다고 전해달래."

"이제는 누구도 우리를 여기에 붙잡아두지 못해. 살아 있는 궁전?"

벽에 나타난 유니콘이 의아한 표정으로 쳐다봤다.

"부탁인데 안티 트란스미투스를 취소해줄래? 우리는 떠나야 해."

유니콘이 질겁하는 표정으로 눈이 커졌다.

"제발 부탁이야." 타라가 말했다. "우리는 시간이 없어. 누군가에게 들키기 전에 빨리 취소해!"

유니콘이 거칠게 콧숨을 내쉬면서 복종했다.

타라는 휠체어에 달린 금속 장갑을 끼고, 며칠 전부터 살아있는 돌과 축적해놓은 마법으로 초강력 트란스미투스 주문을 날리기 전에 마지막 지시를 내렸다.

"궁전, 탁자 위에 놔둔 크리스털 볼에 내가 메시지를 남겨놨으니까 우리가 떠난 뒤에 전달해줘. 내 친구들과 가족에게 보내는 작별 인사야. 내가 모두 사랑한다는 말, 그리고 내게 무슨 일이 일어나도 내 사랑은 항상, 영원히 함께할 거라고 말해줘."

칼은 고개를 끄덕였다. 칼도 타라와 마찬가지로 친구들과 가족에게 작별 인사를 남겼기 때문에 더는 덧붙일 말이 없었다.

타라가 트란스미투스를 날렸고, 엄청난 힘에 궁전은 부르르 떨었다.

그리고 타라와 칼은 사라졌다.

30
사악한 여제
오케이 목장의 결투

*

이동할 때 공간이동의 문에 필적할 만한 것이 있을까. 미니 소용돌이라고 할 수 있는 트란스미투스는 단거리라면 모를까 장거리 이동에는 적합하지 않았다. 그래서 타라는 살아있는 돌 속에 내장된 이동의 문과 자신의 마법이 불러내는 트란스미투스를 결합시킨 신형 이동의 문을 만들었다.

타라와 칼은 오무아의 팅가푸르에 있는 황궁의 정문 앞에서 유형화되었다.

뱀파이어 친위대가 믿기지 않는 눈으로 쳐다보고 있었다.

타라는 접견실에서 유형화되고 싶지 않았다. 황궁의 안티 트란스미투스는 굉장히 강력해서 출발 지점으로 돌려보낼 우려가 있었고, 위험한 술책을 꾸미는 자들을 제거하기 위해 반지가 함정을 놓았을 수도 있었기 때문이다.

사납고 위험한 사냥가처럼 천천히 다가오는 뱀파이어들을 보면서 타라는 반지가 호기심을 가져주기만 바라고 있었다.

"나는 오무아의 전 후계자 타라 덩컨이다." 타라는 낭랑한 목소리로 외쳤다. "항복하기 우해 오무의 여제를 만나러 왔다."

갑자기 심장이 벌렁벌렁 뛰었다. 타라를 에워싸고 있는 뱀파이어들을 헤치고 드라큘에 이어서 킬라가 나타났다. 둘 다 눈이 새까맣고, 빠져나갈 수 없는 지옥에서 고통스러워하는 것처럼 보였다.

"죽여라!" 드라큘이 친위대에 명령을 내렸다.

타라는 마법을 작동했다.

"잠깐." 킬라가 외쳤다. "여제께서 보고 싶어할지도 몰라요."

"아니, 여제께서는 후계자 타라 덩컨을 죽이라는 명을 내리셨다."

"네, 물론 죽이라고 했어요. 하지만 후계자가 항복할 경우에는 어떻게 해야 하는지 말하지 않았어요. 저기 보세요, 아버지. 눈 깜짝할 사이에 도시 전체가 알 거예요!"

실제로 많은 사람들이 궁전의 정문 앞 계단에서 벌어지는 장면과 타라의 모습을 크리스털 볼의 카메라에 담고 있었다.

드라큘이 불만을 터뜨렸다.

"빌어먹을 인간들! 좋다, 일단 타라 덩컨을 안으로 들여라. 여제에게 어떻게 할지 물어보겠다."

킬라가 칼에게 휠체어를 밀고 들어오라고 손짓했다. 타라에게 일어나라고 하지 않는 것으로 보아 마비가 되었다는 걸 이미 알고 있다는 뜻인데.

그들은 웅장한 정문을 지나 앞뜰을 거쳐서 대기실로 들어갔다. 빨간색과 흰색의 방은 오무아를 상징하는 100개의 금빛 눈을 가진 주홍빛 공작 문양의 양탄자가 깔려 있었다. 벽에는 프레스코화가 그려져 있고, 공중에 매달린 작은 샘에서 화려한 새들과 요정들이 목을 축이고 있었다. 빨간 대리석 바닥에 뿌리를 내린 나무들이 살랑거렸고, 그윽한 향기를 내뿜는 빨간 꽃에서 비즈즈즈들이 꿀을 모으고 있었다.

드라큘이 크리스털 볼을 꺼내서 여제에게 접속하자 그들 앞에 리스베스의 이미지가 나타났다. 타라를 발견한 여제가 눈을 치켜떴다.

타라는 가슴이 오그라드는 것 같았다.

뱀파이어들과는 달리 리스베스 여제의 눈은 검은빛이 아니었다. 그리고 건강한 모습이었다.

"오, 내 조상들이 나온 진흙이여! 저 계집아이가 여기는 무슨 일이야?" 여제가 내뱉었다.

"오무아의 여제 폐하." 타라는 휠체어에 앉은 자세에서 할 수 있는 가장 정중한 몸짓으로 인사했다. "나는 고모에게 협력하러 왔습니다."

여제는 입을 멍하니 벌렸다.

"나에게 협력을 하겠다?"

"네, 그래서 온 거예요. 다른 친구들은 따라오기를 거부했고, 면허받은 도둑 칼만 설득해서 데려왔어요. 우리는 고모가 너무 강력해서 대립할 수 없다고 판단했거든요. 고모가 아더월드를 정복하는 데 큰 도움을 줄 수 있을 거예요."

여제가 눈을 가늘게 떴다.

"네가 기회주의자였다는 기억이 없다. 그리고 너를 경계하라는 명을 내렸다."

반지가 시켰다고 말하지 않는다는 것은 고모가 지배를 받고 있는 건 아니라는 뜻인가?

타라는 한숨을 내쉬면서 휠체어를 가리켰다.

"내 척추에 박힌 쇳조각 때문에 얼마 전부터 극심한 고통을 겪고 있어요. 나는 한 가지 소망밖에 없어요. 제발 쇳조각을 **빼내주세요**. 나는 죽고 싶지 않아요. 그래서 고모에게 대립할 것이 아니라 협력하려고 찾아온 거예요."

"너를 당장 죽이라는 명을 다시 내린다."

타라는 고개를 끄덕였다.

"나를 믿지 않으시는군요. 그럼 나를 시험해보세요. 이제는 내 친구들도 모두 내가 배신했다는 걸 알고 있으니까요."

"이유는?"

이건 테스트였다. 타라는 준비한 대답이 있었다. 고모는 타라를 잘 알고 반지도 잘 알고 있었다.

"평화를 위해서요." 타라는 대답했다. "뱀파이어들과 늑대인간들의 살육전을 피하기 위해서요. 나는 늑대인간들의 하클라예요. 내가 고모에게 맞서지 말라고 명하면 늑대인간들은 복종할 거예요. 나 아니었다면 그들은 아직도 노예로 살았을 테니까요. 늑대인간들은 '충성'이란 말의 뜻을 아는 종족이죠. 고모가 아더월드를 정복하는 동안 내가 옆에 있으면 아무도 피해를 입지 않을 거예요. 고모는 나를 아니까 내가 거짓말하는 게 아님을 알 거예요."

타라가 어찌나 진지한 목소리로 천연덕스럽게 말하는지 뒤에 서 있는 칼은 귀가 의심스러워서 딸꾹질이 나왔다.

타라가 친구들 중에서 여제의 눈에 가장 '매수하기 쉬운' 도둑만 데리고 왔다는 사실은 고모와 반지에게 설득력이 있었다.

여제가 잠시 침묵을 지키고 있는데 정말 숨이 막힐 정도로 아주 길게 느껴졌다.

"나는 너를 믿지 않아. 하지만 네가 쓸모는 있지."

여제는 이미지 앞에 허리를 숙이고 있는 뱀파이어들의 대통령을 쏘아봤다.

"이 아이를 도둑과 함께 감옥에 넣으시오. 어떻게 할지는 나중에 생각할 테니까."

"하지만." 타라가 말했다. "나는……."

여제의 이미지가 타라를 향해 몸을 숙이면서 매서운 눈초리로 응시했다.

"한마디만 더 하면 네 심장을 뽑아버릴 테니까, 입 닥쳐! 알았니?"

화가 나지만 타라는 꾹 참으면서 고개를 숙였다.

"감옥에 들어가면 너는 마법을 사용할 수 없으니까 조용히 있어! 알았니?" 여제는 웃음을 흘리면서 말했다 "나는 잠을 좀 자야겠다."

그리고 이미지는 사라졌다.

뱀파이어들은 잠자코 타라와 칼을 감옥으로 데려갔다. 타라는 속으로 안도의 숨을 내쉬었다. 이제부터 시작이야.

간수들도 티그족 대신 뱀파이어들로 바뀌었지만, 감옥은 여전히 독 이빨을 가진 시커먼 하이에나인 샤트릭스들이 경비를 서고 있었다.

감옥은 꽉 차 있었다. 탈옥 방지를 위해 마법을 무력화시키는 조각상이 있는 구역으로 들어서는 순간 타라는 통증과 싸울 각오로 이를 악물었다.

그런데 통증이 일어나지 않았다.

아팠던 적도 없었던 것처럼 통증이 순식간에 사라져버렸다. 조각상이 악마의 마법까지 억제해버리는 바람에 쇳조각도 버티지 못했던 것이다.

하지만 타라의 다리는 여전히 마비된 상태였다. 그렇다면 척추를 장악하고 못 쓰게 만들고 있는 쇳조각이 마법과는 상관이 없다는 건데.

칼이 휠체어를 밀어주었고, 타라는 감방들을 지나치면서 가슴이 오그라들었다. 아는 이들이 꽤 많이 투옥되어 있었다. 그중에서 특히 세 명이 눈에 들어왔다.

휠체어에 앉은 타라를 보면서 눈이 동그래지는 아르노.

벌떡 일어나는 실버.

그리고 여전히 마스크를 쓰고 있는 마지스터가 간이침대에 누워 있는데 몹시 아픈 것 같았다.

감방에 갇히기 전에 칼과 타라는 몸수색을 받았다. 칼의 연장과 망토가 압수되었고, 체인지라인은 주머니에 위험한 것이 들어 있지 않다는 걸 보여주어야 했고(타라는 출발하기 전에 주머니 안을 비우게 했다), 타라의 휠체어도 수색을 받았는데 칼은 그 특유의 비아냥거리는 입담으로 간수들을 자극했다. "설마하니 장애자가 타는 휠체어에 무기를 감췄을까 봐요?"

빈방이 없는지 한 방에 가두고 뱀파이어 간수들이 나가자 칼이 걱정스러운 얼굴로 물었다.

"괜찮아?"

"응, 우리는 물론이지만, 쇳조각도 마법이 무력화되어서 통증이 사라졌어. 칼, 이러니까 다시 사는 느낌이야."

"정말 네 얼굴에 혈색이 돌아왔어."

"끔찍한 감옥에 갇혔으니 행복하다고까지 말할 수는 없지만, 그래도 아프지 않으니까 정말 살 것 같아."

"이제 어떻게 될까?"

"고모가 올 거야. 내가 어떻게 나오는지 정말 궁금할 테니까. 분명히 나를 보러 올 거야."

타라와 칼은 그리 오래 기다릴 필요가 없었다. 거리가 멀리 떨어져 있기 때문에 아르노가 실버의 질문까지 함께 소리를 지르고 있을 때 복도 끝에서 시종들과 뱀파이어 친위대를 거느린 여제가 모습을 드러냈다. 타라는 많은 궁인들이 악마에 들리지 않은 모습에 깜짝 놀랐다. 타라는 침울해졌다. 오무아 사람들의 낙관주의는 정말 알아줘야 했다. 이들에게는 '생존'이 최우선이었다. 오무아 사람들은 여제에게 무슨 일이 일어났다는 걸 알아도 자기들에게 해가 되지 않으면 개의치 않았다.

"저 아이들을 끌어내라." 리스베스 여제가 명했다.

친위대가 복종했고, 타라는 소름이 돋았다. 친위대 속에 섞인 인간의 피를 먹은 뱀파이어들이 타라를 맛있는 음식을 대하듯 쳐다봤던 것이다. 정상적인 뱀파이어들은 노골적으로 경멸을 나타냈다.

칼이 감방 밖으로 타라의 휠체어를 밀고 나갔다.

타라는 깜짝 놀라는 표정으로 주위를 둘러봤다.

"비밀 얘기를 해야 되는데 다른 곳으로 가야 하는 거 아닌가요? 여긴 귀가 너무 많은데요."

"왜 여기가 마음에 안 드니?" 여제가 즐거워하는 얼굴로 말했다. "마법을 사용하지 못해서 싫어?"

타라가 반격했다.

"내가 이해가 안 되는 건 여기서는 마법이 힘을 발휘할 수 없는데도 반지가 계속해서 고모를 지배하고 있다는 점이에요."

여제가 눈빛을 번득이면서 궁인들에게 물러나라고 명했다. 드라큘, 아르노가 목을 빼고 이름을 부르건만 들은 체도 않는 킬라, 여제, 타라, 칼, 투옥된 죄수들만 남았다.

"우리가 뭔가 합의를 해야 한다면 반지에 대한 말은 꺼내지 않는 게 좋을 텐데, 어린 인간?" 여제는 따끔하게 지적했다.

드라큘과 킬라는 반응하지 않는 반면에 실버와 아르노가 소스라쳤다.

"잘 알았습니다, 고모." 타라는 공손하게 대답했다.

"계속 그렇게 우리의 혈연관계를 상기시키지 않아도 돼." 리스베스는 거만한 어조로 말했다. "네가 누군지, 내가 누군지 잘 알고 있으니까! 그리고 방금 네 질문에 답하자면, 나는 죄수들을 심문하기 위해 정기적으로 감옥에 들러야 한다. 따라서 조각상이 나의 마법은 차단하지 못하게 만들었지. 반지가 그렇게 만드는 데 여러 달이 걸렸지만 완벽하게 작동하고 있지. 그래서 나는 내 마법과 반지의 마법을 뜻대로 사용할 수 있다. 조각상이 아더월드의 마법을 완전히 무력화하는 건 불가능해도 죄수들의 마법은 막을 수 있지."

타라는 경의를 표했다.

"훌륭하십니다. 고모가 우리를 왜 감옥에 있게 했는지 이제야 이해가 됐어요. 무슨 일이 일어나도 고모는 마법으로 방어할 수 있지만 우리는 힘을 쓸 수 없으니까요."

타라가 칼에게 휠체어를 좀 더 앞으로 밀어달라고 손짓하자 리스베스는 경계하면서 뒷걸음쳤다.

"너는 마법을 사용할 수 없다는 거 알지만 다가오지 마. 네가 뱀파이어로 변신했을 때 그 힘을 봤으니까."

타라는 천진한 미소를 지으면서 휠체어를 가리켰다.

"하지만 반지가 나를 마비시켜놨잖아요, 고모. 이렇게 해놓지 않았다면 내가 여기 오지도 않았겠죠. 치료를 받고 고모를 보좌하기 위해 온 거지 다른 목적은 전혀 없어요. 어? 그런데 저게 뭐죠?"

타라가 고개를 쳐들고 완전히 깜짝 놀라는 표정을 지었다.

아주 짧은 순간이지만 칼은 훈련이 되어 있었다. 타라가 뭘 보고 놀라는지 보려고 모두 고개를 돌렸을 때 칼은 재빠르게 휠체어의 버튼을 눌렀고, 권총이 튀어나왔다. 타라가 칼에게 준 상자에 들어 있던 것이 바로 권총이었다. 지구에서 저택을 공격해온 상그라브 중 한 명이 타라를 들쳐 업고 달아나다가 실버에게 걸렸을 때 내놓은 권총인데 타라가 보관하고 있었다. 타라는 힘의 중심이 되는 가슴이나 머리통을 쏘라고 했는데…….

지금 칼은 리스베스를 향해 권총을 겨누고 있었다.

338

드라큘이 괴성을 지르면서 아연실색한 여제 앞으로 달려왔지만 너무 늦었다. 칼은 이미 방아쇠를 세 번 당긴 뒤였다. 탕, 탕, 탕. 경련을 일으키는 리스베스의 얼굴 좌우를 지나쳐간 총알들이 마법을 무력화시키는 조각상을 박살 냈다. 적중! 미션 성공! 그와 동시에 타라는 리스베스와 반지가 반응할 겨를을 주지 않고 두 번째 표적, 마지스터를 향해 믿기지 않는 힘을 발휘했다.

　"스파리담!"

　즉시, 악마의 사물들에서 나오는 마법이 점액성의 시커먼 물결을 이루어 타라에게 흘러왔다. 반지는 이내 마법이 흘러나가지 못하게 막았지만, 고문에 시달린 마지스터는 너무 허약한 상태라서 타라를 당해낼 수 없었다. 타라는 순식간에 악마의 셔츠에서 마법을 빼냈고, 자신의 마법에 살아있는 돌의 마법, 마지스터의 마법까지 결합시키면서 변신했다.

　검은 여왕! 타라는 여전히 마비가 되어 있지만, 척추에 박힌 반지 조각은 더 이상 힘을 쓰지 못했다. 마법의 물결이 즐겁게 검은 여왕을 가득 채우고 있었다. 눈이 검푸른 빛으로 이글거리더니 살아 있는 힘의 화신이 공중으로 떠올랐다.

　검은 여왕을 보면서 격분한 리스베스가 칼의 얼굴을 후려치면서 권총을 빼앗은 다음 반지의 힘으로 공중으로 떠올랐다. 리스베스의 눈은 검은빛이었다. 반지가 마법을 축적하는 동안 사태를 지켜보던 두 뱀파이어 드라큘과 킬라가 고개를 흔들더니 재빨리 죄수들을 풀어주고는 줄행랑을 쳤다. 아르노는 킬라를 쫓아 나갔지만, 실버는 마지스터가 움직이지 못하기 때문에 남아 있었다. 입에서 피가 흐르는데도 감방으로 뛰어들어간 칼은 실버와 함께 마법의 방패를 만들어서 마지스터와 갈랑, 블롱딘을 보호했다. 칼은 그냥 있다가는 목숨이 위태롭다는 걸 알면서도 극적인 순간을 놓칠 수가 없어서 도망치지 않았다.

검은 여왕의 아름다움은 소름이 끼쳤다. 빨간빛과 금빛의 갑옷이 검은색으로 변했다. 손에는 갈퀴발톱이, 다리에는 날카로운 칼날이 삐죽삐죽 솟아 있었다. 리스베스도 검은색 갑옷 차림인데 흘러내리는 점착성 액체가 바닥에 닿으면서 연기로 변하고 있었다.

"함정일 줄 알았어." 리스베스는 앙칼진 목소리로 말했다. "내 호기심을 노린 함정에 빠진 거야. 반지가 하라는 대로 네가 나타나는 즉시 죽였어야 했는데!"

타라는 반지를 파괴하러 온 것이지 얘기를 하러 온 것이 아니었다. 타라의 데스트룩투스 공격이 리스베스의 방패를 맞고 튕겨 나왔지만 타격을 받은 것 같았다. 이번에는 타라가 리스베스의 공격을 방어할 차례였다.

하지만 충격적이었다. 예상보다 훨씬 강력한 공격이었다. 얼마나 강력한지 건물이 흔들리고, 벽이 박살 나면서 날아오는 돌 파편이 칼과 실버까지 위협할 정도였다.

여제는 흡족한 얼굴로 고개를 끄덕였다.

"너는 그리 강력하지 않아. 이제는 다른 것으로 대체하는 방법을 알았으니까 악마의 영혼은 아낄 수 있지."

타라는 눈살을 찌푸렸다.

"다른 것으로 대체하는 방법이라니⋯⋯."

여제는 비웃음을 흘렸다.

"아! 모르고 있었니? 너의 정보통은 능력이 없구나. 마법사들이 비욘드월드로 떠나기 전에 영혼을 낚아채는 방법을 반지가 알려줬거든. 물론 어떻게 작동하는지 이해하기까지는 꽤 많은 마법사를 죽였지. 영혼들이 내가 바라는 대로 움직이는 편은 아니지만 지금 내 힘은 회복되었다. 너는 나한테 상대가 안 돼!"

그러고는 데스트룩투스 공격을 했다. 휘몰아치는 불덩어리의 빛이 어찌나 강렬한지 칼과 실버의 눈에 눈물까지 고였다. 용맹하게 싸우고 있지만, 척추에 박힌 쇳조각의 공격을 받는 타라는 폭발하거나, 리스베스나 마지스터처럼 악마의 마법에 감염될까 봐 마법을 많이 사용할 수 없었다.

칼은 믿어지지 않았다. 칼과 타라는 검은 여왕이 반지보다 훨씬 강할 거라고 생각했는데.

이렇게 끝나는 건가? 리스베스는 압박하면서 이미 힘이 다 빠진 검은 여왕을 바닥에서 꼼짝 못하게 했다. 방패가 굴복했다. 검은 여왕은 사라지고 기진맥진한 타라의 몸이 나타났다. 타라의 코와 귀에서 피가 흘러내렸다. 잔혹한 표정을 지으면서 타라 위로 날아온 리스베스는 당장 끝장낼 기세였다. 파괴의 불을 작동했다는 것은 리스베스가 타라를 죽이겠다고 작정한 것이 아닌가.

완전한 패배였다.

그래서 타라는 할 생각이 없었던 일을 했다. 금지된 것이라서 수명이 몇 년은 짧아지는 대가를 치러야 할 일을 했다.

마왕을 불러낸 것이다.

"마왕은 내 앞에 나타날지어다!" 타라가 고함쳤다.

악마들과 협약이 된 사항이었다. 어떤 마법사든 지각단층을 열지 않고 악마를 아더월드로 불러낼 수 있었다. 하지만 악마를 불러내면 그 대가로 짧게는 몇 분, 길게는 몇 년의 생명을 내주어야 했다. 강력한 악마일수록, 강력한 마법사일수록 생명을 많이 내주어야 하기 때문에 수명이 몇 년은 짧아질 수 있었다. 어차피 죽기 일보 직전인데 타라는 더 잃을 것이 없지 않은가.

타라가 무슨 짓을 했는지 알아차린 리스베스가 경악하는 얼굴로 외쳤다.

"안되애애애애애애!"

너무 늦었다. 허공에 거대한 구멍이 열리고 얼굴에 샴푸가 잔뜩 묻은 아르칸즈가 어리둥절한 모습으로 나타났다.

"오, 내 조상들의 발굽이여! 이게 무슨 일……."

아르칸즈는 바닥에 쓰러져 있는 타라와 리스베스, 감옥을 보면서 말을 중단했다.

아르칸즈가 손가락 마디 꺾는 소리를 내면서 비누 거품을 없애자 갑옷과 왕관을 쓴 차림으로 변했다.

"나는 마왕을 불렀어요!" 아르칸즈가 나타난 걸 이해할 수 없는 타라가 고통 때문에 힘겹게 말했다.

"그래서 내가 온 것이다!" 아르칸즈는 경쾌하게 말했다.

리스베스가 고함을 지르면서 아르칸즈에게 공격을 가했다. 타라는 겁먹을 겨를이 없었다. 아르칸즈의 갑옷이 마치 아무 일도 없었던 것처럼 리스베스의 공격을 흡수해버렸으니. 아르칸즈는 시커먼 토네이도를 일으켜서 리스베스를 벽으로 밀어붙이고 꼼짝 못하게 했다.

"당신이 마왕이에요?" 칼이 외쳤다. "언제부터요? 아버지를 죽인 거예요? 왕위를 계승하려고?"

아르칸즈는 한숨을 내쉬었다.

"너희 인간들은 정말 살육을 즐기는구나! 그게 아니라 아버지는 내가 옳았고, 아버지가 잘못되었다는 걸 깨닫고 스스로 물러나셨다. 따라서 나는 악마들의 새로운 왕이 되었다. 하지만 이렇게 빨리 타라 너를 다시 보게 될 줄이야! 내 사랑, 새로운 모습도 아주 마음에 드는구나!"

타라를 부축해서 일으켜주던 아르칸즈는 걷지 못하는 걸 보고 눈살을 찌푸렸다.

아르칸즈는 그사이에 용케 움직이는 데 성공한 리스베스의 공격을 왼팔로 잽싸게 막으면서 물었다.

"이게 어떻게 된 거니?"

"마비가 되었어요. 반지가 보낸 조각이 척추에 박혀 있어서 나는 걸을 수가 없어요." 타라가 말했다.

아르칸즈를 공격해봐야 소용이 없다는 걸 알아차린 리스베스는 후퇴할 생각으로 벽에서 떨어졌다. 하지만 칼이 고함쳤다.

"도망친다!"

아르칸즈가 쳐다보자 겁에 질린 리스베스는 뒷걸음쳤다. 아르칸즈의 초록빛 눈에서 무엇을 읽은 걸까? 리스베스가 비명을 지르기 시작했다.

극도의 공포에 사로잡힌 비명이었다. 그리고 리스베스는 마비된 것처럼 움직이지 못했다.

아르칸즈는 눈을 가늘게 떴다.

"내 아버지의 반지가 이랬다고?" 깜짝 놀란 아르칸즈가 물었다. "크라에토비르의 반지? 그 멍청한 반지가 도대체 여기서 무슨 짓을 하고 있는 거야? 악마의 사물들은 너희가 어딘가에 가둬둔 걸로 아는데?"

"이 반지는 완제품이 아니라 시제품 중 하나예요." 타라는 갈비뼈가 부러지는 것 같은 통증과 싸우면서 대답했다. "반지가 리스베스 여제를 장악하고 있어요. 그래서 드래곤들이 반지를 파괴하기 위해 여길 공격할 생각인데 내가 원하지……."

"그래, 알아들었다. **너! 이리 나와!**"

그 호통에 리스베스의 손에서 빠져나온 반지가 아르칸즈의 손바닥으로 날아왔다. 리스베스가 푹 쓰러지는 순간 재빠르게 실버가 두 팔로 안았지만, 그녀는 의식을 잃었다.

"쯧 쯧 쯧! 미친 반지 같으니라고, 깜냥도 안 되는 것이 주제넘게 권리를 침해하다니!" 아르칸즈는 혀를 찼다.

아르칸즈는 주먹을 꽉 쥐었다. 우지끈하고 무언가가 부서지는 소리와 그의 절규가 뒤섞였다. 아르칸즈가 손을 폈을 때 반지는 가루로 변해 있었다.

"이 갑옷은 사라지게 해." 아르칸즈는 고통스러워서 눈물을 흘리는 타라에게 부드럽게 말했다. "그리고 체인지라인에게 부탁해서 내가 볼 수 있게 네 등을 드러내주면 좋겠다."

체인지라인이 시키는 대로 타라의 등을 드러내주었다. 타라는 아르칸즈의 따뜻한 손이 등에 닿는 순간 엄청난 통증이 일면서 갑자기 다리가 움직여지더니…… 등에서 뭔가가 나오는 느낌이 들었다. 아르칸즈가 방금 끄집어낸 반지 조각을 타라에게 보여주고 나서 입김을 불자 쇳조각이 재로 변했다.

"고마워요." 타라는 중얼거렸다. "고마워요."

타라는 등에서 한 줄기의 피가 흘러내리는 걸 느꼈다. 아르칸즈는 타라의 상태를 보면서 얼굴을 찌푸렸다.

"내가 여기 있는 시간이 길수록 네 생명이 단축되는 거야. 1분이면 며칠의 생명을 내가 흡수하기 때문에 내가 빨리 떠나는 것이 너한테는 좋아. 그래서 말인데 타라 덩컨, 우리 세계에서 지낼 때 내가 말했던 대로 아더월드와 교역을 하고 싶다는 메시지를 전해주기 바란다. 그리고 아더월드의 국민들에게 말해주기 바란다. 우리는 적이 아니라는 걸."

아르칸즈는 여전히 걷지 못하는 타라를 휠체어에 앉혀주었다. 그리고 아연실색한 눈으로 쳐다보고 있는 칼에게 말했다.

"타라의 폐에 구멍이 나 있고, 몸속에 두세 군데 출혈이 있으니까 치료를 해줘라."

그렇게 말하고 아르칸즈는 마지막으로 타라에게 다정한 미소를 지어 보였다.

"내 사랑, 다음에 다시 볼 때는 서로 싸우거나 네 목숨을 구해주기 위해서가 아니라 보다 로맨틱한 일로 만나게 되길."

그러고는 타라가 돌아가라는 말을 하기도 전에 아르칸즈 스스로 사라졌다.

"정말 흥미롭구나." 귀에 익은 목소리가 부드럽게 말했다. 리스베스 여제가 깨어난 것이다. "방금 그 청년이 마왕이라고 했는데 내가 꿈을 꾼 거지?"

"얘기하자면 길어요." 칼이 대답했다. "*레파루스의 이름으로 상처는 사라지고 통증은 멈출지어다!*"

타라는 기절했다.

에필로그

보상받을 자격이 있다고 생각하면서도
막상 보상을 하면 싫어할 때도 있는데

*

다시 눈을 떴을 때 타라는 팅가푸르의 침실에 누워 있었다.

그리고 아프지 않았다. 전혀! 옆에 있는 갈랑도 편안하고 행복해 보
였다. 페가수스의 털이 윤기를 되찾은 걸 보면 건강한 것 같았다. 타라
는 조심스럽게 기지개를 켜봤지만 아무렇지도 않았다. 털끝만큼의 통
증도 없었다. 타라는 웃기 시작했다.

"오, 맙소사! 타라가 실성한 것처럼 혼자 웃고 있어."

살짝 열린 문 사이로 칼의 얼굴이 나타났다.

"칼? 잘된 거야? 어떻게 됐어?"

"일주일 동안의 일을 몇 마디로 요약하기는 어렵지만 해보지, 뭐. 네
고모 리스베스 여제는 정상으로 돌아왔고, 마라는 네 방문 앞을 지키
고 있지. 네 몸이 회복될 수 있게 인위적으로 너를 재우기 시작한 뒤로

일주일 내내. 우리 부모님들도 무사히 지구에서 귀환하면서 모든 것이 정상으로 돌아왔어. 뱀파이어들은 크라살비로 돌아갔고, 무슨 일이 있었는지 아무것도 기억하지 못해. 킬라가 인간의 피를 먹은 뱀파이어들에게 서로 치료할 수 있는 방법을 가르쳐주었어. 그리고 크산디아르는 오무아 친위대장으로 복귀했지. 경비 문제로 흥분한 크산디아르가 내지르는 고함소리가 이따금 들리고, 그럴 때마다 세네가 즐거워하고 있어. 경비 문제가 나왔으니까 말인데 혼란을 틈타서 그놈의 마지스터가 또 도망쳐버렸어. 조각상이 파괴되었기 때문에 트란스미투스를 사용한 거야. 실버는 일생을 도망치면서 사는 존재와 연락하면서 지낼 수 없다는 걸 마침내 깨달은 것 같아. 그리고 위로해주는 파프니르 덕분에 히믈리아로 가서 불굴의 전사 군대에 지원하기로 결정했어."

칼이 킥킥거렸다.

"파프니르는 마법 능력 때문에 그렇지 않아도 난쟁이들과 껄끄러운데 장밋빛 새끼 고양이와 가짜 난쟁이 하프드래곤까지 데리고 가봐. 무슨 일이 일어날지 안 봐도 눈에 선해."

타라는 미소를 지었다.

"그래 봐야 파프니르에게 머리를 몇 대 맞으면 모두 정상으로 돌아갈 텐데, 뭐."

"아, 참! 파프니르는 실버가 매직 6총사, 그러니까 일명 매직갱의 일원이 되기를 바라고 있어."

타라는 어깨를 으쓱했다.

"클럽도 아닌데 그런 말은 할 필요 없지. 실버는 우리의 친구잖아. 그거면 무조건 일원이 되는 건데!"

"파프니르는 너랑 생각이 달라. 매직갱은 아주 특수한 클럽이라면서 누군가를 받아들이려면 '세상을 파괴할 가능성', 재앙을 일으키는 일들을 타개하는 능력이 있어야 한다는 거야. 그리고 매직갱 클럽의 배지나 반지를 만들 생각까지 하고 있어."

타라는 천장을 쳐다봤다.

"그건 대화를 좀 나눠야 한다고 말해."

칼이 말을 이었다.

"반지를 파괴하면서 아르칸즈는, 죽었지만 아직 비욘드월드로 떠나지 않은 마법사들의 영혼을 풀어주었어. 오무아의 최고 마구스들은 선견지명이 있었는지 실험할 목적으로, 반지가 혈액순환을 정지시켜놨던 시신들을 보존하고 있었기 때문에 소멸되지 않았던 일부 영혼들을 소생시키는 데 성공했어. 그리고 여제께서 특별 회견을 열겠다면서 모두 황궁으로 불러들였기 때문에 (칼이 팔을 내려다보면서 말했다) 한 시간쯤 후에는 모두 만나게 될 거야."

타라는 벌떡 일어났다.

"한 시간 후? 내가 언제 깨어날지 고모가 어떻게 알고?"

"샤먼이 네가 깨어나는 시간을 맞춰놨거든. 그래서 우리도 여기 다 모여 있는 것이고. 물론 내가 제일 빨리 왔지만."

타라는 한꺼번에 달려드는 친구들을 차례로 포옹하면서 환한 미소를 지었다. 마지막으로 로빈이 다가왔는데 하프엘프는 참고 있던 감정이 터져 나왔다.

"타라, 어떻게 나한테까지 이럴 수가 있어? 그래도 나한테는 귀띔이라도 했어야 되는 거 아냐?"

"미안해." 타라가 부드럽게 말하면서 로빈의 흥분을 가라앉혔다. "정말 복잡한 작전이었어! 너희들을 데려가지 않은 건 반지도 내가 너희를 배신한 것으로 믿게 하기 위해서였어. 그 나머지는 칼한테 다 들었지?"

"무슨 일이 일어났는지 우리도 봤어, 타라." 무아노가 설명했다. "감시 카메라에 모든 장면이 녹화되어 있었으니까. 반지가 이기고 있을 때는 정말 소름이 끼치면서 미치는 줄 알았어. 그런데 어떻게 아르칸즈를 불러낼 생각을 했어? 완전 결정타였어!"

"페스트와 콜레라, 두 개의 전염병 중에서 내가 그나마 제압할 수 있는 것 하나를 골라야겠다고 생각했어. 악마들은 오랜 세월 우리 행성을 노리고 있었잖아. 그런데 자기들이 만든 사물에게 선수를 빼앗겨서 아더월드를 정복할 기회를 놓친다면 기분이 좋지 않을 거란 생각이 들었어. 물론 마왕을 불렀는데 아르칸즈가 나타나서 나도 깜짝 놀랐어. 아무튼 마왕이라면 악마의 사물이 너무 강력해지게 내버려두지 않을 거라고 생각했는데 다행히 그 예상이 맞았어!"

"그 반지는 아주 돼먹지 못한 물건이야!" 파프니르가 분개했다. "내 팔찌를 훔친 게 반지였어!"

모두 의아한 얼굴로 난쟁이를 쳐다봤다.

"기가 막혀서!" 파프니르가 정교하게 세공한 팔찌를 꺼내더니 타라의 팔목에 채워주면서 말했다. "내가 타라의 생일 선물로 만들었는데, 대신 보내달라고 했건만 그놈의 반지가 전하지 않은 거였어. 우리가 타라에게 관심도 없다고 생각하게 만들려고! 아주 못돼먹었어!"

파브리스는 미소를 지으면서 무아노를 다정하게 껴안았다.

"반지가 한 짓은 정말 완전 최악이야!"

감격한 타라가 고마움을 표시하자 파프니르는 씨익 웃어주었다. 그러고는 강렬한 눈빛으로 쳐다보는 실버를 향해 돌아서면서 새끼 고양이 벨을 탁자에 내려놨다.

"오, 여기서는 안 돼, 파프니르! 보는 눈이 너무 많잖아. 그리고 지금은 너를 위해 춤출 시간도 없고. 그러니까 가자."

실버가 반응하기 전에 파프니르는 품에 뛰어들었고, 두 다리로 허리를 감으면서 열렬하게 입을 맞췄다.

뜻밖의 무게에 아주 잠깐 휘청했을 뿐, 실버는 아무런 반응도 보이지 않았다. 이윽고 친구들의 매료된 눈길을 받으면서 이번에는 실버가 파프니르에게 열정적으로 입을 맞췄다.

그리고 둘은 기절했다.

늑대인간의 힘 덕분에 파브리스는 재빠르게 파프니르를 잡아주었지만, 로빈은…… 이런, 실버를 놓치는 바람에 빨간색 카펫 위로 푹 쓰러졌다.

"어, 미안해, 너무 늦었네." 로빈이 말했다.

하프드래곤의 머리가 단단해서 천만다행이었다.

타라가 로빈을 흘겨봤지만, 실버는 눈앞에 별이 보이는 것처럼 빙글빙글 도는 눈으로 일어났다.

"오, 내 조상들의 비늘이여!" 실버가 중얼댔다. "이 키스는 진짜였어!"

파프니르는 여전히 기절해 있지만 얼굴은 행복한 미소를 짓고 있었다.

실버는 파프니르를 향해 몸을 숙이고 두 팔로 안아서 앉혔는데 난쟁이 전사의 몸무게 때문에 근육이 불거져 있었다. 그 순간 난쟁이가 눈을 뜨자 실버는 또다시 키스를 했고, 둘은 이번에도 콰당, 기절했다.

"이건 뭐, 전설로 길이 남을 사랑이군." 칼이 한숨을 내쉬었다. "얘들은 기절해 있게 두고 우리는 접견실로 가자."

킥킥거리는 웃음소리가 가라앉았을 때 타라가 갑자기 말했다.

"이상해. 다리에 감각은 있는데 이 느낌은…… 음, 좀 저리다고 해야 되나."

"근육이 약간 위축됐기 때문에 아직 걷는 건 무리야." 칼이 뒤에 있는 이상한 실루엣을 가리키면서 말했다. "모우르무르 발명가께서 너에게 이걸 보내셨어."

은으로 만든 일종의 외골격(몸의 바깥쪽을 싸고 있는 골격—옮긴이)인데 옷처럼 입을 수 있는 아주 세련되고 아름다운 발명품이었다. 칼이 사용법을 보여주었다. 타라는 문제없이 걸을 수 있다고 생각하면서 필요 없다고 말하려고 했지만, 두 번이나 비틀거리다 넘어질 뻔했기 때문에 외골격의 도움을 받기로 했다. 친구들이 준비하는 동안, 타라는 무아노의 도움을 받으면서(칼이 도와주겠다고 나섰다가 베개로 얼굴을 맞았다) 샤워를 했고, 금빛과 주홍빛의 아름다운 드레스를 입은 다음, 근육이 조금만 떨려도 반응하는 외골격을 걸쳐 입었다.

이런 차림으로 걷는 것은 훈련이 필요했다. 몇 번이나 비명을 지르면서 넘어지는 바람에 화분이 깨졌고, 놀란 친위대원들이 뛰어들어오는 일까지 벌어지면서 한바탕 소동이 일었다. 그렇게 30분쯤 지나자 타라는 얼굴이 벌게져서 숨을 헐떡였다.

다시 샤워를 해야 했다. 체인지라인이 이번에는 주홍빛 새틴 레이스로 장식하고, 금빛 자락을 늘어뜨린 드레스를 입힌 다음 다이아몬드와 루비 왕관을 씌워주었다. 외골격 의상도 금빛으로 변했다.

이제는 꾸물거릴 시간이 없었다. 정신이 돌아온 파프니르와 실버는 헐레벌떡 타라를 쫓아왔고, 거대한 접견실로 들어갔다. 오무아의 여제, 후계자 마라, 지구에서 돌아와 있는 자르, 정부의 각료 전원이 기다리고 있었다. 이사벨라 덩컨과 마니투, 그리고 정말 놀랍게도 모우르무르도 참석해 있었다. 타라는 할머니와 중조할아버지에게 반갑게 인사했다. 티그족 친위대 전원이 타라에게 허리를 굽혔고, 주홍빛 정복 차림의 크산디아르 친위대장은 얼굴이 환하게 빛나고 있었다. 친위대장이 복귀하면서 황궁은 정상적으로 돌아갔다.

스쿠프들은 이미 촬영하고 있었다. 반지 사건에 대해서는 공식적인 발표가 없었기 때문에 오무아 국민 대부분은 정확하게 무슨 일이 일어났는지 모르고 있었다. 세력 다툼 같은 것이 일어났었고, 타라가 아더월드에 돌아왔다는 걸 제외하고는.

타라와 친구들은 오무아의 상징, 100개의 금빛 눈을 가진 주홍빛 공작이 굽어보는 옥좌를 향해 전진했다. 옥좌에 앉아 기다리고 있는 여제는 머리끝에서 발끝까지 흰색 차림을 하고 있었는데, 이는 평소에는 즐기지 않는 옷차림이었다. 아니, 한 번도 흰색 드레스를 입은 여제를 본 적이 없어서 타라는 정말 낯설게 여겨졌다. 타라와 마라, 자르와 똑같은 흰 머리털이 분간되지 않을 정도로 하얀 머리에는 백금 왕관을 쓰고 있고, 샌들까지 화이트 다이아몬드였다. 그리고 여제의 얼굴이 어찌나 창백한지 쪽빛 눈을 제외하면 완전히 유령 같았다.

시종장이 의사 일정을 알렸다.

"여제 폐하, 오무아와 아더월드의 귀빈 여러분, 오늘 우리가 이 자리에 모인 것은 오무아의 후계자 자리를 논하기 위해서입니다!"

마라가 흡족한 미소를 머금었다. 그동안 정말 귀찮게 졸랐더니 마침내 고모가 다시 타라를 오무아의 후계자로 임명하려는 것이었다.

"최근에 내 통치 능력에 지대한 영향을 주었던 일련의 사건으로 인하여 나는 마라 덩컨을 오무아의 여제 후계자로 결정하였노라."

여제가 낭랑한 목소리로 선언했다.

약간 실망한 마라의 얼굴에서 미소가 사라졌고, 턱이 빠져라 입을 멍하니 벌리고 있었다. 자르는 물론이고, 참석자 대부분도 입을 멍하니 벌리고 있었다. 누구도 예상하지 못한 일이었다. 타라는 뻣뻣해졌다. 고모를 잘 아는데 느낌이 좋지 않았다.

"그리고 적으로부터 나라를 지키기 위해서라면 주저치 않고 목숨을 던진 사람에게 정권을 맡기기로 결정하였노라. 따라서 나는 황위를 양위하며, 타라 덩컨이 오무아의 새 여제가 되고, 마라 덩컨은 그 후계자가 되었음을 공식적으로 선포하노라!"

이번에는 타라가 턱이 빠져라 입을 멍하니 벌리고 있었다.

"아!" 타라의 입에서 탄성이 새어 나왔다.

『타라 덩컨』 9권에서 계속······

아더월드의 용어 해설

✦ 아더월드_ 아더월드는 지구 표면적의 1.5배에 이르는 마법 행성으로 태양 주위를 공전하며, 하루 26시간, 1년 454일, 14개월로 이루어져 있다. 위성으로는 두 개의 달 마딕스와 타딕스가 아더월드의 주위를 돌고 있으며, 춘·추분에 조수간만의 차가 몹시 크다.

아더월드의 산들은 지구의 산보다 훨씬 더 높으며, 채굴되는 광물은 대체로 마법의 폭발성이 있어서 추출하는 것이 상당히 위험하다. 지구(육지 29%, 바다 71%)보다 바다가 차지하는 비율은 적으며(아더월드: 육지 45%, 바다 55%), 그중 두 개의 바다는 민물이다.

아더월드를 지배하는 마법은 동물상, 식물상과 마찬가지로 기후에도 영향을 미친다. 그로 인해 계절을 예측하기가 아주 힘들다(아더월드에서는 한여름에도 폭설이 내려 1미터나 되는 눈에 덮일 수 있다!).

아더월드의 7계절 분류: 계절 1 카일로스(지역에 따라 −30∼−50℃
까지 내려간다), 계절 2 보탄트(지구의 봄 날씨와 유사하다), 계절 3 트
레보, 계절 4 파이초, 계절 5 플루초, 계절 6 모인초, 계절 7 살탄(우기).

　아더월드에는 인간, 난쟁이, 거인, 트롤, 뱀파이어, 땅신령, 꼬마도
깨비, 엘프, 유니콘, 키마이라, 타트리스, 드래곤 등 수많은 종족이 살
고 있다.

🌼 그 밖의 다른 행성

🐲 드란보우글리스펜쉬르_ 드래곤들의 행성. 지능이 높은 거대한
파충류인 드래곤은 마법 능력을 타고나서 어떤 형상으로든 변신할
수 있으며, 대체로 인간으로 변신해 있다.

　마법사들 편에 서서 림보의 악마들과 싸우고 있다. 세계의 영토를
점령하기 위해 악마들과 대립하면서 드래곤들은 지구의 마법사들
과 충돌하는 순간까지는 알려져 있는 모든 세계를 정복했다. 끊임없
이 악마들과 싸워야 하는 드래곤들은 지구인 마법사들과 전쟁을 벌
인 뒤에 지구인들과 동맹을 맺는 것이 유리하다는 결론을 내렸다. 지
구를 지배하겠다는 계획은 포기했지만, 마법사들이 지구를 지배하는
것도 인정할 수 없는 드래곤들은 지구의 마법사들에게 아더월드에서
더 많은 마법사를 양성하고 훈련시키자고 제안했다.

　수년 동안 드래곤들을 경계하면서 고심한 끝에 지구의 마법사들은
결국 그 제안을 받아들이고 아더월드에 정착했다.

드래곤들은 드란보우글리스펜쉬르를 비롯해 지구, 아더월드, 마딕스와 타딕스 등 많은 행성에 살고 있으며, 특히 인간들의 일에 사사건건 참견한다. 드래곤들이 가장 끔찍하게 싫어하는 적은 림보에 사는 악마들이다.

림보_ 악마의 세계로 악마들의 영역. 림보는 서클이라고 불리는 여러 세계로 나뉘어 있으며, 서클에 따라 악마들의 능력과 학식이 차이 난다. 제1, 2, 3서클의 악마들은 거칠고 아주 위험하다. 제4, 5, 6서클의 악마들은 마법사들과 정해진 조건 내에서 서로 도움을 주고받는다(마법사는 필요한 것을 악마에게서 얻을 수 있으며 악마의 경우도 마찬가지다). 제7서클은 마왕이 군림하는 서클이다.

림보에 사는 악마들은 저주받은 태양이 제공하는 악마의 에너지를 먹고산다. 다른 세계로 가기 위해 림보를 나갈 경우엔 생명력이 강한 존재의 살과 정신을 먹어야 한다. 전 세계를 침략하던 중 갑자기 나타난 드래곤들과의 전쟁에서 패배한 뒤로 악마들은 림보에 갇히게 되었고, 마법사나 마법 능력이 있는 존재의 긴급 요청이 있어야만 다른 행성으로 갈 수 있게 됐다. 악마들은 이런 활동범위 제한을 견디기 힘들어서 끊임없이 해방될 방법을 모색하고 있다.

악마들이 지구를 침략하려는 이유는 아쿠알릭, 즉 바닷물에 중독되어 있기 때문이다. 악마들에게 바닷물은 알코올과 같은 작용을 하는데 림보에는 바다가 없다. 게다가 지구의 바닷물 맛을 특히 좋아하기 때문이다. '모든 인간을 죽이고 짠물을 실컷 마시겠다'는 것이 악마들의 신조다.

산티보르_ 텔레파시 능력이 있는 식물성 존재 진실의 입들이 사는 얼음 행성.

지구_ 인간과 비밀 임무를 맡은 마법사들이 살고 있다.

아더월드의 나라들과 종족

간디스_ 거인들의 나라로 수도는 제오폴. 세력 있는 그로아르 가문이 통치하며 흑장미 섬과 황무지 늪이 있다. 나라의 문장은 '주문방지' 돌로 쌓은 벽에 아더월드의 태양이 올라앉은 형상이다.

랑코비트_ 인간이 지배하는 가장 큰 왕국으로 수도는 트라비아. 왕국의 문장은 은빛 초승달 아래 금빛 뿔의 하얀 유니콘이다. 베어 왕과 티타니아 왕비가 통치하고 있으며, 타라와 어머니 셀레나의 조국이다. 약 8천만의 주민이 살고 있고, 뱀파이어들을 받아들이는 드문 나라 중 하나다.

멘탈리르_ 보우 대륙 동쪽의 광활한 평원이며 유니콘들과 켄타우로스들의 나라. 유니콘은 생김새와 크기가 말과 같고, 이마에 나선형 뿔이 하나 있으며 발굽은 갈라져 있고 털은 흰빛이다. 지능이 떨어지는 유니콘도 간혹 있지만, 대부분은 영리하며 그 지능은 드래곤들의 지능에 견줄 수 있다. 유니콘의 이 특성을 어떤 종족의 지능이

나 동물의 지능으로 분류하기는 힘들다.

켄타우로스는 반은 남자나 여자의 형상, 반은 말의 형상을 하고 있는데 두 종류가 있다. 상반신은 인간, 하반신은 말의 형상을 한 켄타우로스와 상반신은 말, 하반신은 인간의 형상을 한 켄타우로스. 켄타우로스가 어떤 마법에 걸려 있는지는 알 수 없으나 소금이나 향유 같은 생필품을 얻기 위해서가 아니면 다른 종족들과 섞이기를 싫어하는 까다로운 종족이다. 사납고 거칠어서 영역을 침범하는 이방인들을 발견하면 가차 없이 화살을 쏘아댄다. 켄타우로스의 샤먼 부족은 평원에서 하얗고 파란 맹독성 개구리 플로프들을 잡아 그 등을 핥는 것으로 미래를 점친다고 전해진다. '찌르레기 대전'이 벌어지는 동안 켄타우로스들이 엘프들에게 몰살되었다는 것은 이 방법이 100퍼센트 믿을 만한 것이 아님을 말해준다.

🦎 **살테렌스_** 살테렌스들의 나라로 수도는 살라. 나라의 문장은 파란색 투명한 소금을 물고 곧추서 있는 커다란 벌레. 왕은 없고 위대한 카샤라고 불리는 족장과 재상 일파봉이 통치하며 여러 부족으로 나뉘어 있다. 노예제도를 주장하는 종족으로 사자와 표범의 잡종인 두 발 동물이다. 침투할 수 없는 사막에서 숨어 지내면서 마법의 소금 광산을 개발한다.

🦎 **셀렌다_** 엘프들의 나라로 수도는 세보른. 문장은 대각선으로 시위를 메긴 두 개의 활 위로 보이는 은빛 보름달.

엘프들은 마법사들과 마찬가지로 마법에 재능이 있다. 겉모습은 인간이며 뾰족한 귀와 고양이의 눈처럼 동공이 수직으로 움직이는 크리스털 눈, 은발이 특징이다. 아더월드의 숲과 평원에서 살며 가공할 만한 사냥꾼이다. 엘프들은 전투와 싸움, 상대를 유인하는 온갖 종류의 게임을 좋아하기 때문에 그들의 에너지를 적절히 이용하기 위해 경찰국이나 국가정보국에 고용된다.

하지만 엘프들이 옥수수나 마법의 귀리를 경작하기 시작하면 아더월드의 종족들은 불안해한다. 그건 엘프들이 전쟁을 시작할 거란 뜻이기 때문이다. 실제로 전시에는 사냥할 겨를이 없기 때문에 엘프들은 곡식을 재배하고 가축을 기르며, 일단 전쟁이 끝나면 예전의 생활로 돌아간다.

또 다른 특성으로 아이들이 걸어 다닐 수 있을 때까지 남성 엘프들은 배에 달린 육아낭 같은 작은 주머니에 아기를 넣고 다닌다. 여성 엘프는 남편을 다섯 명 이상은 가질 수 없다. 엘프는 거의 죽지 않기 때문에 아이들이 별로 없다. 하프엘프 로빈은 혼혈이라는 이유로 엘프들에게 따돌림을 받고 있다.

🦎 **스몰컨트리_** 땅신령, 꼬마도깨비 파보, 요정, 고블린의 나라로 수도는 스몰빌. 문장은 원 안에 도안한 꽃, 새, 거미. 땅신령은 파란색, 꼬마도깨비는 초록색, 고블린은 회색, 요정은 여러 가지 색이다.

땅신령은 작달막하고 단단한 체구이며 오렌지색 털이 나 있다. 돌을 먹고 살며, 난쟁이들과 마찬가지로 광부들이다. 땅신령의 오렌지색 털은 고성능 가스 탐지기이다. 털이 곤두서면 별 탈이 없지만, 털이 내려앉는 순간부터 땅신령은 광산에 가스가 있다는 걸 알아채고 도망치기 때문이다. 또한 알 수 없는 이유로 인해 땅신령들만 '진실의 입들'과 교감할 수 있다.

스몰컨트리의 익살꾼인 꼬마도깨비 파보들은 키디코이라는 막대 사탕을 만들어낸 이들이다. 착시 현상을 일으키거나 일시적으로 보이지 않게 할 수도 있으며 금을 좋아해 비밀주머니에 숨겨둔다. 그 주머니를 찾아낸 자는 두 가지 소원을 빌 수 있고, 귀한 금을 회수하려면 반드시 그 소원을 들어줘야 한다. 하지만 꼬마도깨비들은 반대로 해석하는 데 선수여서 예측 불허의 결과가 일어날 수 있으므로 소원을 비는 것에는 항상 위험이 따른다.

요정들은 꽃을 가꾸면서 작지만 효과적인 마법을 날리며, 고블린들은 요정과 움직이는 것은 무엇이든 잡아먹으려고 한다.

🦎 **오무아_** 인간이 지배하는 가장 큰 제국으로 수도는 팅가푸르. 제국의 문장은 100개의 금빛 눈을 가진 주홍빛 공작이다. 타라의 고모인 여제 리스베스틸랑넴 탈 바르미 압 산타 압 마루와 삼촌인 황제 산도르 탈 바르미 압 마르치 압 브레비스가 통치하고 있다. 제국을 설립한 최고 마구스 데미데루스의 후손들이다. 오무아에는 약 2억의 주민이 살고 있다. 다른 나라들과 교역하고 있으며, 셀렌다를 제외하고 가장 많은 수의 엘프 군단을 거느리고 있다.

🦎 **크라살비_** 뱀파이어들의 나라로 수도는 우를라. 나라의 문장은 천문관측기 위에 무한을 상징하는 누운 8자와 별이 올라앉은 형상이다.

뱀파이어는 총명하고, 인내심이 많으며, 학식이 깊다. 수명이 아주 길고, 수학과 천문학에 몰두하며, 대부분의 시간을 명상하는 데 보내면서 삶의 의미를 추구한다.

아더월드의 뱀파이어는 동물의 피를 먹고 살기 때문에 가축을 키운다. 브르르르아아아, 모오오오우우우, 지구에서 수입한 말, 염소, 양 등. 하지만 몇몇 피는 금지되어 있다. 유니콘이나 인간의 피를 먹으면 미치게 되며, 수명이 절반으로 줄고, 햇빛을 쬐면 치명적인 알레르기가 일어나기 때문이다. 반면에 뱀파이어에게 물리면 독이 퍼지게 되며, 뱀파이어에게 물린 인간은 그들의 노예가 된다. 게다가 독성 피가 전이되면 뱀파이어가 되는데 이 경우의 뱀파이어는 파괴적이고 악독하기 때문에, 저주에 희생된 뱀파이어는 동족으로 구성된 특별수사대는 물론 아더월드의 모든 종족에게 쫓겨 다닌다.

🖋 **크랑카르_** 트롤들의 나라로 수도는 크리아. 나라의 문장은 나무 꼭대기에 몽둥이가 걸려 있는 형상이다. 트롤 외에 식인귀, 오크, 고블린 들이 살고 있다.

트롤은 거대한 몸집에 납작한 이빨이 있는 초록빛 털북숭이로 채식주의 종족이지만, 고기를 흡수할 경우 식인귀가 될 수 있다. 식인귀가 되면 크랑카르에서 쫓겨난다. 먹고살기 위해 나무를 마구 죽이며(이것이 엘프들의 울화를 치밀게 한다), 쉽게 자제력을 잃어버리는 성향이 있어서 한번 성질이 나면 닥치는 대로 짓뭉개버리기 때문에 평판이 나쁘다.

🖋 **타트란_** 타트리스, 카흠보움, 타츠보움의 나라로 수도는 시티

빌. 문장은 양피지 위에 놓인 직각자, 컴퍼스, 크리스털 볼.

타트리스는 머리가 둘인 특성을 가지고 있다. 관리 능력이 뛰어난 데다 신체적 특성 덕분에 행정관이나 정부 고위층에서 일하고 있다. 오로지 일을 중요하게 여기면서 헛된 꿈을 꾸지 않는 현실주의자들이다. 또한 꼬마도깨비 파보들이 즐겨 놀리는 대상 중 하나이며, 이 장난꾸러기들은 유머가 결핍된 종족이라는 소리를 듣지 않기 위해 수세기 동안 끈질기게 타트리스 종족을 웃기려고 애쓰고 있다. 게다가 파보들은 웃기는 데 성공한 자들 중 1등에게는 상까지 수여하고 있다.

카흠보움은 빨간 눈과 촉수들이 있는 노란색 덩어리 모습을 하고 있으며 주로 도서관 사서로 일한다. 타츠보움은 촉수로 놀라운 멜로디를 연주하는 음악가들이다.

🐾 **파트로크_** 에드라킨족이 사는 나라로 수도는 키크로크. 나라의 문장은 바람의 원소에 올라앉은 불새. 에드라킨족은 강력한 마법사들이며, 생김새는 인간과 비슷하지만 귀가 뾰족하고 털로 덮여 있는 육식동물에 가깝다. 머리털은 두상의 절반 정도까지만 자라며, 코는 거의 보이지 않는다. 다른 종족을 싫어하지만 의무적으로 여러 나라와 교역하고 있다. 에드라킨족은 아더월드를 정복하기 위해 네 번이나 침략을 시도했다.

🐾 **히믈리아_** 난쟁이들의 나라로 수도는 미나트. 대장장이 씨족이 통치하고 있다. 나라의 문장은 광산 지하의 전쟁용 모루와 쇠망치.

키와 몸통 폭의 길이가 똑같은 단단한 체구가 난쟁이들의 신체적 특징이다. 아더월드의 광부, 대장장이로 활동하고 있으며, 뛰어난 금속 가공업자, 보석 세공인도 거의 난쟁이들이다. 성격이 몹시 까다로운 것으로 알려져 있고, 마법을 싫어하며 아주 길고 복잡한 노래를 즐겨 부른다. 또한 돌을 통과하거나 돌을 용해시키는 특별한 재능을 지니고 있는데 마법과는 다른 차원의 힘이다.

❈ 아더월드와 주변 행성의 동·식물상 및 속담

가즈즈_ 사슴뿔이 달린 네 발 짐승으로 털이 빨간색(트롤들의 나라에서는 초록색)이다.

간다리_ 대황에 가까운 식물이며, 꿀처럼 단맛이 난다.

갬볼_ 마법에 흔히 이용되는 파란 이빨의 설치류 동물. 그 살가죽과 피에 마법이 침투하지 못할 정도로 땅을 깊이 파고 들어간다. 건조시키면 딱딱해졌다가 가루처럼 변하며, '갬볼 가루'는 힘든 마법을 실행할 수 있게 한다. 몇몇 마법사들은 갬볼 가루를 식용하는데, 그 가루가 환각 증세를 일으키기 때문이다. 갬볼 가루 복용은 아더월드에서 엄격하게 금지되어 있으며 위반할 경우 엄중한 처벌을 받는다.

🐾 **글로우톤_** 털북숭이 동물. 길게 늘어나는
특성이 있어서 목을 조르는 밧줄로 사용한다.

🐾 **글루롭스_** 머리가 아주 갸름한 초록색과 갈색의 도
마뱀으로 호수와 늪 근처에서 서식한다. 식욕이 왕
성하며, 물속에서 숨을 쉬지 않고 몇 시간을 견딜 수
있어 목을 축이러 오는 순진한 동물을 잡아먹는다. 물
가의 은신처에 굴을 파놓고 살며, 호수 바닥의 구멍 속
에 먹이를 숨겨놓는다.

🐾 **글리이르_** 새지만 날지 못한다. 포식동물들을 피하기 위해 트
라둑과 같은 방식으로 생존한다. 냄새로 가장 끈질긴 흡혈파리 떼도
물리칠 수 있는 식물 여름을 먹고 산다.

🐾 **늑대인간_** 드래곤들의 왕이 납치해서 금지된 대륙에
정착한 아나자시족. 마음대로 늑대로 변신하며, 인간 모
습일 때도 힘과 민첩성과 유연성이 굉장히 뛰어나다. 늑
대인간은 깨무는 것으로 감염시킬 수 있다. 지구의 늑
대인간들과는 달리 어더월드의 늑대인간들은 보름
달에 의존하지 않고 언제든 변신할 수 있다. 타라 덩
컨이 해방시켜준 늑대인간들은 아더월드 사람들의 마
법 공격을 두려워하고, 금속 중에서는 은에만 약하
다. 늑대인간을 죽일 수 있는 방법은 목을 베는 것

이다. 알파 늑대들이 다스리고 있다.

드래코-티라노사우루스_ 뱀과 공룡의 잡종.
드래곤의 사촌이지만 지능은 많이 떨어지며, 날개가
작아서 날지 못한다. 가공할 만한 포식동물로 움직
이는 것뿐만 아니라 움직이지 않는 것조차 닥치는 대
로 잡아먹는다. 오무아 제국의 따뜻하고 습한 숲에서
살며, 이 지역은 관광 개발이 불가능하다.

디스쿠타리움/데비자투아르(사용하는 국민에 따라 다르다)_
지구와 아더월드, 드란보우글리스펜쉬르, 악마들의 림보와 관련된 모
든 책, 영화, 예술 작품에 관한 정보를 조회할 수 있다. 디스쿠타리움에
서 나오는 목소리는 어떤 질문에도 답변을 못 하는 경우가 거의 없다.

로크 새_ 공중에서 사는 자이언트 새로, 커다란 독수리
콘도르와 비슷하다. 인공위성을 궤도에 올
려놓거나 아더월드에서 마딕스와 타딕스로
여행할 때 이용한다. 다행히 아더월드의 태양
빛을 먹고 살기 때문에 배설하지 않는다. 로
크 새의 똥이 머리 위로 떨어질 일은 없다.

마누릴_ 마누릴의 하얀 싹은 즙이 많아서 아더월드
사람들이 즐겨 음식에 곁들여 먹는다.

🐾 **모오오오우우우_** 뿔은 없고 머리가 둘 달린 고라니. 머리 하나가 먹을 때 다른 하나는 포식동물들을 감시한다. 이동할 때는 게처럼 옆으로 걷는다.

🐾 **무슈티크_** 벌처럼 쏘아서 아더월드 사람들의 피를 빨아 먹는 공격적인 곤충. 흡혈파리보다 크기가 더 크며, 트라둑이나 브르르르아아아에 앉아 있다가 살 속을 파고드는데 치명적인 독을 분비하기 때문에 아주 위험하다.

🐾 **므르르르_** 초록색 귀가 달린 오렌지빛 고양이. 같은 능력을 가진 빨간 생쥐 뿌익을 잡기 위해 공간이동을 할 수 있다.

🐾 **므르모움_** 나무들이 숲 모양으로 거대한 군락을 이루고 있어서 따기가 아주 힘든 과일이다. 므르모움나무는 접근하는 것이 있으면 괴상한 소리를 내면서 땅속으로 파고들기 때문에 붙여진 이름이다. 아더월드에서 산책을 하다 보면 므르모움나무 숲이 통째로 사라지고 벌판만 남는 아주 놀라운 광경을 목격할 수 있다.

🐾 **미암_** 크기가 복숭아만 한 빨간 체리.

🐾 **발로르키데_** 꽃이 아주 화려한 기생식물. 이름은 개화하기 전의 노란빛과 초록빛의 봉오리에서 따온 것이다. 성장 속도가 아주 빨라서 몇 계절 만에 나무 한 그루를 죽

일 수 있으며, 뿌리로 이동해서 그다음 나무를 공격한다. 그래서 아더월드의 나무들은 발로르키데들이 들러붙지 못하게 부식시키는 물질을 분비하는 것으로 생존 경쟁을 벌이고 있다.

🐟 **발분_** 거대한 고래로 붉은색이며 지구의 고래보다 두 배로 크다. 발분은 잊지 못할 멜로디의 노래를 부르며, 젖이 아주 풍부하다. 발분의 젖으로 만든 버터와 크림은 영양가가 높은 인기 식품이어서 물에 사는 트리톤과 사이렌들과 육지에 사는 거주자들 사이에 무역 교류의 대상이 되고 있다. 노래를 아주 잘 부를 때 '발분처럼 노래 부른다'는 말로 칭찬한다.

🐟 **뱅뱅_** 붉은색 나무로 인간이 이 식물에서 추출한 빨간 가루를 먹을 경우 행복을 느끼다가 황홀경에 빠져 죽음에 이른다. 트롤들은 이빨이 아플 때 복용한다.

🐟 **버디 드라이어_** 바람의 원소를 이용한 무형물로 욕실에서 주로 사용한다.

🐟 **베에에_** 아름다운 흰털 양. 마법 행성의 변화무쌍한 계절에 적응력이 뛰어나서 몇 시간 만에 털이 빠지거나 털을 자라게 할 수 있다. 그래서 털 깎는 시

기에 사육자들이 그 특성을 이용해 날씨가 갑자기 몹시 더워졌다고 하면 베에에들은 즉시 털을 홀랑 벗어버린다. 아더월드에서 '베에에처럼 순진하다'는 표현을 쓰는 것은 여기서 유래한다.

🦎 **벤드룩_** 림보의 여러 우상 중 하나인 벤드룩은 생김새가 어찌나 흉측한지 다른 우상들조차 그 끔찍한 모습에 두려움을 느낄 정도다. 벤드룩은 내장이 몸 밖으로 나와 있어 먹을 때 소화되는 과정을 구경할 수 있다.

🦎 **벨루르 목재_** 내구성이 좋고, 아름다운 금빛 색깔 때문에 아더월드에서 실내 바닥재로 많이 사용한다. 겉보기에는 차가운 느낌이지만 양탄자처럼 푹신하다.

🦎 **보벨_** 앵무새와 유사한 아더월드의 화려한 새로 마  법사들의 마음을 사로잡는 마법 능력이 있다.

🦎 **보우둘 필터_** 파란색 자루처럼 생긴 유기체. 아더월드의 항구에서 온갖 쓰레기를 먹어치우는 것으로 맑고 깨끗한 물을 유지해준다.

🦎 **부이브르_** 야행성의 날개 돋친 도마뱀으로 길이가 30미터에 이르며, 물고기를 먹는 동물이다. 부이브르의 이마에 박힌 보석에는 독을

중화시키는 성분이 있고, 도마뱀의 부위들은 주로 묘약의 재료로 사용된다. 최초의 부이브르는 알에서 태어난 것으로 전해지고 있지만 생물학적으로 도저히 불가능한 일이다.

🦎 **북극 젤레_** 흰털의 작은 동물로 혈액 속의 동결 방지 성분 덕분에 영하 80도의 기온에서도 살 수 있다. 젤레는 두 봄을 보내고 나서 정확하게 플루초 1일에 죽는데 그 털이 희귀하기 때문에 사냥꾼들은 기온이 영하 20도로 오르는 북극으로 젤레를 잡으러 간다. 그러나 젤레가 구멍 속에 숨어서 죽는 습성이 있는 데다 털이 새하얗기 때문에 찾기가 힘든 것이 문제다. 빙산속에 숨어 있다가 구멍 가까이 접근하는 것은 모조리 잡아먹는 '크로크라'라는 일종의 바다표범들 때문에 구멍마다 손을 집어넣는 것은 아주 위험하다.

🦎 **불사르딘_** 공격을 받으면 몸이 팽창하는 특성을 가진 일종의 정어리. 껍질은 칼이 들어가지 않을 정도로 아주 질기다. 아더월드에서 파괴되지 않는 것을 보면 '불사르딘 같다'고 말한다.

🦎 **불새_** 깃털에 불이 붙어 있지만 신기하게도 털이 재생된다. 아더월드의 불에 타지 않는 나무에만 둥지를 틀며, 물을 떨어뜨리면 불새를 죽일 수 있다.

👉 **붉은 트르르_** 썩지 않는 목재. 부서지거나 맥주에 부식되지 않기 때문에 집과 술집에서 주로 사용한다.

👉 **브룩스_** 드래코-티라노사우루스의 똥만 먹고 사는 도마뱀.

👉 **브룸므_** 일종의 빨간 무로 아더월드 사람들이 즐겨 먹는다.

👉 **브르르르아아아_** 거인들의 나라 간디스에서 생산하는 엄청나게 큰 소. 털은 숱이 아주 많아서 거인들이 그 털가죽으로 옷을 지어 입는다. 몹시 공격적이어서 움직이는 것이 있으면 뭐든 덤벼든다. 제 그림자를 쫓다가 녹초가 된 브르르르아아아를 보게 되는 것은 그 때문이다. 흔히 고집불통인 사람을 '브르르르아아아 같다'고 표현한다.

👉 **브르리르_** 흰빛과 금빛이 어우러진 고양이과 동물로 다리가 여섯개. 특히 브르리르를 사랑하는 오무아 제국의 여제는 이 동물들이 궁전에 갇혀 있다는 생각을 하지 않도록 주문을 걸어놨다. 그래서 브르리르들에게는 가구와 침대의자가 나무와 편안한 바위로 보인다. 브르리르에게는 궁인들이 안 보이며, 궁인들이 쓰다듬어주면 바람에 털이 살랑살랑 흩날리는 것이라고 생각한다.

🐛 **브르맥주_** 첫 모금에 몸이 부르르 떨리기 때문에 붙여진 이름이다.

🐛 **브리양트_** 요정의 사촌으로 아더월드의
조명 기구. 대륙에 따라 날개 달린 작은 요정
형상, 날개 돋친 뱀 형상 등 여러 가지 모습이
있다. 어둠 속에서 100와트 밝기의 빛을 발하며,
거리의 가로등이 되기도 하고 투명한 스탠드나 램
프의 모습으로 아더월드의 모든 가정을 밝혀준다.

🐛 **브릴_** 브릴의 싹 요리는 아더월드에서 아주 인기가 높다.
브릴은 히플리아에 있는 마법의 산골짜기에서 자라며 난쟁이들이 그
싹을 수확해서 아더월드의 상인들에게 비싼 값으로 판다. 게다가 히
플리아에서는 브릴을 잡초로 여겨 먹지 않기 때문에 난쟁이들은 이
불로소득에 즐거운 비명을 지른다.

🐛 **브볼_** 아더월드의 참새.

🐛 **블라즈_** 청소하는 푸프푸프와 비슷하지만 블라즈는 날아다니
며 아더월드의 자이언트 거미들을 공포에 떨게 한다.

🐛 **블루룹스_** 갈색 가죽배낭 같은 모습으로 흙
속에 숨어 있다가 접근하는 곤충을 잡아먹는 식
물. 어린 블루룹스들이 흰개미처럼 어미 블루룹스에

372

게 물과 먹이를 공급하며, 다 크면 둥지를 떠나 다른 데에 뿌리를 내리고 흙 속으로 파고 들어간다. 아더월드에서는 궁지에서 헤어날 방법이 전혀 없을 때를 가리켜 '블루룹스 둥지에서 헤맨다'고 표현한다.

🐟 **블루투르_** 썩은 고기를 먹는 회색과 노란색 새로 무엇이든 소화할 수 있다. 블루투르가 죽어도 몇 달 동안 창자는 살아 있어서 먹은 것을 계속 소화시킨다. 블루투르의 창자는 독을 신선하게 보존하는 데 사용된다.

🐟 **블를_** 대부분 물속에서 생활하다 번식기에 물 밖으로 나오는 날개 돋친 물고기. 색이 아름다워 수영장 장식용으로 쓰인다.

🐟 **블리르_** 아더월드의 금빛 자두. 지구의 자두와 아주 흡사하며 더 달콤하다.

🐟 **비마_** 비마법사를 축약한 것으로 마법 능력이 없는 인간들을 가리킨다.

🐟 **비즈즈즈_** 빨간색과 노란색의 커다란 벌. 지구의 벌들과는 달리 비즈즈즈는 독침이 없다. 독극물을 분비해 잡아먹으려고 달려드는 포식동물을 독살하는 것이 비즈즈즈의 방어 수단이다. 비즈즈즈

들이 아더월드의 마법 꽃에서 생산하는 꿀은 그 어떤
꿀에도 비길 데 없는 맛이다. 아더월드에서는 '비즈
즈즈 꿀처럼 달콤하다'는 표현을 자주 사용한다.

🐛 **빠그락-땅콩_** 벌어질 때 나는 독특한 소리 때문에 붙여진 이름
이다. 이 땅콩에서 짜내는 기름은 향이 좋아 아더월드의 유명한 주방
장이나 숙련된 가정주부들이 주로 애용한다.

🐛 **빨간 바나나_** 색깔을 제외하고는 지구의 바나나와 똑같다.

🐛 **뿌익_** 이 장소에서 저 장소로 자신의 몸을 물리적
으로 전송할 수 있는 꼬리가 둘 달린 빨간 쥐.
천적은 같은 능력을 지닌 초록색 귀의 오렌
지색 뚱보 고양이 므르르르이다.

🐛 **사카트_** 맹독성의 공격적인 빨갛고 노란 곤충으로 아더월드
에서 특히 좋아하는 꿀을 생산한다. 미식가들인 난쟁이
들만 사카트의 애벌레를 먹을 수 있다. 다른 종족이 먹었
을 경우에는 애벌레의 딱지가 인간이나 엘프의 소화액
에 용해되지 않아 배 속에서 벌떼를 분봉할 위험이 있다.

🐛 **샤먼_** 아더월드에서 의사 역할을 하는 치료사. 마법사는 누구나
다쳤을 때 레파루스 주문으로 상처를 아물게 할 수 있지만, 이 주문만

으로는 치료할 수 없는 병도 많기 때문에 꼭 필요한 존재이다.

🐾 **샤트릭스**_ 일종의 하이에나. 검은색이며, 독이 든 이빨을 사용하는 아주 공격적인 동물로 밤에만 사냥한다. 길들일 수 있어 오무아 제국에서 샤트릭스들을 문지기로 이용한다.

🐾 **세르팡 밀리에르**_ 황무지 늪 근처에 서식하는 뱀. 납작한 비늘 덕분에 진흙 속에서도 이동할 수 있다. 물속에 집어넣으면 빠져버린다.

🐾 **소포르**_ 향기로운 꽃들이 탐스러운 식물. 최면 작용을 하는 꽃가루로 곤충과 동물을 함정에 빠뜨린다. 곤충이나 동물이 잠들면 꽃가루를 뿌려서 번식을 도와주는 매개체로 삼는다. 얼마 후 깨어난 곤충이나 동물이 다른 소포르 군락지를 지나가면서 꽃가루를 옮기기 때문이다. 소포르는 위험한 식물이 아니지만, 매개체들을 잠들게 하기 때문에 다른 포식동물에게 쉽게 노출되어 위험에 처하게 된다. 소포르 군락지 주변에서 육식동물이 자주 보이는 것은 그 때문이다.

🐾 **스니피**_ 생김새는 여우와 비슷하지만 두 발로 걸어다니며 누더기를 걸치고 옆구리에 배낭을 달고 다닌다. 닭이나 스파슌을 훔치기 때문에 아더월드의 농부들이 아주 싫어한다. 제 몸을 복제하는 특성이 있어서 감옥에 간

혀도 탈옥할 수 있다.

스쿠프_ 아더월드의 기술로 생산되는 날개 달
린 작은 카메라. 스쿠프는 지능을 가지고 있어서 촬
영한 영상을 크리스털리스트에게 전송한다.

스크로뉴플루프_ 수달과 토끼를 뒤섞어
놓은 듯한 생김새. 스크로뉴플루프는 아주
어리석은 사람이나 아주 멍청한 경우를
가리킬 때 흔히 사용하는 욕이다.

스트리둘_ 지구의 메뚜기에 해당된다. 몹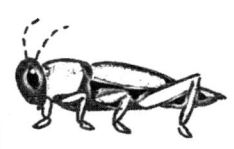
시 파괴적이어서 구름같이 떼를 지어 이동할
때는 삽시간에 농작물을 휩쓸어버린다. 스트
리둘은 아주 풍부한 점액을 생산하기 때문에
마법에 널리 사용된다.

스파슈니어_ 닭장처럼 스파슌을 가두어두는 우리.

스파슌_ 금빛의 자이언트 칠면조인데 시종일관
울음소리를 내면서 거드럭거리고 다니는 통에 사냥하
기가 아주 수월하다. 흔히 '스파슌처럼 어리석다' 또는
'스파슌처럼 거드름피운다'고 표현한다.

스팔렌디탈_ 일종의 전갈이며 스몰컨트리가 원산지이다. 땅신령들은 스팔렌디탈을 길들여서 말처럼 타고 다니며, 가죽이 아주 질기기 때문에 유용하게 사용한다. 새를 좋아하는(미각적 의미에서) 땅신령들은 스몰컨트리의 서식 동물을 절멸시킴으로써 곤충을 포함한 다른 동물에게 생태적 지위를 열어주었다. 천적들에게서 해방된 스팔렌디탈들은 위험 없이 자라면서 그 개체 수가 점점 더 늘어났다. 땅신령들 때문에 스몰컨트리는 결과적으로 자이언트 전갈, 자이언트 거미, 자이언트 다족류에게 점령되었다.

슬루룹_ 멘탈리르 평원이 원산지인 식물이며, 그 즙은 신기하게도 후추를 친 쇠고기의 깊은 맛이 난다. 고기 맛이 나는 것은 초식동물인 유니콘 떼의 공격을 피하기 위해서다. 하지만 이 독특한 맛을 발견한 아더월드 사람들이 슬루룹 즙으로 요리하는 습관이 생겼다.

아스토펠_ 장밋빛 작은 꽃으로 냄새를 맡으면 며칠 동안 후각을 마비시킨다. 특히 초식동물을 비롯한 모든 동물의 공격을 막기 위해 꽃향기로 후각을 마비시키는 능력이 발달되어 있다.

에글롱_ 날 수 있는 포식동물로 포콩지르를 잡아먹는다.

에프리트_ 지각단층을 둘러싼 전쟁이 일어났을 때 인간들 편에서서 악마들과 싸웠던 악마 종족. 감사의 뜻으로 데미데루스는 마법사의 호출을 받는 에프리트에게 아더월드로 오는 것을 허락했다. 아더월드에 온 에프리트들은 자기들의 능력을 인간을 돕는 데 사용하기로 결정했고, 대부분 하인, 전령, 경찰로 일하고 있다.

🐛 **엠엠로움**_ 아더월드에서 재배하는 과일로 즙이 아주 많고, 달콤한 살구와 바나나를 섞은 맛이다. 엠엠로움나무는 침입자가 다가오는 즉시 땅속으로 사라지는 능력이 있다.

🐛 **예륵**_ 초식동물들이 도저히 먹을 엄두를 내지 못하게 썩은 냄새를 풍기는 식물. 후각이 없는 새, 글리이르만 먹을 수 있다.

🐛 **원소**_ 불, 물, 흙, 공기 등 여러 종류의 원소가 존재한다. 성질이 포악한 불의 원소를 제외하고 원소들은 대체로 다정하며 일상생활에서 아더월드 사람들을 도와준다.

🐛 **위베른족**_ 드래곤들의 시중을 드는 자이언트 도마뱀으로 금빛 비늘이 덮여 있고, 회전하는 엉덩이 덕분에 두 발로 걸어 다닐 수 있다. 드래곤보다는 덜 영리하며,

유머 감각은 전혀 없다. 드래곤의 세포 실험 과정에서 태어났으며, 드래곤의 먼 사촌으로 볼 수 있다.

🐾 유니콘_ 갈라진 쌍발굽과 이마에 뿔이 하나 달린 말. 멘탈리르 평원에서 자라는 지혜의 풀 덕분에 아주 영리한 동물이다.

🐾 자이언트 강철나무_ 마법을 사용하지 않고서는 파괴할 수 없다. 키가 무려 300미터까지 자랄 수 있으며 야생 페가수스들이 둥지를 짓는다.

🐾 자이언트 거미_ 스팔렌디탈과 마찬가지로 스몰컨트리가 원산지이다. 땅신령들이 말처럼 타고 다니며, 그 거미줄은 아주 질긴 것으로 유명하다. 여덟 개의 다리와 여덟 개의 눈, 전갈처럼 독침이 있는 꼬리가 달려 있는 것이 특징이다. 아주 영리하며, 잡아먹기 전에 먹이에게 수수께끼를 내는 것이 취미이다.

🐾 젤리소르_ 림보에서 숭배하는 신. 입김이 어찌나 센지 향기가 나는 천으로 주둥이와 얼굴을 가려야만 신전으로 들어갈 수 있다. 악취 때문에 젤리소르의 신전에서는 파리도 살 수 없다. 다른 신들과 회의가 있을 때는 실내 공기를 고려해 송곳니를 깨끗이 닦고 들어가야 하며, 젤리소르 옆에서는 담배를 피울 수 없다.

🐚 **주르스탈_** 텔레크리스털이 방송하는 아더월드의 뉴스이며, 마법사와 비마는 크리스털 볼과 크리스털 전광판으로 받아 본다.

🐚 **진비지블_** 보이지 않게 모습을 감출 수 있는  카멜레온. 오무아 황실과 여제를 위해 일하는 살아 있는 녹음기이자 스파이이다.

🐚 **진실의 입_** 아더월드에서 가까운 얼음 행성 산티  보르 원산의 식물성 존재. 텔레파시 능력이 있어서 어떤 거짓말도 탐지할 수 있다. 말을 못 하기 때문에 진실의 입들의 생각을 읽어낼 수 있는 파란 땅신령을 통해 의사소통한다.

🐚 **진흙먹보_** 간디스의 황무지 늪에 사는 털북숭  이 동물이며 진흙에 들어 있는 영양소와 곤충, 수련을 먹고 산다. 진흙먹보들의 원시족은 아더월드의 다른 거주자들과 거의 접촉이 없다.

🐚 **친파프_** 콜라, 사과, 오렌지 맛이 나고, 콜라처럼 거품이 생긴다. 상쾌하게 해주고 활력을 주는 청량음료.

🐚 **카멜레_** 하트 모양의 식물로 잎은 식용한다. 계  절과 장소에 따라 색이 변한다. 카멜레 잎만 섭취하

고도 생존한 여행자가 많아서 '여행자의 식물'이라고 불린다. 치즈 샌드위치 맛과 비슷하다.

🐚 **카멜린_** 환경에 따라 색이 변하는 특성에서 이름이 유래한 희귀종 식물. 멘탈리르 평원에서는 파란색이고, 살테렌스 사막에서는 금빛이나 흰색이다. 꺾거나 옷감으로 짜도 그 특성은 유지되기 때문에 활용 가치가 높다.

🐚 **칵스_** 근육을 풀어주는 효능이 있는 약초로, 달여 마시며 잠자기 직전에만 복용하라고 되어 있다. 근육에 영향을 준다고 하여 아더월드에서는 '몰몰'이라고도 부른다. '이런 칵스 같은 놈!'이라고 말하면 아주 흐늘흐늘한 사람을 가리킨다.

🐚 **칸타루프_** 공격적인 식충식물이며, 주로 곤충과 설치류 동물을 잡아먹는다. 꽃잎의 색은 다양하지만 항상 눈에 거슬리는 빛깔이며, 날카로운 가시를 사용하여 마치 작살로 찍듯이 먹이를 잡는다. 크기는 큰 개만 해서 꺾기가 힘들고, 아더월드의 특선 요리에 들어가는 재료로 사용한다.

🐚 **칼로르나_** 숲에 피는 매혹적인 꽃. 달콤한 장밋빛과 흰빛 꽃잎으로 아더월드의 초식동물과 모든 동물에게 특선 요리를 제공해준다. 멸종을 피하기 위해서 칼로르나는 세 개의 꽃잎을 포식동물의 접

근을 감지할 수 있는 탐지기로 만들었다. 커다란 눈 모양의 이 꽃잎들 덕분에 칼로르나는 재빨리 모습을 감출 수 있다. 그런데 불행히도 호기심이 많은 칼로르나는 그 꽃잎들을 세우고 있다가 포식동물을 제때에 피하지 못하는 경우가 종종 있다. 호기심이 많은 사람을 보고 '칼로르나 같다'고 말하는 것은 바로 그 때문이다.

케빌리아_ 광채가 나는 투명한 보석. 다이아몬드와 비슷하지만 훨씬 반짝거리며, 파란빛, 초록빛, 장밋빛, 노란빛, 빨간빛 등 빛깔도 훨씬 짙다. 케빌리아는 아더월드에서 가장 귀한 보석이다. 엄청난 가치를 지니고 있다는 표현을 할 때 아더월드에서는 '케빌리아 같은 영향력이야'라고 말한다.

켈트릴_ 가볍고 아주 단단해서 갑옷과 보호대를 만드는 데 사용하는 은빛 금속. 난쟁이들이 만들어서 엘프와 인간에게 아주 비싼 값으로 판다.

크라켄_ 시커먼 다리들이 위협적인 자이언트 문어. 엄청난 크기 때문에 아더월드의 바다에서 발견되지만, 민물에서도 살 수 있다. 뱃사람들에게는 위험한 존재로 널리 알려져 있다.

크라크덴트_ 트롤의 나라 크랑카르 원산의 장밋빛 털북숭이 동물. 앞뒤가 분간되지 않지만, 세 배 크기로 늘어나는 입을 갖고 있어 무엇이든 거의 한입에 덥석 집어삼키므로 상당히 위험하다. 아더월드를 방문한 많은 관광객들이 "어머 어쩌면 이렇게 귀여울까!" 하고 감탄하다가 목숨을 잃었다.

🐾 **크레크레크레_** 레몬빛 털의 설치류 동물로 생김새는 토끼와 비슷하다. 빛깔이 화려한 아더월드의 환경을 이용해서 포식동물들을 아주 쉽게 피한다. 고기는 맛이 없는데도 굶주린 여행가나 사냥꾼이 먹기도 한다. 아더월드에서는 크레크레크레를 사로잡아서 사육한다.

🐾 **크렐_** 아더월드의 금빛 미모사나무. 놀랍게도 지나가다가 건드리는 동물이나 사람들의 감정을 색깔로 반영한다.

🐾 **크로그로세이유_** 갈증을 풀어주는 청량음료. 아더월드 사람들이 즐기는 탄산음료 중 하나다.

🐾 **크로쉬엥_** 살테렌스 사막의 재칼. 크로쉬엥은 무리를 지어 사냥한다.

🐾 **크로아_** 두 가지 색의 개구리. 크로아는 글루릅스들의 주식이며, 신경을 거스르는 독특한 울음소리 때문에 쉽게 찾을 수 있다.

크로우즈_ 향기가 짙은 야생 장미의 일종으로 꽃의 색깔이 다채롭다.

크로크-르캥_ 아더월드의 바다 포식동물인 일 종의 상어. 날카로운 이빨을 무기로 주저치 않고 크라  켄을 공격한다. 크로크-르캥은 아더월드의 바다에 서 크라켄과 함께 뱃사람들에게 위협적인 존재이다.

크루이크크크_ 빨간 상아가 돋친 파란색 잡식성 포유류 동물. 성질이 포악한 것으로 알려져 있으며, 고기가 맛 있어서 사육한다. 야생 크루이크크크  떼는 삽시간에 밭을 황폐하게 만들어놓 는다. 그래서 아더월드의 농부들은 곡물을 지 키기 위해 크루이크크크 퇴치 주문을 사용한다.

크르룩_ 바닷가재와 게의 잡종으로 집게발 열  개가 달려 있다. 아더월드 사람들이 즐겨 먹는다.

크리크리_ 보랏빛과 노란색의 메뚜기. 이 곤충들이 수  풀 속에서 울기 시작하면 어찌나 요란한지 잠을 잘 수가 없다.

키디코이_ 장난꾸러기 꼬마도깨비 파보들이 만들어낸 막대사 탕. 겉을 빨아 먹으면 속에서 예언 글귀가 나타난다. 이 예언은 항상

실현되지만 그 순간에는 당사자가 이해하지 못하는 경우가 대부분이다. 모든 국가의 최고 마법사들은 그 기능을 이해하기 위해 신비한 키디코이를 연구하고 있지만 성과를 얻지 못했다. 파보들이 그 비밀을 잘 지키고 있기 때문이다.

🐾 **키마이라_** 아더월드 군주들의 고문관 역할을 하며, 사자 머리에 염소의 몸, 드래곤의 꼬리로 이뤄져 있다.

🐾 **타로데르_** 자는 동물의 살 속에 유충을 넣어서 번식하는 벌레. 타로데르에게 물리면 통증이 심하므로, 유충이 몸속으로 퍼지기 전에 즉시 소독해야 한다. '타로데르 같다'고 하면 들러붙는 사람을 가리키는 모욕적인 말이다.

🐾 **타오르미_** 얼굴이 개미처럼 생긴 쥐인데 깨물면 굉장히 아프다. 개미집처럼 생긴 타오르미 굴 하나가 이동할 때 숲 전체가 쑥대밭이 될 수 있다. 타오르미는 아더월드의 동물이 좋아하는 꿀을 생산하지만, 그 꿀을 얻으려면 목숨을 걸어야 한다.

🐾 **타춤_** 노란색 꽃이며, 꽃가루는 아더월드의 후추로 사용된다. 자극성이 아주 강해서 타춤의 냄새를 맡으면 어떤 상태의 코든 뻥 뚫린다.

타크_ 초록색 또는 회색 쥐로 항구 주변에서 많이 발견된다. 타크들이 며칠 만에 배를 갉아먹기 때문에 선원들이 아주 싫어한다.

타트롤_ 지구와 아더월드는 측량 단위가 서로 다르다. 타트롤은 킬로미터, 바트롤은 미터에 해당한다. 1트롤은 3미터, 1바트롤은 1미터 50센티미터, 1타트롤은 1킬로미터 500미터.

탈루디_ 눈이 셋 달린 모자 모양의 작은 동물이며 무엇이든 녹화하는 능력이 있다. 촬영한 것을 보려면 머리에 쓰면 된다.

테오디르_ 드래곤들이 즐겨 마시는 일종의 샴페인. 인간들은 부동액 맛을 느낀다.

토예_ 마늘과 양파의 맛이 섞인 식물로 아더월드 사람들이 향신료로 사용한다.

토쿨린_ 보석으로 이뤄진 꽃이며 수시로 색이 변한다. 보석-꽃은 아더월드에서 가장 아름다운 꽃이며, 위험한 파트로크 섬에서만 재배되기 때문에 구하기가 몹시 힘들다.

톨리스_ 아더월드의 아몬드.

트라둑_ 살코기와 털가죽을 얻기 위해 켄타
우로스들이 키우는 동물. 악취를 풍기는 특성이
있어서 포식동물들로부터 자신을 보호한다. 그
러나 트라둑의 냄새를 맡지 않기 위해 콧구멍
을 막을 수 있는 늑대 크르르렉은 예외다. 아더월드
에서 '병든 트라둑 같은 악취가 난다'라는 표현은 모욕으로
받아들여진다.

트리_ 작은 새로 아더월드의 숲에서는 루비 빛깔
이고, 트롤들의 숲에서는 초록 빛깔이다. '트리이이이
이' 하면서 우는 독특한 울음소리를 따서 붙인 이름이다.

트리크로크_ 표적을 정확하게 찾는 마법의 무기로 세 개의 치
명적인 침이 달려 있다. 공격자가 표적을 죽이고 싶은가, 잠들게 하
고 싶은가에 따라 세 개의 침에 독이나 마취제가 생성된다.

트실_ 살테렌스 사막의 벌레. 모래 속에 숨어서 동
물이 지나가기를 기다리다 동물에 들러붙어서 살갗이
든 딱딱한 껍질이든 뚫어버린다. 그 알들은 혈관을 침
투해서 숙주의 몸속에 퍼진다. 100시간이 지나면 알
들이 부화하며, 새로 태어난 트실들이 숙주의 몸을

먹는다. 아더월드에서는 트실로 인한 죽음이 가장 끔찍한 죽음 중 하나다. 이런 이유로 살테렌스 사막을 여행하는 사람은 거의 없다. 일반적인 트실에 대한 해독제는 존재하는 반면에 금빛 트실에 대한 해독제는 없어서 공격을 받으면 죽음을 면할 길이 없다.

🌿 **페가수스_** 날개 돋친 말. 지능은 개의 지능에 가깝다. 발굽은 없지만 갈퀴발톱이 있어서 어디든 쉽게 올라앉을 수 있다. 야생 페가수스는 키가 무려 300미터까지 자라는 자이언트 강철나무에 거대한 둥지를 짓고 산다.

🌿 **포콩지르_** 아더월드의 포식동물로 날개를 회전시키는 놀라운 능력이 있다. 이름은 자이로스코프에 올라앉은 것 같은 모습에서 유래한다.

🌿 **푸프푸프_** 발이 여섯 개 달리고 커다란 뚜껑이 있는 작은 상자로 아더월드의 청소기이다. 바닥에 떨어지는 모든 쓰레기를 집어삼킨다. 마법과 과학기술로 만들어진 푸프푸프는 안드로메다은하의 블랙홀과 연결되는 작은 공간이동의 문을 통해 쓸모없는 쓰레기를 자동으로 배출한다.

🌿 **프르루트_** 아더월드의 식충식물로 하이에나와 포식동물을 유인하기 위해 짐승의 썩은 고기 냄새를 피운다. 동물이 다가와서 촉수

에 닿는 순간 꿀꺽 삼킨다. '트라둑처럼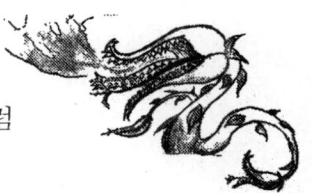
악취가 난다'는 표현과 함께 '프르루트처럼
악취가 난다'는 표현도 많이 쓰인다.

🐾 **플로프_** 맹독성의 하얗고 파란 개구리로
멘탈리르의 평원에서 볼 수 있다.

🐾 **피크크크_** 이름이 가리키는 대로 피크크크는 흡혈파리
처럼 피를 빨아 먹고 사는 아더월드의 곤충이다. 피크
크크의 독침에 쏘이면 트라둑이나 모오오오우우
우, 베에는 몸속의 피를 다 토해낸다. 다행히
피크크크는 늪 주위에 서식하면서 알을 낳는다.

🐾 **흡혈파리_** 물리면 통증이 몹시 심하다. 많은 동물이
긴 꼬리를 발달시켜서 흡혈파리를 죽이는 데 사용한다.

🐾 **히드라_** 아더월드에는 머리가 세 개, 다섯 개, 일
곱 개 달린 히드라가 있으며, 강이나 호수에서 산다.

랑코비트의 덩컨 가문 가계도

-5015년 파이초 25일(아더월드력)을 기준으로 작성-

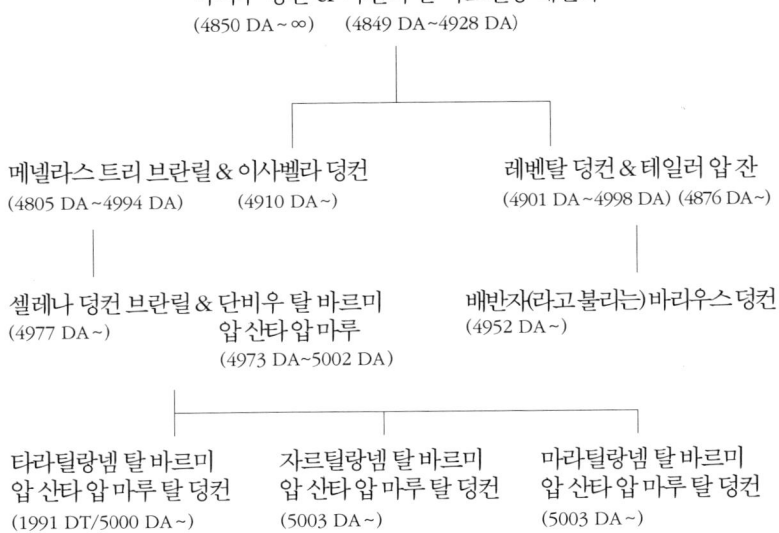

마니투 덩컨 & 마젠티 발 아르젠몽 레틸라
(4850 DA~∞)   (4849 DA~4928 DA)

메넬라스 트리 브란릴 & 이사벨라 덩컨
(4805 DA~4994 DA)   (4910 DA~)

레벤탈 덩컨 & 테일러 압 잔
(4901 DA~4998 DA) (4876 DA~)

셀레나 덩컨 브란릴 & 단비우 탈 바르미
(4977 DA~)   압 산타 압 마루
(4973 DA~5002 DA)

배반자(라고 불리는) 바라우스 덩컨
(4952 DA~)

타라틸랑넴 탈 바르미
압 산타 압 마루 탈 덩컨
(1991 DT/5000 DA~)

자르틸랑넴 탈 바르미
압 산타 압 마루 탈 덩컨
(5003 DA~)

마라틸랑넴 탈 바르미
압 산타 압 마루 탈 덩컨
(5003 DA~)

DA= 아더월드력
DT= 지구력

오무아 제국의 탈 바르미 압 산타 압 마루 가문 가계도

- 5015년 파이초 25일 (아더월드력)을 기준으로 작성 -

'불의 주먹' 데미데루스, 오무아 제국의 시조
(-2984 DT~)

5000년 이후의 후손

오무아 여제
리스베스틸랑넴 & 다릴 크라투스
탈 바르미 압   (4950 DA~5005 DA)
산타 압 마루
(4970 DA~)

전 오무아 황제
단비우 탈 & 셀레나 덩컨
바르미 압   (4977 DA~)
산타 압 마루
(4973 DA~5002 DA)

**오무아 여제의 이복오빠,
이복형제 단비우를 계승한
현 오무아 황제**
산도르 탈 바르미 압 마르치
압 브레비스 (4958 DA~)

**타라틸랑넴 탈 바르미
압 산타 압 마루 탈 덩컨**
(1991 DT/5000 DA~)

**자르틸랑넴 탈 바르미
압 산타 압 마루 탈 덩컨**
(5003 DA~)

**마라틸랑넴 탈 바르미
압 산타 압 마루 탈 덩컨**
(5003 DA~)

DA = 아더월드력
DT = 지구력